国家社科基金一般项目

"中古英语梦幻诗研究"（16BWW078）结项成果

电子科技大学资助出版

中古英语梦幻诗研究

乔 叟 系 传 统

刘进 著

中国社会科学出版社

图书在版编目（CIP）数据

中古英语梦幻诗研究：乔叟系传统/刘进著. —北京：中国社会科学
出版社，2023.11
ISBN 978-7-5227-2280-1

I.①中… II.①刘… III.①英语诗歌—诗歌研究 IV.①I106.2

中国国家版本馆CIP数据核字（2023）第133793号

出 版 人	赵剑英
责任编辑	王小溪
责任校对	朱妍洁
责任印制	戴 宽

出　　版	中国社会科学出版社
社　　址	北京鼓楼西大街甲158号
邮　　编	100720
网　　址	http://www.csspw.cn
发 行 部	010－84083685
门 市 部	010－84029450
经　　销	新华书店及其他书店

印　　刷	北京君升印刷有限公司
装　　订	廊坊市广阳区广增装订厂
版　　次	2023 年 11 月第 1 版
印　　次	2023 年 11 月第 1 次印刷

开　　本	710×1000　1/16
印　　张	21.75
字　　数	283千字
定　　价	119.00元

目录

绪　言

　　梦幻诗和浪漫传奇是中世纪最重要的两种文类。林奇认为，"梦幻诗与浪漫传奇或许可以并称为时代文类（the genre of the age）；再者，人们也许同样可以说，12 世纪到 14 世纪这一时期就是梦幻诗时代（the Age of Dream Vision）"①。她引用德国学者丁泽尔巴赫（Dinzelbacher）的统计，指出，"保守计算"，如果不区分文学梦幻诗和非文学梦幻诗，从 6 世纪到 15 世纪写作的梦幻诗超过了 225 首，其中大多数（大概 70%）出现在 1100 年以后，而文学梦幻诗更是 90% 都出现在 1100 年以后。②林奇的数据包含欧洲大陆和英国这一时期的梦幻诗作，而且包括了梦境（dreams）和幻象（visions），显示了梦幻叙事在中世纪西欧的流行程度。但严

① Kythryn Lynch, *The High Medieval Dream Vision*, CA: Stanford UP, 1988, p. 1.

② Peter Dinzelbacher, *Vision and Visionsliteratur im Mittelalter*, Stuttgart, 1981, pp. 13-28. 转引自 Kythryn Lynch, *The High Medieval Dream Vision*, CA: Stanford UP, 1988, p. 1。

格说来，梦幻诗（Dream vision）并不是"梦境与幻境诗"（Dream and Vision），不同于梦境（Dreams），也不同于幻境（Visions），而是一种独立的文类，有着独特的结构、主题和程式。有很多学者都曾试图定义梦幻诗。斯皮林（A. C. Spearing）的《中古英语梦幻诗》（1976）是对英语文学中从 14 世纪到 16 世纪的梦幻诗的综合性研究。尽管他并不确定梦幻诗能否被看成一个独立的文学文类，但他意识到：

> 梦幻诗的确倾向于某种主题组合：理想且往往具有象征意义的景致，在其中做梦人邂逅一个权威人物并从而获取某个宗教或世俗教义等。但是，从根本上说，从 14 世纪以降，梦幻诗更加完全地实现了其作为一首诗歌的存在。和其他诗歌相比，梦幻诗让我们更清楚地认识到诗歌有开头和结尾（标记是叙事者入睡和苏醒）；有叙事者，他的经历构成诗歌的主要内容；诗歌属于想象虚构类（无论将其看作灵感还是空想，抑或是介于二者之间）。简言之，梦幻诗并非自然之作，而是艺术之作。[①]

斯皮林的定义强调梦幻诗不仅仅包含一些熟悉的主题，如理想景致和通过权威人物揭示教义，更是一件诗人有意识地设计、创造的"艺术作品"：有精心打造的开头（入梦）和结尾（梦醒），有一位敏于观察的叙事者，他的经历基于天马行空的想象，并构成梦境的主要内容。

达维朵芙（Judith M. Davidoff）的《良好开端——中世纪

[①] A. C. Spearing, *Medieval Dream-Poetry*, Cambridge: Cambridge UP, 1976, pp. 4-5. 斯皮林用的术语是"Dream-Poetry"。

晚期的框架叙事》（1988）一书专章研究"梦幻框架虚构叙事"
（"Dream-Vision Framing Fictions"），将梦幻看作中世纪晚期虚构作
品的一种重要叙事框架，通过观察和研究 43 首梦幻诗，她提炼出
这些作品中共同的叙事结构，即"虚构框架＋梦境内核"：

> 梦幻诗序言是最常见的一种中世纪虚构框架叙事。
> 如果诗人—叙事者叙述说，在某个情形下，他睡着了，
> 做了一个梦，他就为读者提供了一个叙事框架和一个梦
> 境内核。如果他还叙述了后来梦醒的情形，那么这首诗
> 的叙事框架就是"闭合"的。……
>
> 虚构叙事框架是一个短篇叙述，引出（也可能终
> 结）一篇较长的诗作，并为这个核心诗篇提供除自身而
> 外的又一个语境。在中古英语所有的开场技法中，梦幻
> 诗序言最契合这个定义。梦前的材料明显是叙述性的，
> 因为诗人—叙事者几乎总是要讲述何时、何地、在何种
> 情形下他入睡并做梦。当他醒来时，他往往回到开篇的
> 虚构，告诉读者他醒来以后的经历，或梦境对他产生的
> 影响，或他为何要复述这个经历，也可能讲述所有这些
> 内容。……
>
> 梦前的虚构框架显示了诗人—叙事者所承受的精
> 神、心理或社会性的压抑。梦境内核以一种说教的方式
> 应对这种压抑，或者至少是与这种情绪多少相关。最
> 后，在梦后情节中诗人—叙事者通常会认为梦境对他起
> 到了教育启迪作用。①

---

① Judith M. Davidoff, *Beginning Well: Framing Fictions in Late Middle English Poetry*,
London and Toronto: Associated University Presses, 1988, pp. 60-61.

达维朵芙的定义重点突出了梦幻诗的框架叙事特征，这也就是斯皮林提及的"开头和结尾"：诗人—叙事者会描述入睡前的情形，通常也会叙述梦醒后的场景。梦前、梦后的叙述将梦境内容置于一个"闭合"的叙述框架中。达维朵芙还指出了这个虚构的叙事框架与梦境内容之间存在的密切联系：梦境内容往往会呼应诗人—叙事者梦前的心绪，有时候诗人—叙事者会在梦境中找到解决现实困境的办法，或至少得到一些慰藉。

拉塞尔（J. Stephen Russell）在其关于梦幻诗的精彩论著《英语梦幻诗——形式解析》（1988）中对梦幻诗进行了深度"解析"，详尽阐述了梦幻诗的相关理论、起源和结构，并以《公爵夫人书》《珍珠》和《声誉之宫》为例分析了中世纪晚期诗人对梦幻诗结构和话语的解构式应用。在"引言"中，拉塞尔对梦幻诗进行了定义和描述：

> 要成其为梦幻诗（或者其他某类既定的诗），一首诗必须既包含某些母题（motifs），又体现诗人刻意追随某个传统或者模仿某个文类范式的意图。……

> 中世纪没有专门的词汇描述这一类诗歌，但实际考察一下这些梦幻诗的结构或者形态，可以发现这是一种刻意的设计而不仅仅是一些母题的集合。在最简单的层面上，梦幻诗是对梦境的第一人称叙述；通常情况下，梦境描述之前有一个序言引出做梦人这个角色，之后则有一个后记描述做梦者梦醒并以诗行记录梦境。序言往往短小含蓄，是梦幻诗中最程序化和公式化的部分。除了构建叙事框架，序言的作用还在于塑造做梦人／诗人

的人物特征。在序言中，读者常常可以看到做梦人心情郁闷或者因为一个未指明的问题忧虑或担心，以至于夜晚难以入睡。……

在这部分介绍性的框架叙事之后，开始了梦境报道。梦境通常记录一场辩论或者一场不那么正式、与一个或多个人物的谈话，有时是真实人物，有时是寓意人物。……

这个梦境报道构成诗歌的主要内容，诗歌结尾处往往有一个简短的后记框架描述做梦人从梦中醒来，个别诗歌还会对梦境报道进行阐释性的评述。……就像十四行诗最后的对句一样，梦幻诗的结尾强调了这件艺术品的点睛之笔，激发读者关注其艺术性的收尾。①

拉塞尔的定义最为全面准确地描述了梦幻诗的结构特征，不仅指出"梦幻诗是对梦境的第一人称叙述"，还提炼出梦幻诗"序言—梦境报道—后记"的叙事框架，也简要提及了梦幻诗的一些母题特征。

从上述斯皮林、达维朵芙和拉塞尔对梦幻诗形式和结构的阐述中，我们可以看到，"梦幻诗"并不能简单理解为包含梦境或者幻境的诗歌。在人类历史上，无论是古希腊罗马文学，还是希伯来—犹太圣经文学，抑或晚近的宗教、世俗文学，关于梦境的叙述数不胜数，但是就像拉塞尔指出的那样，必须区分"作为叙事事件的梦境"（the Dream-as-Narrative-Event）、"幻境（像）"（Visions）

---

① J. Stephen Russell, *The English Dream Vision: Anatomy of a Form*, Columbus: Ohio State UP, 1988, pp. 2-6.

和"梦幻诗"（Dream Vision）。①"作为叙事事件的梦境"是第三人称叙事，就像催化剂一样推动情节发展。"幻境"是宗教性的，具有启示意义（因此拉塞尔称之为"启示"或"启示幻境"），以第三人称叙事居多，经历幻境获得启示的人通常并没有入睡。在英语中，《十字架之梦》（*The Dream of the Rood*）是最早出现的梦幻叙事，此外，古英语文学中还有基涅武甫（Cynewulf）的《埃琳娜》（*Elene*）和比德（Bede）所记录的《凯德蒙之梦》（*Caedmon's Vision*）等幻象叙事诗作。但是，英语中真正的"梦幻诗"在14世纪后半叶才开始蓬勃发展，这一时期，不仅杰弗里·乔叟（Geoffrey Chaucer）写作了多部梦幻诗，如《公爵夫人书》（*The Book of the Duchess*）、《声誉之宫》（*The House of Fame*）、《百鸟议会》（*The Parliament of Fowls*）和《〈贞女传奇〉序言》（*Prologue to The Legend of Good Women*），头韵体文艺复兴运动诗人也创作了大量梦幻诗，如威廉·朗格兰（William Langland）的《农夫皮尔斯》（*Piers the Plowman*）和"戈文"诗人（the *Gawain* Poet）的《珍珠》（*Pearl*）。纵观这些诗歌，结合前述三位学者的定义，可以得出结论，严格意义上的梦幻诗通常具备以下几个显著特征。

（一）由"梦前序曲—梦境—梦醒后记"几个环节构成基本叙事框架；有的作者会在此基础上做出调整，比如《农夫皮尔斯》可以说多次重复了"入梦—梦境—梦醒"这个过程。

（二）梦前序曲着重刻画叙事者—做梦人，他的思虑、渴望和疑惑与梦境呼应，换言之，梦境回应了做梦人的现实欲望。

（三）梦境内容可能是对话、辩论、集会、旅行，叙事者—做梦人很多时候处于观望者状态，他可能会看到动物谈话、得到神

---

① 参见 J. Stephen Russell, T*he English Dream Vision: Anatomy of a Form*, Columbus: Ohio State UP, 1988, Chapter 1。

明指点、邂逅寓意人物，或者与真实人物交流；权威人物的指引颇为常见，虽然并不是必然；也有叙事者——做梦人作为梦境中事件的主角出现。

（四）理想景致，无论出现在天上还是人世，是一个常见的梦幻诗母题。

从这个意义上来看，前文林奇所统计的"从 6 世纪到 15 世纪的梦幻作品"属于广义的梦幻诗作传统，而狭义的梦幻诗传统滥觞于法语梦幻诗。在伟大的《玫瑰传奇》（*The Romance of the Rose*）以及其他法国诗人影响下，乔叟和他的同龄人开启并巩固了英语梦幻诗传统，在随后的 15、16 世纪，在伦敦、西北中部地区和苏格兰的诗人延续了英国文学中的梦幻诗传统。达维朵芙关于"梦幻虚构叙事框架"一章的研究对象是 14 世纪到 16 世纪的 43 首英语梦幻诗，她将这些诗歌按照主题分成三个类型：一是爱情寓意诗，主要包括乔叟译《玫瑰传奇》,《公爵夫人书》、《百鸟议会》、《〈贞女传奇〉序言》、《丘比特之书》（*The Boke of Cupide*）、《玻璃神庙》（*The Temple of Glass*）、《国王之书》（*The Kingis Quair*）、《淑女之岛》(*The Isle of Ladies*)、《淑女集会》（*The Assembly of Ladies*）、《荣誉殿堂》（*The Palice of Honor*）、《金色盾牌》（*The Goldyn Targe*）和内维尔《享乐城堡》（William Nevill, *The Castell of Pleasure*）等；二是宗教、道德梦幻诗，主要包括《肉体与灵魂》（*Body and Soul*）、《珍珠》、《农夫皮尔斯》、《三代议会》（*The Parliament of Three Ages*）、《死与生》（*Death and Life*）、利德盖特《夜莺发言》（John Lydgate, *A Seying og the Nightingale*）和邓巴（William Dunbar）的一些宗教梦幻短诗等；三是政治、社会和热点题材梦幻诗，主要包括《聚敛者与挥霍者》（*Winner and Waster*）、《学士与夜莺》（*The Clerk and the Nightingale*）、《加冕

之王：统治的艺术》(*The Crowned King: On the Art of Governing*)、
《刺蓟与玫瑰》(*The Thrissil and the Rois*)、邓巴的几首政论梦幻诗
等。达维朵芙自己也认识到这三类梦幻诗之间的"交叉重合"，她
试图增加一类"包罗广泛的梦幻诗"("broadly inclusive dreams")，
把诸如英译《玫瑰传奇》《农夫皮尔斯》《声誉之宫》《贞女传
奇》《荣誉殿堂》等归入此类。达维朵芙所整理的 43 首梦幻诗作
不仅涵盖了这一时期绝大多数重要的梦幻诗作品，还包括一些不
为人熟知的篇章，为梦幻诗研究者提供了重要的语料参考，但令
人惊讶的是，这些诗篇中竟然没有斯凯尔顿（John Skelton）的作
品，无论是《朝廷恩宠》(*The Bowge of Court*)，还是《月桂冠冕》
(*The Garland of Laurel*)，都没有出现。此外，她的分类也存在问
题。虽然她声称第四类中有几首诗已经列在了前面三类的某一类
当中，但我们并没有找到《声誉之宫》的身影。这恰好证明，她
的主题分类法并不能很好地将这些梦幻诗进行有效的分门别类。
相比之下，还是比她早十多年研究梦幻诗的斯皮林给出的分类更
具可行性。斯皮林指出：

> 从乔叟在世直到 16 世纪早期斯凯尔顿（Skelton）
> 的作品，大多数梦幻诗都属于一个大致可以称作"乔叟
> 系"的传统。同一时期也出现了大批头韵体梦幻诗，全
> 是佚名作品。15、16 世纪的苏格兰也涌现出不少梦幻
> 诗，既有非凡之作，也有不入流之作，诗人包括国王詹
> 姆士一世（King James I）、亨利森（Henryson）、邓巴、
> 道格拉斯（Douglas）和林德赛（Lindsay）。①

---

① A. C. Spearing, *Medieval Dream-Poetry*, Cambridge: Cambridge UP, 1976, pp. 1-2.

基于此，他在书中将中古英语梦幻诗分为三个部分进行研究：首先是乔叟的四部梦幻诗；其次是头韵体传统，包括《珍珠》和《农夫皮尔斯》及其他归于《农夫皮尔斯》传统的头韵体梦幻诗，如《聚敛者与挥霍者》、《三代议会》、《沉默与谏言》（*Mum and the Sothsegger*）和《死与生》；最后是乔叟系传统，包括了英格兰和苏格兰乔叟系诗人的梦幻诗作品，如利德盖特《玻璃神庙》、约翰·克兰沃爵士《布谷鸟与夜莺》（Sir John Clanvowe, *The Cuckoo and the Nightingale*）①、詹姆士一世《国王之书》，在乔叟《〈贞女传奇〉序言》影响下苏格兰诗人的梦幻诗序言（dream-prologues），邓巴的大量梦幻诗，主要包括《刺蓟与玫瑰》和《金色盾牌》，道格拉斯《荣誉殿堂》以及斯凯尔顿的两部作品《朝廷恩宠》和《月桂冠冕》。斯皮林的分类注重梦幻诗的不同传统，从乔叟及乔叟系梦幻诗和头韵体梦幻诗两条线考察英语梦幻诗，可以很好地覆盖从 14 世纪到 16 世纪的多数梦幻诗。这种分类法也凸显了乔叟和乔叟系诗作在英国文学史上的主流地位，相对而言，头韵体诗歌则属于"遗失的传统"，意思是说，这个在 1340 年前后不明原因突然复兴（说"复兴"是因为头韵体这种诗歌形式可以追溯到此前近 1000 年，而且曾在盎格鲁–萨克逊时期达到很高的艺术水准）的诗歌传统在经历不到 200 年的繁荣之后，于 16 世纪早期完全退出历史舞台，再也不曾重现。②斯加特古德（John Scattergood）用"遗失的传统"为自己关于中古英语头韵体诗歌的研究论文集命名，他在"序言"中引用上述斯皮林的论断之后提到，尽管 20 世纪一众诗人，其中有庞德和奥登，试图复兴头

---

① 即《丘比特之书》。

② A. C. Spearing, *Readings in Medieval Poetry*, Cambridge: Cambridge UP, 1987, p. 134.

韵体诗歌，但是这一传统实实在在是"遗失"了。① 从头韵体梦幻诗传统来看，可以确知《珍珠》和《农夫皮尔斯》创作于 14 世纪后半叶，而《聚敛者与挥霍者》和《三代议会》虽然创作时间不明，但有可能早于《农夫皮尔斯》，《沉默与谏言》主题是理查二世的朝政，很可能也是 14 世纪末或者 15 世纪初的作品；《死与生》是这些作品中最晚出现的一部，但也可能作于 15 世纪早期。由此可以看出，头韵体英语梦幻诗只是在 14 世纪后半叶到 15 世纪早期的几十年间昙花一现。但是，与之相应的乔叟系梦幻诗却一直延续到 16 世纪，在苏格兰乔叟系诗人邓巴和盖文·道格拉斯（Gavin Douglas）和英格兰乔叟系诗人斯凯尔顿、斯蒂芬·霍斯[Stephen Hawes，著有《德行模范》(The Example of Virtue)；《快乐消遣》(The Pastime of Pleasure)；《恋人的慰藉》(The Comfort of Lovers)]、威廉·内维尔（《享乐城堡》）等人的作品和佚名诗作《智慧殿堂》(The Court of Sapience) 中俨然出现了一个小阳春。斯皮林的研究包括了从最早的乔叟系梦幻诗《布谷鸟和夜莺》，到 15 世纪利德盖特的《玻璃神庙》和詹姆士一世的《国王之书》，再到 15 世纪末 16 世纪初邓巴、盖文·道格拉斯和斯凯尔顿的一系列梦幻诗；而且难能可贵的是，他还专门研究了苏格兰乔叟系诗人在《〈贞女传奇〉序言》影响下创作的"梦幻诗序言"，即将梦幻诗作为一部长诗的序言部分。他省略了缺乏趣味和创意的霍斯与内维尔的诗作以及不完整的《智慧殿堂》，这可以理解，但非常遗憾的是，他竟然完全没有提及《淑女之岛》这部非常重要且有趣的梦幻诗，关于《淑女集会》他也只是草草带过，对于与梦幻诗传统渊源深厚的"无梦之梦幻诗"《花与叶》(The Floure and the

---

① John Scattergood, Preface, *The Lost Tradition: Essays on Middle English Alliterative Poetry*, Dublin: Four Courts Press, 2000, p. 11.

Leafe）也未曾着墨。本书以斯皮林的分类为基础，以乔叟同龄人克兰沃的梦幻诗《丘比特之书》为乔叟系梦幻诗开端，到利德盖特《玻璃神庙》、詹姆士一世《国王之书》《花与叶》《淑女集会》《淑女之岛》，最后研究邓巴《刺蓟与玫瑰》和《金色盾牌》，斯凯尔顿《朝廷恩宠》和《月桂冠冕》，考察乔叟系梦幻诗的特征和演变。

　　尽管斯皮林《中古英语梦幻诗》一书中"乔叟系传统"（The Chaucerian Tradition）独成一章，他并没有明确定义"乔叟系"，只是简单写道："众所周知，乔叟作品对 15 世纪英格兰和苏格兰的诗人影响巨大而广泛；其他文学形式如此，梦幻诗亦如此。"[1]虽然他认为"在'乔叟系'梦幻诗中，同更广泛的乔叟系作品一样，区分真正理解乔叟创作意图的作者和不得其要领的作者十分重要"[2]，但可以看出他对"乔叟系"的定义大概就是指受到乔叟影响而写作的诗人或者在乔叟作品影响下写成的诗歌。不过，这个定义其实十分含糊，比如，到底什么是"乔叟影响"？今天的读者提到乔叟，首先会想到的是《坎特伯雷故事》（*The Canterbury Tales*），但是刘易斯（C. S. Lewis）指出，"当 14、15 世纪的人们想到乔叟的时候，他们首先想到的并不是《坎特伯雷故事》。他们心目中的乔叟是写作梦幻诗、寓言、爱情罗曼司和爱情辩论诗的乔叟，是文辞精妙、崇德尚礼的乔叟"[3]。珀索尔（Pearsall）也提出："英格兰乔叟系诗人对乔叟的态度不同于我们。现代批评家称颂乔叟的幽默、现实主义和反讽、对人物品格的敏锐，赞

---

[1] A. C. Spearing, *Medieval Dream-Poetry*, Cambridge: Cambridge UP, 1976, p. 171.

[2] A. C. Spearing, *Medieval Dream-Poetry*, Cambridge: Cambridge UP, 1976, p. 171.

[3] C. S. Lewis, *The Allegory of Love*, Oxford: Oxford UP, 1936, p. 162.

美他观察的广度和精确、复杂的叙事态度和饶有趣味的叙事者；15 世纪几乎异口同声地夸赞他的说教劝诫、风格技巧和修辞雄辩。对于利德盖特而言，他是'高贵的辞令家，无所不长'，对于霍克利夫他是'辞令之花'……"① 事实上，在 14 世纪晚期和 15 世纪的文人圈里，乔叟被誉为"伟大的译家"（法国诗人德尚，Deschamps）、"维纳斯的诗人"（高尔，John Gower）、"高尚的哲理诗人"（汤姆斯·乌斯克，Thomas Usk）、"崇高的修辞家"（利德盖特）、"尚德的乔叟"（司克根，Henry Scogan）以及"辞令之花"（汤姆斯·霍克利夫，Thomas Hoccleve），② 人们推崇的是他书写的爱情、哲理以及他对英语语言和文学形式的改进，而这些元素大多体现在他的译作《玫瑰传奇》和《博伊斯》（Boece）、《特洛伊勒斯与克瑞西达》（Troilus and Criseyde）、《骑士的故事》（The Knight's Tale）四部梦幻诗和一些短诗，如《马尔斯怨歌》（The Complaint of Mars）、《致罗莎蒙德》（To Rosemounde）等之中。因此，何为"乔叟影响"其实很难定义。

另一位中世纪学者海伦·菲利普斯（Helen Phillips）则不太赞同从"影响"或"模仿"出发定义"乔叟系"。她指出：

> "乔叟系"诗歌不是一个精确的术语。将之简单定义为模仿乔叟的诗歌既太过宽泛，又太过狭窄。从批评角度看，最好是将之视为一个大传统下的英格兰和苏格兰次类别：爱情叙事诗传统（dit amoureux）以及相关

---

① Derek Pearsall, "The English Chaucerians", in D. S. Brewer ed. *Chaucer and Chaucerians: Critical Studies in Middle English Literature*, London: Thomas Nelson and Sons Ltd., 1966, p. 225.

② Derek Brewer, *Chaucer: The Critical Heritage*, London: Routledge & Kegan Paul, 1978, p. 40, p. 43, p. 43, p. 46, p. 60, p. 62.

的抒情诗文类，这个传统 13 世纪在法国兴起，在乔叟之后的两个世纪里持续在海峡两岸繁荣发展。从历史角度看，有关乔叟系诗歌的价值和类似乔叟的作品包括哪些，学界往往观点不一。在当今的"批评"实践中，"乔叟系"通常指的是乔叟从法语引入英语的那些抒情诗形式，尤其指怨诗、歌谣、诗跋，以及抒情—叙事诗：即框架叙事诗，这些诗歌的题目中一般都包括朝堂、梦、宫殿、庙堂、议会、丘比特、爱情、淑女一类词汇，在中世纪晚期和都铎朝的乔叟和其他诗人诗歌选集中占据很大比重。从结构来看，这些诗歌在一个或者多个框架中包含一个内核，或抒情，或辩论，或叙事（往往包含寓意）。[1]

菲利普斯的定义具体指出了乔叟系诗歌的法语源头，强调了乔叟系作品的主要形式是抒情诗和框架叙事诗，她所列举的标题中的常见词汇显示了"宫廷"和"爱情"在乔叟系诗歌中的突出地位。虽然菲利普斯并未专程定义乔叟系梦幻诗，但乔叟系诗歌与法语诗歌的渊源最主要体现在乔叟系诗人对《玫瑰传奇》和《玫瑰传奇》影响下创作而成的一系列法语梦幻诗的解读和借鉴。《玫瑰传奇》虽然并不是法语中的第一首梦幻诗，[2] 却是中世纪欧洲影响最大的梦幻诗。诗歌包括吉约姆·德·洛里（Guillaume

---

[1] Helen Phillips, "Frames and Narrators in Chaucerian Poetry", in Helen Cooper and Sally Mapstone, eds., *The Long Fifteenth Century: Essays for Douglas Gray*, Oxford: Clarendon Press, 1997, p. 71.

[2] 根据内尔森的研究，法语诗歌"Li Fablel dou Dieu d'Amours"（《爱的寓言》）"首开先河采用了梦境背景，此后梦境叙事几成定律"。参见 William Allan Neilson, *The Origins and Sources of The Court of Love,* Boston: Ginn & Company, 1899, p. 41.

de Lorris）的原作（4058 行）和大概 40 年之后由让·德·莫恩（Jean de Meung）完成的续作（17732 行），在当时风行一时，共有约 250 个手抄本流传于世。乔叟和沃尔顿（Walton）曾将《玫瑰传奇》的一部分翻译为英语，这无疑增加了其在英语诗人间的影响力。《玫瑰传奇》的梦境设定、尘世乐园、风雅爱情、寓意人物成为梦幻诗的固定程式，莫恩部分的反讽、哲理和百科全书式的叙事也对乔叟和乔叟系诗人产生了深远影响。除此之外，法国诗人马修（Guillaume de Machaut）、德尚、福瓦萨尔（John Froissart）等创作的爱情叙事诗和梦幻诗也是乔叟写作的灵感来源。也就是说，无论是乔叟本人，还是乔叟系诗人，当他们试图从法语诗歌中汲取养分、寻找灵感的时候，所接触到的很多作品都是梦幻诗，而且是以"风雅爱情"为主题的梦幻诗；这些诗歌形式考究，语言典雅，书写对象是精致风雅的宫廷文化和爱情；无论是"庙堂"（维纳斯神庙），还是爱情朝堂，抑或宫殿、岛屿，都是基于现实却更加理想化的王廷。由于在中世纪很长一段时间里，法国宫廷文化对英国贵族影响颇深，法语语言和文学也是英国诗人竞相模仿学习的对象，所以菲利普斯将乔叟和乔叟系诗歌看成一个横跨英吉利海峡蔓延发展的爱情叙事诗传统的一个分支也不无道理。但同时，我们不能忽略的一个事实是，很多乔叟系诗人，特别是晚些时候的乔叟系诗人很可能并没有直接从法语文学中寻找灵感，而完全是借由乔叟的诗歌继承了这一源于法国的爱情叙事诗传统。

茱莉亚·柏菲（Julia Boffey）在其编撰的《十五世纪英语梦幻诗选集》引言中也称"乔叟系"这个术语颇难界定：因为传统上被认为是"乔叟系"的作者们各有不同的兴趣和背景，采用的语言也可能并非乔叟所使用的伦敦英语；基于柏菲选集中的作品，即《玻璃神庙》、《国王之书》、奥尔良的查尔勒《爱的接续》

（Charles of Orleans, *Love's Renewal*）、《淑女集会》和斯凯尔顿《朝廷恩宠》，她认为"乔叟系"梦幻诗的一个特点在于"这些诗作都在某种程度上自觉指涉乔叟，并以某种方式明确宣布它们与某个与乔叟名字相联系的特定写作传统之间的联系或偏离"，因此，柏菲认为定义乔叟系梦幻诗最好的办法就是参考乔叟本人的梦幻诗，因为这些诗歌尽管主题和风格各有意趣，但也有不少共同特征。[①]关于乔叟本人的梦幻诗，柏菲很有洞见地指出，他的四部梦幻诗"都或多或少关注了世俗爱情"，而且"讨论爱情的背景都关乎'宫廷'，反映了那些有闲暇时光培育和讨论人际关系的人们的兴趣：即贵族和社会特权阶级，他们的世界实际上糅合了国会、宫廷和贵族世家，这些乔叟都有所记述。这些人熟知狩猎一类的活动（《公爵夫人书》）、户外庆典（《百鸟议会》和《〈贞女传奇〉序言》）、追名逐利（《声誉之宫》），也能用行家的眼光欣赏令人愉悦的美好花园、庙堂、挂毯和壁画"[②]。由于柏菲本人常年致力于乔叟系梦幻诗整理编撰和研究，她的定义抓住了"乔叟系"梦幻诗的两个重要特点：一是这些诗歌有意识地指涉乔叟诗歌，换句话说，乔叟的梦幻诗为它们提供了相关历史、文学背景和写作素材；二是这些诗歌与"宫廷"之间的联系很密切，也就是说，乔叟系梦幻诗大多数属于"宫廷文学"范畴，反映了王公贵族的风雅诉求或者朝堂生活。

　　乔叟梦幻诗的法语源头决定了其与"宫廷"（court）的密切联系和"风雅"（courtly）特性，加上乔叟本人长期效力于英国王室，

[①] Julia Boffey, Introduction, *Fifteenth-Century Dream Visions: An Anthology*, Oxford UP, 2003, pp. 5-6.

[②] Julia Boffey, Introduction, *Fifteenth-Century Dream Visions: An Anthology*, Oxford UP, 2003, pp. 5-6.

甚至有可能他曾经在王室聚会上朗读自己的诗歌，他的诗作，特别是早期诗作，都可以称作"宫廷诗歌"（court poetry）。关于"宫廷诗歌"，需要做两个方面的说明。首先，用中文"宫廷"翻译英文"court"其实并不能完整传达"court"的意义。道格拉斯·格雷（Douglas Gray）在评述中古英语诗歌《爱情朝堂》（*The Court of Love*）之时特别指出了"court"的三层意思："由一名女王主持的社交集会（social court），恋人在此获取关于恋爱礼仪和法则的指导；由一名法官主持的法庭，可以在此提起诉讼、抗辩，并进行裁决、处罚；由君主引领的封建王廷，人们必须效忠君主。"① 而乔叟的"宫廷诗歌"往往糅合了"集会""法庭""王廷"这三层意思。在《声誉之宫》中，恢宏的声誉殿堂之上，声誉女神高踞宝座，求取名声的芸芸众生集聚一堂向女神诉说求告，声誉女神随心所欲分派"名声"。《〈贞女传奇〉序言》中，爱神、王后以及众多随从侍女汇聚一处，对叙事者进行控诉裁决。《百鸟议会》中，在记叙自然女神主持的百鸟集会之前，乔叟也简要描述了维纳斯女神的爱情神庙，呈现了恋人跪在女神面前求告的场景。《公爵夫人书》虽然没有明确提及某个王廷，但在某种意义上，这首诗却是最典型的"宫廷诗歌"，主要原因有二：其一，这首诗是一首悼亡诗，是为了纪念冈特的约翰的妻子布兰茜去世而作；其二，这首诗最集中地体现了中世纪宫廷文化中的"风雅爱情"，直接反映了王公贵胄的风雅意趣。

其次，理解"宫廷诗歌"需要清楚 court poetry（宫廷诗歌）和 courtly poetry（风雅诗歌）之间的关系。珀索尔在《古英语和中古英语诗歌》一书中曾专章讨论"宫廷诗歌"，但是他也注意到

---

① Douglas Gray, *Later Medieval English Literature*, Oxford UP, 2008, p. 349.

"宫廷诗歌"这个术语可能过多强调了"宫廷"与诗歌创作之间的关系：

> "宫廷诗歌"一词暗示了社会环境与文学创作之间的关系，但是必须承认的是，文学背景渐趋复杂，使得这种关系始终难以界定。"宫廷"自身就是一个没有固定形态的社会组织，不同的诗人对宫廷的依赖程度也不同。因此，在很多情况下，"风雅诗歌"（courtly poetry）这个术语，即表达与宫廷社会密切联系的价值观的诗歌，似乎比"宫廷诗歌"更适合，因为"风雅诗歌"并不强调直接的社会关联。[①]

厘清了这一点，就可以看到，乔叟的"宫廷诗歌"其实包含多重内容，既包括以宫廷（上文中广义的宫廷）为背景的诗作、为王公贵胄写作的诗歌，即狭义的"宫廷诗歌"，也包括反映王侯贵族价值观和情感意趣的诗作，即"风雅诗歌"。而乔叟系梦幻诗最重要的一个特点正在于它们都属于广义的"宫廷诗歌"，无论是否以风雅爱情为核心题材，都反映了中世纪王侯贵族的文化意趣，折射出诗人与王廷的关系，有时甚至呈现廷臣之间的争斗。

"风雅爱情"以及与之相伴的骑士精神、礼仪风范是宫廷文学的显著特征，也是乔叟系诗歌的一个重要主题。对于宫廷文学的起源，查尔斯·马斯卡廷（Charles Muscatine）在其重要著作《乔叟与法国传统——关于风格和意义的研究》中有所表述，他指出，中世纪宫廷文学滥觞于12世纪的法国，是"对当时上流社会新兴

---

① Derek Pearsall, *Old English and Middle English Poetry*, London: Routledge & Kegan Paul, 1977, p. 189.

的情感意趣和审美态度的呼应"：

> 当时地方贵族门庭（provincial court）的骑士、贵
> 妇淑女和教士似乎突然获取了对自己的社会身份的全新
> 认知，也意识到了自身理想的精致和独特。他们日益
> 远离那些阅读史诗和圣徒传奇的基督徒，使得一个贵族
> 和世俗化的文学应运而生。看起来他们的确发现了或至
> 少是激进地改变了这个文学的主要题目——风雅或浪漫
> 爱情，礼节，骑士风范——并要求他们的诗人创造出合
> 宜的文学风格。到 12 世纪末，这种态度广泛传播，风
> 格几乎完全成型，一个独立、绵延的宫廷文学传统就此
> 形成。①

在很长一段时间里，爱情和冒险是法语宫廷文学的两大主题，
但是马斯卡廷指出，由于骑士冒险的原动力在于赢取淑女的爱情，
"爱情是冒险的理由，而骑士精神是赢得爱情的手段"，所以逐渐
地，冒险本身的意义不再重要，重要的是骑士愿意接受爱情考验，
努力追求完美，力争达到最理想的风雅品质。这样一来，爱情就
不再是优良品质的回报，而本身就是优良品质的象征。由于这一
转变，在晚近的一些浪漫传奇中，爱情，或者是伴随少许冒险的
爱情，成了唯一的主题。这在吉约姆·德·洛里的《玫瑰传奇》
中尤其突出。② 在《玫瑰传奇》中，骑士外在的冒险行为转化成内

---

① Charles Muscatine, *Chaucer and the French Tradition: A Study of Style and Meaning*, Berkeley: University of California Press, 1957, p. 11.

② Charles Muscatine, *Chaucer and the French Tradition: A Study of Style and Meaning*, Berkeley: University of California Press, 1957, p. 13.

在的情感经历，骑士追求爱情之路上的考验由一系列寓意人物执行，反映了爱情体验中复杂的心理活动。在《玫瑰传奇》和 13、14 世纪其他法语梦幻诗影响下，乔叟梦幻诗和乔叟系梦幻诗都在阅读或梦境背景下"静态"地关注情感经历。《公爵夫人书》中对于爱情的叙述全是通过叙事者和黑衣骑士的对话或者黑衣骑士的怨歌呈现的；《丘比特之书》通过梦境中夜莺和布谷鸟的辩论探讨爱情；《玻璃神庙》中利德盖特在梦境中于维纳斯神庙内追随女士和骑士的爱情故事；《国王之书》中詹姆士一世身陷囹圄，他从牢房窗户望出去，见到一见钟情的心上人，经历了求爱无望的绝望和"改变命运"的梦境；《金色盾牌》中邓巴在玫瑰花丛中入睡，梦境中经历了理性和爱情的冲突。正因为绝大多数梦幻诗倾向于静态描述和场景铺陈，结合了浪漫传奇的精彩冒险和梦幻诗的细腻情感的《淑女之岛》在乔叟系梦幻诗中独具一格。

　　法国文学，特别是法语梦幻诗中的"风雅爱情"通过乔叟的梦幻诗《骑士的故事》《特洛伊勒斯和克瑞西达》以及一些短诗，通过利德盖特的《玻璃神庙》和《黑衣骑士怨歌》（ *The Complaint of the Black Knight* ），对 14 世纪末期和 15 世纪上半叶的英国文学影响甚巨，这一时期大量梦幻诗以"风雅爱情"为主题。但是，随着时间的推移，"风雅爱情"这一主题在文化生活、文学创作中的影响力日渐式微，逐步成为"远去的传说"：15 世纪后半叶的乔叟系诗歌《无情淑女》（ *La Belle Dame sans Mercy* ）和《爱情朝堂》中就不乏对"风雅爱情"的戏仿和暗讽。早在 14 世纪，乔叟本人就表达了对"风雅爱情"模棱两可的含混态度。[①] 而纵观乔叟系诗歌，可以注意到"风雅爱情"式微的清晰脉络。最初的乔

---

① 乔叟对"风雅爱情"的态度在《百鸟议会》中得到最为明确的呈现。参见刘进《乔叟梦幻诗研究——权威与经验之对话》相关章节，社会科学文献出版社 2011 年版。

叟系诗歌，克兰沃的《丘比特之书》中已经暗示了对"风雅爱情"的怀疑；《花与叶》并未专门关注"风雅爱情"这一主题，而将注意力转移到宫廷生活；《淑女集会》虽然宣称女子集会的目的在于让女子们申诉在爱情中受到的委屈，但从诗歌本身来看，诗人关注的焦点更在于宫廷建制和宫廷日常；《刺蓟与玫瑰》主要是一首纪念国王婚事的"应景诗"，是邓巴作为宫廷诗人的分内之作，内容也并不以爱情为主，而是礼赞婚礼并向国王谏言；《金色盾牌》中叙事者被爱情攻击、俘虏，"理性"遭到驱逐，最终落得寂寥痛苦；16世纪初斯凯尔顿的两首梦幻诗都没有以"风雅爱情"为主题，《朝廷恩宠》讽刺宫廷中廷臣倾轧的现状，《月桂冠冕》的主题则是诗名，尤其是斯凯尔顿本人的诗名。

但是，从上文的概述中也可以看出，即使主题不是"风雅爱情"，乔叟系梦幻诗仍然主要以"宫廷"或广义的"朝堂"为背景，以宫廷文化或宫廷生活为关注对象。没有明确指涉王室的《丘比特之书》在结尾处暗示了理查德二世的王后安妮的寝宫（第284—285行）；《玻璃神庙》呈现了维纳斯的朝堂；《国王之书》中叙事者在梦中先后来到了维纳斯、密涅瓦和命运女神的朝堂；《淑女之岛》中呈现了女王统治的女儿岛和爱神的朝堂；《淑女集会》中描述了"忠贞夫人"的朝堂；邓巴本人是苏格兰王廷的"宫廷诗人"，他的《刺蓟与玫瑰》描写了苏格兰国王詹姆士和他的大婚，而《金色盾牌》中则描摹了维纳斯和丘比特的朝堂；斯凯尔顿与都铎王廷联系紧密，他的《朝廷恩宠》讲述叙事者在"无双夫人"朝廷的遭遇，反映了宫廷争斗，《月桂冠冕》中呈现了声誉女神和帕拉斯夫人的朝堂。

虽然乔叟本人的梦幻诗关注"风雅爱情"主题和宫廷文化，但他的注意力并不局限于宫廷主题。他对爱情的讨论并不局限于

"风雅爱情"，比如《百鸟议会》中，通过梦幻框架中马克罗比乌斯《西比奥之梦》（Macrobius, *The Dream of Scipio*）中的"鄙弃此世"哲学与梦境中维纳斯与自然女神的并置，他探讨了不同类型的爱情。此外，《声誉之宫》包罗万象，涵盖了爱情、哲学、诗歌、修辞等内容，其中对名声的探讨直接影响了斯凯尔顿《月桂冠冕》的创作，盖文·道格拉斯内容丰富的《荣誉殿堂》也明显地体现了《声誉之宫》的影响。

概括起来，除了具备梦幻诗的一般特征以外，乔叟系梦幻诗的特点如下：

（1）对梦幻诗传统，尤其是乔叟梦幻诗的指涉；

（2）大多数乔叟系梦幻诗以宫廷文化或"风雅爱情"为主要内容，往往以某个君王或者神祇的朝廷为梦境背景，具有明显的"风雅"或"宫廷"特质（courtly）；

（3）《声誉之宫》中的哲学、诗歌、声誉主题成为一些乔叟系梦幻诗的写作灵感。

本书研究的十部梦幻诗作品，时间跨度为14世纪末到16世纪初，也是英国文学史上从中世纪到文艺复兴的过渡时期。《丘比特之书》是乔叟系梦幻诗的开山之作，虽然短小，却意趣复杂，深得乔叟梦幻诗精髓。《玻璃神庙》是15世纪最重要的"乔叟学徒"利德盖特的作品，利德盖特诗作在15世纪的广泛传播进一步扩大了乔叟的影响力。《国王之书》是苏格兰国王詹姆士一世的作品，从诗歌结构到主题再到思想深度，都是15世纪难得一见的佳作，可惜由于作品流传不广，几乎没有留下任何回音。《花与叶》和《淑女集会》两首诗的叙事者都是女性，诗歌紧凑精巧。《花与叶》算不上严格意义上的梦幻诗，但由于其对梦幻诗传统的刻意指涉以及与乔叟梦幻诗之间的密切关联，笔者将其列为"无梦之梦幻诗"进行研究。《淑女集会》的梦幻框架层次复杂，内容看似简单，却由于叙事者的闪烁其词增加了解读难度。《淑女之岛》包含两个内容连贯的梦境，且糅合了浪漫传奇和梦幻诗传统，两对恋人的爱情故事绵延交织，情节曲折跌宕、生动有趣。几乎同时代的分别效力于英格兰王室和苏格兰王室的斯凯尔顿和邓巴各自贡献了两首乔叟系梦幻诗，他们的诗歌将乔叟系梦幻诗带到了一个新的高度。

第一章

乔叟系梦幻诗传统的开端
——《丘比特之书》[①]

　　著名的中世纪学家刘易斯在其名动一时的专著《爱情寓言》（*The Allegory of Love*）中曾有个很有意思的"断言"："或许，在英国早期诗人当中，写作《坎特伯雷故事》的乔叟是最当不起'英语诗歌之父'这一称谓的了。"[②] 不过，刘易斯并非要剥夺乔叟"英语诗歌之父"的美名，而是想强调，在乔叟的作品中，对于乔叟时代及随后很长一段时间里的文学创作影响最大的并不是《坎特伯雷故事》，而是他的译作《玫瑰传奇》，梦幻诗作《公爵夫人书》《声誉之宫》《百鸟议会》《〈贞女传奇〉序言》，浪漫传奇《特洛伊勒斯与克瑞西达》《骑士的故事》以及一些短诗，如《马尔斯怨歌》和《致罗莎蒙德》等。乔叟的追随者们就这些诗歌反复参详，

[①] 本章部分内容作为阶段性成果发表于《中世纪与文艺复兴研究》（四），浙江大学出版社 2021 年版，第 117—131 页。

[②] C. S. Lewis, *The Allegory of Love*, Oxford: Oxford UP, 1936, p. 163.

从中挖掘主题细节、借鉴修辞手法、寻章摘句、竞相模仿，创作出一批主题、风格相近的作品，形成了文学史上蔚为壮观的"乔叟系传统"，囊括了英格兰诗人约翰·利德盖特、汤姆斯·霍克利夫、斯蒂芬·霍斯、约翰·斯凯尔顿等与苏格兰的国王詹姆士一世和诗人罗伯特·亨利森、威廉·邓巴、盖文·道格拉斯等，也包含一些佚名诗作，如《花与叶》《淑女集会》《淑女之岛》《爱情朝堂》等。创作于 14 世纪末期的《丘比特之书》（又名《布谷鸟与夜莺》）采用了乔叟最喜欢的梦幻叙事框架，结合辩论诗传统抒写爱情，从文字和内容上紧密呼应《百鸟议会》《骑士的故事》《〈贞女传奇〉序言》等，被认为是"所有'乔叟系'诗作中最早的一首，也是其中最好的一首"[1]。

一、作者其人

关于《丘比特之书》一诗的作者，学界一度颇有争议，曾经提出了约翰·克兰沃爵士（沃德提到两位同名的约翰·克兰沃[2]）、汤姆斯·克兰沃爵士（Sir Thomas Clanvowe）、理查德·鲁斯爵士（Sir Richard Roos）等可能。在现存的五个包含《丘比特之书》的手抄本中，剑桥大学图书馆手抄本（Cambridge University Library Ms. Ff. 1.6.）抄录的该诗结尾处有"克兰沃完结"的字样，基于此，学者们渐渐将范围缩小到两位叫"克兰沃"的人士：与乔叟同

---

[1] Derek Pearsall, "The English Chaucerians", in D. S. Brewer ed., *Chaucer and Chaucerians: Critical Studies in Middle English Literature*, London: Thomas Nelson and Sons Ltd., 1966, p. 225.

[2] C. E. Ward, "The Authorship of the Cuckoo and the Nightingale", *Modern Language Notes*, Vol. 44, No. 4, April 1929, pp. 217-226.

时代的约翰·克兰沃爵士和晚些时候的汤姆斯·克兰沃爵士。[①]
斯基特（Skeat）、布鲁森多夫（Brusendorff）认为作者是汤姆
斯·克兰沃，基特里奇（Kittrege）和斯卡特古德等则认为约
翰·克兰沃爵士才是《丘比特之书》的作者。在斯卡特古德强
有力的论证之后，[②]虽然关于《丘比特之书》作者的论争并未彻
底尘埃落定，但越来越多的学者在他们的论著中接受约翰·克
兰沃爵士为诗歌作者。[③]

约翰·克兰沃爵士（1341—1391）是乔叟的同龄人，属于德
里克·珀索尔和保罗·斯特罗姆（Strohm）都曾提到的"乔叟圈
子"（the Chaucer circle）。[④]乔叟的"圈中人"主要包括一些效力
于王宫或担任政府职务的骑士，他们"与乔叟背景相同，在职
业生涯之外也十分看重学术，当时充满活力和机遇的社会使他
们从卑微的小资出身跻身于政治和思想活动的中心"[⑤]。这其中最

---

① 二人相同的姓氏引发了不少关于二人关系的猜测，一说汤姆斯是约翰的儿子，一说
是其侄子，或者简单认为是"亲戚"。

② V. J. Scattergood, "The Authorship of 'The Boke of Cupide'", *Anglia* Vol. 82, 1964, pp. 137-149. 另外可参见 David E. Lampe, "Tradition and Meaning in 'The Cuckoo and the Nightingale'", *Papers on Language and Literature*, No. 3, 1967, pp. 49-62。作者较为全面地概括了有关争议。

③ 20世纪70年代以来，关于《丘比特之书》较有代表性的研究有 A. C. Spearing, *Medieval Dream Poetry*, Cambridge: Cambridge UP, 1976, pp. 176-181; Lee Patterson, "Court Politics and the Invention of Literature: The Case of Sir John Clanvowe", in David Aers ed., *Culture and History 1350-1600: Essays on English Communities, Identities and Writings,* New York: Harvester Wheatsheaf, 1992, pp. 7-42; David Chamberlain, "Clanvowe's Cuckoo", in David Chamberlain ed., *New Readings of Late Medieval Love Poems*, Lanham: University Press of America, 1993, pp. 41-66; Edgar Laird, "Chaucer, Clanvowe, and Cupid", *The Chaucer Review*, Vol. 44, No. 3, 2010, pp.344-350。上述作者均认为约翰·克兰沃爵士为该诗作者。

④ Derek Pearsall, *Old English and Middle English Literature*, London: Routledge & Kegan Paul, 1977, pp. 194-195; Paul Strohm, *Social Chaucer*, Cambridge, Massachusetts: Harvard UP, 1989, pp. 41-46.

⑤ Derek Pearsall, *Old English and Middle English Literature*, London: Routledge & Kegan Paul, 1977, p. 194.

显赫的一群人是"罗拉德七骑士"，即路易斯·克利福德（Lewis Clifford）、理查德·斯图里（Richard Sturry）、托马斯·拉蒂莫（Thomas Latimer）、威廉·内维尔、约翰·克兰沃、约翰·蒙塔古（John Montagu）和约翰·奇恩（John Cheyne），他们的名字时常出现在当时的历史记录中，并往往和乔叟的名字同时出现。① 这其中，蒙塔古自己就是诗人，在法国颇受认可，尤其得到克里斯蒂·德·皮桑（Christine de Pisan）的高度认可；② 克利福德虽然并未亲身创作，却是"诗人之友"③。他与当时的法国诗人德尚来往密切，德尚那首将乔叟誉为"伟大的翻译家"的诗歌就是由他转交给乔叟的，他还有可能是乔叟儿子路易斯（Lewis）的教父；此外，乔叟还曾为克利福德的女婿菲利普·德·瓦西爵士（Sir Philip de la Vache）写过一首诗《真理》（"Truth"）。斯图里曾于 1377 年初与乔叟一同出使法国，并与福瓦萨尔交好。④ 克兰沃是 1380 年乔叟被控强奸后被释放一案的证人之一，与乔叟关系颇为密切。⑤ 克兰沃的家庭背景和成长经历使他有机会接受当时宫廷文学文化

---

① Derek Pearsall, *Old English and Middle English Literature*, London: Routledge & Kegan Paul, 1977, pp. 194-195.

② 根据 K. B. McFarlane，蒙塔古应该是用法语进行诗歌创作的，但他的所有作品已佚失。法国诗人克里斯蒂·德·皮桑的文学品味虽然极为苛刻，却高度赞扬蒙塔古。她还将儿子送到蒙塔古府上居住学习。参见 K. B. McFarlane, *Lancastrian Kings and Lollard Knights*, Oxford: At the Clarendon Press, 1972，p.182。

③ K. B. McFarlane, *Lancastrian Kings and Lollard Knights*, Oxford: At the Clarendon Press, 1972, p. 182.

④ 详见 K. B. McFarlane，*Lancastrian Kings and Lollard Knights*, Oxford: At the Clarendon Press, 1972, p.184。

⑤ 本段内容大量参考 Derek Pearsall, *Old English and Middle English Literature* 和 K. B. McFarlane 书中相关章节。关于乔叟与涉案女子 Celily Champain 的这段公案，也有人认为是"绑架"，因为中世纪法律文件中的"raptus"一词有两个意思：abduction（绑架）和 rape（强奸）。详见 Martin M. Crow and Clair C. Olson, eds., *Chaucer Life-Records*, Oxford: At the Clarendon Press, 1966, pp. 343-347。Crow 和 Olson 指出，此案的证人，Sir William de Beauchamp, Sir John Philipot, Sir William de Neville, Sir John Clanvowe 和 Richard Morel 均为乔叟的朋友。参见 p.437。

的影响，也有可能接触和欣赏乔叟的诗作，并将这全部的影响内化为创作的灵感和力量，最终呈现于自己的写作当中。克兰沃先祖为威尔士人，在赫里福郡和拉德诺郡都拥有田产。其父曾为赫里福郡议员，并曾在爱德华三世的宫廷担任骑士扈从。克兰沃与同期身份地位相当的很多人一样，早年参与了当时对法国的大大小小的一些战斗，而后以低级别骑士身份供职于贵族或王宫。从1373年起，他先后在爱德华三世和理查德二世宫廷效力，活跃于当时的内政、外交活动。有记录显示，他于1391年10月同内维尔一起死于康斯坦丁堡附近，据推测，他当时可能在朝圣的路上。[①]克兰沃常年在英国王室工作并时常出使法国，他应该非常熟悉当时英国和法国的宫廷文化；作为与乔叟几乎同龄的"文化人"，他对影响乔叟的那些法国诗歌也必然耳熟能详；他与乔叟交好，想必能够时常第一时间聆听乔叟作品的"发布"，或许他们之间曾有过一些关于诗歌的讨论？作为一个也想在工作之余尝试写作诗歌的乔叟圈中人，他必定能更好地领会和欣赏乔叟诗歌的主题、语言和手法。克兰沃留下两部诗作，一部为宗教诗歌《两条路》（*The Two Ways*），另一部即《丘比特之书》。

《丘比特之书》虽短小精悍，全诗仅290行，却是一部结构完整的爱情梦幻诗，在清晰的梦前序曲—梦境—梦醒框架下通过布谷鸟和夜莺的辩论探讨了宫廷文学的重要主题—爱情。叙事者在五月这个爱情萌动的季节感受到了相思之苦，夜不能寐，辗转反侧之际想起爱徒间传言说如果听到夜莺啼鸣就会非常幸运，而如果听到布谷鸟啼叫则要倒霉，他于是决定天一亮就去林间散步，看看能否听到夜莺歌唱。清早他来到林中，在鸟语花香、流水淙

---

① V. J. Scattergood, *The Works of Sir John Clanvowe*, Cambridge: D. S. Brewer, 1975, pp. 25-27.

淙中陷于半梦半醒状态，恍惚间听到布谷鸟啼叫，他非常恼怒并责怪布谷鸟，这时他听到夜莺在另一枝头开始歌唱。夜莺和布谷鸟就是否应该臣服于爱神展开激烈辩论。辩论过程中，夜莺伤心落泪，恳请爱神惩罚布谷鸟，仍在梦中的叙事者梦见自己捡起石头将布谷鸟赶走。夜莺向叙事者道谢，并叫他不要被布谷鸟的话迷惑，要尽心为爱神效劳。夜莺辞别叙事者，飞到鸟儿聚居的河谷中，恳请众鸟处罚布谷鸟，众鸟的代表拒绝处罚缺席的布谷鸟，提议召集一次议会，时间就在瓦伦丁节早上。夜莺对大家表示感谢，飞上枝头高歌，歌声把叙事者惊醒。这首诗完美地呈现了克兰沃对于当时宫廷文学的理解和诠释。他娴熟地运用乔叟式梦幻诗框架，通过梦幻诗梦前序曲和梦境内容之间的交织、暗示与矛盾，通过对叙事者的塑造，赋予一场看似一边倒的爱情辩论微妙的复杂性，于不露声色间呈现了克兰沃对爱情的思考。

二、梦幻框架与叙事者

借鉴乔叟梦幻诗的写作技法，不可避免地要学习他对梦幻叙事框架的高超运用和对叙事者的刻画塑造。在四首梦幻诗中，乔叟将梦幻这一叙事框架运用到了极致，其梦前序曲往往篇幅较长，匠心独运，通过睡前阅读（《公爵夫人书》《百鸟议会》）、探讨梦的意义（《声誉之宫》）或者讨论书籍与经验以及雏菊礼赞（《〈贞女传奇〉序言》）等将叙事者的"现实人生"与梦境有机结合，显示出高超的艺术性。他塑造的叙事者喜爱阅读、写诗，却常苦于没有素材——因为缺乏爱情体验，无论是面对《公爵夫人书》中的黑衣骑士、《百鸟议会》中的亚弗里坎努斯，还是面对《〈贞女传奇〉序言》中的爱神，甚至是《声誉之宫》中的鹰，都往往表现出迂腐愚钝、唯唯诺诺、诚惶诚恐的样子，并没有太多主见。这样一位叙事者有利于乔叟

"不偏不倚"地呈现梦境见闻，留出空间让读者进行阐释。①《丘比特之书》的梦前序曲多达近 90 行，几乎占全诗篇幅的三分之一，可谓洋洋洒洒、构思精巧，为诗歌主体部分的二鸟辩论做足了铺垫；而克兰沃塑造的叙事者虽然与乔叟笔下的叙事者大相径庭，在叙事效果方面却毫不逊色。

　　《丘比特之书》序曲前 20 行呼应《百鸟议会》开篇，是对爱神力量的咏叹。开篇两行原文照搬乔叟《骑士的故事》中的两行诗："爱神哪，请赐福于我！爱神他多么伟大多么崇高！"（第 1785—1786 行）②感叹爱神至高无上、无所不能，翻手为云、覆手为雨，带来的是福祸两端：可以让卑贱之人变得高尚，也可以让高尚之人变得低贱；可以让吝啬之人变得慷慨，也可以让慷慨之人变得吝啬；可以让人健康，也可以让人一病不起；可以让人获得自由，也可以让人身陷囚牢……总之，爱神"为所欲为，无人敢违逆他的心意，他主宰人的喜怒哀乐"（第 3—18 行）③。在风雅爱情文学作品中，描写爱神随心所欲主宰爱徒命运的力量是一个常见的主题；一些评论家也注意到，克兰沃的文字里回响着《玫瑰传奇》及其他法国诗作的影响。④但实际上，作为乔叟的好友，克兰沃更可能是直接从乔叟的作品中获取了写作灵感。《百鸟议

---

① 参见刘进《乔叟梦幻诗研究——权威与经验之对话》，社会科学文献出版社 2011 年版，第二章。

② F. N. Robinson, ed., *The Works of Geoffrey Chaucer*, Boston: Houghton Mifflin Company, 1957.

③ Dana M. Symons, ed., "The Boke of Cupide", Chaucerian, Dream Visions and Complaints, Kalamazoo, Michigan: Medieval Institute Publications, 2004. 本诗引文均出自此版本，后文引用该诗不再加注，随文注明诗行。译文为笔者自译。

④ 参见 Dana M. Symons ed., "The Boke of Cupide", *Chaucerian Dream Visions and Complaints*, Kalamazoo, Michigan: Medieval Institute Publications, 2004, explanatory note 1-20。

会》大约写于1382年；《骑士的故事》（在加进《坎特伯雷故事》之前叫《帕拉蒙与阿赛特》）于1382—1385年完成；虽然我们无法确切知道《丘比特之书》的写作时间，但是由于克兰沃逝于1391年，可以判定，这首诗的创作时间不晚于1391年。克兰沃写作《丘比特之书》之际，这两部作品应已在宫廷及周边"文化圈子"广为传播，像克兰沃这样的"文化人"必然熟谙其中意趣，加以吸收、内化，在创作过程中有意无意加以应用。而且，克兰沃显然并不是追赶时髦、为了致敬风雅爱情才发出一番感叹。他对乔叟两部诗作的影射实则大大丰富了这首小诗的内涵。

爱情是贯穿《百鸟议会》和《骑士的故事》的重要主题，乔叟在两部作品中都着力表现爱情如何左右人的心智和命运。一方面，克兰沃开篇直接"套用"的《骑士的故事》诗行前后文中，忒修斯大肆感叹爱情的力量如此强大，竟使得两位青年骑士丧失理性，枉顾亲情，忘记性命之忧大打出手（第1787—1817行）；另一方面，在《百鸟议会》开篇，乔叟笔下的叙事者感叹爱神"神通广大，令我惊愕惶恐，一想到他，就不知道自己是沉是浮"（第4—7行），叙事者还在书中读到爱神的各种"奇迹暴行"，知道爱神"以君王自居"，"他的击打严厉痛苦，我不敢多言半句"（第10—14行）。乔叟的叙事者诚惶诚恐，而爱神则俨然是任意妄为的独裁者，尽管他创造奇迹、带来欢愉，但也夹杂着残酷击打。并且，当叙事者来到爱情花园时，他看到门外左右两侧题写着截然不同的诗句。一边的文字是：

> 从我这里走进，人们来到极乐之地
> 抚平心灵的伤痛，治愈致命的创伤；
> 从我这里走进，人们来到恩泽之源

绿意葱茏、万物茂盛的五月永在其间。

这是通向幸运的大门。

读者！展开笑颜，抛开愁绪；

大门为您敞开，进去吧，快快前行！（第127—133行）

而另一边则写道：

从我这里走进，

人们将受到致命打击

轻慢与高傲挥舞着利矛；

这里的树木从不结果也不长叶。

溪流引向痛苦的鱼梁

那里人们就像被囚的鱼儿遭受苦难。

唯一的办法就是避而远之。（第134—140行）

可以说，乔叟在这两部作品中完美概括了当时宫廷文学文化中对爱情的共识：爱情具有两面性：一旦迈进爱情花园，恋人们会拥有爱情的甜蜜幸福，同时也会承受"轻慢"和"高傲"等痛苦打击，甚至会因为爱情失去理智、陷入疯狂。面对爱情的无情操控，乔叟塑造的叙事者深深为爱神的力量所震慑，战战兢兢、惶惶不安，在梦境中看到爱情花园门外的题字更是惊惧不已、彷徨不敢向前（第141—147行）；向导亚弗里坎努斯看出了他的疑惧，安慰道，这些诗句是针对爱神信徒的，而他已经失去爱的感觉，因此无须担心。由于乔叟在《百鸟议会》中探讨的不仅是风雅爱情，还有维纳斯代表的情欲之爱和自然代表的以繁衍为目的的婚姻之爱，因此他特意塑造了这个诚惶诚恐、畏首畏尾的叙事者，刻意与爱神（风雅爱情）保持了距离。

克兰沃在《丘比特之书》中塑造的叙事者则截然不同：他明确表示自己就是爱情仆从。虽然在诗歌一开始，叙事者并未对无所不能的爱神做出评说：在梦前序曲前20行，叙事者在感叹爱神神通广大之后，只是敷衍了一句"我的智力无法尽述他的神力"（第11行），未做任何评论。但接下来，克兰沃非常巧妙地以"他在五月里威力最猛"（第20行）作为过渡，开始描述五月里爱徒们充满渴望的爱情萌动及由此带来的相思之苦，然后叙事者声称自己谈起爱徒们的痛苦是因为深有体会："我说这些都是有感而发。"（第36行）显然，叙事者并没有因为爱神威力无穷、任意主宰信徒的命运就放弃对爱情的信仰，在"爱神威力最大"的五月，在这个万物复苏、爱情萌动、爱情仆从为爱情饱受痛苦的相思季节，他也患上了爱情"疾病"，每天承受"冷热交替"的爱情"高烧"，痛苦唯有自己知道（第36—40行）。

约翰·史蒂文斯（John Stevens）曾在《都铎王朝早期的音乐与诗歌》一书中总结了三类风雅爱情"文学作品"。第一类诗数量较少，是真正的爱情诗，也就是说，写诗的人实实在在地在抒发自己的爱情，是真正的"恋人"在表达自己的真实情感和意图。第二类包括的诗、歌属于史蒂文斯所定义的"爱情游戏"，恋人摆出诗人的姿态舞文弄墨、作诗写歌，只因为这是必需的风雅爱情技能，就像音乐、舞蹈、比武、游戏、风趣谈吐等一样。在第三类"宫廷写作"中，史蒂文斯指出，诗人热爱文字和创作，他们将自己装扮成恋人，只是为了给"爱情游戏"做出分内的贡献；这类"诗人—作为—恋人"的最终目的在于写诗，而非像"恋人—作为—诗人"那样为了炫技。史蒂文斯认为乔叟是15世纪写作者心目中最伟大的"爱情艺术"倡导者以及"爱情游戏"中成就最卓著的领袖，并将他归入自己提出的风雅爱情"文学"三类创作者中的第三类，即"诗人—作为—恋人"①。史蒂文斯的分类提醒我们注意到风雅爱情作为虚构的"爱情游戏"的实质，区分了现实的爱情与"爱情游戏"；总结了这一时期的"爱情文学"写作与"爱情"的关系，尤其是作者与"爱情"的关系，而厘清"恋人—作为—诗人"和"诗人—作为—恋人"之间的本质区别有助于理解这一时期诗人的艺术诉求。史蒂文斯的这种尝试令人称赞，但在肯定的同时也让人不由心生感叹：此种简单的归类其实很难反映诗人作品的复杂性。一方面，将乔叟划入第三类似乎并不准确。乔叟虽然积极参与到了风雅爱情的书写之中，为"爱情游戏"做出了自己的贡献，但他并没有将自己塑造成"恋人"，相反，他却刻意将自己塑造成一位对爱情敬而远之的诗人。在他的风雅爱情诗中，他其实是一位 Love Poet-as-Outsider，即远离爱情的爱情诗人。另一方面，克兰沃到底是"恋人—作为—诗人"，还是"诗人—作为—恋人"？斯皮林在其《中古英语梦幻诗》中讨论乔叟和克兰沃叙事者的区别时，曾提出如下论断："乔叟的梦幻诗在他的宫廷听众和诗人之间严格划分了界限，宫廷听众有着爱情的亲身经历，而诗人的任务是书写爱情，关于爱情的体验全然来自书本。而生在骑士家庭且身为朝臣的克兰沃，他的叙事者和梦者则位于有着爱情经历的人之列，故能'有感而发'谈论爱情。"②这样来看，似乎克兰沃竟属于"恋人—作为—诗人"一类，他写作《丘比特之书》是因为自己身为骑士、朝臣，是风雅爱情游戏的"合法"参与者，而且作为一个心中激荡着爱情

---

① John Stevens, *Music and Poetry in the Early Tudor Court*, London: Methuen and Co., pp. 206-207.

② A. C. Spearing, *Medieval Dream-Poetry*, Cambridge: Cambridge UP, 1976, p. 177.

力量、多才多艺的"恋人"，他必须要写诗一首，展露自己的爱情修为。笔者倒认为，无论是乔叟的叙事者，还是克兰沃的叙事者，与他们本人是否真正有着爱情经历（参与到"爱情游戏"中）其实并没有太多联系。乔叟和克兰沃都首先是"诗人"，他们笔下的叙事者服务于自己的创作目的。一方面，乔叟的叙事者刻意"回避"爱情，其结果并不止于乔叟摆正自己的位置，区分身份低微的诗人和宫廷里身份高贵、有权享受"风雅爱情"的贵族受众，更重要的是，他由此获得了"批评距离"，可以站在宫廷（王公贵族）之外，以旁观者的角度审视风雅爱情。① 而另一方面，克兰沃塑造的叙事者也并非"有着爱情经历"这么简单。他不同于其他的"爱徒"：他声称自己"年老体衰"（第 37 行）；② 在夜不能寐想起爱徒们之间普遍流传的一种说法时，他说道，"爱徒们有一种说法，/ 在他们中间普遍流传，/ 如果听到夜莺啼叫就很美好 / 听到粗俗的布谷鸟啼叫则要糟糕"（第 47—50 行），用第三人称而没有用第一人称，似乎并没有将自己看作"爱徒们"之一员；他只是被爱神"击中"，但是并没有得到回报，在后文中，他也不无遗憾地告诉夜莺："我从爱情那儿 / 一无所获，只有无数伤痛。"（第 239—240 行）可以看到，叙事者的经历印证了开篇呈现的爱神形象：他神通广大、无所不能，他给人快乐，叫人悲伤，他变化莫测、武断专横，令人陷入爱情，却不一定给予报偿。尽管如此，叙事者还是心甘情愿地接受爱神辖制，深信不疑地接受了爱神信徒之间的传说，他渴望听到

---

① 参见刘进《乔叟梦幻诗研究——权威与经验之对话》，社会科学文献出版社 2011 年版，第二章。

② 斯皮林指出，这可能是因为克兰沃在写作《丘比特之书》时已经四十多岁；但同时"年长的爱徒"在风雅爱情诗中也并不少见，比如戈尔长诗《情人的告白》中的叙事者。参见 A C. Spearing, *Medieval Dream-Poetry*, Cambridge: Cambridge UP, 1976, p. 177。

夜莺的欢唱，厌恶布谷鸟的粗俗。可以说，克兰沃塑造了一个"天真"的叙事者：饱受爱情之苦，从未得到回报，但依然对爱神一片忠诚——他实际就是布谷鸟口中爱神的"受害者"。但是他对此毫不自知，依然对维护爱神的夜莺呵护有加，而不能容忍道出真相的布谷鸟。这样一来，克兰沃的梦幻诗从序曲开始就具备了一种反讽张力。

在歌咏爱神、明确自己"爱徒身份"、引出夜莺和布谷鸟之后，《丘比特之书》正式进入了梦前序曲的"入睡"环节。叙事者承受爱情之苦，夜晚辗转反侧、难以入睡，他想到爱徒们有关夜莺和布谷鸟的说法，而自己今年还未曾听到夜莺啼鸣，于是天刚一亮就去树林里闲逛。他沿溪而下，来到一处林间空地，绿油油的草地上点缀着白色的雏菊；他在花丛中坐下，听众鸟齐唱，更有潺潺流水相得益彰；在这美妙和谐的景致——典型的梦幻诗背景中，他进入半梦半醒的状态并立马听到了最不愿意听到的布谷鸟啼叫。按照中世纪人熟知的马克罗比乌斯的梦境分类法，克兰沃的梦似乎结合了"梦魇型梦"和"幻影型梦"。"梦魇型梦"是指人们在承受身心压力或者为未来担忧时容易产生的梦，而"幻影型梦"是指在半梦半醒之间产生的幻觉。[1]一方面，叙事者爱情之路不顺、忧思重重，再加上心中充满强烈的欲望想要一听夜莺歌唱，这便于无形之中有了压力，这使得他产生了"梦魇型梦"；另一方面，克兰沃声称自己"陷入了昏睡——不完全沉睡，也不完全清醒"（第87—88行），这种半梦半醒的状态下产生的幻觉即"幻影型梦"。根据马克罗比乌斯的说法，这两种梦都属于无意义的梦。乔叟的梦幻诗中有不少对梦境理论的指涉，显示他十分熟

---

[1] 参见刘进《乔叟梦幻诗研究——权威与经验之对话》，社会科学文献出版社2011年版，第23页。

悉整个梦幻文学传统，但他以惯常的"严肃"加"戏谑"（Earnest and Game）以及自我嘲弄的态度，通常把自己的梦归于这两类无意义的梦，一方面消除了人们对于梦境神秘主义的"预言""神谕"和"启示"的幻想，另一方面也延续了自《玫瑰传奇》以来将梦幻用于书写风雅爱情的文学爱情梦幻诗传统，在英语文学中开启了一个在权威定义的"无意义梦境"框架下建构爱情梦幻诗意义的传统。[①]克兰沃在描述叙事者入睡之际，刻意提到"不完全沉睡，也不完全清醒"，将自己的梦置于"无意义梦境"一类，而没有赋予自己的诗歌绝对的崇高意义，却通过梦幻框架和梦境内容的相互照应或者拆解增加了诗歌的复杂性。

　　与乔叟的梦幻诗相比，《丘比特之书》梦里梦外的界限并不那么分明。乔叟的叙事者做梦的地点都是在家里。《公爵夫人书》叙事者在床上阅读，向睡神祈祷后入睡；《声誉之宫》中，"十二月的第十个夜晚，我照常就寝"；《百鸟议会》叙事者因光线太暗无法继续阅读，于是上床睡觉；《贞女传奇》叙事者白天在野外观赏雏菊后回到家里，在花园中安置卧榻入睡。这些叙事者进入梦乡以后，立刻来到一个和叙事者做梦时身处的环境截然不同的情形之中。《公爵夫人书》叙事者梦见自己身处一个彩绘玻璃和壁画装饰的房间，屋外春光甚好；《声誉之宫》叙事者入睡后仿佛来到一个玻璃殿堂；《百鸟议会》叙事者则由亚弗里坎努斯带着来到了爱情花园；《〈贞女传奇〉序言》中叙事者梦中的景致跟叙事者白天看到的景致比较接近，但做梦的时候，叙事者已经不在这个场景当中了。乔叟就通过这些叙事者在这些场景中的运动和见闻，从他们的角度呈现梦境。再看《丘比特之书》，叙事者入睡之前已然置身

---

① 详见刘进《乔叟梦幻诗研究——权威与经验之对话》，社会科学文献出版社 2011 年版，第二章。

于一派美景中，且已是百鸟齐鸣，无论是否入梦，此时叙事者听到布谷鸟或者夜莺歌唱都不突兀。当然，为了表明设置一个"半梦半醒状态"并非多余，克兰沃十分用心地用一个诗节解释：

> 但是现在我要告诉你们一件奇事：
> 我就那样昏昏沉沉半梦半醒的时候，
> 觉得自己能够听懂鸟儿说话，
> 他们说话的内容，什么意思，
> 他们的语言我全能听懂。（第 106—110 行）

不管这场梦是属于斯皮林所说的"白日梦"[①]，还是克兰沃暗示的"幻影型梦"，梦境让叙事者不仅能听懂鸟语，而且能同它们对话交流这一事实变得更加可信。不过，克兰沃这种"半梦半醒状态"模糊了现实与梦境之间的界限，让叙事者在梦境中的"运动轨迹"颇令人费解，甚至使人产生一种"梦中梦"的错觉。理论上，叙事者刚进入"半梦半醒状态"就听到夜莺的啼叫（第 89—90 行），他因此十分惊惧，开始责骂布谷鸟（第 93—95 行）。就在此时他听到了夜莺的歌唱，他于是对夜莺说话，似乎责怪她来晚了一步，竟让布谷鸟率先在那里歌唱（第 102—105 行）。夜莺并没有回答叙事者，而是直接转向布谷鸟，让他离开，从而开始了两只鸟之间的辩论。照理说叙事者此时应该就站在一边听着它们辩论，但是当夜莺因为布谷鸟对爱神的亵渎言辞痛哭流涕的时候，叙事者却说，"我感觉自己从睡梦中起身，/ 飞跑到溪边，拾起一块石头，/ 使劲朝布谷鸟扔过去"（第 216—218 行）。这样的诗行

---

① A. C. Spearing, *Medieval Dream-Poetry*, Cambridge: Cambridge UP, 1976, p. 176.

给人的印象是，半梦半醒中的叙事者看到的自己竟也是在睡梦中，他听到夜莺和布谷鸟辩论，见夜莺落于下风，便醒过来驱赶布谷鸟，并与夜莺展开了对话。及至后来，夜莺和叙事者谈话之后，分明是告辞而去。

> 于是夜莺飞走了。
> 我祈祷上帝永远庇佑她，
> 让她永享爱情甜蜜，
> 庇佑我们远离布谷鸟和他的胡话，
> 因为他是最虚情假意的鸟类。（第 256—260 行）

照理说，夜莺既然告辞而去，就应该已经飞离了叙事者的视线和听力范围，之后它何去何从、所做何事，叙事者都理应不知道。但是离奇的是，叙事者的梦仍然在继续，而且他突然间具有了全知视角，因为接下来他描写夜莺飞到众鸟聚居的河谷，并完整地记述了它们之间的对话。他甚至也"跟随"夜莺又飞回到溪边的树枝上：

> 夜莺向大家致谢，然后告别，
> 她飞到小溪边的山楂树上，
> 坐在枝头上，开始唱歌：
> "我将终生侍奉爱神。"
> 她的歌声如此嘹亮，我陡然梦醒。（第 285—290 行）

不能不说，比起乔叟梦幻诗中梦幻框架的娴熟应用以及其中做梦人生动有趣且自然可信的第一人称叙事，克兰沃虽然也试图设置一个并非完全被动旁观的叙事者，意欲参与到梦境的核心内容，即二鸟辩论之中，但他并未能将二者天衣无缝地有机结合，以至于出现了叙事者的梦境中容不进叙事者旁观的一幕场景，即夜莺向众鸟投诉布谷鸟一幕完全抛开了叙事者而展开叙事。好在诗歌结尾处，克兰沃还是成功地回到了叙事者梦醒环节，在致敬乔叟的同时，也算是圆满地结束了这首梦幻诗：叙事者最终被夜莺嘹亮的高歌惊醒。这场景很像《百鸟议会》结尾：议会结束，百鸟各自展翅飞走，发出巨大声响，叙事者惊醒。

尽管存在一些瑕疵，但克兰沃的梦幻框架成功塑造了一个天真轻信的叙事者，对于爱神的力量他全无招架之力，更遑论批判。在领悟了克兰沃的精心设计之后，即使看到叙事者死心塌地、不加质疑地帮助夜莺，读者也必然不会轻易站在夜莺一边。可以说，克兰沃的梦幻框架已然预示了梦境主题的复杂性。

三、布谷鸟？夜莺？

《丘比特之书》梦境中呈现的诗歌主体是一场辩论，辩论双方是夜莺和布谷鸟。朗普（David E. Lampe）在其《布谷鸟与夜莺中的传统和意义》一文中深度挖掘了布谷鸟和夜莺的传统意义，指出诗歌中的布谷鸟是"遭到背叛的丈夫（这个身份有他的话和名字谐音证明），他攻击的爱情是奸情"；布谷鸟身为情欲的受害者，所以"盲目地认为爱欲或者爱情的破坏力就是爱情的全部"。[1] 朗普意识到，传统中"夜莺往往与两种不同的爱相联系，其一是亵渎的奸情，其二是神

---

[1] David E. Lampe, "Tradition and Meaning in 'The Cuckoo and the Nightingale'", *Papers on Language and Literature,* No. 3, 1967, p. 51.

圣、忠贞之爱"①，并认为克兰沃的诗歌中包含了这两层意思：一方面，布谷鸟攻击的是夜莺代表的"奸情"，另一方面，夜莺告知叙事者要礼拜"雏菊"，这象征神圣和纯洁，但朗普认为，夜莺主要代表的是情欲，因此，他认为这首诗"表现了情欲之神的力量并以微妙的幽默手法展示了情欲对叙事者的影响"。②卢瑟福德（Rutherford）不太赞同朗普的结论，他认为这首诗中夜莺和布谷鸟的传统意义并不重要，重要的是"辩论者的语言和辩论结构"，他认为辩论的核心在于布谷鸟理性、勘破爱情、不信爱情，而夜莺感性、以宗教般的诚挚对待爱情，因此二者不可调和。他注意到了克兰沃对乔叟主题和手法的借鉴和使用。③钱伯伦（Chamberlain）对夜莺和布谷鸟的看法正好与朗普相反，他认为布谷鸟是一个基督一般的角色，而夜莺则是任性的爱神的使者。④这些评论十分详尽，或者追根溯源探究布谷鸟和夜莺的传统渊源（朗普），或者从辩论诗传统入手探讨辩论措辞（卢瑟福德），或者结合克兰沃的另外一部作品——宗教训诫诗歌《两条路》进行分析（钱伯伦）。尽管他们的研究也都或多或少提到了克兰沃与乔叟的关系，特别是克兰沃受到了乔叟的影响，但没有人在"梦幻诗"和"风雅爱情"框架下研究该诗，尤其是乔叟系梦幻诗这个角度，因此并没能很好地揭示《丘比特之书》对乔叟

---

① David E. Lampe, "Tradition and Meaning in 'The Cuckoo and the Nightingale'", *Papers on Language and Literature,* No. 3, 1967, p. 52.

② David E. Lampe, "Tradition and Meaning in 'The Cuckoo and the Nightingale'", *Papers on Language and Literature,* No. 3, 1967, p. 61.

③ Charles S. Rutherford, "The Boke of Cupide Reopened", *Neuphilologische Mitteilungen*, Vol. 78, No. 4, 1977, pp. 350-358.

④ David Chamberlain, "Clanvowe's Cuckoo", in Chamberlain ed., *New Readings of Late Medieval Love Poems*, Lanham: University Press of America, 1993, pp. 41-66.

梦幻框架的运用，也没有将诗歌主题与《骑士的故事》和《百鸟议会》之间的关系说清楚。

如果注意到克兰沃对乔叟梦幻诗作的借鉴，似乎大可不必再向更远的传统中去找寻布谷鸟、夜莺的象征意义，毕竟朗普非常深入详尽的研究其实证明了它们的象征意义也并非一成不变，它们在每首诗中的意义主要还是取决于诗作的上下文。《丘比特之书》叙事者首先在梦前序曲中简略提到布谷鸟和夜莺：爱神信徒之间有一种说法，"如果听到夜莺歌唱就很美好 / 听到粗俗的布谷鸟啼叫则要糟糕"，至于原因，他并没有多做说明；他可能根本不在意原因，因为作为爱神的忠实信徒，他只需要尽心效力、遵从习俗、不问情由。斯皮林认为，这种说法大概也是宫廷风雅传统的一个部分，正如雏菊礼拜、花叶论争和五朔节踏青一样。他还指出，传统中夜莺就是代表真爱，而布谷鸟则因其叫声和与"戴绿帽"（cuckoldry）一词相近的读音，更多代表着不相信爱情的态度。[1]斯皮林虽然没有进一步分析，但很重要的是他指出了布谷鸟对夜莺与宫廷风雅传统的联系。乔叟的爱情梦幻诗和浪漫传奇影响深远，他在《公爵夫人书》《声誉之宫》《百鸟议会》《〈贞女传奇〉序言》《骑士的故事》《特洛伊勒斯与克瑞西达》以及一些小诗中描述的爱情细腻精致、缠绵悱恻、令人叹惋，但他同时也在不断反思爱情与理性，爱情与婚姻、自然繁衍的关系。可以说，乔叟的爱情态度是复杂而矛盾的，因此他的叙事者也总是游离于爱情之外。克兰沃作为乔叟圈子的一员，作为乔叟的好友，既是国王的近侍，又是罗拉德骑士，富有学识远见，他

---

[1] A. C. Spearing, *Medieval Dream-Poetry*, Cambridge: Cambridge UP, 1976, p. 178.

的《丘比特之书》也并非就是简单地"歌颂宫廷理想爱情"①或者"颂扬精致细腻、令人高尚的爱情"，通过夜莺和布谷鸟的争辩和最后没有定论的辩论，他在诗歌中呼应了"乔叟系"模棱两可的爱情态度。

虽然并不知道克兰沃的初衷如何，但后世编撰者对这首诗题目的犹疑不决实际也反映了这首诗主题的复杂性。斯基特把这首诗从乔叟正典中剥离出来收入其编撰的《乔叟系诗歌及其他》之际，参照提恩（Thynne），将这首诗命名为《布谷鸟与夜莺》，但在诗歌引言中，他也指出，《布谷鸟与夜莺》这个名字除了提恩之外并没有其他权威证据，虽然提恩之后所有印刷本都用这个题目，但所有手抄本中并未出现此题目。这首诗"真正的题目"应该是《丘比特之书》，并引证了弗尼瓦尔（Furnivall）。②至于诗歌真正的标题为何，恐怕难以确认。但是对这两个题目的难以取舍，倒也指向了诗歌意义的复杂性。表面上看，这首诗歌咏爱神，叙事者死心塌地追随爱神，夜莺为了爱神与布谷鸟展开激烈辩论，的确是为爱神丘比特写下的"书"；但是，布谷鸟与夜莺的辩论最终输赢未定，即使夜莺诉诸"众鸟"，也需要等到"议会召开"才有决断（如果议会能有决断的话），从这个意义上来说，或许倒是《布谷鸟与夜莺》这个标题更为适合。尽管克兰沃身为国王近侍，深受宫廷文化的影响，熟谙风雅爱情，但作为一名罗拉德骑士，且活跃于"乔叟圈子"，代表了当时的上层"精英文化集团"，他对时下流行的"爱情游戏"并不会像叙事者那样毫无保留地支持。

---

① A. C. Spearing, *Medieval Dream-Poetry*, Cambridge: Cambridge UP, 1976, p. 179; Douglas Gray, "Later Poetry: The Courtly Tradition", in W. F. Bolton ed., *The Middle Ages*, London: Sphere Books Ltd, 1970, p. 326.

② Walter. W. Skeat ed., *Chaucer and Other Pieces*, The Project Gutenberg Ebook, 11 July, 2013, p. 49.

　　开篇对爱情的弘扬、叙事者本人追随爱神的态度以及他对夜莺的向往和帮助清楚表明夜莺和叙事者属于同一"派别"，他们代表的是丘比特，是理想的宫廷风雅爱情，是《公爵夫人书》中黑衣骑士的爱情，是《百鸟议会》中掠食禽类的鹰所代表的爱情，是特洛伊勒斯、阿赛特和帕拉蒙等人的爱情。如夜莺所言，爱情具有神奇力量，可以让人变得高尚，因为真正的爱神仆从宁愿死也不会做有损名誉的事情：

> 爱情生发所有的真，所有的善，
> 所有的荣誉，所有的高尚，
> 可贵（worthiness），满足，心灵的渴望，
> 极度的欢乐，完全的信任，
> 快活、欢愉和愉悦，
>
> 谦逊有礼，忠诚陪伴，
> 恭敬、慷慨、彬彬有礼，
> 羞耻心，畏惧犯错；
> 因为爱神真正的仆人
> 宁愿死也不愿蒙羞。（第 151—160 行）
>
> 要知道，有些人本来一无是处，
> 是爱情让他们变得善良高尚。
>
> 因为爱神一刻不停地促使仆从变得完美，
> 保护他们不受邪恶侵害，
> 让他们激情燃烧，

不断追求真理和高贵的德行，

蒙他喜爱的人都会永享福祉。（第 189—195 行）

夜莺以宗教般的虔诚敬奉爱神、笃信爱情，认为爱情带来幸福和一切美好的品质。与之相反，布谷鸟则认为爱神信徒必须承受痛苦，往往心意难遂，而且还有遭到背叛的可能，他声称：

年轻人的爱情不过一时冲动，

而老年人的爱情不过是昏愦顽愚；

谁最投入，谁就最受伤。

因为爱情带来疾病和不幸，

痛苦、忧虑和很多相思苦，

怨恨、纷争、愤怒和嫉妒，

耻辱、羞愧、猜忌和戒备，

骄矜、恶毒、贫穷和疯狂。（第 168—175 行）

不仅如此，因为爱神"双眼失明，根本看不见"，而且他"变化无常、随心所欲"，所以"在他的朝堂上正直善良并不讨好"（第 202—205 行）。可以看出，二者的辩论完全应和了梦前序曲中克兰沃对爱神力量的描述，只是夜莺看到爱神好的一面，而布谷鸟看到爱神不好的一面。它们各执一端，一个近乎理想化，而另一个则愤世嫉俗、全盘否定爱情，谁也无法说服对方。

在辩论诗传统中，当辩论双方难分胜负时，他们往往会协商寻求第三方裁决，比如克兰沃可能知晓的 12 世纪著名英语辩论诗《猫头鹰与夜莺》（*The Owl and the Nightingale*），最后双方决定去找吉尔德福德的尼古拉斯裁决（读者并没有看到裁决结果）；
在 14 世纪后期的辩论诗《聚敛者与挥霍者》中，二人找到国王当
裁判。克兰沃诗中的叙事者看到夜莺在与布谷鸟辩论中委屈地伤
心落泪时，他捡起石头驱赶布谷鸟，将它赶出了树林。表面上看，
似乎布谷鸟输了辩论。但是正如前文所述，克兰沃故意设置了一
个"有态度"的叙事者：他一开始就站在了爱神一边，而他来树
林的目的就是寻找夜莺。但是似乎怕什么来什么，他不想听布谷
鸟啼叫，却刚进入梦境就听到布谷鸟的叫声，他非常生气，开始
谩骂布谷鸟，也就是说，这场辩论的始作俑者其实是叙事者。因
此并不能将叙事者看作这场辩论的裁判。事实上，克兰沃塑造的
叙事者不仅不够格担当辩论裁判，而且还在某种程度上证实了布
谷鸟对爱情的认识。布谷鸟评说"因为年轻人的爱情不过一时冲
动，/ 而老年人的爱情不过是昏愦顽愚"，而叙事者自称"年老"，
又说爱神"没有理性，只是任性妄为"，说明他十分清楚爱神威力
无边，任意主宰爱徒们的命运，但他还是在春天来到之际，被爱
神的飞镖击中，饱受相思煎熬，时常焦灼难安、夜不能寐，承受
着爱情的痛苦；他还告诉夜莺，自己的爱情一无所获。所以，克
兰沃塑造的叙事者其实是以自己为例证实了布谷鸟的观点：爱情
是不受理性左右的，追求爱情往往并不能够得到爱情，反而为爱
所伤，郁郁而终。虽然"年老力衰"，但还是被爱神的飞镖击中，
饱受相思煎熬，时常焦灼难安、夜不能寐，这就证实了布谷鸟所
说的爱神"眼瞎"，任性妄为，让他的信徒陷入痛苦，他随意发射
爱情之箭，却并不保证中箭之人得到爱情报偿；叙事者虽然深知
爱神的力量，但他既然已经中了爱情之箭，便无从判断是非曲直，
一心只想追随爱神并向往夜莺，憎恶布谷鸟。可以看出，正如布
谷鸟所言，这位"老年"叙事者已然"昏聩顽愚"。

克兰沃塑造这么一个叙事者帮助夜莺，看似倾向于爱神和夜莺，实际却并不是在书写爱神丘比特礼赞，而是处处暗示爱情并不如夜莺所说的那么理想、完美。仔细审视辩论中的布谷鸟和夜莺，也会发现克兰沃并不偏向夜莺。尽管叙事者一开始提到布谷鸟时，就称之为"粗野的布谷鸟"（第50行），在辩论过程中，展开谩骂、进行人身攻击的却是代表风雅爱情的夜莺，而布谷鸟则始终隐忍理性。辩论从抨击对方的歌声开始。夜莺首先向正在歌唱的布谷鸟发难，她让他移居别处，因为他的歌声实在太难听。布谷鸟则认为自己的歌唱真挚平实，每个人都能听懂，不像夜莺的歌声那样轻浮花哨，整天叫着"哦兮哦兮"，不知何意。如果说前面的对话还算客气的话，此刻夜莺开始显得粗野，她称布谷鸟为"傻瓜"，说的话也杀气腾腾，她愿那些对爱神心怀不轨的人都不得好死，而且觉得那些不愿毕生追随、效忠爱神的人就应该去死，她甚至告诉布谷鸟，自己发出的"哦兮哦兮"的声音就是"去死"的意思。① 不仅如此，每次布谷鸟发表完自己的观点，夜莺总会情绪激动地加以辱骂，比如当布谷鸟说爱神仆从们承受着忧伤、苦痛和担心，并最终难以成功时，夜莺说："什么？你是不是疯了！"（第146行）布谷鸟说爱神的朝堂上没有公正可言，因为他随心所欲，这时的夜莺堪称气急败坏：

"啐，"她说，"去你的！还有你的名字！
爱神绝不叫你兴旺！
你比疯狂还要糟糕一千倍"（第186—188行）

---

① Dana M. Symons 指出，英文 Ocy 近似法语的动词 occire（杀、杀戮）的直陈式命令式形式。参见 Symons ed., "The Boke of Cupide", *Chaucerian Dream Visions and Complaints*, Kalamazoo, Michigan: Medieval Institute Publications, 2004, note to ll. 123-125。

　　总之，夜莺与其说是在辩论，不如说是在吵架。夜莺的粗俗谩骂很容易让人联想起《猫头鹰与夜莺》。如前文所述，克兰沃很可能读过这首诗，诗歌中某些地方确实也显示了该诗的影响。比如，《猫头鹰与夜莺》一诗中两只鸟的争论也是从对方的歌喉开始，并且也是夜莺率先发难，而且也是一来就叫猫头鹰走开（第33行），因为他的歌声让夜莺很难受；猫头鹰也声称自己的歌声中没有"花腔颤音"。《猫头鹰与夜莺》不是梦幻诗，叙事者直接说自己在河谷听到夜莺和猫头鹰在争吵，作者似乎并不像克兰沃那样认为需要为人能听懂鸟语做出特别的解释。诗中不仅夜莺尖酸刻薄，辩论双方都锋芒毕露、诅咒唾骂、竭尽相互诋毁之能事。[①]（第3—7行）尽管克兰沃的夜莺形象与《猫头鹰与夜莺》中的夜莺颇为相似，布谷鸟与猫头鹰却大相径庭。抛开叙事者的立场不论，也不要受到他对布谷鸟态度的影响，可以发现克兰沃塑造的布谷鸟其实非常克制守礼，并没有对夜莺说出任何攻击性的言语，反倒辩论逻辑非常清晰，几乎都是针对夜莺提出的话题在进行反驳。即使在夜莺打断他的歌唱，让他去别的地方的时候，他也并没有生气，只是表示不解，因他觉得自己的歌声同样动听，并表示夜莺的歌唱令人不知其意。对于夜莺表达的凡是不追随爱神的人还不如死去的观点，布谷鸟觉得甚是"奇特"，他并不打算死去，也不打算拖拽着爱神的犁轭过活，因为爱神仆从一生悲苦，无法拥有真正的幸福。相比之下，夜莺不仅粗暴恶毒，还非常感性和情绪化，根本不具备辩论所需的思辨和理性。在双方辩论的过程中，布谷鸟不过是表达自己的观点，认为爱神不讲理性，全看自己心意处置他的追随者，结果夜莺就长吁短叹，痛心疾首，

[①] J. W. H. Atkins ed., *The Owl and the Nightingale*, Cambridge: At the University Press, 1922; 译文参见沈弘译注《英国中世纪诗歌选集》，台北：书林出版社 2009 年版。

伤心地掉下眼泪，并呼唤爱神前来帮忙，替她报仇。这么一来，她和布谷鸟的辩论不是以双方协商诉诸第三方裁决，而是自己先行败下阵来、请求支援。根据这些细节，可以相信，克兰沃实际是在嘲讽夜莺：她并没有像自己声称的那样，因为效忠于爱神就变得善良高贵、彬彬有礼；从叙事者的经历来看，爱神也并没有像夜莺所说的那样让追随者永享福泽；在她向爱神呼告、恳请救助的时候，爱神并没有出现，倒是叙事者跳出来帮助了她。而且，夜莺在辩论时痛哭流涕，打断了辩论进程，又违背辩论常规，"邀约"第三人武力攻击辩论对手，这其实已然宣告了自己的失败。

可以看出，尽管克兰沃身为国王近侍，熟谙宫廷文化、宫廷礼仪和风雅爱情的整套说辞，他却并没有像叙事者那样"鹦鹉学舌"①。他熟读好友乔叟的《骑士的故事》和《百鸟议会》，特修斯关于爱情和理性的感言、百鸟议会中爱情花园门前关于爱情两面性的陈述引发了他关于爱情的思考。特修斯虽然表示能够理解阿赛特和帕拉蒙为了爱情大打出手，因为他自己也曾年轻过，曾经做过爱神的侍从，但是他也强调人一旦落入爱的罗网，就会失去理性，变成愚人，甚至会扰乱法度、破坏安宁、危及生命。《百鸟议会》叙事者也清楚地呈现了爱情祸福两端、令人惶恐。虽然布谷鸟在传统中因为名字的发音而总是和不忠的爱情联系在一起，但在克兰沃的布谷鸟看来，在爱情中遭到背叛仅仅是爱情的一个"风险"而已，所以布谷鸟与夜莺代表的只是爱或不爱，并不是爱情的类型，与朗普所论忠贞、色欲无关，更与钱伯伦提到的基督没有联系。正如卢瑟福德指出的那样，一方面，"在纯粹理性的立

---

① 诗歌中布谷鸟逃离叙事者攻击之时，喊着"再见、再见，鹦鹉"；Dana M. Symons 指出，"鹦鹉"有多重含义，参见 Symons, ed., "The Boke of Cupide", *Chaucerian Dream Visions and Complaints*, Kalamazoo, Michigan: Medieval Institute Publications, 2004, note to l. 222。在这里，笔者取"鹦鹉学舌"不假思索地加以效仿之义。

场上，布谷鸟无疑是正确的，爱情的确没有理性，也会带给人烦恼；另一方面，夜莺提出的爱情叫人愉悦幸福、令人高尚也颇有道理"①。辩论双方都不可能放弃自己的立场，"理性、愤世嫉俗的布谷鸟不会放弃他合乎逻辑、理由充分的立场；情感丰富、情绪激动的夜莺也不愿放弃她对于爱情那份近乎宗教的热忱"②。夜莺代表着理想化的美好追求，她只看到爱情引人向善的一面，并不考虑爱徒是否因爱受伤，也拒绝接受这就是事实；而布谷鸟却理性而现实，他也并没有否认爱神也许令人从善，却看到追求爱情的人即使善良、高尚，也不一定有好报。面对爱与不爱（是否进入爱情花园）的两难选择，乔叟让亚弗里坎努斯"解救"了自己的叙事者：

> 你大可不必害怕，只管大胆进来。这门上的诗句，并非为你而写，也不为任何旁人，除非他当了爱神的侍从。我相信，你对爱情已失去了兴趣，好比一个病人嘴里辨别不出甜苦一样。③（第155—161行）

因为乔叟笔下的叙事者只是爱情的旁观者，他可以避免选择。克兰沃的诗歌最令人赞叹之处在于，明面上塑造一个立场鲜明的叙事者、站在夜莺一边，字里行间却一波三折、各种牵制、暗示结论并不那么简单，诗人自己并未站队选择。在诗歌主体部分的

---

① Charles S. Rutherford, "The Boke of Cupide Reopened", *Neuphilologische Mitteilungen*, Vol. 78, No. 4, 1977, p. 358.

② Charles S. Rutherford, "The Boke of Cupide Reopened", *Neuphilologische Mitteilungen*, Vol. 78, No. 4 , 1977, p. 358.

③ [英]乔叟：《乔叟文集》，方重译，上海译文出版社1979年版，第84页。方重译文为散文体，文中括号内为原诗诗行。后文同。

辩论中，读者刚以为逃走的布谷鸟是失败者，转念间夜莺的粗暴无礼、痛哭放弃和叙事者的诉诸武力又叫人心生疑窦。读者或许认定夜莺才是反方，但克兰沃马上安排了夜莺与叙事者的对话，给予他们更多"话语权"。布谷鸟被赶走以后，夜莺感谢叙事者帮助，许诺整个五月都要为他歌唱，鼓励他不要因为先听到布谷鸟歌唱就担心，来年她会补偿他；夜莺告诉叙事者布谷鸟是爱情敌人，要他不要相信布谷鸟胡言乱语。不过，夜莺这么劝诫叙事者，是否她也意识到布谷鸟并非"明目张胆在撒谎"，却道出了事实呢？针对这句话，叙事者回复说，"我从爱情那儿一无所获，只有无数伤痛"，看似他其实赞同布谷鸟说出了他的心声。而且，这时，夜莺并没有再为爱神辩护，她给叙事者提出的排解烦恼的方法竟然是观赏鲜艳的雏菊花，而非"继续毫不懈怠效忠爱神一心一意侍奉心上人"之类的风雅爱情套话。当夜莺飞走的时候，叙事者的祈祷："我祈祷上帝永远庇佑她，/让她永享爱情甜蜜，/庇佑我们远离布谷鸟和他的胡话，/因为他最为虚情假意"（第256—260行），倒给人一种悲凉之感：夜莺和叙事者一厢情愿地效忠爱神，并未得到任何帮助和回报，却始终抱持不切实际的幻想。

　　克兰沃的梦境叙述到这里，从表面上来看，布谷鸟被叙事者驱赶着仓皇而逃，似乎夜莺才是胜利的一方，但是上面的论述显示，从实际的辩论过程来看，恐怕夜莺算不上取得了胜利。但是由于夜莺得到叙事者的全力帮助和支持，克兰沃似乎担心读者就此认定夜莺是胜者，所以又安排了夜莺离开叙事者之后的一个情节，再次强调了这场辩论并无结论。夜莺似乎很不甘心布谷鸟就这样"全身而退"，因此告别叙事者之后，她飞到众鸟居住的河谷，将它们召集起来，让它们听听自己的悲惨遭遇，并恳请它们"维护正义，惩罚那只肮脏、狡诈、变态的坏鸟"（第269—270

行）。众鸟推举的代表却不为夜莺的指控所动，并没有站在夜莺这边，而是主张召开众鸟集会，要让布谷鸟出席，然后再做出裁决。这个议会的地点是王后在沃德斯托克的寝宫窗外枫树下绿色的草坪。

> 这件事需要仔细斟酌，
>
> 聚在这里的鸟并不太多；
>
> 事实上布谷鸟他不在这里，
>
> 所以我们应该召开一次会议。
>
> 请苍鹰当我们的领袖，
>
> 其他贵族就是会议成员；
>
> 后面我们会找到布谷鸟
>
> 让他前来接受审判，
>
> 然后我们再做出决议。（第 272—280 行）

克兰沃在诗中两次提及瓦伦丁节。第一次是在梦前序曲中，叙事者看到鸟儿们成双成对在枝头翩跹起舞，它们的伴侣都是三月瓦伦丁节那天选定的。这是对乔叟《百鸟议会》中自然女神召集百鸟在瓦伦丁节当天集会选取伴侣情节的明显指涉。这里再次提到，约定要在瓦伦丁节当天上午（有些版本是瓦伦丁节第二天早上）召开大会，也不禁让人联想到乔叟笔下那热闹非凡的众鸟集会。关于自然女神召集，从时间上来讲，此时已经是五月，要等到瓦伦丁节再开会，那么就只能是来年的瓦伦丁节。再想想乔叟《百鸟议会》中，自然女神"拨动众鸟心弦"，令它们挑选伴侣，但三只雄鹰都相中了女神手上那只完美的雌鹰，它们进行了激烈论争，还让掠食鸟、食虫鸟和水禽等每个群体派代表发言，还是难以决断，最后让雌鹰表态，她却也无从选择，于是决定次年再做选择。克兰沃应该是在暗示，即使待到来年众鸟集会，很可能夜莺也等不到令她满意的判决。毕竟，这场论争本无定论。

《丘比特之歌》的梦前序言充分显示了爱情的非理性，而梦境中呈现的却是一场关于爱情的辩论。辩论需要的是理性和逻辑，也就是说，夜莺和布谷鸟试图通过一种讲求逻辑和理性的方式来讨论非理性的爱情的是是非非，它们各执一词，一方歌颂爱情令人高尚，一方则鞭挞爱情让人烦恼。夜莺在辩论过程中表现得情绪化、不讲逻辑或理性，展现了爱情非理性的一面，却没有展现出爱情令人高尚的影响。布谷鸟冷静、清晰，尽数列举爱情带来的痛苦，但它这局外人的见解对夜莺或者叙事者都没有任何说服力，唯一的作用是激起了他们的情绪爆发和"暴力"抵制。本应有礼有节、理性克制的口头辩论竟然演变成哭哭啼啼乃至武力相加的闹剧。夜莺深知逃离现场的布谷鸟并未改变观点，无奈之下诉诸其余鸟雀，请众鸟帮忙惩戒布谷鸟，但是众鸟显然无意不分青红皂白维护夜莺或者它所代表的爱情，将结论推给议会决定，从而延宕了这场爱情辩论的裁决。克兰沃的梦前序曲和梦境内容联系紧密，穿梭于梦里梦外的叙事者丰富了诗歌的层次，其反讽意义使诗歌内涵更加复杂。对其他诗歌特别是乔叟诗作的指涉影射绵延于诗行之间，增加了诗歌的厚度和意蕴，虽然只有短短290行，却从头到尾回荡着《猫头鹰与夜莺》《骑士的故事》《百鸟议会》甚至《〈贞女传奇〉序言》的内容。尽管克兰沃身为骑士，效力于王室，谙熟风雅爱情，但他显然并不热衷于这场爱情游戏，在这首为爱神丘比特书写的诗歌中，他更多地揭示了爱情的非理性和复杂性。虽然辩论意味着二分，但是当辩论诗遇上梦幻诗，梦幻诗的叙事层次和包容性则增加了辩论"二分"的不确定性。克兰沃对梦幻框架的纯熟运用，通过梦前序曲和梦境内容之间的牵引张力，通过二鸟辩论呈现的不同态度以及最后典型的辩论不了了之式结尾，彰显了他对梦幻叙事手法的深刻理解、领悟和应用。因此，斯皮林在《中古英语梦幻诗》中给予克兰沃高度评价："克兰沃不是简单地模仿乔叟，他真正把握了乔叟梦幻诗的动能，他能够（欣赏乔叟）将做梦者与诗人分开的戏剧化处理，并创新地加以运用。"① 作为乔叟的同龄人兼圈中好友，克兰沃这位乔叟系诗歌传统的开启者显然有着得天独厚的优势——他们感受着同样的宫廷文学氛围，观察或体验着同样的风雅爱情游戏，为同一群宫廷受众写作，而且克兰沃可以直接与乔叟一起分享诗歌、探讨诗歌写作。因此，诚如斯皮林所言，"克兰沃接过乔叟梦幻诗的（写作）游戏，但他对游戏规则，尤其某些精妙细节的理解和把握远远超过大多数 15 世纪的诗人"②。我们也只能为詹姆士一世、利德盖特等 15 世纪乔叟系诗人感到遗憾。

---

① A. C. Spearing, *Medieval Dream-Poetry*, Cambridge: Cambridge UP, 1976, p. 181.

② A. C. Spearing, *Medieval Dream-Poetry*, Cambridge: Cambridge UP, 1976, p. 177.

第二章

《玻璃神庙》
——修士的情歌

　　约翰·利德盖特（John Lydgate, 1371—1449）是英国萨福克郡伯里圣爱德蒙兹修道院的一位本笃会修士，同时也是 15 世纪英国最著名的诗人之一，"乔叟最忠心、最多产的模仿者"①。他著述甚丰，所有诗作约有 145000 行，是莎士比亚的两倍、乔叟的三倍。②尽管是一名修士，但利德盖特显然并未闭门静修，他与当时的兰卡斯特王室来往密切，时常接受国王、贵族、教士、行会人员甚至身份崇高的贵族女子的委托撰写作品。他的几个大部头作品，如《底比斯之围》（*The Siege of Thebes*）、《王者之败落》（*The Fall of Princes*）和《特洛伊书》（*The Book of Troye*），都受王公贵族赞助写成。他的作品文类丰富，包括爱情怨歌、祝祷诗（devotional

---

① A. C. Spearing, *Medieval Dream-Poetry*, Cambridge: Cambridge UP, 1976, p. 171.

② Derek Pearsall, *John Lydgate*, London: Routledge & Kegan Paul, 1970, p. 4.

verse）、圣人传奇、史书、教义诗、讽喻诗等。①其作品中的风
雅爱情诗歌大多是利德盖特早年的作品，在他全部的作品中只占
很小的比例，"不到百分之二"，其中最重要的有四部：《玻璃神
庙》、《黑衣骑士怨歌》（又名《情人怨歌》，*A Complaynte of Lovers
Lyfe*）、《礼仪之花》（*Floure of Curtesye*）、《理性和感性》（*Reson
and Sensuallyte*，未完）。这几部利德盖特作品中"最具有乔叟系风
格的作品"得到了评论家的诸多赞誉。②《黑衣骑士怨歌》和《礼
仪之花》都属于爱情怨歌，深受乔叟的《公爵夫人书》和《马
尔斯怨歌》、《怨歌——致怜悯》（*A Complaint to Pity*）以及《怨
歌——致情人》（*A Complaint to His Lady*）的影响。这两首诗相
对短小精悍（《黑衣骑士怨歌》681 行，《礼仪之花》270 行）、紧
凑简练；虽然并没有采用梦幻诗形式，但其中的景致、人物和爱
情都非常理想化，呼应了梦幻诗的相关程式。珀索尔认为，《黑衣
骑士怨歌》"为我们展示了最好的利德盖特，且最具乔叟风格"③，
称《礼仪之花》为"几近完美的手工艺品（a near-flawless piece of
craftsmanship）"④。《理性与感性》是一部说教寓意梦幻诗，结合了
宫廷文学和道德说教传统，是利德盖特对法国诗歌《爱情棋局》
（*Les Echecs Amoureux*）的不完整翻译，原诗大约 30000 行，利德
盖特将前 4873 行翻译扩展为 7000 多行。评论界对这首诗关注相

---

① J. Allan Mitchell, Introduction, in Mitchell ed., *The Temple of Glas,* Kalamazoo, Michigan: Medieval Institute Publications, 2007, p. 1.

② Reginald Webber, Late Medieval Benedictine Anxieties and the Politics of John Lydgate, Ph.D. Dissertation, University of Ottawa, 2008, p. 62.

③ Derek Pearsal, "The English Chaucerians", in D. S. Brewer ed., *Chaucer and Chaucerians: Critical Studies in Middle English Literature*, London: Thomas Nelson and Sons Ltd., 1966, p. 207.

④ Derek Pearsall, *John Lydgate*, London: Routledge & Kegan Paul, 1970, p. 97. 当然，珀索尔也指出，"手工艺品"本身是有局限性的。参见 p. 102。

对较少，刘易斯却对其赞赏有加，他认为这首诗"赏心悦目"（a delight）①，"是乔叟与斯宾塞之间最优美、最重要的一部作品"②。

比起《黑衣骑士怨歌》和《礼仪之花》，《玻璃神庙》结构更加复杂、内容更为丰富，是利德盖特"没有明确基于其他作品而创作的诗歌中最长的一首"③。《玻璃神庙》现存 8 个手抄本，表明其在 15 世纪就广为传抄、颇受欢迎。1891 年西柯（Schick）、1966 年诺顿－史密斯（John Norton-Smith）和 2007 年米歇尔（Mitchell）的版本都是依照手抄本坦纳 346（MS Tanner 346）编撰而成的，共计 1403 行，而柏菲在其《十五世纪英语梦幻诗》中所收的《玻璃神庙》是基于约翰·雪利（John Shirley）版本整理的，计 1399 行。④ 笔者的引文主要参照米歇尔版本，但在论述中也会用到柏菲的版本。

关于《玻璃神庙》的写作时间学界仍无定论。西柯在其编辑整理的《利德盖特的'玻璃神庙'》引言中提出"最可能的时间"是 1403 年，席尔默（Schirmer）认为 1400—1403 年利德盖特受委托写作此诗，诺顿－斯密斯在《约翰·利德盖特：诗选》以及论文《约翰·利德盖特的修改》中提出利德盖特可能曾在不同时间对诗歌进行修改，珀索尔提出 1420—1430 年最为可能，柏菲指出，现存最早的收录《玻璃神庙》的手抄本是约翰·雪利编撰的一个选集，即大英图书馆手抄本增补 16165（BL MS Additional 16165），完成时间在 15 世纪 20 年代，由此可以判断此诗的写作

---

① C. S. Lewis, *The Allegory of Love*, Oxford: Oxford UP, 1936, p. 264.

② C. S. Lewis, *The Allegory of Love*, Oxford: Oxford UP, 1936, p. 277.

③ Derek Pearsall, *John Lydgate*, London: Routledge & Kegan Paul, 1970, p. 104.

④ Julia Boffey ed., "The Temple of Glass", *Fifteenth-Century English Dream Visions*, Oxford UP, 2003, pp. 15-89.

时间肯定是在此之前。① 很有意思的是，虽然很多评论家认为《玻璃神庙》属于利德盖特早期作品的原因在于"其题材不像是一名成熟修士的合理选择"，② 珀索尔却恰好认为像《黑衣骑士怨歌》《礼仪之花》《玻璃神庙》这一类"时间不明的爱情诗歌"只可能是利德盖特写于15世纪20年代的作品，因为此时"他获得了一定程度的自由，不像之前那样受到修道院的束缚"③。从珀索尔的《约翰·利德盖特——传记文献》中可以看到，利德盖特在整个15世纪20年代与王宫贵族多有联系，在1426—1432年几乎成了兰卡斯特王朝的御用诗人和未命名的桂冠诗人。鉴于这段时间利德盖特拥有众多世俗赞助人和委托人。再考虑到《玻璃神庙》中浓厚的道德说教意味，"成熟的修士"利德盖特未见得就不可能选择《玻璃神庙》中的题材，因此这首诗的确不一定是利德盖特早年的作品。虽然无法确知写作时间，但可以肯定的是，《玻璃神庙》深受乔叟影响，在层层照应的梦幻框架下，书写一则看似属于爱情寓意传统实则颇为现实的骑士贵妇爱情故事，表达了利德盖特对情感，特别是女性情感的关注，同时也不可避免地反映了利德盖特身为修士的道德认知，反映了其赞助人乃至整个15世纪英格兰人的道德诉求。

---

① J. Schick, ed., *Lydgate's Temple of Glas*, London: Kegan Paul, Trench, Trubner, 1891, p. cxiv; Walter F. Schirmer, *John Lydgate: A Study in the Culture of the XVth Century*, London: Methuen and Company Ltd., 1952, p. 37; John Norton-Smith, "Lydgate's Changes in *The Temple of Glas*", *Medium Aevum*, Vol. 27, Jan. 1, 1958, 27, pp. 166-172; J. Norton-Smith ed., *John Lydgate: Poems*, Oxford, 1966, pp. 176-179; Derek Pearsall, *John Lydgate (1371-1449): A Bio-Bibliography*, Victoria BC: University of Victoria, 1997, p. 43; J. Allan Mitchell, Introduction, in Mitchell ed., *The Temple of Glass*, Kalamazoo, Michigan: Medieval Institute Publications, 2007.

② 参见 Julia Boffey ed., "The Temple of Glass", *Fifteenth-Century English Dream Visions*, Oxford UP, 2003, p. 16。

③ Derek Pearsall, *John Lydgate (1371-1449): A Bio-Bibliography*, Victoria BC: University of Victoria, 1997, p. 14.

一、梦幻框架　　　《玻璃神庙》是一首典型的梦幻诗，有着完整的"梦前序曲—梦境—梦醒后记"叙事框架。一方面，虽然整首诗长达 1403 行，但是与乔叟的梦幻诗或者克兰沃的《丘比特之书》相比较，利德盖特的梦前序曲显得颇为简短：叙事者在诗歌第 14—16 行就进入了梦乡（《公爵夫人书》梦前序曲第 1—290 行，《声誉之宫》第 1—110 行，《百鸟议会》从 120 行正式开始描写梦境，《〈贞女传奇〉序言》叙事者在第 209 行入睡；《丘比特之书》诗歌仅有 290 行，但梦前序曲有 20 行）。另一方面，他的梦醒后记，第 1362—1403 行，却超过了乔叟或是克兰沃的梦幻诗的梦醒后记，共计 42 行，包含两个部分：第 1362—1392 行讲述叙事者被梦境中的欢歌惊醒后于失落惆怅中记录下梦境；第 1393—1403 行为诗跋，是诗人给自己"小诗"的寄语，愿它获得"爱人"青睐。梦境本身分为两个部分。第一部分（第 15—530 行）中叙事者于梦中来到一个玻璃神庙前，起初，玻璃反射的阳光晃得他睁不开眼，直到几朵乌云遮挡了光线，他才得以看清自己所处的环境，并找到一个小门进入庙堂。他一一描绘了玻璃神庙壁画中呈现的历史上有名的爱情故事，然后历数了聚集在庙堂上手拿诉状的人们想要对维纳斯倾诉的各种爱情苦痛，最后才着眼于一位跪在维纳斯神像面前的女士。她哀叹自己"身体受到束缚"，无法得到心之所爱，维纳斯答应她，只要她耐心等待，自会得偿所愿。第二部分（第 531—1363 行）开始时，场景切换到向维纳斯焚香献祭的一大群人中，而后叙事者离开熙熙攘攘的人群，随即看到一位落落不群的黑衣骑士并偷听到他的怨歌：骑士感叹被爱神击中，却不知能否得到心中女郎的恩宠。叙事者看到骑士鼓起勇气向维纳斯求告，并在维纳斯的鼓励下向女士告白，女士遵从维纳斯的旨意，接受了骑士的效劳；维纳斯用无形的锁链将骑士、女士连在一起，并嘱咐他们谨守道德礼仪、互敬互爱、永不分离。庙堂上所有的"爱人"们为两人的幸福美满高歌。从梦前序曲到梦境内容的两个部分再到梦醒后记，利德盖特不急不慢、徐徐铺陈、层层应和，颇具乔叟梦幻诗包罗万象和含混复杂的特点，在内容和主题上也对乔叟作品借鉴颇多。

斯皮林对《玻璃神庙》没有太高的评价。他感叹自己对诗歌的梗概简述"并无遗漏太多情节（action）"，因为"这首 1403 行的诗歌就没有什么情节"。① 他还认为利德盖特的梦幻框架可有可无，没有体现做梦人 / 叙事者存在的必要性；虽然利德盖特设置了第一人称叙事者作为"观察者"，却并"没有思考叙事者的身份立场，比如他与观察对象的关系以及他与转述梦境的对象（即读者或听众）的关系"。② 斯皮林提到的这第一点，即缺乏情节发展的问题确实存在。利德盖特在诗中使用了乔叟喜爱的英雄双行体和君王诗节两种格式，明显区分了叙事部分和对话（或独白）部分。英雄双行体主要用于叙事者讲述，君王诗行则用于对话（或独白）。尽管这种区分并不绝对，比如叙事者偷听到的骑士怨歌（第567—693 行）也是用的英雄双行体，而君王诗节部分也偶有叙述而非对话（或独白），如第 503—509 行，第 524—527 行，等等。但是可以看到，全诗的重点不在叙事：采用君王诗行的女士诉求，骑士怨歌、诉求或告白，以及维纳斯的答复或叮咛，竟达到 119 个诗节，合计 833 行，也就是说，全诗真正的叙事部分只有大约570 行。不过其实这并不值得感叹，因为情节发展本就不是梦幻

---

① A. C. Spearing, *Medieval Dream-Poetry,* Cambridge: Cambridge UP, 1976, 172.

② A. C. Spearing, *Medieval Dream-Poetry,* Cambridge: Cambridge UP, 1976, 175.

诗作的核心，即使在乔叟的梦幻诗中，也有大量的细节铺陈、长段的对话（或独白）构成了诗歌的主要部分。仔细想想，无论是《公爵夫人书》，还是《百鸟议会》，抑或是《〈贞女传奇〉序言》，甚至是《声誉之宫》，其实都没有复杂的情节，也并不是以情节取胜。关于第二点，的确必须承认在乔叟之后几乎没有人将梦幻框架运用得如此得心应手，在梦境理论、梦境背景设置与梦境三者之间制造出一种破立有度、制衡支撑的张力；但如果因此就认为利德盖特不必使用梦幻框架，笔者认为这不仅否认了利德盖特的梦幻诗，恐怕也会使整个乔叟系梦幻诗传统不值一提。实际上，利德盖特也并非像斯皮林所言，仅仅因为乔叟使用了梦幻，他就将事件置于梦境之中。①

首先，比较利德盖特同期创作的另一首风雅爱情诗歌《黑衣骑士怨歌》，或许会找到一些端倪。西蒙斯（Dana M. Symons）将《黑衣骑士怨歌》与《丘比特之书》、《妒忌之书》（*The Quare of Jelusy*）和《无情淑女》收入他编撰的《乔叟系梦幻诗和怨歌》集子中时指出："选集中只有《丘比特之书》的叙事者讲述的是他梦中发生的事情，从这个意义上来说也许只有《丘比特之书》才能真正称作梦幻诗，但是其他几首诗都大量借鉴了梦幻诗程式以容纳其怨歌或者辩论。"② 实际上，《黑衣骑士怨歌》也采用了梦幻诗惯常的理想景致作为背景，有一个第一人称叙事者作为观察者，叙述他听到（偷听到）的"别人"的故事，然后在他离开偷听现场以后记录下听来的故事。整个诗歌主题、场景和氛围跟梦幻诗非常接近，可以说所差的就是叙事者入睡并醒来的动作。《黑衣骑

---

① A. C. Spearing, *Medieval Dream-Poetry,* Cambridge: Cambridge UP, 1976, 175.

② Dana M. Symons, Introduction, *Chaucerian Dream Visions and Complaints,* Kalamazoo, Michigan: Medieval Institute Publications, 2004, p. 2.

士怨歌》很明显是利德盖特受到乔叟《公爵夫人书》启发而写的，如果《玻璃神庙》是因为乔叟采用梦幻框架而采用梦幻框架的话，为什么这首诗他没有因为乔叟采用梦幻框架就也采用梦幻框架呢？所以，在写作《玻璃神庙》时，利德盖特并非像斯皮林所言，不假思索、"信手"（"inertly"）拿来乔叟的梦幻框架，他有着自己的充分考量。对比《玻璃神庙》和《黑衣骑士怨歌》，可以发现，前者所叙述的景物、事件的可能性低于后者：即使放在风雅爱情文学的背景下，叙事者也不可能陡然走进一个玻璃爱情殿堂，看到那么多手持诉状的历代爱人的壁画，有那么多失意的爱人手拿诉状准备向维纳斯女神求告，却完全有可能来到一个风景优美的花园，看到一座花藤搭成的凉亭，里面躺着悲伤的黑衣骑士，听到他的哀怨。从这里也可以看出，当中世纪诗人采用第一人称进行叙事的时候，他们其实也关注"真实性"问题。[①]

其次，仔细审视《玻璃神庙》的梦前序曲和梦醒后记，可以发现利德盖特在梦幻框架中隐藏了很多信息，诸多的暗示和影射增加了诗歌主体部分内容的复杂性。与《声誉之宫》一样，《玻璃神庙》的梦境也发生在 12 月，不同于梦幻诗中常见的春暖花开的五月背景。叙事者像《公爵夫人书》的叙事者一样，在黑暗笼罩的夜晚，"心事重重、满腹幽怨、愁肠百结"[②]，把自己裹在被窝里，

---

① 不过，必须承认的是，"真实性"在 15 世纪爱情诗歌中并不是诗人考虑的重点，这明显体现在另外几首"无梦梦幻诗"中，如《花与叶》《无情淑女》《爱情朝堂》。本书后面将详细讨论和研究。

② John Lydgate, *The Temple of Glas*, ed. J. Allan Mitchell, Kalamazoo, Michigan: Medieval Institute Publications, 2007. 本诗引文均出自此版本，后文引用该诗不再加注，随文注明行诗。译文为笔者自译。作者也参考了 Julia Boffey 版本。参见 Julia Boffey ed., "The Temple of Glass", *Fifteenth-Century English Dream Visions*, Oxford: Oxford UP, 2003, pp. 15-89. J. Allan Mitchell 版本依据的是 Cambridge, University Library MS Gg. 4. 27 (G), 而 Boffey 依据的是 John Shirley 整理的版本，收于 BL MS Add. 16165 (S)。两个版本有少量出入。后文将有所论及。

却"漫漫长夜，辗转反侧"（第 12 行），直到他终于感到"一阵死亡般的睡眠突然袭来压迫着[他]"，他感到自己的"灵魂飞升来到一座玻璃神庙"（第 14—16 行），由此开启了对梦境的记叙。忧思重重、心情烦闷、辗转反侧的叙事者是爱情梦幻诗的一个常用程式，乔叟《公爵夫人书》的叙事者如此，《丘比特之书》的叙事者也是如此，但是《公爵夫人书》叙事者在声称不知道自己为何长期失眠的时候无疑有一丝戏谑意味，克兰沃则明确表示"我"是因爱情未获回报而无眠，而作者与叙事者的分离使叙事者的言行透着反讽与滑稽；不同于这二者的是，利德盖特这开篇的 14 行显得格外沉重、黑暗，甚至暗示着死亡的压抑。起首两行中 7 个实词，个个指向"忧思"（"thoughts"）、"压抑"（"heaviness"）、"郁闷"（"distress"），季节恰逢深冬，时间正处夜半月黑，叙事者上床睡觉，裹紧被子，却用了"shroud"一词，让人联想到裹尸布，辗转良久以后，睡眠突然降临，却"死亡一般"（"deadly sleep"）"压迫着"（"oppress"）叙事者，而后他的"灵魂飞升"（"ravished"），来到一座玻璃神庙。利德盖特所用的这些字眼给人一种叙事者不是入梦，而像是死去后魂魄飞升的感觉。尽管斯坎伦（Larry Scanlon）认为利德盖特"将梦幻的开头呈现为一场精神重生"似乎略有些夸张，但是他恰当地指出，"Ravished"一词时常用于描述宗教幻象在迷狂状态下的昭示。[①]这么一来，虽然利德盖特的梦前序曲只有短短 14 行，既没有像乔叟那样影射梦境理论、梦境传统，也没有只言片语表明他在意梦境的意义，甚至从表面上看来，叙事者出于个人忧思而梦到的场景不过是另一场"梦魇型梦"或者"幻影型梦"，毫无意义，其中关于死亡和灵魂

---

① Larry Scalon and James Simpson, eds., *John Lydgate: Poetry, Culture, and Lancastrian England*, Notre Dame, Indiana: University of Notre Dame Press, 2006, p. 72, p. 73.

飞升的暗示却无形中赋予诗歌一种"启示幻象"的高度。考虑到利德盖特费尽心机维护道德教义，不惜将乔叟《百鸟议会》中象征情欲的爱神维纳斯变成道学家，嘱咐骑士和女士一定要谨守德行，可以看出利德盖特早在梦前序曲就已悄然为诗歌的严肃主题埋下伏笔。

此外，利德盖特在梦前序曲中还强调了入睡时夜晚的幽暗。虽然这是一个月夜，利德盖特在用到月亮的两种称谓，即露西娜和戴安娜时，却先后用"光线暗淡"（第4行）和"黑暗""晦暗不明"来形容她们。[①] 与之形成鲜明对比的是，他刚进入梦境就看到一个水晶般透亮的玻璃神庙在阳光下熠熠生辉，光线如此耀眼，让他眩晕迷惑，根本无法直视。直到几片乌云飘过来遮挡住泰坦的光芒，他才终于可以仔细观看这宏伟建筑（第16—37行）。一方面，这个从入梦前的黑暗到梦境中的光明的过渡延续了梦前序曲中死亡的暗示：叙事者经历死亡，灵魂从黑暗无度的世俗人生飞升到天堂，见到天界的辉煌与光明，但初来乍到的灵魂并不能迅速适应崇高的光辉，须得经过一番调整与缓和，方能慢慢接受。因此，利德盖特通过黑暗与光明的对照可能暗示现实中痛苦无助的叙事者将会在梦境中得到启示和帮助。另一方面，天文学中的月神戴安娜也是神话传说中的狩猎女神和贞洁女神，而金星，也叫晨星，维纳斯恰好是爱神，在《百鸟议会》及中世纪其他很多作品中甚至代表着声色爱欲。天文学上，晨星维纳斯驱走月神戴安娜的晦暗，开启白昼，带来光明；神话传说中，二者一个代表爱欲，一个代表贞洁。因此，她们在文学传统中一直处于对立面。

---

① Julia Boffey 提到了月亮的三种称谓，露西娜（或露娜）、戴安娜和普洛瑟皮娜。Boffey ed., "The Temple of Glass", *Fifteenth-Century English Dream Visions*, Oxford UP, 2003, p. 25, note 8.

比如，《百鸟议会》中维纳斯神庙一面墙上挂着断弓，是一些因为崇拜贞洁的猎神戴安娜而荒废了青春的女子幡然悔悟投靠爱神以后陈列出来借以嘲笑戴安娜的，还描绘了一些这类女子的故事，而另一面墙上则描绘了维纳斯的追随者的故事（第281—290行）。《骑士的故事》中艾米莉向戴安娜祈祷，期望能保守贞洁，而在利德盖特的《理性与感性》中，戴安娜代表的不是禁欲和守贞，而是忠诚专一的婚姻，与代表违背道德原则的爱欲的维纳斯相对，其中有个情节就是戴安娜告诫叙事者要小心提防维纳斯的险恶，邀请他与自己一道享受山林之趣。利德盖特的梦境以维纳斯女神为尊，以骑士和女士追求爱情为核心内容，入睡前的戴安娜（晦暗）被梦境中的维纳斯（光明）驱赶、替代，不仅预示着梦境中爱情和美的基调，还表明维纳斯已经取代戴安娜，成了忠贞爱情的代表。

最后，是关于斯皮林批评的叙事者观察者立场的问题。在叙述梦境的过程中，《玻璃神庙》叙事者的确几乎一直处于旁观或者偷听的立场，没有与梦境中的人们发生任何互动，因此很难看出他的立场和思考。评论家们津津乐道于乔叟梦幻诗中叙事者在梦中与黑衣骑士（《公爵夫人书》）、与雄鹰以及声誉之宫中无名的搭话人（《声誉之宫》）、与爱神及阿尔塞斯特（《〈贞女传奇〉序言》）的互动，甚至同亚弗里坎努斯（《百鸟议会》）的简短对话，因为不管真假，似乎乔叟都创设了一个大体上前后一致、生动有趣的"乔叟"形象。但是，也应当注意到，在《百鸟议会》这部公认的乔叟最成熟的梦幻诗诗作中，叙事者进入爱情花园以后便也彻底沦为了一个旁观者。即使作为旁观者，他"冷眼"呈现的维纳斯、自然女神、百鸟集会却依然为读者揭示了爱情的丰富内涵。因此，利德盖特叙事者的沉默并不意味着作者的沉默。在《玻璃神庙》

中，利德盖特将玻璃神庙，即维纳斯神庙，从《声誉之宫》中提取出来进行了放大处理，设置为一个广纳诉状的爱情朝堂，从乔叟笔下埃涅阿斯和狄多的"历史"拓展到书写"现实"的爱情故事。透过无言的观察者在维纳斯神庙的所见所闻，对爱情特别是风雅爱情进行了全方位的梳理，揭示了修士利德盖特对爱情和道德的思考，并暗示了婚姻与爱情的关系。

利德盖特在梦前序曲中已然百般暗示铺陈，而他的梦醒后记显得更加复杂。乔叟梦幻诗的梦醒后记往往十分简短、直接明了。《公爵夫人书》中叙事者被梦中城堡里的钟声惊醒后发现自己仍旧躺在床上，手里拿着书，他心想："这真是一场奇梦，总有一天我将尽我所能把这梦中的遭遇谱成诗句，且不应拖延过久。这就是我的梦；现在写成了。"①（第 1324—1334 行）《声誉之宫》并未写完，自然也就没有梦醒后记。《百鸟议会》梦醒部分只有 5 行，众鸟的叫嚣"把我从梦中吵醒。我连忙拿起其它书本阅读，我只顾读个不完。的确，也情愿就这样读下去，直到有一天我将发现一些办法，可以改善生活。因此，我绝不放开书卷"②（第 695—699 行）。《〈贞女传奇〉序言》结尾处只有两行："他讲到这里我便醒了，于是我动笔写我的《殉情记》。"③ 可以看到，乔叟的梦醒后记通常不会对梦境的实质内容有何评述，而会回归到叙事者的阅读者身份继续阅读，或者写作者身份开始写作。至于梦境中的人物事件，叙事者似乎早已抛诸脑后，或者说乔叟只是将其看作写作素材。克兰沃的《丘比特之书》梦醒后记更是只有简简单单的一

---

① [英]乔叟：《乔叟文集》，方重译，上海译文出版社 1979 年版，第 27 页。

② [英]乔叟：《乔叟文集》，方重译，上海译文出版社 1979 年版，第 96 页。

③ [英]乔叟：《乔叟文集》，方重译，上海译文出版社 1979 年版，第 286 页。

行："她的歌声如此嘹亮，我陡然梦醒。"（第 290 行）与这几部梦幻诗简单明了的梦醒后记相比，《玻璃神庙》的后记留下了颇多令人困惑的"疑点"。诺顿－斯密斯在注解中就曾提道："虽然利德盖特［开篇］好似将叙事者等同于一个求爱未酬的传统人物，这个身份并不像《黑衣骑士怨歌》那么简单绝对。诗歌结尾和诗跋极大地模糊了爱人—诗人的清晰形象，大踏步迈向'乔叟式含混'。"①而米歇尔则指出，结尾部分"女士"的身份带来极大的不确定性。②的确，诗歌结尾部分的叙事者，前后身份不符的"女士"，还有利德盖特提到的两部作品，都令诗作的阐释变得复杂。

尽管叙事者入睡前饱受痛苦，应和了很多中世纪爱情诗中爱情失意、辗转难眠的叙事者形象，但利德盖特并未明确叙事者痛苦的原因。在整个梦境中，叙事者也都处于旁观者地位，完全没有介入梦境中的任何活动。然而，梦醒之后的叙事者却突然成了一名"爱人"。他惊醒后，"茫然四顾、不知所措／为这突然的变化惊惧不安"（第 1366—1367 行）。乔叟和克兰沃的叙事者从睡梦中醒来时都十分平静，最多感叹一下刚才做的梦多么神奇（《公爵夫人书》），利德盖特却反应激烈：他惊惧不安、无所适从，而最令他心情沉重的是：

> …… 她消失不见
> 长夜漫漫，我整个夜晚
> 在梦中与她相伴；

---

① John Norton-Smith, *John Lydgate: Poems*, Oxford: At the Clarendon Press, 1966, p. 179, note to ll.1-3.

② John Lydgate, *The Temple of Glas*, ed. J. Allan Mitchell, Kalamazoo, Michigan: Medieval Institute Publications, 2007, note to line 1392.

这令我黯然神伤，

毕竟我之前从未曾见过

如此美好的女子，从出生到现在。（第 1372—

1377 行）

从这几行来看，叙事者似乎爱上了梦境中那位女子。梦境历历在目、一一浮现，却毕竟是一场空，从"拥有"到"失去"的过程令他又重新回到了入梦前的痛苦状态。这么一来，利德盖特通过梦前序曲和梦境伊始黑暗与光明的对照，通过死亡暗示、灵魂飞升所提示的梦境的启示意义就变得毫无意义：叙事者非但没有从梦境中找到慰藉、摆脱痛苦，反而陷入了更加令人绝望的痛苦之中——毕竟，如果他爱上梦中的女子，又如何能指望得到爱情的回报呢？好在，在接下来的诗行里，利德盖特回归了《黑衣骑士怨歌》中爱人—诗人的双重身份。一方面，这的确让"女子"的身份变得更加扑朔迷离。叙事者提到要写两部作品：

出于对她的爱意……

我打算写下一篇文章，小小篇章

歌颂女子，为了她的缘故

赞美她们，用尽我全付力量，

只因这样才匹配她的美好——

祈愿她，那宽容慷慨，

品德高尚、善良温柔的人儿，

贤良淑德、仁义慈悲的典范，

愿她接受这粗疏小文，

直到我有时间致意她高洁的名声，

我要阐述前面提到的梦，

明白揭示其意义，

按照我记忆中的呈现，

以便让我的主妇御览。（第 1378—1392 行）

西柯在对第 1380 行的注释中指出，"下面诗行中提到的'文章'未清楚指明"，他认为第 1378—1383 行和第 1388—1392 行提到的"一篇文章"（"a tretise"）并未流传于世；而第 1387 行所提到的"粗疏小文"（"simpil tretis"）应该是指《玻璃神庙》。[①] 笔者认为，第 1378—1383 行提到的"一篇文章"和第 1387 行中的"粗疏小文"应该是同一个作品：这是叙事者出于对梦中女子的爱意，打算写来歌颂女性的诗作，这也暗中呼应了梦境中维纳斯对骑士的嘱咐，"你须得尊重所有女性，/ 出于对你主妇的真爱"（第 1159—1160 行）；他打算先向"她"呈上这粗疏小文，愿"她""不要嫌弃"。往后，等到空闲了，再记录、阐释这场梦境，"如此，以后我的主妇可以看到"（第 1392 行）。而这第二个关于梦境的作品才应该是《玻璃神庙》，即诗跋中提到的"你这鄙陋小书"（"thou litel rude boke"）。此时，利德盖特已经完成了关于梦境的这本书，在上呈给主妇的时候，在诗跋中写下寄语。诗人将诗歌上呈给心上人或者赞助人之际，因为不确定收到诗歌的人是否会喜欢，总是十分忐忑，附上写给诗歌的一个诗跋，借由对诗歌的叮咛表达心中不安，这是中世纪诗人的一个惯例。在利德盖特这里却有个问题。第 1377 行他提到"出于对她的爱"，这个"她"紧随前面几行，指的是叙事者爱上的梦中女子，他撰文歌颂女性

---

① J. Schick ed., *Lydgate's Temple of Glas*, London: Kegan Paul, Trench, Trubner, 1891, p. 122.

只源于对她的爱。但是后文他要把文章诗歌献给"主妇",这似乎不可能是献给梦中女子,而应该是献给现实生活中真正存在的女子。诺顿-史密斯的解释也并未澄清这里的纠结:

> 第 1372—1391 行显示诗人属意的对象是梦中女子(特别参见第 1376—1380 行)。第 1392 行提到一位"主妇",初看起来像是另一名存在于现实生活中的女子。诗跋(第 1393—1403 行)肯定了这种阐释,直到我们读到第 1402 行:"我指的是那位温婉善良的人儿。"这里的形容词在诗歌中反复用于梦中女子,而且颇具限定意味的"我指的是"进一步扰乱了问题。利德盖特制造了混淆,因为他不想让诗人—角色睡前的苦闷与欲望联系起来。诗人的痛苦应该来自于梦境的主题:本质上属于婚外情性质的情形有着潜在的巨大冲突:婚姻(人为律法)对真爱(自然律法)。利德盖特缺乏对细腻微妙的把握,因而无法达到悄然无声的含混。①

诺顿-史密斯似乎想表达,诗跋中用来形容"主妇"的辞藻与诗歌正文中用于形容梦中女子的辞藻如出一辙,因此虽然第 1392 行和诗跋显示"主妇"另有其人,但其实"主妇"就是梦中人。虽然他的解释不太有说服力,但笔者认为"主妇"与梦中人或许的确就是同一人。在约翰·雪利的手抄本中出现的《玻璃神庙》有一个标题——"伯里修士利德盖特应一位爱人之请所作清新情诗"。如果这首诗真是利德盖特接受某位骑士委托而作,那么

---

① John Norton-Smith, *John Lydgate: Poems*, Oxford: At the Clarendon Press, p. 179.

这位骑士大约应该有一位心仪的女子，他委托利德盖特写诗正是为了献给这位女子。利德盖特在诗歌中借助梦境极力赞美女子，抒发自己的爱慕之情，让骑士实现他与所思慕的女子喜结连理的心愿，并通过维纳斯的嘱托表达自己对高尚品德的重视。在梦醒后记中，利德盖特主要想阐述一下这首诗写作的来由，即骑士梦醒之后，发现刚才的一切美好只不过是一场梦，因而感到无比失落，念及与他在梦中相伴的女子，便发愿要遵从维纳斯的命令，"爱屋及乌"，因为对心上人的爱写一篇歌颂女子的文章。在风雅爱情传统中，爱人都要修习爱情技艺，其中一项就是写诗作文抒发爱情，所以骑士（爱人）许诺要写作诗篇歌颂女子或者记录梦境，甚至将诗篇献给主妇都并不奇怪。而（爱人）梦醒之后仍然遵循梦中的维纳斯的指示，这也可以证明诗中抒发的爱意也存在于现实当中。写完歌颂女性的册子之后，骑士（爱人）又找时间记录下梦境，也就是这首（献给主妇的）诗。这种解释唯一的难点就在于梦境中叙事者和骑士明显是不同的两个人，但梦醒后记中叙事者竟然与骑士合而为一。或许，利德盖特既想要学习乔叟塑造一个不同于诗人本人的叙事者，又想要站在委托人的角度来写作，既要考虑委托人作为"爱人"的身份，又要表达自己作为诗人的诉求，难免顾此失彼，留下一些令人疑惑的细节。

二、利德盖特的维纳斯神庙

《玻璃神庙》的梦境在"玻璃神庙"中展开，利德盖特对梦境的讲述由外到内、由面到点。"玻璃神庙"其实就是维纳斯神庙，这一灵感直接来源于乔叟的《声誉之宫》和《百鸟议会》。在《声誉之宫》中，叙事者梦见自己身处"玻璃庙宇"之中，他根据室内的各种装潢、陈设，特别是一幅维纳斯漂在海上的画像推断出这是一座维纳斯神庙。"玻璃神庙"糅合了《声誉之宫》中维纳斯神庙、声誉之宫和谣言之宫以及《百鸟议会》中维纳斯神庙的特点。叙事者首先呈现了神庙的外观。令人不解的是，（这也许可以用梦境的不合逻辑来解释）利德盖特前文说自己灵魂飞升来到一座玻璃神庙里（第16行），后文的视角却明显是在庙堂之外：叙事者先描写了地基，说庙堂像声誉之宫一样，都不是建在钢铁之上，但那地基也并非冰块，而是像冰块一样的"嶙峋怪石"；而后，在乌云遮挡住耀眼的阳光之后，慢慢走近修筑成圆环形状的庙宇，好不容易找到一个小门，飞快闪身进入里面，这门让人想起《玫瑰传奇》中爱情花园的小门和《声誉之宫》里急速旋转的谣言之宫的小门。[1]庙堂之内每面墙上都像《声誉之宫》和《百鸟议会》中的维纳斯神庙一样绘着壁画。利德盖特对神庙内壁画的描写综合了乔叟的几部作品。

《声誉之宫》描绘的建筑和室内装潢非常繁复，叙事者在三个场所，即维纳斯神庙、声誉之宫和谣言之宫中看到了尖塔、圣堂、浮雕、塑像、神龛、壁坛以及绘画等，雕塑和绘画的题材和人物林林总总、包罗万象。其中维纳斯神庙壁画的核心内容是维吉尔《埃涅阿斯纪》的故事，但乔叟将重点放到了狄多遭到埃涅阿斯背叛这个情节上，除此之外，他还列举了其他女子遭到负心汉背叛的经典故事，如菲利斯与得摩丰、布里希达与阿基里斯、俄诺涅与帕里斯、许普西皮勒与伊阿宋、美狄亚与伊阿宋、达丽拉与赫拉克里斯以及阿里阿德涅与忒修斯。《百鸟议会》的维纳斯神庙是建立在碧玉柱之上的黄铜神庙，成群的女子在神庙外面舞蹈，她们衣着华丽、头发披散，"来这里 / 是她们每年的成规旧例"（第235—236行）；庙堂里面俨然一个声色场所，里面聚集着繁殖力

---

[1] John Norton-Smith 指出，这个小门最早源于《玫瑰传奇》第511—520 行。John Norton-Smith, *John Lydgate: Poems*, Oxford: At the Clarendon Press, note to l. 39.

之神普利阿普斯、酒神巴克斯和谷物女神克瑞斯，维纳斯女神衣衫不整地躺于金榻之上，"财富"守候在旁，一对青年男女跪在维纳斯跟前请求她帮忙（第278—279行）。叙事者也描述了墙面的装饰：一面墙挂着断弓以嘲笑戴安娜，还有卡里斯托和阿塔兰忒以及其他起初效忠、继而背叛戴安娜的女子的故事；另一面墙上则描绘着一些著名情人的爱情故事，如亚述女王塞米勒米斯、坎迪斯（相传为引诱亚历山大大帝的印度女王）、赫拉克里斯、碧布丽丝、狄多、提斯比、皮拉摩斯、特里斯坦、伊索尔德、帕里斯、阿基里斯、海伦、克里奥帕特拉、特洛伊勒斯、斯库拉以及雷亚·西尔维娅（第281—294行）。乔叟《骑士的故事》中的维纳斯神庙墙上也画着众多寓意人物和一些传奇人物。

不同于《声誉之宫》林林总总的艺术装潢，利德盖特描绘的玻璃神庙以壁画为主，内容不限于《声誉之宫》维纳斯神庙的"背叛"主题，还包括有史以来众多的爱人，涵盖了背叛、忠贞、误会、暴力等。第55—143行，利德盖特列举了约二十个（对）爱人，有些用绘画呈现，有些用文字呈现，"写着整个故事"（第97行）。这些人物大多数都在乔叟的作品中出现过，除了《声誉之宫》中的狄多、美狄亚和伊阿宋、得摩丰和菲利斯以及忒修斯，还有一些取自《坎特伯雷故事》，如《骑士的故事》中的帕拉蒙和艾米莉、《学士的故事》（The Clerk's Tale）中的格瑞希达、《骑士扈从的故事》（The Squire's Tale）中的卡纳克等；有的来自《贞女传奇》，如狄多、美狄亚、提斯比、路克丽丝、菲洛梅拉、菲利斯；有的出现在《百鸟议会》中维纳斯神庙的壁画上，如帕里斯、伊索尔德、坎迪斯、阿基利斯；当然有些故事、人物出现在多部作品中，如狄多、美狄亚等。

有意思的是，虽然"玻璃神庙"这座建筑杂糅了《声誉之宫》

三个屋宇的特征，在诗歌主题方面，利德盖特却进行了"收缩"
（narrowing），仅仅选择了乔叟在维纳斯神庙部分涉及的爱情主题，
并未包括"声誉""命运"等更具哲学特色的主题，可以说，利德
盖特是在阅读乔叟内容丰富的《声誉之宫》以后，选择了其中的
"玻璃神庙"，即维纳斯神庙这个点进行了深度阐发。声誉之宫里
聚集的人们向声誉女神求取犒赏，讨要名声，而玻璃神庙中聚集
的人群都是"爱人"，他们各有诉怨，要向维纳斯女神求告。"玻
璃神庙"是维纳斯神庙，也是爱神维纳斯为爱人们"伸张爱情"
的爱情朝堂（court of love）。在这个爱情朝堂上，爱人们可以写下
"诉状"，呈给狠心肠的心上人以求取恩典和怜悯，或者献给爱神，
乞求帮助。乔叟在《百鸟议会》中淡化了维纳斯女神主持爱情朝
堂的形象，毕竟自然女神才是该诗的重点，但他还是提到"一对
青年男女跪在维纳斯跟前请求她帮忙"（第 278—279 行）；他在
短诗《怨歌——致怜悯》中写到，要向怜悯递交诉状，谁知怜悯
已然亡故，他的诗中包含了本打算呈交的诉状。"爱情朝堂"是中
古英语宫廷文学中一个常见的母题，有一首著名的乔叟伪作就叫
《爱情朝堂》。在《国王之书》、《淑女集会》、《淑女之岛》、《爱情
议会》（*The Parliament of Love*）等诗作中都曾出现爱人们齐聚爱
情朝堂向爱神请愿诉苦的场景。[①] 建筑物内墙上的壁画描写本来是
中世纪常见的写作程式，利德盖特却别出心裁地将壁画中的人物
也置于维纳斯的爱情朝堂之上：

---

① William Allan Neilson 非常详尽地整理并介绍了爱情朝堂的背景、缘起和相关诗作。
参见 Neilson, *The Origins and Sources of The Court of Love.* Published under the Direction
of the Modern Language Departments of Harvard University by Ginn & Company, Trem-
ont Place, Boston, 1899. Studies and Notes in Philology and Literature, Vol. VI。西柯在
对第 50 行中 Billes 注解时提到了一些相关作品。参见 J. Schick ed., *Lydgate's Temple of
Glas*, London: Kegan Paul, Trench, Trubner, 1891, p. 72。

我记得我看到那些人或坐或立，

一些人手上拿着诉状，

一些人手持哀伤凄惨的怨歌，

神情凝重，即将上呈维纳斯，

如此一来，当她漂流在海上之际

她可以同情他们的苦楚。（第 49—54 行）

不过，利德盖特在真正罗列这些有名"爱人"的时候，却似乎忘记了她们要向维纳斯呈交诉状这一点，因为他的列表中不仅包括维纳斯自己，而且包括一些因爱情丧命或者变形的人物，她们其实不可能有机会表达自己的哀怨。利德盖特列出的人物及其故事如下：

1. 狄多诉说被埃涅阿斯欺骗；（背叛）

2. 美狄亚叹息伊阿宋辜负她的爱恋；（背叛）

3. 维纳斯哭泣阿多尼斯被野猪杀戮；

4. 佩妮洛普思念夫君；（分离、忠贞）

5. 阿尔塞色特为爱情牺牲性命；（忠贞）

6. 纯洁的格丽泽尔达；（隐忍、恭顺）

7. 伊索尔德为特里斯坦受尽折磨；（婚外恋）

8. 提斯比为皮拉摩斯自尽；（忠贞）

9. 忒修斯杀死牛头怪；（忒修斯背叛阿里阿德涅）

10. 菲利斯遭得摩丰背叛；（背叛）

11. 帕里斯赢取海伦；（背叛？爱情？）

12. 阿基里斯为波吕克赛娜殒命；（爱情）

13. 菲洛米娜变成夜莺、普洛克涅变成燕子；（强暴）

14. 罗马人强暴萨宾女子；卢克丽霞；（强暴）

15. 帕拉蒙与阿赛特争夺艾米莉；（爱情）

16. 福波斯中了丘比特之箭爱上达芙妮，达芙妮变成桂树；（爱神力量？）

17. 朱庇特变形追求欧罗巴和阿尔克墨涅；（爱神力量？）

18. 马尔斯与维纳斯私通被瓦尔坎抓获；（爱神力量？）

19. 墨丘利与菲洛罗姬的崇高爱情与神圣婚姻

20. 能听懂鸟语的卡纳克的故事

在所有这些"爱人"中，乔叟在《声誉之宫》浓墨重彩讲述的狄多和埃涅阿斯的故事利德盖特并没有过多着墨，也是和其他有名的爱人们一样简单概述、几行带过。尽管利德盖特称壁画上的人物"按照对爱情的忠贞程度排列"（第47行），叙事者呈现出来的人物却很明显并没有什么章法。比如他从狄多开始，列举了美狄亚、阿多尼斯、佩妮洛普、阿尔塞色特、格丽泽尔达、提斯比、忒修斯、菲利斯，固然其中狄多、佩勒洛普、阿尔塞斯特、提斯比、伊索尔德和格丽泽尔达算得上忠于爱情的典范，忒修斯、阿多尼斯却不知因何位列其中：忒修斯背叛了帮助他走出迷宫的阿莉阿德娜，而阿多尼斯是维纳斯热恋的对象；他甚至还接着列出了达芙妮因为躲避福波斯的追逐变成月桂树、朱庇特为了追求欧罗巴变身为一头公牛以及化身为安菲特里翁占有阿尔克墨涅、马尔斯和维纳斯私通被瓦尔坎用无形的铁链锁住的故事，这些都很难用"忠于爱情"来解释。利德盖特的作品中不仅包括了为了爱情不顾一切的阿基里斯、帕里斯、帕拉蒙和阿赛特的故事，也包括在中世纪代表着爱情、德行和理性完美结合的墨丘利和菲洛罗姬的结合。除此之外，他还加进了三个臭名昭著的"强暴"事件，即罗马人与萨宾女子、菲罗米娜和普洛克涅以及卢克丽霞的故事。历数历史上有名的爱情故事、称颂坚守爱情甚至为爱情献出生命的爱人是风雅爱情诗歌传统中的一个重要套路，不仅可以向书写爱情故事的前辈权威致敬，还可以通过作品传递爱情传统，教习"爱情技艺"。而在《玻璃神庙》中，利德盖特的历数还有两个作用：一方面，利德盖特的列举把这些爱人统一归置在维纳斯的爱情朝堂之上；另一方面，这些爱情故事明显的多样性显示"利德盖特试图描绘情欲的种种坎坷遭际和结局变迁"①。而如米歇尔指出的那样，利德盖特不限于列举"忠贞的爱人"，如佩妮洛普、阿尔塞色特和格丽泽尔达，也列举了像伊索尔德这样的偷情女子，暗示了本诗中遵循的真理原则不是要符合婚姻这种社会机制：这首诗后面将发扬的观点是爱情本身就是律法。②这样一来，利德盖特为他后面的主题埋下了伏笔。

看完了壁画中古代爱情中的轻信、背叛、殉情、忠贞与隐忍、痴情与疯狂、追逐与逃离以及爱情与理性的完美结合，利德盖特的关注点从"艺术"来到"现实"，从"历史"来到"当下"，在接下来的场景中，利德盖特的叙述从叙事者对"权威"爱情故事的观望转移到叙事者眼前：

　　　庙堂之上聚集着

---

① Larry Scanlon, "Lydgate's Poetics: Laureation and Domesticity in the Temple of Glass", in Larry Scanlon and James Simpson, eds. *John Lydgate: Poetry, Culture, and Lancastrian England,* Notre Dame, Indiana: University of Notre Dame Press, 2006, p. 79

② John Lydgate, *The Temple of Glas*, ed. J. Allan Mitchell, Kalamazoo, Michigan: Medieval Institute Publications, 2007, note to ll. 77-79.

成千上万的爱人，这里那里，

各有各的哀怨诉求

要向女神倾吐悲伤和痛楚（第 143—146 行）

第 143—246 行，叙事者记录了不同群体因为不同原因而爱情不得志的情形。

1. 嫉妒和猜忌阻拦情路。（第 147—150 行）在《百鸟议会》中，叙事者进入维纳斯神庙以后很快就"注意到 / 情人们遭受的全部痛苦原因 / 归结于那刻薄冷酷的嫉妒女神"（第 250—252 行）。乔叟并没有多加阐发，但是嫉妒从《玫瑰传奇》开始就时常作为阻挠爱人获得爱情的寓意人物出现在中世纪爱情诗中。①

2. 一些爱人哀叹分离，不怀好意的流言蜚语逼迫他们远走他乡。（第 151—154 行）

3. 一些爱人因为残忍的推拒和鄙夷，得不到心上人垂爱。（第 155—158 行）推拒在《玫瑰传奇》传统中是爱人主要的对手之一，是爱人不能获得爱情的主要因素，常和鄙夷、傲娇和惶恐一起对抗怜悯和恩典。②

4. 一些人因为贫穷不敢求爱，只能偷偷爱恋，不敢公开，怕遭到鄙视和拒绝。（第 159—165 行）

5. 一些人谴责喜新厌旧的爱人，她们阻挠了真爱。

---

① 西柯列举了高尔《情人告白》《黑衣骑士怨歌》《理性与感性》《国王之书》等作品。J. Schick ed., *Lydgate's Temple of Glas*, London: Kegan Paul, Trench, Trubner, 1891, p. 182.

② 参见 J. Schick ed., *Lydgate's Temple of Glas*, London: Kegan Paul, Trench, Trubner, 1891，p. 83, note to l. 156。

（第 166—168 行）

6. 还有一些人为心上人历经磨难，受尽伤痛，却被他人抱得美人归。（第 169—174 行）

7. 还有人抱怨财富，他伙同银钱，为所欲为，占尽先机，违背自然与道德，让真爱无所施展。（第 175—178 行）财富在《百鸟议会》中是维纳斯的门房。

8. 年轻女子哀怨被迫嫁给年长的丈夫。（第 179—195 行）

9. 因为少不更事而进入修道院的修女哀叹修行凄苦、贻误终生。（第 196—208 行）

10. 有人愤愤诉说年幼时即缔结婚姻，没有自由选择，没有爱情。（第 209—214 行）

11. 有人啜泣着控诉男人三心二意，一旦容颜褪去便遭遗弃。（第 215—222 行）

12. 男人向女神和自然哭诉，为何造出如此美好的女子令他们受尽折磨和痛苦。（第 223—242 行）

13. 还有一些因为贪欲、懒惰、草率或冒失而情路受阻的人。（第 243—244 行）

通过这些郁郁不得志、各有哀怨诉求的爱人群像，利德盖特呈现了"爱人"们遭受的种种艰难险阻和苦痛磨难。这些情形中有些适用于两性，比如 1、2 和 5，有些仅适用于男子，比如 3、4、6、7、12 和 13，有些则仅适用于女子，如 8、9、10 和 11。作者列举的大多数情形都呼应了典型的风雅爱情传统，很多《玫瑰传奇》中爱情花园里面的寓意人物，如"推拒""鄙夷""中伤""猜忌""嫉妒""贫穷""财富"等纷纷出现，成为阻挠"爱人"赢取爱情的各种障碍。通过骑士和女士们的各种哀怨嗟叹，利德盖特概述了风雅爱情背景，为诗歌中心人物女士和骑士在维纳斯的帮助下追求爱情的情节埋下伏笔，比如在这些失意的"爱人"中，有骑士感叹，何以会有女子生得如此完美动人，眼波流转间让自己伤痕累累，却无处寻医；得不到女子的青睐恩顾，生有何欢（第 223—242 行），预示着后文骑士中了爱神之箭，爱上女士之后彷徨无定的嗟怨（第 567—693 行）。但是这里面也有一些并不属于风雅爱情，最令人关注的是 8、9、10 这三个女性群体。她们要么已然缔结不幸婚姻，要么已经献身教会，这使得她们无法再追求爱情。群体 8 中的女子哀叹自己少不更事之际被迫嫁与佝偻老者：

> 这完全不合时宜，倘要青春的五月
>
> 非与老迈的一月配对——
>
> 它们如此不同，势必分歧巨大：
>
> 老年人郁郁寡欢、唠唠叨叨，
>
> 往往脾气火爆、疑神疑鬼，
>
> 而年轻人则喜欢寻欢作乐，
>
> 嬉戏喧闹，活力无限。（第 184—190 行）

乔叟《坎特伯雷故事》中《磨坊主的故事》和《商人的故事》都是关于老夫少妻的故事，尤其《商人的故事》男女主人公的名字就分别叫冬月（January）和五月（May）。在这类故事中，年老的丈夫往往会戴上绿帽，沦为笑柄。利德盖特却站在少妻的角度，以爱情的名义发出感慨，认为这种老少配本身就"违背自然"（第 181 行），甚至还暗示了年老丈夫的性无能（第 182—183 行）。这些年轻已婚女子不时发出哀号，吁请维纳斯"关注此种不和，予以匡正"。而在210—214行，利德盖特提到另一群人（10）：她们哀叹婚配太早，不能自由选择，如今没有爱情可言，因为爱需要无拘无束、自由自在，而通过谈判是无法得到爱情的。这可能是针对中世纪女子的政治婚姻而言的。除了这些身陷"不幸婚姻"没有爱情的女子，还有一群女子在"号哭"：

> 泪水涟涟、呼天抢地
> 在女神面前大放悲声，
> 她们年少时懵懂无知，
> 在孩提时代（通常都是如此）
> 被交给教会
> 那时她们全不懂事，
> 如今只能成日哀怨，
> 穿着教袍假装圣洁
> 遮蔽身体只为掩藏内心痛苦
> 对外只能强装笑颜（第 196—209 行）

　　虽然珀索尔在提到这个群体时说："很难解释这群人何以出现在维纳斯神庙，这些诗行时常与利德盖特本人的身世联系起来，被看作是他发自内心的感叹，叹息自己错过的人生。但是这些诗行特别指明讲的是女子（第 207—208 行），所以这只是另一个例子，显示利德盖特想要包罗万象的冲动导致他略为不妥地：涉猎了不相干内容。"① 他的这个论断很难令人赞同。一方面，虽然诗歌

---

① Derek Pearsall, *John Lydgate*, London: Routledge & Kegan Paul, 1970, p. 104.

中明确提到这是一些女子在哀号，但并不妨碍利德盖特借助这些女子之口抒发自身情感：他自己也是早年就加入修道院，也有可能在成年以后的某个时候感叹过错失了普通人的生活。[①]这些诗行非常情真意切，诗人完全有可能与这些女子感同身受并试图为她们发声。另一方面，这些女子出现在维纳斯神庙并非多余。这些女子即所谓的"献主"，小时候即被家人送入修道院，弃绝世俗。及至成年懂事，却深感被剥夺了追求爱情的机会，清修禁欲甚是凄苦，但还必须假装圣洁、强颜欢笑，她们完全有理由向维纳斯抱怨。利德盖特通过描述玻璃神庙壁画和庙堂上众人的各种诉求，特别是三个女子群体的号哭和第223—242行男子的哭诉，为后面女士和骑士的出现徐徐铺陈。三个女子群体的情形也可能为后来出现的女士的神秘身份留下了一些线索。叙事者看到一位女士跪在维纳斯塑像前，哀叹自己"身体受到绑缚"，"心灵另有所属"，却并未明言到底受到何种约束。这些女子的集体哀号似乎提供了某些暗示。

但更重要的是，这三个群体（可以简单看作两个群体，即受到婚姻关系约束不能追求爱情的女子和身为修女受到宗教约束不能追求爱情的女子）在维纳斯神庙的出现微妙地改变了爱神维纳斯的含义，使利德盖特的维纳斯已经不完全是风雅爱情中的爱神。按照刘易斯的说法，风雅爱情的四个特征是谦恭、文雅、偷情和爱情宗教，[②]而他在评论这两个群体时写道：

在我们看来，这两群人自然应当发出哀怨。但是尚

---

① 利德盖特 15 岁成为见习修士，16 岁正式成为修士。Derek Pearsall, *John Lydgate (1371-1449): A Bio-bibliography*, Victoria BC: University of Victoria, 1997, p. 13.

② C. S. Lewis, *The Allegory of Love*, Oxford: Oxford UP, 1936, p. 12.

帕涅的玛丽只会觉得好笑，安德里亚斯也如此。利德盖特把婚姻或禁欲誓言看成真爱道路上的障碍；但是在起初的传统中，这些誓言以及违背这些誓言并未被当回事，以至于已婚人士、教士甚至修女恰好是典型的爱人。①

　　且不论刘易斯所谓"偷情"为风雅爱情特征之一的说法是否恰当，但从前文利德盖特列举的历史爱情案例来看，"道德"的确不属于传统中维纳斯女神在意的范畴。这样一来，利德盖特的矛盾心态就显现了出来：一方面，他十分同情这些可怜女子；另一方面，他背离了情欲为上的维纳斯传统，开始引入道德考量：利德盖特的维纳斯神庙打上了《百鸟议会》中自然花园的印记。当这部"修士的爱情故事"最终着眼于一个"点"上，即骑士和女士在维纳斯帮助下成就完美爱情之际，读者既可以看到利德盖特笔触情深地抒发女士、骑士的真挚情感，也可以看到他反复强调的道德法则。

三、修士模棱两可的爱情观

　　玻璃神庙里"爱人"云集，各有各的爱情辛酸。利德盖特在百般铺陈之后方才徐徐引出诗歌的主要人物和情节。叙事者在庙堂中尽览爱人们的苦楚，最后，他看到维纳斯塑像前面跪着一位女子。女子向维纳斯求告，维纳斯许诺很快就会结束她的痛苦；另一边骑士果然身中爱情之箭，百般彷徨纠结之后向爱神求助，爱神让女士接受骑士的求爱，让二人立誓永远相爱不变心。庙堂上歌舞升平，像是在为二人举

①　C. S. Lewis, *The Allegory of Love*, Oxford: Oxford UP, 1936, p. 241.

行婚礼。表面上看，骑士与女士的爱情就是一宗典型的风雅爱情故事，是在爱情朝堂之上维纳斯帮助自己的追随者实现爱情的寻常事件，但利德盖特在诗歌中步步推进，在不同层面留下的种种照应、暗示却增加了这首诗的复杂与含混。

作为乔叟在 15 世纪最重要的追随者，利德盖特继承了乔叟对边缘群体，尤其是女性的关注。斯坎伦在评述《声誉之宫》时说道：

> 《声誉之宫》表达了对边缘化的、被排斥的人群的关注，这种关注贯穿了乔叟的写作生涯，是《坎特伯雷故事》的标志性特征。大卫·华莱士宣称英国文学没有其他作品在这方面能够超越坎特伯雷故事集，这种说法或许不是每个人都赞同的。但是，在小说出现之前，像他这样不仅关注多元化，还关注下层人士尊严、女性以及其他边缘群体声音的写作者的确很难找出第二位——包括莎士比亚在内。①

《玻璃神庙》从乔叟作品中汲取了颇多养分，比如"玻璃神庙"灵感直接来源于乔叟的《声誉之宫》，其中也不乏对《公爵夫人书》《百鸟议会》《〈贞女传奇〉序言》《骑士的故事》《学士的故事》等的指涉。但他从"师尊"那里学到的最重要的一点正是对边缘群体、对女性的关注。这明显地体现在对庙堂之上三个女性

---

① Larry Scanlon, "Lydgate's Poetics: Laureation and Domesticity in the Temple of Glass", in Larry Scanlon and James Simpson, eds. *John Lydgate: Poetry, Culture, and Lancastrian England,* Notre Dame, Indiana: University of Notre Dame Press, 2006, p. 77. 斯坎伦所引华莱士语源于 David Wallace, *Chaucerian Polity: Absolutist Lineage and Associational Forms in England and Italy*, Stanford, CA: Stanford UP, 1997, p. 65。

群体的描述和这个部分对女士的塑造上。

利德盖特对跪在维纳斯神像前的女子的描写（第 250—314 行）呼应了《公爵夫人书》中黑衣骑士对爱人的描写，也是风雅爱情传统中完美女神的描写手法，从长相外貌到内在品质，从仪容举止到德行修养，都自然是世上无双的。但为了与叙事者先前所见维纳斯神庙之光明匹配，利德盖特强调了女子的光芒四射，"就像清早明亮的晨星路西法 / 驱走黑夜的阴霾"（第 253—254 行），"她那高贵的存在 / 令庙堂也熠熠生辉"（第 282—283 行）。这样的描写几乎将这女子与维纳斯等同起来。此外，利德盖特还为女子设计了一个箴言——"越来越好"。

> 这就是说她，这亲切高尚之人，
>
> 把自己的心灵，越来越好，
>
> 自己的意愿，交付于维纳斯女神之手，
>
> 请女神乐意时匡正她所受的委屈。（第 311—
314 行）

在前面的描写中，女子几乎是完美的化身、完美的源泉，这个箴言"越来越好"却显示她还没有达到最好，还有需要"改进""完善"的空间。而第 314 行中提到"她所受的委屈"，表明女子的生活似乎差强人意。接着，利德盖特转回爱情朝堂的"诉求"主题，叙事者说，"从她的表情，我可以看出，/ 她有强烈的愿望想要申诉 / 因为她手拿一封小小诉状，记录下她的某些愿望，/ 呈递给女神明察"（第 315—319 行）。对比矜持、柔顺、隐忍、被动的传统女子，利德盖特笔下的女子面对所受的委屈并未保持沉默，而是积极寻求救助。

从她呈给维纳斯的诉状中，可以得到两个信息，一是女子不是自由身：

> 我身受束缚，心有不甘，
> 我没有选择的自由。
> 于是我不能拥有心之所属——
> 尽管能够自由思想，却身不由己——（第334—337行）

她反复重申自己处于一个违背心意、违背上帝和自然的境遇：

> 为保体面，我无从选择；
> 却也违背了上帝与自然，
> 我不得不曲意顺从，
> 背离我的心智和意愿。（第341—344行）

但她始终闪烁其词，并未明言到底受到何种束缚。尽管利德盖特没有明确女子受到何种约束，但可以感受到他给予女性情感的关注。可以看到，尽管身为修士，他却似乎洞悉了当时社会上女性欲望受到的压制，比如前文提到的，一些女子被迫嫁给年纪比自己大很多的老男人，他们伛偻猥琐，在爱情游戏中不能持久（第182—183行），却嫉妒猜疑，让女人痛苦不堪；比如穿着修女袍被迫保持圣洁却暗自伤怀的献主，又比如在政治婚姻中黯然神伤的女人。通过借这些女子之口抱怨（控诉）这些不合自然的婚姻，利德盖特似乎在为女士追求爱情寻找合理化的理由。他暗示女神维纳斯也身处不幸婚姻，但她找到了自己的幸福：在柏菲根据 S 手抄本整理的《玻璃神庙》版本中，女士在抱怨老年丈夫的猜忌和唠叨之后，说道：

> 于是在他们的折磨和乖戾中，
>
> 我们饱受压迫（哎呀这巨石何等沉重！）
>
> 就正如女神您自己，嫁与瓦尔坎努斯
>
> 违背您的意愿和心意。
>
> 现在请看在您从您的骑士马尔斯
>
> 那里得到的欢愉的份上，给予我慈悲
>
> 也请想想那清新动人的阿多尼斯（Boffey 版本，第 356—362 行）

这个早些的版本更加明显是在说女士嫁给了一个年老的丈夫，所以身不由己。同时，利德盖特将女士同与马尔斯私通的维纳斯相提并论，这仿佛在暗示，如果无法从婚姻中得到爱情的欢愉，那么在婚外寻求爱情也是可以接受的。也许正是由于这里太过明显地支持婚外情，有违道德原则，利德盖特才在后来的版本中进行了修改，让女士身不由己的原因更加模糊。

除了让女士发出声音，哀叹自己的命运，利德盖特还赋予了女士不合风雅爱情常规的主动追求爱情的品质。爱情传统中的爱情故事往往如此：首先是爱神发出的箭射中骑士，骑士陷入相思，或者是女子的眼波射出的光芒刺进骑士的心，骑士因而伤痕累累；罹患相思疾病的骑士往往在爱火中焚烧，时而高热，时而冰冷，时而感到"希望"，时而感到"畏惧"，彷徨无定；因为女士总是完美到极致，所以卑微的骑士不敢向女士告白，担心受到"推拒"和"轻视"的驱赶。当骑士终于鼓足勇气向女士告白之后，女士必须要害羞、矜持、推脱，而这时骑士就需要耐心，即使遭到"拒绝"和"无视"，也要继续效忠于女士。而女士在多番拒绝之后，如果证实骑士的确痴心一片、忠贞不贰，那么就应该显示女士美德中的慈悲、怜悯，接受骑士的效劳，否则她会被认为是冷酷无情的而受到谴责。乍看之下，利德盖特也书写了一个非常典型的风雅爱情故事：诗歌很大一部分讲述骑士陷入爱情，在痛苦绝望中祈求维纳斯的帮助，维纳斯授意骑士向就站在她身边的女子告白并示意女子接受骑士的效力，女子含羞接受，维纳斯用金链将二人绑缚，令他们亲吻。但是细看之下，会发现这个故事与其他故事很大的一个不同点：利德盖特的骑士之所以爱上女子，是因为女子先爱上骑士并向维纳斯祈求帮助，而后维纳斯让丘比特用箭射中了骑士，才使得骑士爱上了女士。这一点从维纳斯知道女子的心意以后，她对女子说的话中可以清楚看出：

> 那位你选择的为你效力之人
>
> 他会如你所愿，
>
> 始终如一，至死不渝，
>
> 因为我已经用火炬将他点燃。
>
> 我还会加恩，让他受到爱情的激励
>
> 一心只为你遂你心愿，
>
> 生死也由你处置。
>
> 我让他的心为你臣服，
>
> 丝毫不会见异思迁，
>
> 弓箭面前他无处可逃——
>
> 即使他心猿意马想要逃离——
>
> 我是说丘比特会击中他

> 用黄金箭羽，将他交到你手上，
>
> 即使他有心，也无力逃窜。（第 433—446 行）

首先，维纳斯对女士说的"那位你选择的为你效力之人"，表明是女士选择了骑士；其次，维纳斯说她将用火炬将骑士点燃，会让丘比特用箭射中骑士，这些都表明是爱神帮助女子如愿以偿，让骑士爱上她。

后面，骑士在怨歌中说：

> 我原本随心所欲、自由自在，
>
> 如今却忧伤萦怀、心有牵绊？
>
> 如今我已被俘获，臣服于爱神，
>
> 成为爱情仆从，
>
> 在来这儿之前，我的心
>
> 从未感受过爱情的痛苦滋味。
>
> 但现在，那条爱情锁链
>
> 将我牢牢捆住——我无力挣扎——
>
> 我有生之年必须效忠爱情，
>
> 侍奉那边庙堂上那位妙人儿（第 568—577 行）

可以看到骑士此前并未感受到爱情，他是"刚刚"在庙堂上见到女子，随即被爱神俘获，余生唯有效忠爱情，也就是说维纳斯兑现了诺言，让女子选择为她效力的人愿意侍奉她。这样的安排可谓用心良苦，这大概是因为利德盖特一方面同情女子的遭遇，希望她们获得爱情，但另一方面他又无法避开世俗传统，让女子向骑士求爱。事实上，当女子哀叹"那位我一心属意之人／已全部占据我的心灵／我将永不变心，默默爱恋／但我不可能和他在一起"（第363—366行）时，她面临两方面的困难：一是身受婚姻（或者教会）约束；二是作为一名女子，她不可能主动向喜欢的骑士示爱。她甚至不能与他人分享秘密，只能默默承受煎熬和折磨：

> 尽管我在挚爱中烧得滚烫，
>
> 心底却冷若寒霜；
>
> 因为相思，我燃烧、流汗，
>
> 上帝知道，我无从倾吐，因为
>
> 不敢向人透露；也不能显示半点
>
> 我的苦痛——哎呀这处境真是艰难——
>
> 我隐藏的伤口也炙热欲焚。（第356—362行）

这里利德盖特用的这些辞藻，如燃烧、发热、流汗等，并不新颖，在风雅爱情诗歌中时常用于描写骑士的相思之苦，但现在利德盖特将这些词语用于女子，让本该矜持、稳重、羞怯的女子抒发自己的情感，这种情况并不多见。利德盖特给予女子话语权，让她们倾诉自己的困境和情感，但最终还是遵循世俗传统，让骑士成为主动求爱的一方。在第二部分的故事中，女士俨然已经从一位充满"强烈申诉欲望"（第316行）的女子摇身一变成为典型的风雅爱情女主角，她的羞涩恰到好处，听完骑士告白的她：

> 就像新鲜绽放的娇艳玫瑰花
>
> 她脸上泛起红晕；
>
> 慌乱中她的血液齐齐从心间
>
> 奔流到脸庞，她的谦逊美德

令此时的她惶恐不安、无比娇羞（第 1042—
1046 行）

她理性矜持：

> 她彬彬有礼，眼睛朝他看去，
> 她纯洁善良、落落大方，
> 但是她双唇紧闭、一言不发
> 既没有惧怕，也没有恩典或怜悯。
> 她行止端庄稳重
> 理性居住在她心间
> 她绝不会言语冲动冒失（第 1047—1053 行）

她守礼克制：等她感受到骑士的真诚，终于被内心的悲悯打动，她才开口向骑士表示感谢，答应接受骑士的效劳。明明是得偿所愿，心想事成，自己选择的意中人回应了自己的爱情，却偏偏要受制于世俗传统的矫揉造作。利德盖特为女性发出的声音也消弭在这彬彬有礼、谨守自持的传统形象之中。

对于女子的另一个困境，利德盖特也颇费周章地使之归于道德框架之下。前面已经提及，女士并未明言到底受到何种约束。大多数评论家都推断女士已经成婚，然而她心上却另有其人，而婚姻成为她追求爱情不可逾越的障碍。[①]从米歇尔采用的版本（G）来看，她应该属于前面提到的少不更事、在没有选择自由的时候缔结婚姻的群体，米歇尔甚至认为她有可能是一位献主，宣誓忠

---

① A. C. Spearing, *Medieval Dream-Poetry*, Cambridge: Cambridge UP, 1976, p. 172; C. S. Lewis, *The Allegory of Love*, Oxford: Oxford UP, 1936, p. 241.

于教会。[①]柏菲的版本（S）第335—362行中，女士并没有直接表露自己受到束缚、心中另有其人，却谴责嫉妒、流言对女子的伤害，并指出嫉妒让丈夫捕风捉影、疑神疑鬼、无事生非，还特别提到"这就是年事已高之人的通病：/ 若娶得年轻娇妻则不知所谓 / 一味唠叨责备，让女子黯然神伤"（第352—355行），这又暗合了老夫少妻那个群体。不管是哪种情形，这女子钟情于骑士，并在维纳斯的撮合下与骑士相亲相爱，这都不容于世俗传统。为了将一桩"秘密情事"合法化，利德盖特将维纳斯神庙演变成崇高的道德说教场所，维纳斯也成了谆谆教诲的卫道士。

利德盖特笔下的维纳斯完全不像《百鸟议会》中黄铜神庙中的维纳斯那么风情万种、活色生香、沉湎声色，而是以塑像的形式出现。女子在塑像跟前祈祷诉求，而塑像也在认真聆听，她会转头（第371行）、会说话，她把白色、绿色的山楂树枝丫放到女子腿上，在与女子说完话之后，"摇了摇头，就此打住，缄默不言"（第524—525行）；在骑士向维纳斯求告以后，叙事者仿佛看见她"和蔼可亲地朝他望去，充满关切"（第849—850行）；后来，维纳斯用一条金链将两人的心绑在一起，并对他们进行了长篇说教。利德盖特笔下为骑士和女士指明爱情之路的维纳斯确具有神像一般的庄严稳重，不仅与乔叟笔下鲜活的维纳斯判若两人，甚至与利德盖特前面壁画中描写的维纳斯也大相径庭。她不是《理性与感性》中那个象征违背道德原则之爱的维纳斯，反而像是代表贞洁忠诚爱情的戴安娜。无论是对女子还是对骑士说话，维纳斯都一再强调忠贞、隐忍、恭顺，并反复嘱咐他们一定要"等待""耐心""守礼""不逾矩"。比如，听完女士的求告，维纳斯

[①] John Lydgate, *The Temple of Glas*, ed. J. Allan Mitchell, Kalamazoo, Michigan: Medieval Institute Publications, 2007, note to ll. 335-369.

赞赏女士对爱情的执着追求，肯定了她的忠贞如一、恭顺隐忍、谨守自持、诚实守礼、从不逾矩。而当骑士向她倾吐了对女士的感情之后，她嘱咐他"在痛苦中隐忍耐心、不急不躁"（第862行），要"谦恭隐忍、静待时日"（第868行），"不可任性妄为，/ 也不要因为进展缓慢而绝望"（第876—877行）。当然，维纳斯要求骑士的这份耐心也可能是风雅爱情传统中骑士在求爱过程中需要具备的一个基本特质，因为骑士必须给女士一些时间矜持、犹疑，即使女士一时拒绝了他的求爱，他也必须坚持忠贞地为女士效劳，等待终于有一天女士因为同情和慈悲而给予他恩典。若是女士立刻允准了骑士的求爱，反而不符合女士的高贵身份，也不符合风雅爱情的行为准则。她反复强调女士需要谨守道德，不可违背礼数：

> 但请你牢记，她将你珍视
> 却也将谨守自持、绝不逾矩
> 绝不授人以柄，叫那些心怀不轨之人
> 有机可乘，对她中伤毁谤。
> 所以无论是怜悯、同情还是慈悲
> 或者对你的关切，她都不会逾越
> 一名忠贞女子的界限。（第869—875行）

从这一部分维纳斯的反复叮咛中可以看出中世纪风雅爱情传统对女性的约束。虽然风雅爱情中女性被极力赞美和推崇，几乎到了女神的高度，但实际上女性并没有自主选择的自由，只能等待男性求爱，即使心动，也不能立即应承，如果不喜欢，也不能太过抗拒，否则会被斥责为冷酷。从维纳斯神庙的壁画到庙堂之上拿着诉状求告的爱人，再到这名女子和骑士的爱情，利德盖特爱情书写的"道德说教"意味愈加浓厚。诗人最开始塑造的那位嗟叹身受约束、渴望在维纳斯帮助下得到爱情的女子也变得脸谱化，失去了生命力。不仅如此，利德盖特一方面同情受到约束的女子的遭际，赋予她们话语权，令她们"选择"自己的爱人，另一方面他又想遵循道德原则，这种模棱两可的态度不仅让《玻璃神庙》充满说教意味，也让骑士女士的爱情故事"疑云密布"。

前面提到，维纳斯反复叮嘱骑士耐心等待倒也符合风雅爱情传统的求爱习惯，但是，女子在答允骑士的求爱、接受他为她效力的时候，不仅强调"我须谨守礼数／我对你的满足不可能逾越／我的女神维纳斯答允的范畴"（第1065—1067行），还告诉骑士：

> 我们必须静待时机，等维纳斯
> 为我们找到出路，消除我们的心疾
> 在那之前，你和我必须耐心等待
> 顺应安排，而不是出于苦痛
> 反复陈情哀怨，待她乐意之时
> 自会消弭我们胸中伤痛
> 这压在心间的秘密让我们整日难安。（第1082—
> 1088行）

既然女士已经赐予骑士"恩典"与"怜悯"，不知道她们还需要怎样的"出路"，需要消除什么"心疾"，"压在心间的秘密"又是什么。诚然，风雅爱情中"守秘"也是爱人需要遵守的一个重要准则，比如维纳斯就嘱咐骑士"不可炫耀自己得到珍爱"（第1172行），而《特洛伊勒斯和克瑞西达》中克瑞西达也叮咛特洛伊勒斯保守秘密，但是对特洛伊勒斯和克瑞西达而言，他们相爱的秘密显然并不会让他们整日难安。不仅女士与骑士相约“等待时机”，而且维纳斯分明已经用金链将两颗心紧紧相连，合而为一，让他们此生不再分开（第 1106—1109 行），并又一次提到了等待的重要性，“只需一时等待，只要时机到来 / 你就可尽享欢愉”（第 1203—1204 行）。只待时机，“到时候你自会十分愉悦 / 不要因为推迟，就让痛楚 / 侵蚀你的心灵，隐匿终将得到报偿”（第 1203—1206 行）。不知道“时机到来就可尽享欢愉”所指为何。骑士已获恩典，二人的心已经牢牢紧扣，联系两人的结永远都不会再松开，女士亲吻了骑士，庙堂内外歌舞升平。以此，凯利认为“利德盖特在《玻璃神庙》中呈现了（又）一场秘密婚姻”。他认为，诗歌结尾处，维纳斯主持的正是二人的婚礼。他说，尽管在读到前面的文字时，我们或许会认为女士属于庙堂中向维纳斯求告的群体之一，最终利德盖特却向我们展示，女士与她自己选择的人缔结了正当的婚姻。① 如果考虑到诗歌中反复强调的“等待”，那么凯利构想的这个结局则太过一厢情愿，完全忽视了前文提到的女士“身受约束”的事实。那么他们还需要等待什么呢？他们要守的礼又是什么？斯皮林非常笃定地认为，“女士祈祷的、维纳斯允诺的，实际就是女士的合法丈夫会被处理掉，很可能是死掉，从而让女士可以另结婚姻”②。而刘易斯却不这么肯定。尽管他也提出了与斯皮林相似的解释，认为两人最后只是亲吻并向一干神祇致谢，并未表明二人完婚，所以，他们可能在等待女士的丈夫发生什么事情，然后两人可以合法成婚，而不是私相苟合，但是他也表示

---

① Henry Ansgar Kelly, *Love and Marriage in the Age of Chaucer*, Ithaca and London: Cornell UP, 1975, pp. 291-293.

② A. C. Spearing, *Medieval Dream-Poetry*, Cambridge: Cambridge UP, 1976, p. 176.

自己并不确定利德盖特"等待"的意思，他甚至认为也许利德盖特本人也不确定这个故事要如何收尾。[①] 笔者倾向于赞同刘易斯的观点。从前面的论述中可以看到，利德盖特时常处于一种矛盾纠结状态。他在维纳斯神庙中加进被爱情排斥的三个群体，为她们发声的同时也为传统的风雅爱情套上了道德束缚；他赋予女子吐露心声、追求爱情的机会，但她最终也只能转变角色，成为符合传统、被动接受追求的一方；他想让受到婚姻约束而无法享受爱情的女子得到爱情，却又不愿意显得是在支持婚外情。女士在倾诉自己身体受束缚、心另有所属的时候说道，"人在此，心在彼：/ 就这样我悬在中间"（第 348 行）。利德盖特写作的时候恐怕也是这种状态：悬在中间，难以抉择。正因为如此，他只能够含糊其辞地要求一对恋人"耐心等待"，却不能言明到底等待何种结果。这种纠结让诗歌充满疑云，悬而未决，变得更加复杂，这大概是珀索尔认为《玻璃神庙》是一首更"雄心勃勃"的诗的原因之一。如果利德盖特在庙堂之上见到的手拿诉状的爱人们中没有那三个群体，如果描写完庙堂上的群像，他跳过女士向维纳斯求告的部分直接着眼于骑士，那么《玻璃神庙》整首诗就是一首维纳斯（结合自然女神和戴安娜）成全一段风雅爱情故事的诗歌，无论是对于作为修士的利德盖特，还是对于满足委托人要求，抑或是对于迎合 15 世纪的文学品味，都四平八稳、妥妥当当。毕竟，如珀索尔所言，"严肃的道德准则、热爱陈词滥调和泛泛而论、严重关注实用性和伦理话题（往往结合一种对奢华装饰和意象的爱好品味）是 15 世纪文学的主要特征"[②]。这样的一首诗就颇符合上述特

---

① C. S. Lewis, *The Allegory of Love*, Oxford: Oxford UP, 1936, p. 242.

② Derek Pearsall, *John Lydgate*, London: Routledge & Kegan Paul, 1970, p. 68.

征。但是利德盖特并没有选择这条更简单的路，而是增加了很多复杂的声音。利德盖特因为"冗长啰嗦"（prolixity）和"沉闷乏味"（dullness）而饱受诟病，笔者倒觉得，虽然《玻璃神庙》中确实有些地方显得啰嗦重复，特别是维纳斯的说教部分，却并不沉闷乏味，这恰好是因为诗歌中有不少"疑点"，令读者颇费思量。

　　总而言之，虽然《玻璃神庙》的核心是耳熟能详的骑士和女士之间的爱情故事，但作者雄心勃勃，充分发挥梦幻诗的叙事包容性，在其中杂糅了理想人物描写、祈祷词、怨歌、说教等丰富的内容，再现了骑士和女士的爱情窘境以及维纳斯在爱情、婚姻与道德之间的斡旋。加上梦幻框架中模棱两可的叙事者身份、梦境里驳杂的中世纪婚恋境况以及关于女士爱情合法性的闪烁其词，整首诗被打上了"乔叟式含混"的烙印，蒙上了一层梦幻般的面纱，为读者的阐释留下了无数的可能。

第三章

《国王之书》
——一首元梦幻诗

　　《国王之书》大约创作于 1424 年，仅存一份手抄本（MS.
Arch. Selden. B. 24, fo. 191v，现藏于牛津大学波德林图书馆），诗
歌起首题有字样："下文为苏格兰国王詹姆士一世所作之书，题目
为《国王之书》，诗歌写于陛下滞留英格兰期间。"加上诗中提到
的叙事者青年时期的遭遇与詹姆士一世（1394—1437）十分吻合，
多数学者认为詹姆士一世就是此诗的作者。但是也有学者提出，
詹姆士一世的生平，尤其其早年在海上被英格兰人俘获、囚于英
格兰长达 18 年的坎坷经历，为大家所熟知，如果有诗人拿来当作
写作素材也完全可能。[①] 鉴于这一类争议往往见仁见智，除非再有
决定性的历史证据出现，否则很难有真正的结论，所以不妨相信
现存手抄本提供的信息，接受苏格兰国王詹姆士一世就是《国王

---

① Alessandra Petrina 在其专著《苏格兰詹姆士一世的国王之书》中概括了关于此诗
作者的争议。Petrina, *The Kingis Quair of James I of Scotland*, Padova: Unipress, 1997, p.
28ff.

之书》的作者。其实，无论作者是否为詹姆士一世，都应该像切尔尼斯说的那样："不能把作者的有关信息放进诗歌进行解读。无论詹姆士国王的个人经历在《国王之书》中如何真实再现，这个经历都已经被转化成一件艺术品，主要构成部分是传统的文学元素——说英语的鸟儿、神话中的女神、从塔楼窗户望出去看见的女子。因此，最好不要将《国王之书》看作历史记录，而应将其看成诗歌——一件精心打造的艺术品，旨在表达作者对自己所说的发生的自己身上的事情的想法（to reveal what its creator thinks about what he says has happened to him）。"① 关于这件"精心打造的艺术品"，珀索尔早在20世纪60年代评述英格兰乔叟系诗人时就提出，《国王之书》是"15世纪爱情梦幻诗中最好的一首"②。对这一评价，想必今天也不会有太多异议。但珀索尔同时指出："这首诗并没有得到应有的关注，其作者之争分散了本应放在文本阐释上的精力。"③ 这个状况在几十年后的今天颇有改观。一方面，学界不断推出新的《国王之书》版本；④ 另一方面，评论文章也层出不

① Michael D. Cherniss, *Boethian Apocalypse: Studies in Middle English Vision Poetry*, Norman, OK: Pilgrim Books, 1987, p. 194.

② Derek Pearsall, "The English Chaucerians", in D. S. Brewer ed., *Chaucer and Chaucerians: Critical Studies in Middle English Literature*, London: Thomas Nelson and Sons LTD, 1966, p. 226.

③ Derek Pearsall, "The English Chaucerians", in D. S. Brewer ed., *Chaucer and Chaucerians: Critical Studies in Middle English Literature*, London: Thomas Nelson and Sons LTD, 1966, pp. 226-227.

④ 已有近20个不同版本，主要有：Alexander Lawson ed., *The Kingis Quair and the Quare of Jelusy*, London, 1910; Walter W. Skeat ed., *The Kingis Quair*, 2nd ed, Edinburg, 1911; W. Mackay Mackenzie ed., *The Kingis Quair*, London, 1939; -John Norton-Smith ed., *James I of Scotland: The Kingis Quair*, Oxford, 1971; Matthew P. McDiarmid ed., *The Kingis Quair of James Stewart*, London, 1973; Julia Boffey ed., "The Kingis Quair," *Fifteenth-Century Dream Visions*, Oxford, 2003: pp. 90-157; Linne R. Mooney and Mary-Jo Arn, eds., *The Kingis Quair and Other Prison Poems*, Kalamazoo, Michigan, 2005。

穷。[1]刘易斯在《爱情寓意》一书中做出了有名的论断，即"（《国王之书》的）重要性在于它是一首新型诗歌——一首有一定长度的爱情诗，没有用寓意形式，甚至也不属于《特洛伊勒斯与克瑞西达》那一类关于历史爱情故事的浪漫传奇，而是作者对一个实际存在的女子爱情的真实讲述"，是"第一首现代爱情诗"[2]。这一论断衍生出《国王之书》评论史上的一个难题，用佩特里娜的话来说，即如何调和诗中"现代"的传记模式和该诗与中世纪传统之间的联系，亦即自传和梦幻寓意。[3]此后的评论要么在刘易斯观点的基础上进行拓展发挥，强调诗歌中的自传和个人因素；[4]要么强调诗歌中的自传成分建立在向传统范式致敬的基础之上。1956年，约翰·普瑞斯顿的文章象征着《国王之书》现代阐释的转向，之后的批评家倾向于揭示诗歌中实际反映的多个传统的影响，如乔叟系影响、波伊提乌影响、风雅爱情、寓意传统等。[5]不过，说

---

[1] Alessandra Petrina 专著第二章"近期评论概述"中梳理了从 1929 年 C. S. Lewis 发表的一篇几乎不为人知的文章到 20 世纪 90 年代初的主要批评观点。Alessandra Petrina, *The Kingis Quair of James I of Scotland*, Padova: Unipress, 1997.

[2] C. S. Lewis, *The Allegory of Love*, Oxford: Oxford UP, 1936, p. 235, p. 237.

[3] Alessandra Petrina, *The Kingis Quair of James I of Scotland*, Padova: Unipress, 1997, p. 34.

[4] 比如 W. Mackay Mackenzie ed., *The Kingis Quair*, London, 1939, p. 37; James Kingsley ed., *Scottish Poetry: A Critical Survey*, London, 1955, p. 12。

[5] John Preston, "'Fortune Exiltree': A Study of the Kingis Quair", *The Review of English Studies*, Vol. 7, No. 28 1956, 339-347. 持相似观点的文章主要还有 Murray F. Markland, "The Structure of The Kingis Quair", *Research Studies of the State College of Washington*, No. 25, 1957, p. 274; John MacQueen, "Tradition and the Interpretation of the Kingis Quair", *The Review of English Studies,* Vol. 12, No. 46, 1961, pp. 117-131; A. Von Hendy, "The Free Thrall: A Study of The Kingis Quair", *Studies in Scottish Literature*, No. 2, 1965, pp. 141-151; Ian Brown, "The Mental Traveller, a Study of The Kingis Quair", *Studies in Scottish Literature*, No. 5, 1968, pp. 246-52; Walter Scheps, "Chaucerian Synthesis: The Art of The Kingis Quair", *Studies in Scottish Literature*, No. 8, 1971, pp. 143-65; Vincent Carretta, "The Kingis Quair and the Consolation of Philosophy", *Studies in Scottish Literature,* Vol. 16, No. 1, 1981, pp. 14-28; Karin E. C. Fuog, "Placing Earth at the Centre of the Cosmos: The Kingis Quair as Boethian Revision", *Studies in Scottish Literature*, Vol. 32, No. 1, 2001, pp. 140-149。

到从梦幻诗角度对《国王之书》进行的研究，还是要归结到斯皮林。在其皇皇巨著《中古英语梦幻诗》（1976）中，斯皮林就曾一方面批评利德盖特未能真正理解乔叟对梦幻诗形式的创造性改造，并认为"或许在（克兰沃之后）斯凯尔顿之前的英国诗人都未能切实领悟乔叟的梦幻诗"；另一方面对苏格兰同一时期的诗人给予高度赞誉，认为他们"极具创意地巧妙利用了乔叟的梦幻诗成就"，而《国王之书》正是这些苏格兰诗歌中最早的一部，是"最为有趣的一个范例，显示了一名充满智慧、心思敏锐的 15 世纪诗人在阅读乔叟及其追随者的梦幻诗作之后可以如何善加利用"。①尽管对《国王之书》颇为认可，斯皮林在论及该诗的梦境时，却明显充满了疑惑。他疑惑《国王之书》是否能算梦幻诗，抑或只是像亨利森的《克瑞西达之遗言》（*The Testament of Cresseid*）那样，只是一首包含了重要梦境的叙事诗，并进而揣测可能詹姆士本人并不认为有必要对此进行确切界定。②但在 2000 年刊发的一篇文章中，斯皮林审视了自己当年对《国王之书》的评论，承认了之前判断的失误，并提出新观点：

> 在我早年评价《国王之书》时，曾认为这是一首不成功的乔叟系梦幻诗。那时，我表达了一些疑惑，考虑是不是应该将此诗像亨利森的《克瑞西达之遗言》一样，看成"一首包含了重要梦境的叙事诗"，又说，"我怀疑詹姆士本人并不认为有必要对此确切界定"，还接着补充说："所有这些颇令人困扰：虽然詹姆士并不仅

---

① A. C. Spearing, *Medieval Dream-Poetry*, Cambridge: Cambridge UP, 1976, p. 181, p. 186.

② A. C. Spearing, *Medieval Dream-Poetry*, Cambridge: Cambridge UP, 1976, p. 182.

仅在模仿前辈梦幻诗人，但他对梦幻诗程式的掌控程度
并不足以让他令梦幻诗焕发新颜。"我之所以重复这些
话是因为我现在相信我犯了两个错误：一是将《国王之
书》当成梦幻诗进行解读；二是认为詹姆士未能很好掌
握乔叟建立的梦幻诗程式。……事实上他的确依赖这些
程式，但是，他绝非对这些程式缺乏把控，而是极有创
意地调整运用以达到不同的目的。[①]

最终，斯皮林认为："他（詹姆士）的计划在于把一个以乔叟
梦幻诗为模型的梦境插入关于做梦者身为恋人的人生的记录当中
（乔叟从未如此详尽地描述他的做梦者的现实人生），并由此显示
梦境如何根本地改变了做梦者的人生。不同于乔叟梦幻诗中的乔
叟，詹姆士在梦境和由梦境而写作的诗歌之外，有着波澜诡谲的生
活。"[②] 由此看来，斯皮林不再把《国王之书》看作梦幻诗，而看成
一首讲述做梦者爱情的叙事诗，只不过在做梦者追求爱情的过程
中，他做了一个对其人生产生了重大影响的梦。尽管认为《国王之
书》不属于梦幻诗，斯皮林仍然注意到了詹姆士对乔叟梦幻诗程式
的应用（或有意规避）。他对这首诗细致入微的解读和分析不乏批
评洞见，令人叹服。但笔者认为，诚然《国王之书》与乔叟的梦幻
诗，甚至所有其他梦幻诗都颇为不同，然而这并不意味着它不是一
首梦幻诗。可以说，《国王之书》不仅是梦幻诗，而且还是一首关
于梦幻诗创作的梦幻诗。诗歌中梦幻诗程式的变化，或者确切地

---

① A. C. Spearing, "Dreams in *The Kingis Quair* and the *Duke's Book*", in Mary-Jo Arn ed., *Charles D'Orleans in England: 1415-1440*, Cambridge: D. S. Brewer, 2000, p. 126.

② A. C. Spearing, "Dreams in *The Kingis Quair* and the *Duke's Book*", in Mary-Jo Arn ed., *Charles D'Orleans in England: 1415-1440*, Cambridge: D. S. Brewer, 2000, p. 127.

说，与梦幻诗传统的背离，都是詹姆士一世有意为之，都是他作为一个有着自我意识的诗人对梦幻诗程式进行的改革和创新。借鉴元小说的概念，可以说《国王之书》是一首"元诗"（metapoem），或者"元梦幻诗"（meta-dream poem），因为诗人在诗中呈现了他写作一首梦幻诗的过程。同时，他写作的梦幻诗深得乔叟梦幻诗的精髓，回忆与幻想错杂交融，虚虚实实；诗的内容涉及爱情、命运、个人与寰宇、青年与成长、哲学与诗歌，主题丰富，包罗万象。

一、内容概述　　《国王之书》一共有 1379 行，包含 197 个君王体诗节。①

诗歌开篇，叙事者半夜醒来以后难以再次入睡，于是拿起波伊提乌《哲学的慰藉》一书开始阅读。本来阅读是为了催眠，波伊提乌的命运却令他思前想后，不仅想到了在命运之轮上挣扎摇晃的人们，还想到命运女神如何主宰了自己的命运。他辗转反侧、难以入眠，突然晨钟敲响，似乎在鼓励他讲述自己的故事。他震惊之余，决定听从建议，写点"新东西"，于是拿起笔开始写作。（第 1—13 节）

他感叹无人指引的青年时代和缺乏灵感的写作像无助的海上航行，并向缪斯女神祈求帮助。他大约在 10 岁那年开启航程，去国离乡，却在海上被敌国俘获，被囚禁 18 年后才等到朱庇特送来安慰。他身处因牢，痛苦不堪，时常哀叹命运不公。有一天他走到窗前，像往常一样观望外面的花园。他听到夜莺歌唱爱神，但是花园里的幸福欢腾更让他顾影自怜，叹息不能得到爱神垂青。

---

① 君王体诗节即韵式为 ababbcc 的七行诗节。这种诗节由乔叟从法语诗歌界引进，用于创作其《百鸟议会》和《特洛伊勒斯与克瑞西达》，并为 15 世纪诗人广泛使用，比如利德盖特和奥尔良的查理，尽管如此，这种诗节却因詹姆士一世在《国王之书》中的运用而得名为"君王体诗节"。

正在伤心之际，他看到一名美丽女子走进了花园。他立刻爱上了她，但是很快女子离开了花园，对他的爱情一无所知。他痛苦绝望，不仅身陷囹圄，还陷入爱河难以自拔，不禁感叹生无可恋。长日哀恸哭泣的他神思恍惚中进入了梦乡。（第14—73节）

他看到一束光线照进牢房，还听到一个声音宽慰他，突然这束光线将他托起，使他飞到了空中。他穿过一层一层空间，来到维纳斯的王国。他看到很多人聚在那里，他们都是以不同方式为爱情效力的人们，有个声音为他介绍不同的人群。他看到爱神坐在宝座之上，而后在一个隐秘的小房间里找到了维纳斯。他向维纳斯求告，恳请得到帮助。维纳斯建议他钻研爱情律法，并告诉他还需要得到其他神祇的帮助，所以她让"希望"引领他去见密涅瓦。（第74—124节）

叙事者辞别维纳斯后，在"希望"带领下来到了密涅瓦的居所。密涅瓦给了他更多的建议，比如要重视德行修为、勤恳、专一、睿智；如果他的爱情遵从基督教的智慧，密涅瓦愿意成全他。但是，他需要找到命运女神并同她交流，因为命运女神或许会给他一些预示。（第125—151节）

叙事者离开密涅瓦宫殿后穿过苍穹回到了地面。他沉醉于美好的"人间天堂"景致，几乎忘了要找寻命运女神。但很快"希望"引领他前行。他看到了命运女神，以及巨大的命运之轮上簇拥攀爬的人群和轮子下方可怖的深坑。他恳请女神救助，女神扶他爬上命运之轮。道别时她揪了叙事者的耳朵，他在疼痛中从梦中惊醒。（第152—172节）

梦醒之后的叙事者愈加痛苦，不知道刚才的一切是真是假。他向神明祈求确认的信号，突然，一只浑身洁白的斑鸠飞进来，嘴里衔着红色康乃馨，上面书写着文字，告诉他将有喜事发生。

叙事者心里充满喜悦和希望。从那以后，他的运道越来越好，尽享幸福。（第173—181节）

叙事者回到了现在，解释为何要讲述这个故事。并向维纳斯祷告，希望其他的爱人们也能得到恩典，获取幸福。他谈到自从时来运转之后发生了太多事情，不可尽言，但是女神满足了他的请求，使他得到了幸福，因此，他感谢女神、夜莺、城墙、康乃馨甚至令他被俘获的海上神明、绿色树荫，等等。（第182—193节）

在诗跋中，他让"小诗"恳请读者耐心、宽容、指教匡正；并向敬爱的导师乔叟和高尔献上这首"七行诗"，愿他们的灵魂得福。（第194—197节）

二、元诗歌

书籍在乔叟的梦幻框架中起着举足轻重的作用，可以说他首创了书籍—梦境—书籍的梦幻诗结构模式。在乔叟梦幻诗梦前序曲中，叙事者往往会在睡前阅读书籍，比如《公爵夫人书》中叙事者辗转难眠，便着人拿来一本浪漫传奇，讲的是刻宇克斯国王和王后阿尔库俄涅的故事；《百鸟议会》中叙事者阅读《西比奥之梦》，这本书本来就是一个梦，讲述西比奥在梦中与祖父亚弗里坎努斯遨游寰宇的故事；《〈贞女传奇〉序言》未具体讲阅读某本书，但是也提到叙事者热爱读书，唯有观赏雏菊才能让他放下书本。阅读之后叙事者入睡做梦，这个梦往往跟书籍有着某种关联。梦醒以后，叙事者要么记录梦境写下书籍（《公爵夫人书》），要么继续阅读书籍（《百鸟议会》），要么按照在梦中接受的指示撰写书籍（《〈贞女传奇〉序言》）。[①] 这种结构

---

① 详见刘进《乔叟梦幻研究——权威与经验之对话》，社会科学文献出版社2011年版，第三章。

模式使叙事者梦前、梦中和梦后的经历交相辉映，不仅诗歌结构连贯紧凑，而且诗歌主题前后呼应、绵延递进。乔叟的四部梦幻诗中，《公爵夫人书》最为完美地呈现了梦前序曲阅读书籍、梦境呼应书籍、梦醒后记写作书籍的乔叟梦幻诗模式，体现了诗人基于"阅读"获取写作灵感或素材并完成创作的自觉意识。在这种结构模式下，梦醒后记中关于梦境与写作之间关系的寥寥数语已经具有了"元诗"的意趣：

> 听到钟声我醒过来
> 发觉自己还躺在床上，
> 我读过的那本书，
> 阿尔库俄涅和刻宇克斯国王，
> 还有睡眠之神的故事：
> 我见这书还在我手里。
> 我想，"这真是一个奇梦，
> 总有一天我将
> 尽我所能把这梦
> 谱成诗句，且得尽快。"
> 这就是我的梦；现在写成了。①（第1324—1334行）

这短短的梦醒后记其实包含了一个时间跨度：第1324—1333行是叙事者梦醒之后的场景和他立下的要记下这个梦的决心，而最后一行则跨越到了写作时间，指涉的不再仅仅是梦，而是诗本身。也就是说，乔叟通过梦醒后记提示了做梦者的诗人身份、所

---

① Helen Phillips and Nick Havely, eds., "The Book of the Duchess", *Chaucer's Dream Poetry*, London: Longman, 1997, pp. 29-111.

写诗歌的灵感来源（"梦"）以及写作任务的圆满完成（"写成"）。

乔叟的读者当然知道，当乔叟写下"这就是我的梦；现在写成了"的时候，他"写成"的并不是"梦"，而是"诗"，包括了梦以及做梦的缘由等。作为 15 世纪忠实的乔叟读者之一，詹姆士一世在《国王之书》中借鉴了乔叟的"书籍—梦境—书籍"模式，但做出了很大的改动。他敏锐地捕捉到乔叟梦幻诗中"阅读"与"梦"、"梦"与"诗"之间的密切联系，把乔叟的梦幻诗三环节"阅读"—"梦"—"（写）诗"变成了"阅读"—"写诗"两个环节。他将乔叟梦前序曲中的"阅读书籍"和梦醒之后的"写作书籍"变成了两个紧紧相连的步骤，从阅读书籍直接过渡到写作书籍，也就是说，阅读书籍并不是梦境的序曲，而是写作书籍的序曲，而诗歌的主体部分也不再是梦境，而是一本书，梦境只是所写书籍内容的一部分。最终，詹姆士一世为《国王之书》设计了如下结构：第 1—13 诗节属于"阅读书籍"部分，阐明写作书籍的因由；第 14—197 诗节是"写作书籍"部分，也就是叙事者写作的书，其中第 14—19 诗节是书的序言，第 20—193 诗节讲述叙事者的人生经历，其中第 74—172 诗节是书中记录的梦境；第 194—197 诗节是诗跋。

（一）从阅读到写作

在"阅读书籍"部分，像《公爵夫人书》和《百鸟议会》叙事者一样，《国王之书》叙事者阅读并复述了一本书。叙事者半夜醒来，由于脑海里想着各种事情，无法再次入睡，于是拿过一本书开始阅读。这本叙事者称为《波伊斯》的书应该是乔叟部分翻译成英语的波伊提乌的《哲学的慰藉》。① 詹姆士在阅读过程中

---

① McDiarmid 指出詹姆士可能参考的是 Walton 的译本（1410）。Matthew P. McDiarmid, *The Kingis Quair of James Stewart*, London: Heinemann, 1973, p. 118. 詹姆士同时看到乔叟和沃尔顿的译本也是可能的。

找到了两个主题。第一个是显而易见的命运主题：从博伊斯的命运，他想到命运女神，又联想到自己的命运。叙事者读到这位名叫波伊斯的作者曾经身居高位、显赫一时，后来却被命运抛弃，身陷囹圄、穷困潦倒，但他能够在哲学中寻求慰藉。尽管叙事者读书的本意和《公爵夫人书》叙事者一样，是为了寻找睡意，但是詹姆士打破了读者的期待：叙事者并没有如愿入睡，而是被波伊斯的命运深深吸引，决定进一步阅读探究。他读到波伊斯"自强不息，重整旗鼓／从不幸、贫穷和痛苦中复苏，／反倒找到了真正的稳妥安定"，因为"他年轻时习得的道德理念／奠定了年老时喜乐的基础。／命运之神倒戈相向，他反倒／庆幸和宽慰自己摆脱了／那些不可靠的世俗欲望；／他默默承受厄运的磨难，／安贫乐道，高尚的品德即是财富"。① 漫漫长夜，叙事者读书读到眼睛酸痛，于是把书放下，躺在床上开始思考一个新问题：每个阶层的人如何受到命运的摆布。叙事者想到人们在摇摇晃晃的命运之轮上努力攀爬，却随时会因轮子转动而跌落。他联想到自己的命运：年少时命运曾与自己为敌，后来化敌为友，自己也终于苦尽甘来。《哲学的慰藉》的命运主题也是贯穿《国王之书》的一个重要主题。

第二个主题则是诗人写作主题。按照乔叟梦幻诗模式，阅读之后就应该入梦，进入梦境讲述环节。但是，如斯皮林指出的那样："詹姆士两度逗引读者，使读者以为他要采用乔叟梦幻诗模式，但虚晃一枪之后他却调转方向，走了另一条路。"② 第一次是叙事者

---

① Julia Boffey ed., "The Kingis Quair", *Fifteenth-Century English Dream Visions*, Oxford: Oxford UP, 2003, pp. 90-157, 第33—42行。本书引用该诗均出自此版本，后文随文标注页码，不再加注。译文为笔者自译。

② A. C. Spearing, "Dreams in *The Kingis Quair* and the *Duke's Book*", in Mary-Jo Arn ed., *Charles D'Orleans in England: 1415-1440*, Cambridge: D. S. Brewer, 2000, p. 127.

晚上无法入睡之际拿起书阅读，这正像是《公爵夫人书》中的叙事者，但是《国王之书》的叙事者非但没有手捧书本入睡，反倒被波伊提乌的书所吸引，停不下来。第二次是叙事者读书直到精疲力竭，于是把书放下，躺在床上，这本来也是入睡做梦的好时机，叙事者却思前想后、辗转反侧。在有意识地致敬却放弃了乔叟模式的"入睡"环节后，詹姆士进入了写作环节。从"阅读书籍"环节到"写作书籍"环节的过渡衔接颇耐人寻味。在诗歌第11节出现了一个"有名的时刻"[①]：叙事者躺在床上左思右想之际，突然听到晨祷钟声敲响，他立马翻身起床，而就在这时，他仿佛听到钟声在对自己说："来吧，讲讲你的遭遇。"（第77行）钟声说话无疑属于虚幻，如果放到梦里就完全没问题，但是叙事者特意强调是翻身起床之时产生的幻觉。叙事者再三声明，"这是怎么回事？／这是我自己的幻觉吧，／根本没有谁跟我说话，／是钟声，或者我自己的想法／导致了这样的幻觉／冒出这样奇怪的念头"（第78—83行），并且最终认定：

> 我于是心中十分笃定
>
> 我就是想象出了那个声音
>
> 我经常花费笔墨、时间
>
> 却收效甚微，我决定
>
> 要写点新的东西。我坐下来
>
> 立刻伸手拿起笔
>
> 先画了一个十字，然后开始写作。（第84—91行）

---

① A. C. Spearing, "Dreams in The Kingis Quair and the Duke's Book", in Mary-Jo Arn ed., *Charles D'Orleans in England: 1415-1440*, Cambridge: D. S. Brewer, 2000, p. 128.

前面复述《哲学的慰藉》的时候，詹姆士淡化了哲学女神出现在波伊提乌牢房为他排忧解难的细节，他在提到哲学时都没有用大写，可见并不是指哲学女神，而是想表达哲学思想、道德理念这些已为波伊提乌内化的东西。詹姆士更多的是在强调波伊提乌主动通过自身的学识、理性、高尚的品德在厄运中找到了真正的安定，因为他摆脱了不可靠的世俗欲望，安贫乐道。最重要的是，波伊提乌"发挥他充分的理性 / 用拉丁文谱写心曲"（第 43—44 行），他用文字记录了自己的人生。阅读《哲学的慰藉》激发了詹姆士思索命运的力量，使其回忆自己的命运，但是对他产生最直接影响的一点应该就是波伊提乌书写了自己的命运，这使他也想要写下自己的人生。他在床上思虑的各种事情之中，除了波伊提乌的命运、命运女神和命运之轮以及自己在命运女神手中的遭际，恐怕还有作为诗人的一份焦虑：他也曾殚精竭虑、花费时间笔墨进行写作，但是收效甚微。或许他像乔叟笔下的诗人叙事者一样在努力找寻写作素材和灵感。《声誉之宫》中鹰告诉叙事者，自己是朱庇特派来的使者，带他去声誉之宫获取一些关于爱人们的消息；《百鸟议会》的叙事者想要从阅读中找寻素材，而入梦之后，书中人亚弗里坎努斯出现，带他去找寻写作素材。詹姆士阅读《哲学的慰藉》想到了写作"新的内容"，即书写自己的人生经历。他内心的这种思虑、念想幻化成为一个来自外界的声音，即钟声。不过，在中世纪的世俗作品中讲述"渺小"的自己"微不足道"的人生故事毕竟不是件寻常事，因为在"信仰时代"，除非是像《诺里奇的朱丽安的启示》那样的宗教自述，讲述自己的信仰历程、见到的宗教异象，普通人写自己的故事未免显得傲慢。也许正因为如此，虽然梦幻诗总是采用第一人称叙事者，但是中世纪作者都很好地做到了"非个人化"，他们都能成功地将作者掩藏在一个程式化的叙事者背后，读者很难从第一人称叙事中探究出作者的个人经历。比如尽管乔叟留下了这么多作品，但是我们很难从他的诗作中了解他的生活。所以，《国王之书》将个人经历写进作品，这在中世纪梦幻诗作中的确难能可贵，尽管有《哲学的慰藉》作为榜样，但要做这样的决定也并不容易。这可能就是为什么詹姆士要在诗歌中让晨祷钟声来提醒叙事者写自己的故事，尽管他实际上想要强调钟声是自己的想象和幻觉，并由此彰显他作为诗人主观的写作愿望和自觉意识（也正是这样的写作愿望和自觉意识让他随时可以敏锐地从阅读材料中汲取写作灵感和动力），但是晨祷钟声令人不可思议地说出话来，这也赋予这项使命一丝神秘主义色彩，仿佛这是来自上帝的旨意。在诗歌中书写自己的人生经历之不寻常，也可以从后文看到。即使在写完"书"之后，詹姆士也似乎急于为自己的"新内容"进行合理化解释："或许会有人想或者问，/ 我何以些许小事 / 却长篇大论？我会再次回答：/ 要是有人在地狱摸爬滚打过一圈 / 一遭来到天堂，他总会感激涕零，有话要说！"（第 1268—1272 行）

从詹姆士的"阅读书籍"部分可以看到，他有意识地致敬乔叟梦幻诗，使用了"读书"程式，却背离了阅读后入睡做梦的程式。乔叟梦幻诗中的书籍会激发一个"奇梦"，以供诗人"谱写诗句"。《国王之书》开篇的阅读却直接触发了写作，《哲学的慰藉》中波伊提乌书写的是自己的人生故事，詹姆士于是得到启示，写作素材不一定必须是梦，还可以是回忆，甚至是回忆加梦境（梦境也来自记忆）。当然，在整部诗作中，真正直接书写詹姆士个人经历的篇幅其实并不多，大多数时候，他还是将自己的经历隐藏在中世纪人们熟悉的文学传统之中。他对自己牢狱生活的描述诉诸了波伊提乌传统，而对爱情的抒发则更是借用了风雅爱情传统。他在最后一节将自己的书献给乔叟和高尔，却没有提及利德盖特，但其实他也从利德盖特的诗作特别是《玻璃神庙》中汲取了很多养分。

（二）写成梦幻诗

从《国王之书》的第 14 诗节开始直到最后，就是一首包含了梦前序曲（第 14—73 诗节）—梦境（第 74—172 诗节）—梦醒后记（172—197 诗节）三个环节的爱情梦幻诗。当然，詹姆士的这首梦幻诗因为使用了"新的内容"，即叙事者的人生经历，所以和乔叟的梦幻诗颇为不同，最显而易见的区别就在于叙事者由观察者变成了参与者。乔叟四首梦幻诗的叙事者都不曾亲历爱情，他只是一个诗人，忙于写作"书、歌、诗"，歌颂爱神和他的仆从们；正因为自身不是"爱人"，没有爱情经历，他只能当"观望者"，梦见别人的故事、讲述别人的故事，这些别人的故事对他自己的人生也没有什么影响。如斯皮林所言，乔叟的梦除了为他提供写作素材以外，没有迹象显示对他的人生有任何其他影响。[1] 相反，詹姆士的梦境对叙事者的人生意义非凡，他的梦完全是为了解决现实生活中的问题（爱情）而产生的：他在梦中谒见维纳斯、密涅瓦和命运女神，听取她们的教导，祈求她们的支持，完成了"精神成长"，从此人生发生了巨大变化。

梦前序曲

在诗歌第 13 诗节的最后一行，叙事者已经拿起笔开始写作，但叙事者并未立即进入主题，而是发表了一番关于人生和写作的感叹（第 14—19 诗节），并按照写作习俗吁请神灵赐予灵感。大多数学者认为诗歌第 1—19 诗节为序言，比如斯皮林认为"前面

---

[1] A. C. Spearing, "Dreams in *The Kingis Quair* and the *Duke's Book*", in Mary-Jo Arn ed., *Charles D'Orleans in England: 1415-1440*, Cambridge: D. S. Brewer, 2000, p. 126.

133 行（即第 1—19 诗节）构成前言，解释叙事者何以要写一本关于自己人生经历的书"[1]，穆尼将诗歌第 1—133 行（即第 1—19 诗节）和第 1352—1379 行（即第 194—197 诗节，诗跋部分）看成作者为诗歌设置的框架，[2] 霍达普在《中古英语梦幻诗中的现实主义和超现实主义：以詹姆士一世〈国王之书〉为例》一文中提到了《国王之书》的三层叙事，内核为梦境（第 75—172 诗节），讲述了囚犯—叙事者在梦中分别与维纳斯、密涅瓦和命运女神对话的经历；中间层为 55 个诗节的梦前前奏（prelude，第 20—74 诗节）和 9 个诗节的梦境后奏曲（postlude，第 174—181 诗节）；最外层框架包括 19 个诗节的序言（第 1—19 诗节）和 16 个诗节的后记（即第 182—197 诗节）。[3] 只有切尔尼斯把开篇 13 个诗节看作序言，把第 14—19 诗节看成叙事者写作的"新的一首诗"的序言和开场祈祷，把"接下来的诗歌"看作"一个成熟人士的记录"。[4] 笔者的看法与切尔尼斯相似，认为应该将这四个诗节归入叙事者"写书"部分，因为很多古典或中世纪诗歌在正式进入主题之前，往往有一个序言和开场祈祷部分，作者感叹自己能力有限，文采不佳并祈求灵感，因此这第 14—19 诗节应该被看作叙事者所写书籍的序言部分。除此之外，还有两个重要的原因。

第一，斯皮林和穆尼等评论家并没有特别区分"阅读"和

---

① A. C. Spearing, *Medieval Dream-Poetry*, Cambridge: Cambridge UP, 1976, p. 182.

② Linne R. Mooney, "The Kingis Quair: Introduction", *The Kingis Quair and Other Prison Poems*, Kalamazoo, Michigan: Medieval Institute Publications, 2005, p. 19.

③ William F. Hodapp, "The Real and Unreal in Medieval Dream Vision: The Case of King James I's Kingis Quair", *The Journal of the Midwest Modern Language Association*, Vol. 42, No. 1, Spring 2009, pp. 55-76, p. 63.

④ Michael D. Cherniss, *Boethian Apocalypse: Studies in Middle English Vision Poetry*, Norman, OK: Pilgrim Books, 1987, p. 196.

"写书"两个层面，而笔者将阅读部分看成一个引子，后面整个部分看成叙事者写作的一本书，也就是说《国王之书》里面还嵌套着叙事者写作的另一本书。因此，第13诗节最后两行——"我立刻伸手拿起笔／做了一个十字，开始了我的书"（第90—91行），这里詹姆士"做了一个十字"有两层意思。[①] 一是中世纪抄写员起笔时习惯在纸上"画"一个"十"字，詹姆士有可能呼应前面所说的"新的内容"，意味着一个新的开始；二是詹姆士有可能在胸前"划"了一个十字，意味着诗人开始写作之前郑重、虔诚地祈祷灵感。这两层意思都表明叙事者正式开始动笔写作，下面的文字就应该是他所书写的梦幻诗。[②] 斯皮林在评价诗歌第91行的时候，略带调侃地写道："于是在诗歌开始90行以后他开始写诗。"这是因为他并没有意识到詹姆士此刻开始写的其实是第14诗节直到最后的这首梦幻诗。

第二，叙事者作为写作者，他的书是"回忆录"，将从他少年时代的经历写起，所以从第14诗节开始，叙事者的视角是一个成年人回首过去的视角，或者说是"过来人"的视角，他感叹年少时懵懂无知不成熟，缺少教导和指引，在尘世中就像无舵的船只茫然无助，而这样的迷茫同样也适用于写作者。他在写作之际也有相同的迷茫，忧虑会遭遇"啰嗦"的礁石，担心没有好风（灵感）助力，或没有才能驾驭船只（素材）。因此，他在开始写作之际要向克利俄、波吕许漠尼亚等神灵呼告，请他们引导自己书写"痛苦与喜乐"。因此这几个诗节与后文的关系更加紧密，将它们

---

① 这里原文是"made a cross"，笔者译为"做"，是为了兼顾詹姆士的两层意思，即在纸上"画"一个十字和在胸前"划"一个十字。

② 除此之外，切尔尼斯还认为这个十字标志着詹姆士作为诗人找到了新的写作内容和方向，是其写作生涯的新起点。Michael D. Cherniss, *Boethian Apocalypse: Studies in Middle English Vision Poetry*, Norman, OK: Pilgrim Books, 1987, p. 196.

看作叙事者所写书的序言部分，可以更好地与下文连接。

在序言和开场祈祷之后，叙事者的"书"从第 20 诗节正式开始，讲述自己的人生经历。他回顾自己 13 岁那年必须去国离乡，于是在某一个清早，作别亲人朋友，扬帆起航，却在海上被敌人捕获，成为俘虏，被囚禁在严密看管的监牢里，大概关押了 18 年，终于朱庇特开恩，为他送来慰藉，解除他的痛苦（第 20—25 诗节）。这 6 个诗节是对叙事者从 13 岁以来命运的简单概括，最后两行算是对最终结束牢狱之灾的一个前瞻。这里写到的叙事者经历与诗人詹姆士一世国王的生活经历颇为接近。1406 年，大约 13 岁的詹姆士为逃避苏格兰的政治动荡拟前往法国，途中被英格兰海盗抓获，后被海盗献给英格兰国王，沦为囚徒，直到 1424 年初才被释放（也就是过了大约 18 年），并与冈特的约翰与凯瑟琳·斯文福特的外孙女琼·蒲福成亲，而后返回苏格兰登基为王。如此看来，詹姆士一世的确在诗中记叙了自己的一部分人生经历。叙事者简略概括自己的囚徒生涯之后，重又回头具体讲述自己在牢狱中如何度日。由于在写书之前刚读过波伊提乌，并深深地为波伊提乌打动，进而联想到自己的命运与波伊提乌何等相似，因此叙事者在回忆自己经历的时候，也总是从命运的角度进行审视，而且是以一个领悟到命运力量的"过来人"的身份审视当年身处迷局之中，不知何去何从的少年的经历。在"书"的序言中，他就在感叹青年的稚嫩和无助：

> 稚气的青年啊，发育未全，
> 犹如未熟的水果，在风中摆动，
> 犹如巢中嗷嗷待哺的小鸟
> 羽翼未丰，心智不熟，

好运、厄运都可能降临，

假如你知道未来的痛苦和艰辛，

你定将因哀戚和恐惧放声哭泣。

你前途未卜，未来难测，

又没有谁来管束和指引你：

犹如无舵航行的船只

定将急速驶向灾难，

因为没有外力的援助。

你就像这样，在这风暴肆虐的人世，

没有人指引你的行程。

我其实部分说的就是自己：

尽管自然赋予我无忧无虑的青年时代，

我却没有成熟的理性

来管束我的意愿，我年少无知

就开始了没有方向盘的人生旅途，

在尘世的风浪中驱驰。（第 92—111 行）

　　"我其实部分说的就是自己"，序言中的回首其实已经预示了叙事者年少时被囚狱中彷徨无助的命运。在谈到自己离开故国的原因时，他也说，"是出于天界众神的意愿，抑或其他原因，我说不清楚"（第 150—152 行），暗示冥冥之中神力在主宰自己的命运。而他在狱中也是成日感伤嗟叹，抱怨命运不公：何以其他人能够享有自由和幸福，何以鸟兽鱼虫也自由自在，唯独自己身陷牢笼、苦不堪言？他想知道自己犯了什么错，命运这么待他理由何在？为何上帝偏偏叫他而不是其他人身受束缚、承受痛苦？叙事者就这样在痛苦绝望中不知所措，黯然度日。他的抱怨让人想起波伊提乌。波伊提乌从高位跌落，身陷囹圄，一开始也是无限哀怨，感叹命运不公：他虽然兢兢业业、秉持公正，却遭小人构陷，失去显赫地位、财产、名誉和自由。[1]叙事者在写作前阅读《哲学的慰藉》时，并没有强调哲学女神的出现或者她的谈话给予波伊提乌的启发和安慰，而只是说波伊提乌从哲学中寻求慰藉，他"自己"从不幸、贫穷和痛苦中平复，并从中找到了真正的安稳（第33—35行）；年轻时候的"德行"帮助他找到老年的愉悦，命运背弃了他，他却借此抛开了尘世间那些不可靠的欲望，坚韧地承受磨难，借由德行获得了真正的幸福（第36—42行）。叙事者淡化了波伊提乌设置的外在的精神向导哲学女神，转而凸显他自己在狱中的思虑、顿悟，而这些都基于他青年时代的德行。对比波伊提乌，叙事者虽然也遭命运抛弃，置身于牢狱之中，但是他年纪尚轻，无人管束、无人指引，没有哲学慰藉，也没有德行支撑，完全不知道他那无舵的人生小船"风往哪里刮？何处是岸？欢乐哪儿找寻？"（第117—119行）

叙事者的慰藉来自爱情。尽管前面讲述的人生经历与詹姆士一世本人的经历高度重合，但这里开始的爱情故事有多少来自詹姆士的现实生活却难有定论。詹姆士对爱人的描写、对自己陷入爱情的叙述都非常程式化，而且他完全没有记叙二人之间的互动，女子在花园场景之后就没有再出场，甚至最后两个人的结局（结合？）也十分隐晦，没有明确指出。并没有历史记录显示詹姆士与琼·蒲福的结合除了政治谈判原因之外还有爱情因素。但是，正

---

[1] Douglas C. Langston ed., *The Consolation of Philosophy*, New York: W. W. Norton & Company, 2010.

如切尔尼斯所言，"即使接受詹姆士（或乔叟）为一首梦幻诗的作者，我们也切不能把有关那位作者的不相干的信息放回诗歌中对诗歌进行解读"。既然詹姆士并没有明确提及女子的身份，我们也就没有必要非要从历史文献中找寻相关信息，而应该立足文本进行阐释。实际上，从第 30 诗节开始，詹姆士开始徐徐进入乔叟《骑士的故事》中的相关场景（第 1033—1122 行），也将《国王之书》带入了风雅爱情传统，在此背景下开始书写青年叙事者的爱情故事。他在狱中长吁短叹，为了寻求片刻安慰，养成了早起的习惯，他来到窗边观看塔楼外的世界和来往的人群，紧挨着塔楼的墙有一座美丽的花园，花园四角各有一个树亭，中间种着一棵杜松，枝叶散开，遮天蔽日。枝头上夜莺正在尽情高歌，花园和塔楼都回荡着它们和谐美妙的歌声。夜莺送走冬天，迎来春日，热切呼唤"爱人们"起来欢迎五月的到来，因为这是开启他们幸福的时节；很快，树枝上到处是鸟儿，它们雀跃欢腾，梳理羽毛，感谢爱神让它们找到了伴侣。叙事者却对这幅爱的场景心生疑窦，觉得鸟儿们傻里傻气，它们的幸福肯定只是装装样子。他此时未经爱情，所以对爱情保持怀疑，就像特洛伊勒斯在爱上克瑞西达之前嘲笑其他恋人一样。但是由于他经常在书中读到爱情的伟大，结合眼前的场景，他也不禁发出感叹和疑问：

> 噢，主啊，这到底怎么回事，
>
> 爱神竟具有如此崇高的力量和天性，
>
> 如此眷顾他的仆从？具有如此勃勃生机
>
> 就好像我们在书中读到的那样？
>
> 他可以束缚或者解放我们的心灵？
>
> 他竟能如此掌控我们的心灵

还是这一切都只是我胡思乱想呢？

因为如果他如此伟大无匹
能够关心和眷顾每一个人，
那么我因何事见责于他，
身陷囹圄，反不及鸟儿自由呢？
他为何不赐我勇气追随左右呢？
而如果他不这样做，那么或许我可以说，
是什么让人们徒劳无益地谈论爱神呢？

我左思右想，没有别的办法，
既然他是主人，是神明，主管我们，
可以束缚、解脱我们，可以解放奴隶，
那么我要向他求祈恩典宽容
让我配得上做他的信徒随从，
永远忠心耿耿跟随左右，
无论幸福悲伤都不离不弃。（第 253—273 行）

　　这几个诗节似乎指涉了《布谷鸟与夜莺》开篇对爱神的称颂，但更侧重于叙事者个人对爱神的感受：可以看出，虽然对爱神的伟大力量懵懂无知，但叙事者颇为鸟雀们的爱情所动，内心已经生出对爱情的向往，特别是他想到爱神可以赐予爱情仆从们自由（第 269 行），于是决意追随爱神。这也使叙事者爱上出现在花园中的女子不那么突兀。而无论是帕拉蒙或者阿赛特，还是特洛伊勒斯，他们在沦为爱情仆役之前并没有这样主观上的"主动"。这样一来，叙事者紧接着叙述自己看到美丽女子并陷入爱情，这似乎倒像是爱神在回应叙事者对他的宣誓效忠，十分顺理成章。

叙事者陷入爱情一幕非常明显地借用了乔叟《骑士的故事》帕拉蒙和阿赛特先后看到并爱上艾米莉的场景。乔叟的故事是全知叙事，首先描写艾米莉在五月的一个清晨在花园里采摘鲜花、制作花环，放声歌唱向五月献礼，正好帕拉蒙和阿赛特被囚禁在花园旁边的塔楼里。先是帕拉蒙透过窗户看到了艾米莉，他惨叫一声，仿佛"心被刺伤"，脸色变得惨白，他以为如此美丽的女子必不是凡人，想必是维纳斯的化身，于是跪下恳请她帮忙逃出牢狱以获得自由；紧接着阿赛特也看到了艾米莉，她的美丽令他受到重创，发出哀怜的长叹（第1062—1122行）。同样身为囚徒的詹姆士读到帕拉蒙和阿赛特的故事肯定深有感触。阿赛特听到帕拉蒙惨叫哀号时，本以为他是因为身处牢狱而痛苦，便开始安慰他，他关于命运和隐忍的安慰之词一定令詹姆士心有戚戚焉，而他坠入爱河的情形也与两位青年贵族十分相似。当他的视线再次转向塔楼下的花园时，他看到了"最美丽最娇艳的鲜花"，"倏忽间成为她的俘虏，/ 永远，心甘情愿；因为她的脸上 / 唯有甜美、没有胁迫"（第285—287行）。尽管也像帕拉蒙那样发出感叹，不知女子是天上的仙女还是凡间女子，但是《国王之书》特别强调叙事者就此沦为双重囚徒：政治囚徒和爱情囚徒。前者是被胁迫，而后者则是自愿；前者带来痛苦，而后者带来幸福快乐。关于沦为爱情囚徒的"幸福快乐"，刘易斯有过评论，他说，乔叟笔下的帕拉蒙感叹自己"仿佛心被刺伤"，变得"脸色苍白、面如死灰"，叙事者见到女子时却"全身血液都奔涌向心脏"（第280行），"满脸滚烫，因为理智已让位于内心的激动和愉悦"（第281—282行），可见"乔叟此刻还是比较执着于（风雅爱情）传统多愁善感、催人泪下的那些方面，而苏格兰诗人此处却用更加现实主义的笔触讲述他的经历，为我们展示了他那被唤醒的情感令人愉悦、充满活力和健康的特性"。①虽然刘易斯所谓的"现实主义"并非那么现实主义，但是詹姆士的确更强调爱情给叙事者带来的快乐和活力，因为在他的书中，爱情对应于波伊提乌的哲学，年轻囚徒在遭到命运抛弃的时候，正是爱情促使他成长。

詹姆士对花园女子的描述呼应着《公爵夫人书》里面黑衣骑士对布兰茜的描写，非常符合风雅爱情传统对女子美好形象的描述，从头发、头饰、颈项、衣着、身姿到行止、性情、德行，无不完美无缺：

> 青春、美貌和谦恭有礼集于一身，
> 善良、大方和优雅的身姿——
> 只有上帝才知道，我的笔无法描绘——
> 智慧、雍容、高贵、善解人意。
> 每个方面都做到恰到好处，
> 言语、行为、身材、表情，
> 自然女神恐怕也无法再行改进。 （第344—350行）

叙事者目不转睛看着如此美好的她，满腔的苦楚都变成了无边的快乐。他像帕拉蒙那样向维纳斯女神宣誓，要遵从她的律法，为她效忠。等他在梦中见到维纳斯时，维纳斯表示她听到过他的这次宣誓："年轻人，你内心痛苦的根源 / 我并非一无所知，/ 还有你的诉求，你刚刚提过，/ 之前初次向我宣誓效忠的时候也提过。"

---

① C. S. Lewis, *The Allegory of Love*, Oxford: Oxford UP, 1936, pp. 236-237.

（第729—732行）但是，身为囚徒的他毕竟还是感到了约束，他
羡慕女子身边的小狗可以陪伴女子左右，而他只能转而责备枝头
安静的夜莺，怪它不为自己的爱人歌唱。他看到夜莺在枝头似乎
就要睡着了，在心里跟它展开了一场非常有趣的谈话。之前是他
怀疑爱情的力量，而现在他却急切地鼓励着夜莺：

> 你没有心情恋爱？你的伴侣呢？
>
> 你生病了吗？还是因为嫉妒生气？
>
> 你的伴侣死了吗？还是他抛弃了你？
>
> 你为什么要如此忧伤，
>
> 以至于不再谱写优美旋律？
>
> 懒虫，真羞耻！唉，这可是黄金时间
>
> 顶得过你毕生的全部努力！（第400—407行）

他还想着如何才能叫醒夜莺而又不把它吓跑：

> 我还这么想：如果我拍手欢迎
>
> 或者扔出一块石头，它一定就会飞走；
>
> 但如果我沉默不语，它肯定马上睡着；
>
> 而如果我喊叫，它也不懂我的意思。
>
> 于是所能做的最好就是，像这样，
>
> 风使劲吹啊吹，吹拂树叶，
>
> 摇动树枝，摇啊摇，把它惊醒！（第414—420行）

詹姆士在这里应该的确是展现了刘易斯所说的"现实主义"。
大自然再次迎合了叙事者的心愿。风吹来，夜莺开始欢唱，众鸟

开始欢唱，此时她们歌唱的不仅仅是她们的爱情，她们也在为叙事者的爱情歌唱。叙事者在爱情的激励下，应和着众鸟的欢歌，文思流畅，甚至还为自己心上的"女王""圣女"谱写了一曲短歌。但是，在一片其乐融融的爱情咏唱中，他也意识到，身处牢狱，他根本无法让心上人知道自己的心意，也就无从获得她的恩典。他眼睁睁看着淑女从花园中离去，再次陷入苦痛和绝望，哀叹自己像用无底水桶汲水的塔坦罗斯，苦苦求告却无人听取。詹姆士描述的痛苦回荡着《公爵夫人书》和《玻璃神庙》两首诗中黑衣骑士的诉说，随着女神的离去，他"快乐变痛苦，朋友成仇敌，／生不如死，光明成黑暗，／希望变恐惧，踏实变忐忑"（第493—495行）。在这种绝望无助的情形下，他神思恍惚地进入了"似睡非睡，半梦半醒"的状态：

> 良久，入夜，我已筋疲力尽，
> 哭泣和哀歌让我头昏脑胀
> 悲伤哀恸令我神志不清，
> 我的头枕在冰冷的石头上
> 斜靠在那儿，神思恍惚，
> 似睡非睡，半梦半醒，
> 见到的奇异景象我现在就一一道来（第505—511行）

　　叙事者为自己这部梦幻诗所写的梦前序曲长达419行，是所有梦幻诗中梦前序曲最长的一部。詹姆士呈现了《国王之书》的两个重要主题：命运和爱情；详尽叙述了叙事者现实人生中的两个问题：一是身陷囹圄，二是无望得到回报的爱情。用切尔尼斯的话说，就是"将波伊提乌式的非正义囚禁与中世纪晚期得不到回报、不可能成功的单相思爱情的折磨结合起来，詹姆士至少把主人公困惑痛苦的理由翻了一番"①。叙事者就像《布谷鸟与夜莺》和《玻璃神庙》中痛苦的叙事者一样，在万般绝望之中入睡并做梦。叙事者一句"见到的奇异景象，我现在一一道来"把读者拽回了叙事者的写作现场，提醒读者，所有这些都已是往事，是回忆，而梦境是回忆的一部分。

梦境

在梦境中叙事者"到访"了三个地方，分别接受了维纳斯（第 74—123 诗节）、密涅瓦（第 124—151 诗节）和命运女神（第 152—172 诗节）的建议和帮助。叙事者"书"中的梦前序曲部分娓娓道来，从被囚禁的绝望无助，到爱上美丽女子带给他的愉悦，再到对他的爱情毫无察觉的女子悄然离去，叙事者虽欣然成为美丽女子的爱情囚徒，他政治囚徒的身份却让他无法进一步追求爱情。不知道此时怅然若失的叙事者是否意识到，向维纳斯宣誓效忠爱情并不能为他赢得爱情，更不要说自由。不管怎样，在梦境中他还是首先来到了维纳斯的宫殿。叙事者入睡以后，仿佛看到一束光穿透窗户照进来，把他的身体托起，他的眼睛什么都看不见，只听到一个声音对他说："不要怕，我带来慰藉和救赎。"（第 512—518 行）。这副场景有点像《玻璃神庙》中叙事者入梦以后看到金光闪闪的玻璃神庙，明晃晃地叫他睁不开眼，又像《声誉之宫》中金鹰抓起叙事者，却更像是宗教幻象中圣人显灵的景象。而叙事者飞到空中以后：

---

① Michael D. Cherniss, *Boethian Apocalypse: Studies in Middle English Vision Poetry*, Norman, OK: Pilgrim Books, 1987, p. 201.

一路向上，穿过一层又一层空间

穿过大气、液体和热火层，

我终于来到那个明亮的圈层

明媚、光明、美丽的黄道宫，

十二宫符清楚显现，在这欢乐的王国

住着幸福的维纳斯……（第 526—531 行）

    他离开地球，向太空飞升，层层飞过托勒密天文学中所说的行星天，这样的"飞天之旅"影射了《百鸟议会》中西比奥与祖父亚弗里坎努斯遨游寰宇的飞行，当然也让人联想到《声誉之宫》中鹰带着"杰弗里"飞往声誉之宫的飞行。这类飞行往往预示着叙事者会得到意义重大的启示。按照托勒密的宇宙模式，地球在中心，包裹着大气、液体和火焰，之外分别是月球、水星、金星、太阳、火星、木星、土星和恒星天（包括黄道带）等水晶天。理论上维纳斯应该在第三圈层，詹姆士的维纳斯却在黄道带，也就是恒星天。切尔尼斯解释说："维纳斯王国的确切位置可能并没有什么特别意义，但一种可能是，将维纳斯从行星天搬到更高的恒星天——也就是离自然世界更遥远的地方，意在表明这个维纳斯代表的不仅仅是那个掌管尘世爱情的金星女神。"[1] 在这种可能性之外，也许把维纳斯搬到外层空间以后，她就不再局限于金星圈层，而可以更好地与其他神祇，如密涅瓦、命运女神等合作交流，共同掌管人的命运。因为可以看到，《国王之书》的维纳斯完全不同于《玻璃神庙》中那位万能的维纳斯。

    无论如何，叙事者来到维纳斯的水晶宫殿后，首先在一个宽

---

[1] Michael D. Cherniss, *Boethian Apocalypse: Studies in Middle English Vision Poetry*, Norman, OK: Pilgrim Books, 1987, p. 202.

敞堂皇的大殿里看到成千上万的"爱人"聚集一堂，一个声音为他介绍了四个群体的"爱人"：一群是爱情宗教的"圣徒"，他们毕生为爱情效力，如今头发花白、年事已高，"好意"正陪在他们身边；一群是朝气蓬勃的年轻人，"勇气"陪着他们嬉戏、歌唱；一群是教会中人，他们只能秘密地效忠爱情，所以帽檐低垂，遮住脸颊；还有一群人聚在帘幕后面的区域，面色哀怨，手持诉状，他们要么早年被迫进入修道院，要么缔结了不幸婚姻，要么被迫与爱人天各一方、劳燕分飞，总之都无法效忠于爱神。这里可以明显看到詹姆士对利德盖特《玻璃神庙》的借鉴。叙事者看到丘比特坐在宝座上，手里拿着弓，旁边放着三支箭矢，分别是黄金、白银和钢铁做成的箭头。他头上戴着绿叶做成的花冠。接着叙事者在一个隐秘的小房间里看到了维纳斯躺在床上。詹姆士对维纳斯的描写综合了《百鸟议会》中性感挑逗的维纳斯和《玻璃神庙》中如雕塑般严肃正经的维纳斯：她躺在床上，但是披着白色斗篷，所以她善良、道德、正派，但也并不像利德盖特的维纳斯那般苛求絮叨。叙事者战战兢兢向女神求告，恳请她帮助自己求取恩典。他一开始似乎已经忘记了自己的囚徒身份，一心只求得到心上人垂爱。他的求告就像《玻璃神庙》中的骑士，或者风雅爱情传统中其他求爱的骑士，充满套话，没有什么特别之处。直到最后，他才终于提到自己的情况：

> 请用你那激烈耀眼的光束
> 将我那愁肠百结的心灵
> 再次带到那甜美温婉的美好场景。
> 那天早上在那冰冷坚硬的牢房里
> 我看到那婀娜行走的妙人儿

在花园里，就在我眼前消失不见：

现在，请发发慈悲，别让我心碎而死。（第 715—

721 行）

维纳斯让他继续谦恭侍奉爱情，在"希望"引领下耐心等待时机，并告诉他尽管自己执掌爱情律法，可以约束众生、明察万物，但是对很多过去、未来之事，她并不能凭一己之力随意掌控。比如对叙事者而言：

由于受到其他星的影响，

你现在身心不自由；

既然如此，即使我赐予你慈悲，

一切却并非我所能掌控

除非某些星改变运行轨道，

你才能获得佳人芳心。（第 751—756 行）

而且，尽管他智识、才华、力量各方面都毫不出众，远远配不上出身高贵、地位尊崇、才貌双全的意中人，但由于维纳斯负责"治疗"他的"疾病"，所以她会派"希望"带他去密涅瓦处进一步求助，她深信密涅瓦一定会为他提出成熟中肯的建议，而如果他用心接纳，则经过一段时日的努力，就定然可以赢取那朵他满心渴望的美丽娇花（第 794—797 行）。虽然叙事者在维纳斯宫殿看到的场景跟《玻璃神庙》甚至《百鸟议会》中的维纳斯神庙非常相似，但是在《玻璃神庙》中帕拉斯，即密涅瓦的神像就在维纳斯塑像旁边，詹姆士却让密涅瓦移居别处，并且她能够给予叙事者维纳斯所不能给他的智慧和建议。这也再次显示詹姆士有意让《国王之书》超越风雅爱情，将爱情放到更广阔的空间领域来考察。除了答允帮助叙事者获取恩典，维纳斯还叫叙事者替她责问尘世的人们何以玩忽职守、不守爱情律法，要求他们尽心为维纳斯效力，以免受到惩罚。

为了得到智慧，叙事者辞别维纳斯，来到了密涅瓦富丽堂皇的宫殿。密涅瓦是智慧女神，中世纪传统中，她与理性和德行相联系。密涅瓦教导他，在爱情中如果一心只想满足愚痴的情欲，则一切努力都是徒劳的，只会带来痛苦悔恨。而如果专注于德行，他就将获取"极大的荣誉和嘉许"：

> 所有行为把德行置于首位
> 让他的手引领着你，
> 祈求他崇高的法令
> 指引你的爱，信任他，
> 他就是房屋的地基，
> 坚不可摧；信任他，不要畏缩，
> 他就将引领你达成目的。（第 904—910 行）

具体来说，就是要恭顺、忠贞、坚定不移、勤勉，语言和行动要一致；要将追求爱情的心牢牢植根于上帝的律法，等到时机成熟，他终将获得回报。切不可像一些虚情假意之人，为了满足一己之欲，不惜欺骗纯真女子，破坏她们的名节。至于"欲望"，只要将之置于基督教礼法之下，就无可厚非。密涅瓦对叙事者的教导强调了"道德""名誉""礼法"，而摒弃了"色欲"，呼应了叙事者读到的"波伊斯"借由青年时代养成的"德行"慢慢摒弃尘世浮华、安于命运安排的故事。不仅如此，詹姆士也回应了

"大师"们在诗作中表达的爱情立场。在《百鸟议会》中，乔叟通过维纳斯神庙和自然女神主导的"百鸟议会"的并置，探讨了维纳斯所代表的"情欲之爱"与自然女神主导的"繁衍之爱"和"风雅爱情"，暗示了对"情欲之爱"的批判；高尔在《情人的告白》中强调"合乎礼法的爱情"（honest love）；利德盖特《玻璃神庙》中的维纳斯也反复叮嘱相爱的骑士和贵妇要耐心等待，不可逾越道德礼法。叙事者接受了密涅瓦的"爱情规训"，立誓绝不会因为情欲影响心上人的名誉，密涅瓦非常满意，答允要向命运女神替他祈福。即使在智慧女神看来，命运女神也是变化多端、风云难测的。虽然世间学者有关于"自由意志"和"命运"的讨论，但是密涅瓦认为，对于智识低微、缺乏预见能力的人而言，命运最为诡异，而叙事者就属于此类"智慧和知识薄弱"之人，因此他最易受到命运摆弄。密涅瓦让他面见命运女神，求取她的恩典。

叙事者"乘着"来时的光线，穿越苍穹，重新回到了地面，来到了一个"尘世乐园"。这是中世纪梦幻诗中常见的梦境风景：令人心旷神怡的小河，清澈晶莹，流水淙淙，鹅卵石金光灿灿，鱼儿欢快地游弋，河岸上繁花盛开，树木葱茏，果实累累，无数的飞禽走兽在林间畅行。尽管总体而言斯皮林对《国王之书》赞誉有加，但对此处詹姆士呈现的"尘世乐园"却颇有微词，他认为"全诗唯有此处詹姆士不假思索地套用了梦幻诗传统。总得要有一处天堂美景吧，毕竟所有的梦幻诗都有天堂。而且也必须要罗列各种各样的动物，附上每种动物的特性，因为《百鸟议会》中相关部分就罗列了各式各样的鸟儿——他没有考虑到《百鸟议会》中乔叟罗列鸟类是因为诗歌的一个主题就是关于自然秩序和人类文化之间关系的思索，而《国王之书》中主宰这个尘世乐园的毕竟不是自然女神，而是命运女神。"① 关于这一点，笔者倒不认为詹姆士是"不假思索"地套用了梦幻诗传统。既然智慧女神也必须承认命运女神变幻莫测的力量，那么自然女神主宰的自然世界中的大小生灵肯定也受到命运女神的掌控。就像前面的花园场景中，夜莺无精打采、昏昏欲睡之时，叙事者还问她是不是因为爱情受挫，可见鸟雀们的命运也并不一定就是成双成对、白头偕老。维纳斯和密涅瓦的宫殿都高高在苍穹，而命运女神的居所竟然在地上，这是不是也显示了命运女神更近地掌控着自然万物呢？而也是在这百兽云集的树林里，叙事者突然停下来，想起自己从何而来、所为何事。这时，"希望"带他来到一个地方，他看到命运女神站在那儿，脚旁摆放着一个轮子，一大群人正在轮子上攀爬。命运女神的衣服和表情都在不断变化。更让叙事者心惊的是，在轮子下方有一个丑恶的深坑，"像地狱一样深"。他站在一旁，看到一些人从轮子上跌落；再也不敢往上爬，一些人摔下来，女神又把他们放上去，而随时都有新的人群涌向轮子，取代那些不再往上的人们。突然，女神呼叫叙事者的名字，微笑着问他的来意。当她听到叙事者描述自己的棋局就要被"将军"的时候，宽慰他道，尽管一开始他运道不佳，如今他该时来运转了。女神还亲自把叙事者扶上命运之轮，"现在你扶稳了，你的一天还在上午 10 时许，算起来还未到中天——好好度过余下的时光吧"（第1194—1197 行）。临别之际，女神狠狠揪叙事者的耳朵，叙事者骤然惊醒。

在梦境中，叙事者从维纳斯宫殿来到密涅瓦居所或者从密涅瓦居所出发寻找命运女神时，都是由"希望"带路，维纳斯向他

---

① A. C. Spearing, *Medieval Dream-Poetry*, Cambridge: Cambridge UP, 1976, p. 186.

推荐的人生导师——智慧女神宫殿的守门人是"隐忍"（Patience），而叙事者也称密涅瓦为"隐忍的女神"（Patient Goddess）。《国王之书》中出现的寓意人物只有"希望"和"隐忍"，甚至在写到爱情的时候，那些风雅爱情传统中常见的寓意人物也都没有出现。究其原因，与其说是在追求爱情的时候需要"希望"和"隐忍"，不如说这两个人物的出现是因为叙事者的囚徒身份。面对他的命运，他需要抱持"希望"，需要"隐忍"。这大概就是叙事者应该从梦境中得到的启示。

梦醒后记

叙事者"书"的梦醒后记很长，虚虚实实、过去现在，再加上詹姆士欲说还休、闪烁其词的诗句，这个后记也非常复杂。首先，叙事者就像《玻璃神庙》中的叙事者一样，醒来以后第一反应是茫然痛苦，因为梦境中看到了希望，但醒来后仍然在冰冷的牢房，一切都没有改变，看起来也无从改变。叙事者不仅没有看到"希望"，也没有想要"隐忍"等待智慧女神告诉他的"万物皆有时"。他哀叹自己的灵魂在梦中备受惊吓、折磨，醒来之后更加找不到安慰。他愁肠百结，对刚才梦中的经历非常困惑，嗟叹道："求您恩典，主啊，您打算将我如何处置？/这是什么人生？我的灵魂刚去了哪里？/那是我入睡前的胡思乱想，/还是天意的显现？"（第1222—1225行）他不知道梦中女神们的话是否确实，恳请女神再给他一些肯定的信号。他走向窗边，思忖着梦中景象，这时，一只纯白色的鸠鸟飞过来停在他手上，嘴里衔着一枝红色康乃馨，枝叶上写着金色的字：

苏醒吧苏醒！我带来，爱人，我带来

幸福的好消息，定会给你慰藉！

现在你可以欢笑、嬉戏，歌唱，

因你即将时来运转：

否极泰来，天意已决！（第 1247—1251 行）

叙事者将枝叶挂在床头，这是他全部的救赎和幸福。詹姆士梦醒后的这段叙述充满了魔幻色彩。他祈祷，希望神明给他一些确认的信号，就有鸟儿飞进牢房，送来写着字的枝叶。这就跟前面晨祷钟声对他说"写你的故事吧"一样不太现实。如果说晨祷钟声是詹姆士自己思虑过多，导致产生了幻觉，将内心的欲望投射到了外界的钟声，让自己有勇气书写自己的故事，那么这里如何解释呢？是现实中果真有人送来了消息？也许并不是由鸟儿传信，而是别的什么渠道传来好消息，比如苏格兰与英格兰的谈判进展顺利之类的消息？不管怎样，詹姆士的诗歌并不能用"现实主义"来描述。诗歌第一行，詹姆士提到"在恒星天的穹顶高处"，虽然这样通过天文变化、星体运行来显示季节、月份等的诗歌开头颇为常见，比如《玻璃神庙》，但是詹姆士从乔叟《特洛伊勒斯与克瑞西达》中获取灵感，将《国王之书》中人的爱情和命运都放到了广袤的宇宙之中，坐镇天界的神明洞悉世事、主宰万物，比如当叙事者谒见维纳斯时，维纳斯曾对他说："年轻人，你内心痛苦的根源，/我并非一无所知，/还有你的诉求，你刚刚提过，/之前初次向我宣誓效忠的时候也提过。"（第 729—732 行）这里维纳斯显然是在说，此前叙事者爱上花园里的女子之后曾经向维纳斯发誓从今往后要"奉行她的律法、为她效劳"，而她虽然高高在天上，却是清楚听到了的。维纳斯还说起，当地上的人们不遵从爱情律法、不努力为她效劳的时候，她就会伤心落泪，化作世间的雨水，而此时小鸟也会停止歌唱；当她不再落泪的时候，则地面就会鲜花绽放，小鸟重新开始歌唱。这除了表明爱情的力量以外，也意味着自然界的一切与天界也是息息相关的。虽然我们并不确切知道维纳斯、密涅瓦和命运女神如何影响和左右人的命运，但是詹姆士似乎想说一切自有天定，万物皆有时。在诗歌倒数第二节，一切看似完美收场之际，他写道：

> 就这样，主宰命运的影响力完美结局
> 这力量来自天庭
> 掌控寰宇万物，因为那
> 万能的神高坐天堂。
> 感谢他书写了我们的命运，
> 很多年以前他就做好了安排：
> "在恒星天的穹顶高处"。（第 1366—1372 行）

人的命运早已写就，我们需要的是耐心等待自己的时刻，同时提升自己的智慧和德行。所以詹姆士最后一一感谢天神、夜莺、康乃馨、城墙、海神和树荫，所有这一切都是将他引向最终幸福必不可少的环节。

从第 181 诗节开始，叙事者将视角从青年时代拉回写书时刻，用简短而隐晦的语言暗示了他后来被释放并赢得爱情的经历。他并没有描述具体过程，只是说，"命运女神完美指引 / 我的命运与日改善 / 我的运道重新步入正轨 / 与她，我的心灵主人，共享幸福"（第 1264—1267 行）；"要一一讲述每件事情 / 我的哀怨、痛苦、绝望 / 如何慢慢离我而去 / 恐太过费时；我就长话短说。/ 于是这朵美丽娇花——我不能讲得太多——/ 全心全意帮助于我 / 甚至还救我性命"（第 1303—1309 行）。关于这朵"美丽娇花"，多数评论家认为就是詹姆士被释放后即刻与之成亲的琼·蒲福。刘易斯在评价《国王之书》时说道："……我们不能误解了该诗的历史重要性。因为这首诗，关于婚姻的诗歌终于从私通文学传统中崭露头角；而关于现实生活中求爱经历的真实记录也摆脱了浪漫传奇和寓意传统。这是第一首现代爱情诗歌。"[①] 把《国王之书》称为"现代爱情"还是过于夸张，毕竟从历史上来看，詹姆士与琼·蒲福的婚姻更多的还是一桩政治联姻。琼·蒲福有着皇室血统，英、苏皇室联姻可以加强两国关系，并使苏格兰疏远一向交好的法国。至于詹姆士与琼·蒲福此前是否认识甚至相恋，并没有确凿的证据。二人也并不是没有机会结识，因为詹姆士虽然身为囚徒，却并非像诗中所言一直被囚于伦敦塔，而是辗转于多处要塞，比如前往诺丁汉城堡和温莎躲避伦敦瘟疫，在肯尼尔沃思堡相对自由地居住了两年多，在威斯敏斯特参加王室庆典，甚至还随亨利五世征讨法国。[②] 但要像诗中写到的那样戏剧性邂逅，就绝无可能了。所以，其实历史上詹姆士和琼·蒲福成亲以前是否认识或相恋并不重要，重要的是他的阅读经验引发了他对自己人生经历的回顾和反思，激发了他的创作灵感，使他想要像波伊提乌那样记录自己的人生。詹姆士在英国期间阅读了大量乔叟、高尔和利德盖特的诗作，深受宫廷文化和文学的影响，而不管是风雅爱情传统还是梦幻诗传统，都在他的作品中留下了深深的印记。评论家要么就强调《国王之书》的现实性，要么就强调其传统性，

---

① C. S. Lewis, *The Allegory of Love*, Oxford: Oxford UP, 1936, p. 237.

② 本段参照 Boffey, "The Kingis Quair: Introduction", *Fifteenth-Century Dream Visions*, Oxford, 2003 和 Linne R. Mooney, "The Kingis Quair: Introduction", *The Kingis Quair and Other Prison Poems*, Kalamazoo, Michigan: Medieval Institute Publications, 2005。

实际上，詹姆士在《国王之书》中巧妙地结合了个人经历与文学传统，以命运作为贯穿诗歌的主线，重新考察了风雅爱情，拓展了爱情的范畴，使宫廷人士的爱情游戏变成了人生经历，并与家国命运密切相连。

《国王之书》深受乔叟作品影响，其梦幻框架与《公爵夫人书》《百鸟议会》甚至《〈贞女传奇〉序言》遥相呼应，但严格说来，《国王之书》的结构与乔叟梦幻诗以及乔叟系其他梦幻诗的结构大相径庭。詹姆士一世对乔叟的梦幻诗框架进行了加工改造，设计了一个更加复杂、更为奇巧的梦幻框架，在乔叟系诗人中可谓绝无仅有。他的创造性改造使《国王之书》的核心内容并非"做梦"，而成了"做书"，具有了"元诗歌"意味。这正是詹姆士的独到之处，他用"阅读"和"写作"双重框架，将梦境作为叙事者人生经历的一部分进行呈现，有机地将梦幻文学传统及其程式和个人现实相结合，并把风雅爱情与智慧、命运（政治）、哲学等主题融合，拓展了传统风雅爱情的视野；他甚至还通过展示"做书"的过程，显示了他对写作的思考。正如切尔尼斯对《国王之书》评论的那样，"《国王之书》既是一首关于梦幻经历的作品，也是一首关于梦幻经历如何成为诗歌的作品"①。

虽然《国王之书》的梦幻诗程式与乔叟梦幻诗程式大异其趣，但这正是詹姆士一世的高明之处。如果 15 世纪的诗人都能够如此有创意地运用梦幻诗程式，多创作几部《国王之书》这样的优秀作品，也不至于在文学史上落得"衰落""乏味"这样的评价了。斯皮林就曾不无遗憾地写道："假如《国王之书》被其他 15 世纪的苏格兰或者英格兰诗人读到的话，很可能会成为一个富有成

---

① Michael D. Cherniss, *Boethian Apocalypse: Studies in Middle English Vision Poetry*, Norman, OK: Pilgrim Books, 1987, p. 193.

效的影响力（prove a fruitful influence）——比如，将梦境完全置于现实人生中本身就是一个很有意义的事件（in setting the dream so fully in the context of a life in which it represented a crucial event）。但事实上没有证据显示这首诗在 15 世纪曾被广泛阅读。"①《国王之书》仅存于一份 15 世纪晚期的手抄本中，詹姆士一世的写作才华也淹没在历史长河之中，未能得到欣赏与应和。这不能不说是文学史上的一大遗憾。

---

① A. C. Spearing, *Medieval Dream-Poetry*, Cambridge: Cambridge UP, 1976, pp. 186-187.

第四章

《淑女之岛》
——梦幻诗与浪漫传奇的结合

　　《淑女之岛》1987 年版编撰人文森特·达利（Vincent Daly）在序言中说道："15 世纪可能是英国文学中最没有得到应有重视的一个时期，这一时期最没有得到应有重视的作品是一组曾被记在乔叟名下后来被剔除的作品，这些乔叟伪作中最没有得到应有重视的莫过于曾被称作《乔叟之梦》的《淑女之岛》。"①《淑女之岛》创作于 15 世纪末，现存于两个手抄本中，即制作于 16 世纪的朗格利特堡手抄本 256（MS Longleat 256）和大英图书馆手抄本增补 10303（British Library　MS Additional 10303）。②汤姆斯·斯佩特（Thomas Speght）于 1598 年刊印的《我们博学的先辈英语诗

---

① Vincent Daly, Preface, in Daly, ed., *A Critical Edition of The Isle of Ladies*, New York & London: Garland Publishing, Inc., 1987.

② Walter W. Skeat 和 Vincent Daly 提到的第二份手抄本为 British Museum MS Additional 10303，应为"British Library"之误。Walter W. Skeat, *Chaucerian and Other Pieces*, The Project Gutenberg Ebook, 11 July 2013, p. xiv; Vincent Daly ed., *A Critical Edition of The Isle of Ladies,* New York & London: Garland Publishing, Inc., 1987, p. 2.

人杰弗里·乔叟作品集》中收录此诗，这是其最早的印刷版，后世直到 1902 年的印刷版本都参照了斯佩特版本。这首诗最初并不叫《淑女之岛》。大英图书馆藏手抄本的标题为《爱德华三世第三子冈特的约翰第一任妻子布兰茜之死，为高贵的英语诗人杰弗里·乔叟所作》；旁边有不同的字迹题写着"无疑有误，这应该是《乔叟之梦》，而他的梦为《公爵夫人之死》"①。斯佩特将其命名为《乔叟之梦》，"此前从未印刷刊行。在此之前叫作《乔叟之梦》的是公爵夫人之书，即'兰卡斯特公爵夫人布兰茜之死'"。此后一直到 19 世纪人们都延用《乔叟之梦》为诗歌标题。1866年剑桥大学图书馆亨利·布兰德肖开始质疑这首诗并非出自乔叟之手，并于 1867 年某次造访朗格利特堡查看手抄本时留下便条，建议将此诗命名为《淑女之岛》。② 斯基特于 1878 年修订罗伯特·贝尔版乔叟作品之际，正式将此诗移出乔叟正典，列于乔叟伪作（apocrypha）之列。1897 年，斯基特编辑整理《乔叟系作品及其他》时采用了标题《淑女之岛》，由此，这个诗名得以固定下来。遗憾的是，斯基特并未收录此诗，理由是"篇幅过长"，他在引言中说："我本来打算在这个集子中收录此诗，但其过长的篇幅（inordinate length）令我不得不放弃初衷。"③ 斯基特的《乔叟系作品及其他》在很长一段时间里都是乔叟系作品的最权威版本，为学

---

① Daly 认为这不同的字迹乃是题写者读过斯佩特版本之后加在手抄本之上的。Daly ed., *A Critical Edition of The Isle of Ladies*, New York & London: Garland Publishing, Inc., 1987, p. 4.

② Vincent Daly ed., *A Critical Edition of The Isle of Ladies*, New York & London: Garland Publishing, Inc., 1987, p. 4; Derek Pearsall, "The Isle of Ladies: Introduction", *The Floure and the Leafe, The Assemblie of Ladies, and The Isle of Ladies,* Kalamazoo, Michigan: Medieval Institute Publications, 1990, p. 1; Anthony Jenkins ed., *The Isle of Ladies or The Ile of Pleasaunce*, New York & London: Garland Publishing, Inc., 1980, p. 4.

③ Walter W. Skeat, *Chauerian and Other Pieces*, The Project Gutenberg Ebook, 11 July, 2013, p. xiv.

术研究提供了文本基础。可以说，斯基特将《淑女之岛》从乔叟正典中剔除，且又没有收录在《乔叟系作品及其它》中，这在很大程度上导致了《淑女之岛》在 20 世纪遭到忽视的局面。[①] 达利就认为，刘易斯的《爱情寓意》是他那一代人中研究乔叟伪作的最有影响力的专著，却对《淑女之岛》只字未提，无疑是因为斯基特未提供文本。[②] 同样，斯皮林的《中古英语梦幻诗》一书开中古英语梦幻诗研究之先河，却丝毫不曾关注《淑女之岛》，恐怕也是由于缺乏权威的现代版本之故。

作为《乔叟之梦》存在于乔叟正典中的《淑女之岛》却颇受青睐。安·罗莎玛丽·康若伊（Anne Rosemarie Conroy）在其未出版的博士学位论文《〈淑女之岛〉：一首 15 世纪的乔叟系诗歌》（"The Isle of Ladies: A Fifteenth Century English Chaucerian Poem"）中写道："尽管 19 世纪目睹了《淑女之岛》从乔叟正典中移除，但这个世纪看似也拥有这首诗最有活力的读者，一干诗人和作家都认为《淑女之岛》堪为家居读物、学校教材，并在自己的文学创作中多有引用和影射。"[③] 她详细列举了亨利·大卫·梭罗（Henry David Thoreau）和伊丽莎白·班瑞特·勃朗宁（Elizabeth Barret Browning）对《乔叟之梦》的引用，提到了约翰·罗斯金 (John Ruskin) 对这首诗的浓厚兴趣：他甚至打算将《乔叟之梦》翻译成现代英语，并详细注释困难词汇或者优美词汇，以此作为他为

[①] 不过，或许某个作品只要被从乔叟正典中剔除，就难免遭到鄙弃。比如《花与叶》，即使收入了《乔叟系作品及其他》，其关注度仍然因为被从乔叟正典中剔除而一落千丈。这也是文学史上很有趣的一个现象。

[②] Vincent Daly, Preface, in Daly, ed. *A Critical Edition of The Isle of Ladies*, New York & London: Garland Publishing, Inc., 1987.

[③] Anne Rosemarie Conroy, The Isle of Ladies: A Fifteenth Century English Chaucerian Poem, Ph.D. Dissertation, Yale University, 1976, p. 14.

青年人编撰的标准文学读本系列之一；难能可贵的是，罗斯金对《淑女之岛》的兴趣即使在其被剔除出乔叟正典之后仍然延续。[①] 事实上，即使不是乔叟本人的作品，《淑女之岛》仍不失为一首重要的英语诗歌，理应得到更多的关注。幸运的是，虽然 20 世纪未能给予这首诗应有的重视，却依然见证了《淑女之岛》四个现代版本的诞生：1902 年出版的一篇德语博士学位论文中整理的版本，作者是简·歇尔泽（Jane Sherzer）；1980 年安东尼·詹金斯（Anthony Jenkins）版本；1987 年文森特·达利版本（基于作者哈佛大学 1977 年博士学位论文）；1990 年德里克·珀索尔版本。[②] 迄今为止，学界对《淑女之岛》的研究并不多，除了前述版本的引言（歇尔泽的引言为德语，詹金斯和达利的引言都包含了对作品文本、语言、主题、背景等各方面的深入研究），主要包括一篇未出版的博士学位论文和不多的期刊文章。[③]

康若伊主要将《淑女之岛》看作是诗人写给爱人的一首怨诗，在此前提下解读诗歌框架和细节。达利注意到《淑女之岛》结合了罗曼司叙事传统，特别是布列塔尼叙事诗（Breton lay），

① Anne Rosemarie Conroy, The Isle of Ladies: A Fifteenth Century English Chaucerian Poem, Ph.D. Dissertation, Yale University, 1976, pp. 14-16.

② Jane Sherzer ed., *The Ile of Ladies*, Berlin: Wagner, 1902; Anthony Jenkins ed., *The Isle of Ladies or The Ile of Pleasaunce*, New York & London: Garland Publishing, Inc., 1980; Vincent Daly ed., *A Critical Edition of The Isle of Ladies*, New York & London: Garland Publishing, Inc., 1987; Derek Pearsall, "The Isle of Ladies: Introduction", *The Floure and the Leafe, The Assemblie of Ladies, and The Isle of Ladies,* Kalamazoo, Michigan: Medieval Institute Publications, 1990.

③ Anne Rosemarie Conroy, The Isle of Ladies: A Fifteenth Century English Chaucerian Poem, Ph.D. Dissertation Yale University, 1976; Manfred Markus, "The Isle of Ladies (1475) as Satire", *Studies in Philology*, Vol. 95, No. 3, Summer 1998, pp. 221-236; Annika Farber, "Usurping 'Chaucer's dreame': *Book of the Duchess* and the Apocryphal *Isle of Ladies*", *Studies in Philology,* Vol. 105, No. 2, 2008, pp. 207-225; Kathleen Forni, "'Chaucer's Dreame': A Bibliographer's Nightmare", *The Huntington Library Quarterly*, Vol. 64, No. 1/2, 2001, pp. 139-150.

以及"爱情历险"诗歌传统，但是诗人并没有为这些传统所奴役，而是"运用这些传统，利用读者对这些传统的现有知识，构建了一个坚实而完整的结构，并实现了他单纯的写作目的"①，即他的"劝说目的"（persuasive intent）：在诗歌的帮助下求爱成功②。詹金斯鞭辟入里地解读了诗歌中的很多细节并指出，尽管这首诗采用了典型的中世纪梦幻旅行形式，但作者真挚强烈的情感跃然纸上，令这首诗在同时期的爱情幻境诗中脱颖而出。珀索尔在《古英语和中古英语诗歌》一书中只是顺便提了一下《淑女之岛》，称之为"活泼生动的奇幻作品"（vivicious fantasy）。③在他编撰的版本的前言中，他认为这首诗是一个"关于力量和性掌控的欲望的譬喻"④。几篇文章中，凯斯琳·福妮（Kathleen Forni）试图厘清早期版本中关于这首诗的争议，特别是题目争议。法贝尔（Farber）则从早期版本中《淑女之岛》与《公爵夫人书》被混为一谈的事实出发探究这两首诗之间的关系。马库斯（Markus）认为这首诗是对中世纪风雅爱情的讽刺。这些研究中，达利简单提到了梦幻形式给作者带来的叙事自由，⑤但由于这并非他的研究重点，所以未做进一步探究。其他研究并未特别关注这

---

① Vincent Daly ed., *A Critical Edition of The Isle of Ladies*, New York & London: Garland Publishing, Inc., 1987, p. 103.

② Vincent Daly ed., *A Critical Edition of The Isle of Ladies*, New York & London: Garland Publishing, Inc., 1987, p. 99.

③ Derek Pearsall, *Old English and Middle English Poetry,* London: Routledge & Kegan Paul, 1977, p. 219.

④ Derek Pearsall, "The Isle of Ladies: Introduction", *The Floure and the Leafe, The Assemblie of Ladies, and The Isle of Ladies,* Kalamazoo, Michigan: Medieval Institute Publications, 1990, p. 65.

⑤ Vincent Daly ed., *A Critical Edition of The Isle of Ladies*, New York & London: Garland Publishing, Inc., 1987, pp. 94-95.

首诗的梦幻形式。

一、内容概述

《淑女之岛》篇幅很长，共有 2235 行，既可以说是一首典型的梦幻诗，因为诗歌有清晰的梦前序曲—梦境—梦醒后记框架；又可以说不那么典型，因为诗歌包含了两个梦，或者说梦境中间叙事者曾惊醒，但很快又继续入睡做梦。诗歌大致可以分为六个部分，第 1—70 行，梦前序曲；第 71—1300 行，第一个梦；第 1301—1340 行，两个梦之间的衔接部分；第 1341—2169 行，第二个梦；第 2170—2208 行，梦醒后记；第 2209—2235 行，诗跋。诗歌的两个梦情节连续，倒像是同一个梦的两个部分。这种叙事者在做梦过程中醒来，而后又再度入梦，且情节还有连续性的 "梦境系列"，正像 14 世纪的宗教梦幻长诗《农夫皮尔斯》。诗歌时间是梦幻诗通常的五月，花神芙洛拉为大自然穿上了美丽的春装。叙事者打猎以后，晚间在森林里一口水井边上的小屋中歇息。他躺在床上思念心上人，感叹圣主何以把她造得如此完美。他恍恍惚惚进入半睡眠状态，似乎进入了梦境，但又仿佛是清醒的，亲身经历了发生的事情。叙事者相信，是善良的精灵用了神奇的魔法把他带到了那个奇妙的地方。虽然他不确信自己是梦是醒，但他知道自己感到了欢乐和痛苦，时而欢笑、时而哭泣。于是他要用纸笔记录下这些疾苦和喜乐。他请求读者原谅他文笔粗陋，因为他是一个 "书写梦境的作者"（"slepe wrightter"，第 60 行）。[1]

梦中，叙事者来到一个只有女人居住的岛上，当他四下闲逛，

---

[1] Derek Pearsall, "The Isle of Ladies", *The Floure and the Leafe, The Assemblie of Ladies, and The Isle of Ladies,* Kalamazoo, Michigan: Medieval Institute Publications, 1990. 本书引文均出自此版本，后文引用此诗不再加注，随文注明诗行。译文为笔者自译。

欣赏天堂般的美景，观看岛上仙子般的女子唱歌跳舞之际，唯一一位稍微年长的女子上前问话，并告诉他必须离开岛屿。他正感到非常难过，外出的女王回来了，所有人都前去迎接，他也跟在人群后面。叙事者惊喜地看到他的心上人（后文称"女士"）在女王身边，同她们一起的还有一位骑士（后文称"骑士"）。女王解释道，她此番外出前去海外仙石岛采摘神奇的青春、美丽和幸福苹果，差一点被骑士强行掠走、抱上他的船，幸亏捷足先登摘到苹果的女士及时相救，并以苹果保得她生命无虞。骑士看到自己莽撞的行为给女王带来巨大伤害，不禁懊恼万分。在女士的劝说下，三人一起乘坐女士的船来到了岛上。岛上所有女子谢过女士之后，年长女子代表女王向骑士问话，骑士羞愧难当，无言以对，一时面如死灰，竟至突然晕厥。女王担心骑士命丧于此有损自己的名誉，便细心呵护骑士。骑士良久才悠悠醒转，他呼喊着死亡，让死亡带他离开，因为既然不能为爱人效忠，他已生无可恋。她抱着他，亲吻他，安抚他，但都是出于善良和同情，并没有显示出爱意，她还是希望他尽快离开岛屿，还她宁静的生活。

这时，爱神率领舰队浩浩荡荡前来征服岛屿，岛上的玻璃城墙和女子们的"言语"防卫形同虚设，爱神很快来到岛上，他心疼躺在地上的骑士，责怪女王及她的子民无视他的律法，长期拒绝他的仆从。他用箭击中女王的心。爱神走到女士面前，夸她美丽、慷慨、有德，但就是缺乏对爱人的怜悯；爱神嘱咐女士要接纳叙事者。女王率领子民向爱神臣服，爱神也正式宣布了对岛屿的征服和统治。爱神离开岛屿后不久，女士也向女王告辞，尽管女王百般挽留，甚至以王位相让，女士还是乘船离开。叙事者看到远去的船只，发疯一样跳进海里，船员们把他捞起。叙事者觉得自己就要死去，但女士大发慈悲，安抚他，答应接纳他为自己效力，还赠给他一个苹果。女士回到家乡，受到隆重欢迎和各种礼遇。

此时，叙事者醒来，发现自己房间里满是烟雾，他的耳朵、脸颊乃至整个身体都被眼泪打湿。他感到身体虚弱、疲惫不堪、晕晕乎乎、云里雾里。但他总算挣扎着起身，步履蹒跚、跌跌撞撞地到了另一个房间，他躺倒在床上，希望在这个更僻静的地方能够安睡，驱赶他的疲劳和焦虑。他回忆着前面发生的事情，努力想要记住那些时刻，无论是痛苦，还是欢笑。他再度入睡，发现自己又重新回到了岛上。骑士和女王已经商谈好婚事，骑士正要出发回家筹办婚礼，并将带回更多的男人，以与岛上其他女子缔结婚姻。骑士约定十日以后返回岛屿。

骑士邀请叙事者与他一同回到自己的国度，原来他是该国的王子。由于老国王已经去世，贵族和大臣们很高兴地迎接他们的国王，并着手安排骑士婚礼所需要的人和物。尽管贵族大臣们尽力筹措，但他们还是需要 15 日才能完成所有准备工作。骑士因为不能按时返回而焦灼难安，卧病在床。15 日之后，骑士带着六万名男子回到岛上，迎面碰到一位身着丧服的女子，指责他失信于人，由于他没有按期返回，如今女王和岛上三分之二的女子都已黯然离世。骑士听闻这悲惨的消息，随即拔刀自戕。跟随骑士的贵族们将骑士、女王以及其他女子的棺椁带回国，放在一个修女院中，早晚祭奠。早上，一只小鸟惊慌中撞在一面打破的彩绘玻璃上，受伤而死。它的同伴们衔来一棵草救活了小鸟。修女院院长如法炮制，用草救活了女王，女王用同样的办法将骑士救活，然后又把其他死去的女子都一一救活。

所有人返回岛屿，开始重新筹划婚礼。女王和骑士派人前去找到了女士。她们举行了盛大的婚礼，同时，女王、骑士和所有人也向女士求情，请她同意与叙事者成婚。女士同意之后，叙事者和女士也举行了婚礼。

在欢乐的庆典中，叙事者醒来。所有的一切都消失殆尽，眼前只有墙上的壁画、猎人、猎鹰、猎犬以及受伤的麋鹿，其身上留着猎犬留下的伤痕，或者猎人的箭羽。叙事者意识到一切只不过是一场梦时，他万念俱灰，倘若身边有任何锋利的武器，他早已将自己刺死。叙事者希望心上人能够发慈悲给予他恩典，结束他的悲伤、痛苦，接受他的效忠，让他的梦想成为现实。否则他只能寄希望于晚上再次入梦，在梦里为她效命。

二、梦幻框架

《淑女之岛》是一首特别的爱情梦幻诗：它既不像《玻璃神庙》一样讲述叙事者看到的别人（骑士和女士）的爱情故事，也不像《国王之书》那样讲述叙事者自己的爱情故事，而是在梦幻框架（"现实"）和"梦境"两个部分交织叙述了两段爱情故事，即梦境中骑士与"淑女之岛"女王曲折但结局完美的浪漫传奇爱情，以及梦境和现实落差巨大的叙事者的爱情。詹金斯将自己编撰的《淑女之岛》版本命名为《淑女之岛或幸福之岛》(*The Isle of Ladies* or *The Ile of Pleasaunce*)。在引言中，他简单回顾了有关《淑女之岛》标题的各种争议，指出，在 1900 年出版的《乔叟正典》一书中，斯基特"断然"附和布兰德肖（Bradshaw）建议的诗名《淑女之岛》，说道："合适的标题看来应为《淑女之岛》，这题目恰当描述了这首诗。"① 詹金斯对此表示异议："但要说《淑女之岛》完整描述了这首诗，这并非

---

① Walter W. Skeat, *The Chaucer Canon*, Oxford: Clarendon Press, 1900, p. 137. 转引自 Anthony Jenkins ed., *The Isle of Ladies or The Ile of Pleasaunce*, New York & London: Garland Publishing, Inc., 1980, p. 4。

显而易见。"①他认为，"被爱神征服以后的小岛已经不再是淑女们的保留地，而且这个标题也未能涵盖梦境第二部分的内容。再者，《淑女之岛》很容易与15世纪另一部寓意诗歌《淑女集会》混淆。此外，要说诗人自己的意图，有线索表明他想让自己的诗歌叫作《幸福之岛》"。詹金斯援引埃塞尔·西顿（Ethel Seaton）对"幸福之岛"的支持，并进一步指出："如果我们牢记诗人的梦源于他渴望求爱成功，那么《幸福之岛》这个标题最恰当不过。'幸福'一词……是整首诗的基调，概括了梦境中主要人物的生活质量。"②且不论《淑女之岛》与《幸福之岛》哪个才是更好的标题，无疑，詹金斯对梦境情感基调的把握还是准确的，尽管梦境中人物的命运起起落落，但整体而言还是以"幸福"收场，结局完满。然而，叙事者／诗人的幸福仅仅停留在"岛上"、在梦里；现实生活中的他是爱情梦幻诗中典型的爱情失意、郁郁寡欢的叙事者。

诗歌的梦幻框架，即第1—70行、第1300—1340行、第2170—2208行，呈现了叙事者／诗人在"现实"中的失意爱情。在梦前序曲（第1—70行）部分，《淑女之岛》并未严格遵循梦幻诗程式，而且并未明确提及叙事者求爱未得的痛苦。叙事者并不像其他梦幻诗，如《公爵夫人书》或者《玻璃神庙》的叙事者那样描写自己的辗转反侧、痛苦难眠，也并没有闪烁其词、遮遮掩掩、避而不谈痛苦的原因或者对象，而是直截了当陈述自己躺在床上思念心上人。这就开宗明义显示了自己与乔叟梦幻诗叙事者的不同：叙事者不是"爱情观望者"，他有心仪的女子。但是另一

---

① Anthony Jenkins ed., *The Isle of Ladies or The Ile of Pleasaunce*, New York & London: Garland Publishing, Inc., 1980, p. 4.

② Anthony Jenkins ed., *The Isle of Ladies or The Ile of Pleasaunce*, New York & London: Garland Publishing, Inc., 1980, p. 5.

方面，尽管身为"爱人"，他并没有像《布谷鸟与夜莺》叙事者一般愁肠百结，渴望听到夜莺的歌唱，也不像《国王之书》叙事者那般绝望无助。他只是夜晚思念着她，想象着造物主何以把她造得如此完美（第8—16行）。他的描写如此平静，读者甚至看不出此刻叙事者是否已经获得心上人的垂爱，只是因为在外狩猎，心上人未在身边，所以思念。虽然他也提到自己"在恋人们深夜黯然哭泣的时刻"、在他们"哭求心上人恩典的时刻"做了一个梦，但这也不能说明他就是那些哭泣恋人中的一员。诗人在序曲中还抛出一些细节，显示了他对爱情梦幻诗传统的熟悉，也让读者将诗歌置于《玫瑰传奇》以降的风雅爱情传统之中。比如，叙事者入梦的时节是五月，这是属于爱情的季节。他打猎之后，夜晚歇息在森林里水井边上的小屋里。叙事者没有对所处的"僻静森林"多加描写，因此读者并没有看到梦幻诗中惯常的理想景致程式。但是叙事者提到的水井和打猎都令人浮想联翩。水井是一个与风雅爱情密切相关的意象。[①] 在《玫瑰传奇》中，叙事者在水井（"爱井"，Well of Love）边上想起那喀索斯的故事，并在倒影中第一次见到了"玫瑰"，还在那一刻被爱神用利箭所伤；[②] 利德盖特在《黑衣骑士怨歌》中也提到一口井，这井里的水具有"治愈力量"，可以消弭怨恨、平息怒火、洗去疲劳、减轻压力，叙事者本人因为长期饱受"推拒"和"高傲"的打击，已是身心俱疲，他于是畅

---

① 为了证明《淑女之岛》与凯尔特传统的联系，达利援引 Howard Rollin Patch, *The Other World According to Descriptions in Medieval Literature,* New York: Dctagon Books, 1970, 称水井是凯尔特"理想世界"（otherworld）的一个常见特征，在其中常常起着入口的作用。但从下面两个例子来看，诗人并不一定是从凯尔特文化中借鉴的水井意象。Vincent Daly ed., *A Critical Edition of The Isle of Ladies*, New York & London: Garland Publishing, Inc., 1987, p. 286, note 19.

② Guillaume de Lorris, and Jean de Meun, *The Romance of the Rose*, trans. Harry W. Robbins, New York: E. P. Dutton & Co., Inc., 1962, pp. 29-34.

饮井水，驱走了心中大部分的痛苦。[①] 此外，打猎是中世纪骑士贵族热衷的一项活动，也往往和风雅爱情相联系，比如《公爵夫人书》中叙事者也是在打猎的过程中遇到了黑衣骑士，而且乔叟还巧妙地用了"雄鹿"（"hert"）和"心"（heart）的双关，将打猎与求爱（猎取芳心）联系起来。《淑女之岛》叙事者打猎收获如何不得而知，只知道他醒来的时候，看到壁画上画着猎人、猎犬、猎鹰，还有躺在地上伤痕累累的麋鹿。无论如何，叙事者并没有揭示自己入睡前的心理状态，是喜是悲读者并不清楚，更不要说像其他梦前序曲那样呈现一个"问题"，留待梦中去寻找答案。

在《淑女之岛》开篇，虽然诗人奠定了全篇的爱情主旨、确立了叙事者／做梦者的"爱人"身份，但较之抒发自己作为爱人的失意痛苦，诗人在梦前序曲中似乎更关心梦的意义（诗的意义）和读者对诗歌的反馈，换句话说，在梦前序曲部分，读者看到的并不是爱情梦幻诗中常见的痛苦绝望、失意无助的叙事者，而是一位诗人在探究写作的意义。虽然乔叟在《声誉之宫》中也讨论过梦的意义，在《公爵夫人书》中感叹过自己梦的神奇，但《淑女之岛》叙事者反复强调的是，这场梦十分真切，宛如亲身经历。他说自己打猎后休息时，"自然和天性"令自己处于"半睡眠"状态，"开始做梦"，但感到自己"意识清楚，就像醒着一般"（第22—24行）；尽管《丘比特之书》《玻璃神庙》甚至《国王之书》中叙事者似乎也都处于这样的半梦半醒状态，但《淑女之岛》叙事者"半梦半醒"的重点在于"半醒"，强调自己好似并没有睡觉，而是亲身经历了梦中的一切：他深信那晚有某个好心的精灵

① John Lydgate, "A Complaynte of a Lovers Lyfe", in Dana M. Symons ed., *Chaucerian Dream Visions and Complaints*, Kalamazoo, Michigan: Medieval Institute Publications, 2004, ll. 99-116.

施了什么神奇手段，带他去亲历了"痛苦和快乐"，因为他"不时
欢笑和哭泣"。他因此想要完整记录下这"时而折磨、时而治愈"
的"痛苦和幸福"（第27—35行）。叙事者仿佛撞上了《国王之
书》中詹姆士担忧的"冗余"暗礁（第18行），他在第51—56行
又再度重复：

> 就这样，在一个夜晚，
>
> 像你听我说过的那样，黑暗无光，
>
> 不完全清醒，不完全沉睡，
>
> 在恋人们黯然哭泣的时刻
>
> 他们哭着想要得到恋人的恩典，
>
> 我梦到这么件奇事

　　不知道是不是因为前面没有提到做梦前的心情，这时又再补
充暗示一下。①"恋人们黯然哭泣"，哭求恋人的恩典，是否在暗示
他自己的情形？不管怎样，可以看出，诗人迫切想要传达他的梦
很真实，因而很重要："我亲眼见到一切，/这或许根本就不是
梦，/而是某种征兆，预示着/我们的欢笑和幸福"（第47—50
行）。除了强调自己这番梦境的真实性，在梦前序曲中，叙事者以
"诗人"的身份直接呼唤第二人称的读者"你"，同诗歌读者探讨
梦的意义，并恳请读者原谅自己语言的粗鄙简陋。他希望能与读
者分享他的梦境，想让读者体验他的感受：

---

① 詹金斯指出，诗人在诗歌中类似的重复还有好几处，如 ll. 190—194, ll. 501—510,
ll. 627—634, ll. 1273—1279，这显示了诗人"稚嫩"的写作风格。Anthony Jenkins ed.,
The Isle of Ladies or The Ile of Pleasaunce, New York & London: Garland Publishing, Inc.,
1980, p. 149.

愿上帝保佑你能知道每个细节！

或者至少你可以在晚上

也有相似的经历。

尽管梦境让你痛苦，

但是，第二天早上你却甚是喜悦

希望梦境永远持续！（第36—41行）

他说自己将尽力完完整整地讲述这个精彩的梦，用"浅白的英语"写作，但是请读者原谅他文字粗浅、内容鄙陋、文风粗糙。总体而言，诗人在《淑女之岛》的梦前序曲中更多地站在了"诗人"叙事者的立场上，除了少许细节暗示，并没有着墨于"爱人"叙事者的情感投入。而在梦醒后记中，这种情形完全逆转，"爱人"叙事者的心理状态成了主要的抒写对象。

《淑女之岛》包含两个梦境，因此就有两次"梦醒"，这两次梦醒都发生在叙事者的"幸福"时刻。通常，梦幻诗作者在写到"梦醒"的时候，往往会有一些让做梦人醒来的因由，这由头可能来自梦里，也可能来自现实，比如《珍珠》中叙事者在梦中试图跳入河中去追随珍珠女，这个猛烈的动作让他一下醒来；《朝廷恩宠》中叙事者梦见有人密谋要加害于他，他试图跳船逃生，于是醒来；《淑女集会》中喷泉水溅到正在做梦的叙事者脸上，她醒来；《公爵夫人书》中叙事者听到打猎的号角声，从梦中惊醒；《百鸟议会》和《丘比特之书》中都是百鸟振翅飞走的声音惊扰了叙事者的梦；等等。如果照此逻辑，那么叙事者为了追赶女士远去的船只不惜跳入海中的时刻应当是最合理的"梦醒时分"，但是，《淑女之岛》的叙事者在梦见自己跳入海中之时并没有醒来，在女士下船以后才醒转。这个梦醒时刻的选择应该是出于两个方面的考虑。其一，第一个"梦境"发展到这里，骑士和女王、叙事者和女士的爱情故事都已经完成了"求爱"的过程，骑士和叙事者在分别经历了"向死而生"的求爱过程之后，都得到了各自心上人的慈悲和恩典，达到了一个幸福的高点。这个时候醒来，可以突显叙事者现实与梦境的反差。其二，此时，叙事者既然跟随女士离开了岛屿，他就无法叙述岛上发生的事情，但接下来的故事需要把场景切回到淑女岛上。即使在天马行空的梦中，叙事者也不太可能倏忽间将关注点从回到家乡的女士那里转回骑士和女王，唯一的解决办法就是让叙事者醒来，在第二个梦中回到淑女岛，继续讲述骑士和女王的故事。从诗人写作的角度来看，显然第二个考虑更重要，因为这直接影响到后文如何继续，而第一点倒并非必须，因为如果没有这次梦醒，诗人也可以达到制造反差的效果。不过，诗人还是充分利用了这次"惊醒"，表达了对美好梦境的万般不舍。

女士下船回家时，叙事者醒来。似乎是为了证实自己所说的"亲身经历"了梦中的一切，叙事者醒来以后的状态也的确像经历了旅途劳顿：

> ……我醒过来
> 发现房间烟雾弥漫，
> 脸颊上泪水涟涟，直淌到耳畔，
> 整个身体也被泪水湿透；
> 我整个人虚脱了一般，
> 疲惫不堪，几乎站不起身来，
> 我极度困扰、神思混乱，
> 连教堂、圣人都几乎不识，

更分不清东西南北

身处何地、欲往何处。（第 1300—1310 行）

"烟雾弥漫"很难解释，但"泪水湿透"大概是因为在梦中痛哭流涕的时候叙事者真正流下了眼泪，所以他醒来时发现自己浑身被泪水浸湿。叙事者的反应和《玻璃神庙》叙事者十分相似。《玻璃神庙》叙事者也是在梦境中一个最为美好的时刻醒来，其时骑士和女士在维纳斯庇护帮助下"一吻定情"，庙堂内外欢天喜地、歌舞升平，叙事者醒后茫然四顾，不知身在何方。《淑女之岛》叙事者醒来之后也是彷徨委顿、手足无措，因为梦中的一切太过美好，而现实中心上人的冷漠令人无所适从、不知所措。他宁愿永远都在梦中，就像前面说过的那样，"尽管做梦可能让你痛苦，/但第二天早上，你一定/希望梦境永远持续"（第 39—41 行）。所以，他虽然感到精疲力竭，但还是强撑着另外找了一个安静的地方重新躺下，回忆着刚才梦中的一切，努力想要记住每一个细节：

那天晚上我梦到的一切

我全部都一一回顾，

就像一个小孩反复诵读诗文

……

我这一生

都想要牢牢记住

无论痛苦，还是幸福——

这个梦，完完整整。（第 1332—1339 行）

他躺在床上努力回忆、记住刚才那个梦境中的一切的时候，又做了一个梦，梦见自己回到了岛上。虽然看起来有些匪夷所思，但日有所思夜有所梦也是具有合理性的，叙事者心心念念想着淑女岛屿、女王、骑士等，在间隔很短的时间再度入梦的话，又再续前梦也是完全可能的。不过，最重要的是，这展现了叙事者流连梦境、不愿意面对现实的心理。

叙事者的第二次梦醒更是在梦境中的"至福"时刻。骑士和女王举行婚礼，岛上的其他女子也和骑士带来的男子缔结婚姻，骑士、女王命人寻来了叙事者的女士，女士接受了求婚，岛上一切准备就绪，人们欢歌跳舞，鼓乐喧天，婚宴即将开始；叙事者，想要跳起身来出席婚礼，突然惊醒，"一切消失殆尽"（第2170行），只剩下墙上的壁画，描绘着骑士、猎鹰、猎犬、受伤的麋鹿，这打猎场面提醒叙事者回到现实之中。他伤心失落，几欲寻死，因为梦中的一切太过美好！现实中清醒的叙事者对爱情孜孜以求却郁郁不得志，所以他特别珍惜梦中的一切，看重梦的意义，希望梦预示着现实。他开始向心上人呼告：

> 咯，听听我的幸福！咯，听听我的痛苦！
> 我向心上人求告，
> 恳请她给予恩典和怜悯，
> 结束我的苦痛担忧，
> 接受我为她效劳服务
> 一心只为她的幸福，如此一来
> 我的梦境内容
> 也许可以得到认可，
> 认可而后得到证实，

经由她的许可和首肯；

不然的话，也不要太多，我祈愿

今天晚上，或者明天，

我能够重返我的梦境，

继续安睡，从而可以一直

逗留在幸福岛屿，

服从我的心上人，

为她效力，凡事

只按照她的心意，

愿我再得到恩典，

就像睡梦中发生的那样，

从此，千年、万年

永享她的恩泽。阿门。阿门。（第 2186—2208 行）

可以看到，梦幻框架中的叙事者也随着梦境经历了一番变化：最初他虽然思念心上人、惊叹心上人的美好，但并未流露出太多的渴望或痛苦，随着梦境的推进，读者才意识到叙事者在现实中并未得到心上人垂爱，他的确就是深夜啜泣、哭求心上人恩典的"爱人"之一。他思慕心上人，却未能得到心上人垂怜和恩典，他的愿望只能在梦中实现；他临睡前的思念使心上人出现在梦中，并接受他的求爱，答允与他成亲，所有这一切都是叙事者现实情感欲望的投射。他的两个梦都是西顿所说的"满足愿望梦"①（wish-fulfillment dream）。梦醒之际，叙事者在梦中实现的愿望却转眼成空，他再也无法保持序曲中（入睡前）的淡漠平静，如果说他第一次梦醒后的

---

① Ethel Seaton, *Sir Richard Roos (c. 1410-1482): Lancastrian Poet,* London: Supert Hart-Davis, 1961, p. 142.

反应堪比《玻璃神庙》中叙事者梦醒后的失落惆怅，那么他第二次梦醒之后的表现就更加激烈。他的痛苦足以令人哭泣一个星期；他哀伤到难以活命；如果旁边有刀或剑，他会"割断血脉，让流淌的血带走痛苦"（第 2179—2186 行）。

在最后的诗跋中，尽管只有四个诗节，但第一节和后面三节中的"你"却发生了转换。第一节中，诗人对心上人求告：

> 美人中之最美，世间之最良善，
>
> 所有心迹我向你吐露告白，
>
> 求你赐予恩典，将我这全部痛楚
>
> 解脱治愈，要么就让我殉情死难；
>
> 我真心发誓，凭着这本书，
>
> 你一个眼神即可将我治愈或者杀死。（第 2211—

2214 行）

诗人似乎在诗跋中将这首诗歌献给心上人。接下来，他模仿乔叟和 15 世纪诗人喜爱的"去吧，我的小诗"手法，① 但是他并没有对小诗说话，而改成了"去吧，我这纯良真挚的心"。这似乎也可以理解为在暗中呼应开篇的"狩猎"和醒来后壁画里的狩猎场景。虽然画中的猎人收获颇丰，地上躺着伤痕累累的鹿，现实中的"猎人"却没有赢取心上人的心。他只能在诗跋中，呼唤自

---

① 指的是由乔叟《特洛伊勒斯与克瑞西达》诗跋在英语中开启的一个传统。"去吧，小小的一本书，去吧，我这部短暂的悲剧，愿上帝在作者未死之前再赐他力量能写出几部喜剧！但愿这本小小的书勿引起了嫉妒，只消能在一般的诗歌中取得一个卑微的地位；步着维吉尔、奥维德、荷马、史德替斯以及吕根等作家的后尘，吻着他们的足迹。"（v. 1786-1792；[英]乔叟：《乔叟文集》，方重译，上海译文出版社 1979 年版，第 263 页）利德盖特《玻璃神庙》、詹姆士一世《国王之书》等 15 世纪诗人都曾采用此形式。

己的心，飞到心上人那里，为她效力，因为只有她才能让他的心幸福。通过对"心"的嘱咐，诗人表达了自己为心上人忠诚、勤勉效力的心意，以及希望心上人能够温柔相待，让他的"心"获得幸福。

从《淑女之岛》整个梦幻框架的设计来看，诗人在梦前序曲中含蓄沉稳，以爱情梦幻诗中常见的"僻静之地""水井""狩猎""深夜""思念"等细节引入爱情主题和情绪，呼应"探讨梦境意义"和"作者自谦"等写作惯例，兼顾了"爱人/叙事者"和"诗人/叙事者"双重身份，但是理性、冷静的"诗人/叙事者"稀释了"爱人/叙事者"应有的情感和温度，反倒令诗歌开篇显得平淡无奇。反观两个梦醒环节的叙述，诗人抛开了"诗人/叙事者"身份，专注于"爱人/叙事者"，使人感受到真挚浓烈的情感。当然，诗人在梦前序曲中反复强调的"宛如亲身经历"却也贯穿了整个梦幻框架：梦境如此真切，如此美好，如若现实中心上人不愿垂怜赐予恩典，他唯愿回到梦中，永远享有爱人的恩泽，人生如梦，梦如人生。

二、梦幻诗与浪漫传奇的结合

罗宾斯在研究乔叟伪作时将《淑女之岛》划归为"风雅爱情冒险"（courtly love aunters）一类作品。他认为"风险爱情冒险"是在乔叟、高尔和利德盖特的相关诗作影响下在 15 世纪形成的一个特殊传统，是构成乔叟伪作核心的一组诗歌，并建议这个术语仅用于乔叟伪作中的这批作品。他列出了这类诗歌的特征：春意盎然的草地；诗人的梦境或者幻境；丘比特或者维纳斯华丽宏伟的朝堂，模仿封建领主制度组织建构；建筑物往往玻璃为墙、黄金为门，并装饰著名爱人的图画；朝臣由寓意人物充当；成群的美丽女子；爱情法规或戒律；

一位向导或者导师在诗人旅途中加以引导；各种鸟禽，通常作为爱神的追随者；将宗教主题嫁接到世俗爱情中（包括模仿宗教仪式）；有一个维纳斯神庙供人祈祷；上呈"诉状"或者怨书；昏厥的爱人和特别铁石心肠的心上人（——罗列描述其美好）；以及爱情议会。[1]虽然这个术语足以涵盖《爱情朝堂》、《国王之书》、《无情淑女》、《花与叶》、《淑女集会》、《爱情议会》、《爱人技巧》（ The Craft of Lovers ）、《快乐消遣》（ The Pastime of Pleasure ），包括《淑女之岛》等诗歌的特征，可以帮助读者迅速把握这一组诗歌的共性，却并不能确切描述某一首诗的具体特点。事实上，《淑女之岛》与其他乔叟系梦幻诗之间最大的不同在于它并不单纯是一首梦幻诗，而是结合了梦幻诗和浪漫传奇这两种中世纪最流行的文类。

从《淑女之岛》梦前序曲中，可以得知叙事者有一位心上人，而诗人也提到了他做的一个梦。熟悉梦幻诗传统的读者无疑会期待叙事者与心上人在梦中的际遇。但是，在梦境中，作者并没有把焦点着落在叙事者的爱情故事上。梦境的主线是一个浪漫传奇。在叙事者梦中，有个地方提到，爱神召集所有人第二天集会，于是前一天晚上大家就在近处住下，"有些人阅读古老的浪漫传奇，/以此消遣、打发时光，/一些人作诗赋曲，/每个人各有娱乐方式"，而叙事者也拿起一本浪漫传奇，在阅读中不知不觉看到太阳升起（第 973—980 行）。中世纪人喜欢阅读浪漫传奇，像《公爵夫人书》中的叙事者难以入睡时叫人拿过一本浪漫传奇，在《特洛伊勒斯与克瑞西达》中也有克瑞西达和侍女们在花园中阅读浪

---

[1] Rossell Hope Robbins, "The Chaucerian Apocrypha" , in Albert E. Hartung ed., *A Manual of the Writings in Middle English: 1050-1500*, New Haven: Connecticut: The Connecticut Academy of Arts and Sciences, 1973, p. 1086, pp. 1096-1097.

漫传奇的场景。对写作者而言，浪漫传奇和梦幻诗是中世纪最为流行的两种世俗文学形式，二者最大的区别在于浪漫传奇是第三人称叙事，着重情节、行动；梦幻诗是第一人称叙事，着重场景、情感。淑女岛上骑士和女王的爱情故事情节可谓跌宕起伏。骑士本来是某国王子，早年离开故土追寻一位公主（即淑女岛女王），因为这位公主完美无瑕、芳名远播，骑士珍视她超过所有财富。骑士终于在仙石岛见到寻访多年的女王，情急之下想要将女王强行抱走。女王羞愤交集、几乎昏死，所幸被救。在淑女岛上，懊悔万分的骑士因求爱不成而一心求死，却有爱神相助，终究赢得女王芳心。二人约定婚期后，骑士回乡筹备，却延误了归期，使女王心生疑窦，伤心至死。骑士闻讯亦自杀身亡。眼见故事悲剧收场，却又峰回路转，二人得仙草还魂，终成大礼。不仅如此，其中还包含很多传奇元素，比如全是女子居住的岛屿，可以永葆青春、幸福、健康的神奇苹果，用意念驾驭的看似不大却可以无限量装载人、物的船只，起死回生的仙草，等等。[①] 作者将这样一个本可以独立存在的浪漫传奇故事放到梦中，加进第一人称叙事者的视角，并揉进叙事者自身的情感经历，这就仿佛是让"现实"中的人走进"虚构"的传奇世界，而他看到的世界里有虚构的人（骑士、女王、岛上众人等），也有"现实"中的人（叙事者的心上人），也就是说，叙事者的梦其实是他所阅读的浪漫传奇的世界和他现实中孜孜以求的心上人的整体投射。

梦境中两个爱情故事的交叉点发生在淑女岛女王回岛之际。叙事者在梦中来到一个奇特的岛屿上，这里城墙和大门都由玻璃

---

① 达利详尽列举了这些传奇元素与浪漫传奇特别是布列塔尼叙事诗之间的关联。Vincent Daly ed., *A Critical Edition of The Isle of Ladies*, New York & London: Garland Publishing, Inc., 1987, pp. 44-76.

建造，每扇门上有成千个纯金打造的风标，它们不停转动，每个风标上有一对小鸟张着嘴，在空气中发出乐声。每座塔楼上雕刻着颜色奇异的花朵。这个岛上没有一个男人，所有的女子看起来年龄相仿，都正值青春年华，除了一位稍微年长。岛上的女王每隔几年要出海前去采摘苹果，苹果树生长在大海一隅一处高耸的巨石之上，隔几年才会结出三个苹果，拥有这三个苹果的人七年之内可以免于一切伤害和痛苦。挂在最高枝头上的第一个苹果有三个好处——让人永葆青春、健康和美丽；第二个苹果，半红半绿，只需看上一眼，就可以让人填饱肚子；第三个苹果在最低的枝头上，可以满足人的一切需求。正因为岛上的女子们拥有这三个苹果，她们拥有幸福、美丽和青春，享有德行、智慧、福祉、健康，无忧无虑、自由自在。叙事者来到岛上的时候，女王正好外出采摘苹果。只是她此行并不顺利。首先，她发现一位女子捷足先登，已将苹果摘走，其时正拿于手中观赏。其次，骑士久闻女王芳名，一路寻访，终于见到女王，他突然出现抱住女王，企图将女王劫至船上。女王大受惊吓，不知所措，幸亏女子前来搭救，否则她可能早已死去。女子将一个苹果放在女王手中，女王方才苏醒过来。骑士看到女王如此难过，十分懊悔。在女子的劝说下，他们都乘坐女子的船回到岛上。叙事者跟在迎接女王的人群里面，看到女王身边的女子正是自己朝思暮想的心上人。于此，两个爱情故事的主角汇聚于淑女之岛，诗人在徐徐揭开骑士和女王之间爱情故事的发展进程之际，穿插着抒发了叙事者对女士的倾慕、深情，展示了叙事者作为"爱人"的忐忑以及渴望爱情修成正果的内心欲望。

（一）梦境主线——骑士女王的传奇爱情故事

珀索尔在他编订的《淑女之岛》引言中十分笃定地认为：

这首诗很明显是一个关于性压制和满足的寓言。这是一个关于男性欲望的梦，在其中，女人试图用"华丽言辞"（第 741 行）、"迷之微笑"（第 883—892 行）、含糊其辞没有诚意的诺言（第 642—678 行）来抗拒男人的性欲，她们试图操控一个矫饰而不真实的文雅国度——在这个国度名声或者名誉高于一切——但她们的努力都被爱神的力量摧毁，这首诗中的爱神，如同在《玫瑰传奇》中，所做的一切都是为了满足男性欲望。[1]

对于前面部分，即"这是一个关于性压制和满足的寓言"，笔者认为在很大程度上的确可以用于解读女王和骑士的故事，但是如果说爱神对淑女岛的征服是男性欲望控制了女性，或者说这是一个"有关力量与性别控制欲望的寓言"，则似乎对诗歌特别是爱神征服淑女岛这个部分的理解太过片面，停留于字面意义。如果非要说"这是一个关于男性欲望的梦"[2]，那么也许可以说叙事者与心上人的爱情故事这个部分反映了男性欲望，但至于这个男性欲望有没有实现、有没有完成对女性的掌控，答案显然是没有。

女王与骑士之间的爱情故事表面上看好像是由于爱神征服了淑女岛，用箭击穿女王心脏，命令女王接受骑士，才使二人最终修成正果，但实际上也可以看成是女王一点一点被骑士打动，终于放弃了抗拒，让爱情进驻心中的过程。"淑女岛"实则就是女性自我性压抑的象征。岛上全是女子，当叙事者被岛上众人发现之

---

[1] Derek Pearsall, "The Isle of Ladies: Introduction", *The Floure and the Leafe, The Assemblie of Ladies, and The Isle of Ladies*, Kalamazoo, Michigan: Medieval Institute Publications, 1990, p. 65.

[2] Derek Pearsall, *The Floure and the Leafe, The Assemblie of Ladies, and The Isle of Ladies*, Kalamazoo, Michigan: Medieval Institute Publications, 1990, p. 65.

后，那位年长女士对他的话表明了岛上女子对男子的拒绝："我们的律法 / 这已延续多年 / 不允许，实话告诉你 / 有男人住在这里；/ 所以你必须返回 / 无论如何都不能逗留此地。"（第243—248行）女子们拒绝爱情，在岛上过着幸福自在的生活，但是如同詹金斯和珀索尔都指出的那样，淑女岛上的玻璃墙、风标上的金属小鸟以及塔楼上镌刻的花朵象征着女子们的自我封闭和对爱情的拒绝是不自然而脆弱的，而爱神船上盛开的鲜花和鲜活的鸟儿意味着爱情才是有生命力且自然的。① 而且，"岛屿"并不能让女子们真正与世隔绝。一方面，她们如此美好，就难免美名在外，引起人的欲望（骑士慕名寻访）；另一方面，她们对外部世界有所求，比如"采摘苹果"，获取健康、幸福、生命的能量，就难免叫人有机可乘（骑士试图"劫掠"）。此外，她们太顾及自己的"名誉"，既要拒绝爱情，又不想背负"铁石心肠"的坏名声，这就使她们的"拒斥"步步坍塌。正是为了保护女王和骑士的名誉（第420行），女士才邀他们来到自己船上，顺道把骑士也带到了岛上。回到岛上以后，女王本想让年长女士转告骑士，让他回到自己家乡，哪知道年长女士只是责怪了骑士不该对女王如此无礼，骑士就羞愧难当，昏死在地。这令年长女士非常担心女王的名声受损：

> 这骑士死了，至少快死了；
> 咯，他昏倒在那边，
> 一言不发、全无回应
> 无论我说什么！

---

① Anthony Jenkins ed., *The Isle of Ladies or The Ile of Pleasaunce*, New York & London: Garland Publishing, Inc., 1980, pp. 36-39; Derek Pearsall, "The Isle of Ladies: Introduction", *The Floure and the Leafe, The Assemblie of Ladies, and The Isle of Ladies,* Kalamazoo, Michigan: Medieval Institute Publications, 1990, p. 65.

我担心，他这一死

会令你声名受损，

这么多年来你令名远播，

无论如何我可不想

让他这么死在这里。（第 525—532 行）

女王见此也"满心惶恐"，先是试图让一位女使唤醒骑士，骑士全无应答，女王心中充满"怜悯"，想要顾惜自己的"名声"，也想拯救他的性命，惶恐不安地发出哀叹：

哎呀呀，这可如何是好？

我要对这人说些什么？

如果他死在这里，我的名节就毁了。

我该如何进行这危险的游戏？

万一有任何差错，

都会有人怨我冷酷，

这样一来我名声受损，

就跟这骑士一样等于死了。（第 559—566 行）

女王将手放在骑士胸口，好言安慰。过了很久骑士方才悠悠醒转，但是仍然呼唤着死亡，因为他得不到女王的谅解和恩典，感到生不如死。女王无可奈何之下，只好将骑士揽在怀里，并亲吻他；骑士试图站起身来，却又跌坐在地，女王再次抱着他，用同情的眼光看着他。很有意思的是，按照风雅爱情传统，女王这时应该会接受骑士为她效劳，因为风雅爱情中的女子需要的就是"怜悯"，然后赐予爱人"恩典"。诗人却在这时特别强调：

她表现得礼貌、高贵

内心平静、没有起伏；

因为，除了脸上流露出

女子真挚的同情

没有半点嘲笑，

她内心远远没有顺从。

尽管如此，她仍然竭尽全力

将他从痛苦中挽救，

让他放宽心情。（第673—681行）

女王仍然并未敞开心扉，她心里打算的还是让骑士傍晚就离岛返乡，"就像以前那些王子一样"（第687行），这样她就可以继续过平静的生活。在这种情况下，爱神突然出现，不费吹灰之力摧毁了岛上的防御设施，长驱直入，来到骑士躺倒的地方。他同情骑士，斥责女王多年以来拒绝他的仆从，他命令女王医治骑士，并用箭击穿女王的心。爱神大张旗鼓攻陷岛屿、召集岛上女子集会、宣布主权，的确透着强烈的"征服"和"控制"意味，但是，也可以理解为女王在抚慰骑士的过程中已经渐渐被他的真情打动，爱神用箭击中她的时候，其实就是她放下戒备、爱上骑士的时候。随着岛上女王接纳爱情，其他众女自然也开始谈婚论嫁，享受爱情。

如果说第一个梦中骑士和女王的爱情故事还打上了很深的爱情梦幻诗印记，比如常见的为爱情昏厥欲死的骑士、爱神的出现、女王递给爱神的"诉状"、爱神召开的集会以及一个作为旁观者的叙事者，那么第二个梦的传奇色彩就更加纯粹。叙事者二度入梦之后，看见骑士、女王和其他女子坐在草地上，商议骑士加冕国王、女王骑士举行盛大婚礼事宜，而后骑士返回自己国家筹备婚礼，并带回更多骑士迎娶岛上女子。骑士乘坐神奇的用意念操控的"无舵之船"返回家乡，①15 日后再返回淑女岛之时，叙事者又仔细描写了一艘看似普通却能容下无数人和货物的船只，这些都增加了故事的奇幻色彩。但是，第二个梦境中最奇幻的莫过于"起死回生"事件，这也是最能显示《淑女之岛》与浪漫传奇传统联系的一个情节。达利和珀索尔都提到了凯尔特传统中动物用仙草救活伴侣的主题，并指出《淑女之岛》可能借鉴了法兰西的玛丽所写的叙事长诗《爱丽杜克》。在《爱丽杜克》中，一只鼬鼠从小教堂中的圣坛下跑出来，被吉尔德露可的随从杀死，另一只鼬鼠用一朵花将它救活。吉尔德露可看见后，用同样的花救活了公主。②《淑女之岛》作者可能由此得到灵感，但是将鼬鼠改成了小鸟，而且他让小鸟停在女王棺木之上歌唱，也为女王之死增加了一分神圣和祥和。也可能像詹金斯所分析的那样，用小鸟替代鼬鼠，将这一幕与爱神联系起来，毕竟爱神是在鲜花和飞鸟环绕中出现在淑女岛上的。③ 此外，小鸟是受到一个年长骑士不经意举动的惊吓，想要飞出窗户的时候不小心撞上玻璃而死的，这就不像吉尔德露可的随从杀死鼬鼠那么残忍。这些改动都更符合诗歌的爱情和谐圆满主题。

第二个梦境故事离奇，但仍然延续了第一个梦境中的名誉主

---

① 达利指出，"无舵船只"在世界各国民间故事中很常见，在凯尔特传统中尤其普遍，通常与通往理想世界的旅行联系在一起。Vincent Daly ed., *A Critical Edition of The Isle of Ladies*, New York & London: Garland Publishing, Inc., 1987, p. 311-312.

② 详见 Vincent Daly ed., *A Critical Edition of The Isle of Ladies*, New York & London: Garland Publishing, Inc., 1987, p. 48; Anthony Jenkins ed., *The Isle of Ladies or The Ile of Pleasaunce*, New York & London: Garland Publishing, Inc., 1980, p. 49。

③ Anthony Jenkins ed., *The Isle of Ladies or The Ile of Pleasaunce*, New York & London: Garland Publishing, Inc., 1980, pp. 49-50.

题。第一个梦中，"顾惜名誉"主导了女王的行为，第二个梦中，骑士也反复强调"名誉"。随着骑士回到自己的国家，他也神奇地揭开了王子身份，老国王已经在他远游之时去世，他的臣民牢记老国王的临终托付，等待王子归来。如今见他觅得良配回归都十分高兴，开始展望"继承人"（第 1448 行）。但是由于王子需要筹集和组织的婚礼物资和人员太多，属下们无论如何尽力都无法在十日之内完成任务。在等待的 15 日内，王子因为焦虑而病倒在床：

> 他太过悲伤，整整一周
> 卧病不起，下一周也同样如此，
> 焦虑失约之耻，
> 忧虑因为没有按时返回
> 而招致怀疑、怨怪。
> 他不时捶胸顿足，
> 长声嗟叹："哎呀呀！我的名誉
> 将受损，从此声名狼藉。
> 倒不如一死了之！哎呀呀，我的名誉
> 从此与耻辱联系在一起，
> 我将信誉全无，受尽责怪
> 从此无人信赖！"（第 1499—1510 行）

王子不能按时返回淑女岛，最担心的是名誉受损。在船上，所有人都跪下祈祷，希望能够尽快安全到达目的地，"保全名声、免受怨怪，/不致名誉受损"（第 1577—1578 行）。淑女岛上，未能等到王子归来的女王和三分之二的女子因为担心遭到世人非议而相继赴死：

> 女王已死，令人扼腕，
>
> 因你背信弃义而心碎。
>
> 靓丽活泼的女子
>
> 概有三分之二
>
> 她们曾在这里欢声笑语，
>
> 如今也已命归黄泉，
>
> 在黄土之下找到归宿。
>
> 哎呀呀，只怨你不守信用！
>
> 当约定的时间已过，
>
> 女王急急召集会议——
>
> 该当如何？——她说，与你相识一场
>
> 却招致耻辱与责难，
>
> 她咨询岛上诸女
>
> 有何提议，因这事需慎重处置
>
> 如何避免在故事小曲中遭
>
> 邪恶之人乱嚼舌根，
>
> 说她们轻易以身相许
>
> 遇人不淑、识人不当
>
> 无端摧毁了令名，
>
> 她们缺乏智慧、判断失误
>
> 将自己的珍宝和福祉，
>
> 将自己的名声和幸福，
>
> 置于如此险境。（第 1647—1669 行）

女王和岛上众女宁愿一死也要捍卫自己的名声。在骑士和女王的爱情故事中，女王和骑士都非常执着的"名誉"是大家熟知的骑士信条之一，因此也是浪漫传奇中常见的主题之一。当所有人都"复活"以后，王子、女王、淑女岛的名声都安然无虞，于是国王（王子）、女王、所有的骑士、淑女召集了议会，决定回淑女岛上举行盛宴。他们邀请四方宾客前来岛上欢庆，举办比武大会等各种庆祝活动。最重要的是，国王和女王派人寻来叙事者的心上人，因为她是他们的恩人，如果她不来参加婚礼，则一切都没有意义，婚宴也将只会是无趣的过场（第1995—2014行）。诗人对婚礼的描写极尽铺排，看起来十分熟悉时下贵族的婚礼习俗和庆典，因此《淑女之岛》也曾被看作一首应景诗（occasional poem），各种猜测指向冈特的约翰、乔叟或者亨利五世的订婚。①事实上，这首诗是不是应景诗并不重要，在骑士、女王的婚礼细节中，令人印象深刻的恰是叙事者深深的失落。对于爱情失意的叙事者，梦境中的一切越是美好，醒来后的反差越大。这也是诗人设置主线、副线两条情节线相互映衬、对照的主要原因。

（二）副线——叙事者的欲望之梦

骑士和女王的爱情故事分分合合、生生死死，最终修成正果，持续三个月的婚礼预示着他们绵延的幸福。诗人无疑在他们的幸福中投射了自己的渴望，期望自己也能够得到同样的幸福，因此他独具匠心地设置了一条爱情副线，将自己对心上人的倾慕和渴望编织进这样一段完美的爱情之中，巧妙委婉地讴歌了自己的心上人，表露了自己的心迹，传达了对心上人的渴望。在梦境中，

① Derek Pearsall, "The Isle of Ladies: Introduction", *The Floure and the Leafe, The Assemblie of Ladies, and The Isle of Ladies,* Kalamazoo, Michigan: Medieval Institute Publications, 1990, p. 65.

叙事者赋予心上人崇高的地位。她俨然不是浪漫传奇中需要骑士保护的柔弱女子，却来去自如，不仅自行前往仙石岛采摘苹果，而且后来离开淑女岛返回家乡，也是她独自登船离开。她捷足先登采摘到苹果，也就拥有了幸福、美丽和青春，享有德行、智慧、福祉、健康，无忧无虑、自由自在。她心地善良、宽厚仁和，不仅及时拯救了女王，还考虑周全地顾及女王和骑士的"名誉"，把女王和悔恨的骑士带到她的船上送回淑女岛。作为女王的恩人，不仅女王待她情同姐妹，岛上所有人也对她感恩戴德。前来征服岛屿的爱神也特意走到女士面前，夸赞她貌美德鑫、温柔贤淑，反倒是一岛之主女王并没有得到任何正面刻画和描写。这也表明了叙事者的"爱人"身份，在他的梦中自然自己的心上人才是最美最好。在讲述他和女士的故事时，他是满含爱意的注目者，心情随女士的一举一动起起伏伏。当他看到女士时，"突然我心花怒放，/那时我感到的喜悦，/我相信再没有其他人/能够超过我；没有谁比我更开心/因为我看见我的心上人/跟女王一起站在那儿"（第300—305行）。当他看到岛上所有女子跪下，向女士表达感谢和敬意的时候，他说，"这真让我无比欣喜/就好像勇猛的希腊人/在多年围城之后/终于攻陷了特洛伊/我看见我的心上人在这个岛上/备受爱戴"（第453—458行）。爱神走到女士面前，握住她的手，像对女神一样待她，称她是美丽大方的公主，贤良淑德。叙事者觉得爱神对女士比对其他任何人都要亲切友好。心上人受到的优渥待遇，让他也深感"与有荣焉"。这处处体现了叙事者的深情厚谊。

不过，尽管叙事者一片痴情，但梦境中的他大多数时候都表现得十分被动，他似乎并没有足够的自信直面自己的心上人。骑士孔武有力，竟然试图劫掠女王，后来虽然懊悔，但也从不畏惧吐露爱慕、表白心意。相比之下，叙事者却显得畏缩不前，满足于自身的"观望"状态，敏于思、钝于行。他看到心上人来到岛上，却并没有想到要去相见；爱神征服岛屿、召集议会，连女王都呈上了诉状（第 919—920 行），他却一直以"偷窥者"（偷听）自居。虽然叙事者逡巡不前，诗人还是借助爱神的力量完成了对心上人的赞美和告白。《玻璃神庙》中的维纳斯在听到骑士诉说他对女士的爱恋之后，鼓励他勇敢向女士告白，骑士当着维纳斯的面向女士表白，维纳斯叮嘱女士要心存怜悯、接受骑士的求爱。《淑女之岛》中的爱神并没有听到叙事者的求告，但主动帮他传递爱意，并嘱咐女士接受骑士。诗人通过爱神之口告诫女士要有同情心，要对爱的信徒施以慈悲和恩典。叙事者听到爱神对女士说：

> 你有一位仆从，
> 没有人比他更忠诚；
> 因此，看在他一片真情的份上，
> 我希望你能怜悯他的痛苦，
> 倾听他的诉说，
> 好好为他疗伤止痛。
> 有件事你可以确信，
> 他必定会一生追随。（第 849—856 行）

此时，叙事者仿佛听到爱神提起自己的名字，他感到"吃惊、惶恐，手足无措，不知道应该离开还是留下"（第 858—862 行）。叙事者说，爱神完全了解他对女士的思慕和痛苦，爱神把他的心意转达得如此清楚无误，即使他自己预先排练一个星期，恐怕也没办法讲得如此清晰。但这让他颇为担心：女士会不会怀疑他泄露了心思并向爱神抱怨，毕竟一个忠诚的爱人应当谨守秘密。叙事者看到，女士听完爱神的话，只是报以微笑，别无他话，于是心中十分忐忑，一方面他觉得微笑是个好兆头，另一方面又觉得微笑也不能当成承诺，他就这样左思右想，时而高兴，时而惆怅，最后决定不再多想，只需一心为心上人效忠，只要能见到她，便心满意足（第863—910行）。诗人这一大段的描写十分细腻，精彩地刻画出一个不敢自己表白的爱人，听到有人替自己转达爱意，既高兴又惶恐的微妙心态——他也很想知道心上人得知自己心意之后的反应，努力想要捕捉一些肯定的讯号，看到的却是意图不明的微笑，引发诸多猜想。虽然没有像其他梦幻诗中的"爱人"那样直抒胸臆，一个痴心真挚、诚惶诚恐的爱人／叙事者却跃然纸上。

在爱神一幕中，叙事者最终还是不得不"走到前台"，尽管这次露面显得有些突兀：这之前他一直独自一人，置身人群之外，努力听取其他人的谈话（如第1018—1022行所示），突然爱神就对"这个骑士和我"说道："你们会重获快乐。／因为你们忠贞如初，你们二人，／我在此许你们每分痛苦／千倍的快乐。"（第1045—1049行）叙事者和骑士一起跪在地上，向爱神保证全副身心为他效劳，又一起转向各自的心上人，一起恳请她们接受自己的忠心服务：

> 谦卑恭敬，恳请她们
>
> 接受我们为她们服务
>
> 为我们展露她们的友好笑颜，
>
> 她们将友爱收藏太久
>
> 令我们郁闷多年；

> 告诉她们我们两个
>
> 过去、现在、未来都是她们的仆从，
>
> 即使面对死亡也不会改变心意，
>
> 保证绝不会伤害她们
>
> 只会听从她们的命令；
>
> ……（第 1073—1090 行）

　　这一幕"双重求爱"场景显得非常别扭，对骑士而言，因为女王已经被爱神的箭击中，而且向爱神递交了诉状，率领淑女岛臣服于爱神，所以骑士在这里向爱神和女王下跪表示效忠，算是正式宣告二人的"恋情"。但对叙事者而言，他之前根本没有露面，女士只是听爱神说起他，这时候突然不知从哪里冒出来，和骑士一起跪下，向心上人宣告忠心，实在太过匪夷所思。但是如果将这一幕理解为叙事者内心渴望的投射，就显得合情合理：叙事者一直在旁观望，他希望自己也有机会得到爱神的帮助，有机会像骑士一样向自己的心上人表白，所以便不知不觉地想象着自己跪在骑士身边，"人云亦云"，把骑士的话当成自己的话，用骑士向女王的求爱代替自己向心上人的求爱。这样也就能够理解，骑士和叙事者告白之后，诗歌中并没有接着写女王和女士的反馈。

　　无论如何，一个显而易见的事实是，在爱神一幕，叙事者和女士之间并没有任何交流，叙事者未曾亲口向女士告白，女士虽然对爱神做出一些唯唯诺诺、含糊其辞的承诺，但并未当面答允接受叙事者的求爱。因此，在爱神离开之后，女士对叙事者的态度颇有些暧昧，她的表现完全不像叙事者单方面认为的那样已经接受了他的效劳。在爱神离开岛屿之后不久，女士也决定告辞离去，但叙事者仅仅提道，"当我们在海滩上聊天的时候 / 我的心

上人谈起她的旅行 / 说她时常外出旅行 / 经常去到异国他乡"（第
1105—1108 行），然后就到了女士向女王依依惜别、含泪告辞的场
景，甚至还借此机会再次描述了岛上的人如何颂扬女士，歌颂她
的美丽、善良、温婉、大方，如何簇拥着将女士送到船上，却丝
毫没有提到女士是否向叙事者告别或者邀请叙事者一起离开，甚
至也没有提及叙事者的心情。但接下来就发生了极为戏剧性的一
幕，出现了整首诗中叙事者唯一的一次主动追求、告白，也是女
士唯一的一次对叙事者的直接回应。叙事者在众人为女士送行的
时候一直保持观望，等到女士的船已经驶离岸边，叙事者才仿佛
意识到发生了什么事情，他发了疯一样不顾一切跳进海里，被海
浪无情击打，几乎失去了知觉。虽然船上的人将他打捞上船，但
所有人都认为他活不成了。他也心灰意冷，躺在桅杆下，"在那
儿我立下遗嘱 / 我自己也不知道是何意思 / 我絮絮叨叨讲述我的
愿望 / 对着桅杆倾吐我的痛苦 / 向每个人告别 / 然后闭上双眼，/ 决
意等待死亡，再不多言 / 再不寻找治病良方"（第 1167—1174 行）。
此时，女士心里产生了怜悯和慈悲，她不想看到叙事者死去，于
是才来到叙事者跟前，说了一番话：

　　　　我恳请你，站起身来，

　　　　跟我一起走，这事就这样吧。

　　　　一切都会好的。请不要担心。

　　　　是的，我会听从、实现

　　　　那位神祇不久之前

　　　　关于你和我的意愿，

　　　　完完全全听命于他。

　　　　爱神的旨意不可抗拒

否则必致伤害。

因此，请听我一言。

我会好好待你，直到永远。（第 1180—1190 行）

女士还赠送了一只苹果给叙事者，叙事者顿时如同获得了新生，兴高采烈、手舞足蹈。他此时终于亲口向心上人诉说了自己的爱恋，并宣誓终生为女士效忠：

> …… 很久以来
>
> 我已是你忠诚的仆从，历久弥新，
>
> 从不曾动摇，无怨无悔
>
> 从不会三心二意，
>
> 只要我还活在这世上；
>
> 此生我最大的心愿
>
> 莫过于给你幸福，
>
> 你是我的心，我的福
>
> 我的生命、我的健康，我的良医，
>
> 可以解除我所有痛苦，
>
> 我困窘时的安慰，
>
> 我悲伤时的快乐，
>
> 是我救苦救难的主人
>
> 是超过人们想象的福祉。
>
> 爱人啊，我如今赢取了你的恩典
>
> 我将永远追随你。（第 1217—1233 行）

而女士也微笑着告诉了他她的情感，并嘱咐他要谨慎守礼、保守秘密。此时的叙事者似乎已然得偿所愿，他从诗歌作者的角度，声称为了遵守爱神信徒们"谨守秘密"的约定，将不再赘述两人的谈话。接着叙事者讲述了接下来两三天的航程，写了女士曾经召他谈天，说为他恢复健康感到高兴，谈起女王、淑女岛以及岛上的女子，聊了两个多小时。诗人刻意十分准确地提到"有一次"女士找他谈话，而且还把两人闲聊的内容都一一列举：

> 有一次她找我，说
>
> 她为我的健康而欣喜；
>
> 关于女王、关于淑女岛，
>
> 她跟我聊了好久，
>
> 谈起她在那里的见闻，
>
> 那儿的情形，谈起女王，
>
> 谈起那些女子，一个个说起名字，
>
> 两个多小时，这就是她的快乐。（第 1271—1278 行）

因为这是叙事者以为他得偿所愿之后与女士的唯一一次见面与交谈，所以值得关注。可以发现，两三天的航行，女士竟然只找过叙事者一次，而且就只是聊天两个多小时，聊的还都是一些对二人无关紧要的话题。诗人在这里故意仔细记录二人无聊的谈话内容，应该是在暗示叙事者认为已经赢得女士恩典恐怕只是一厢情愿，女士在航行的船上面对一心求死的叙事者，恐怕也和女王面对昏厥濒死的骑士一样，担心他死在船上令自己名声受损，所以好言好语安慰他，叫他安心静养，一旦他恢复健康、船只靠岸，便可以离他而去，就像女王等待骑士醒来，想打发他离开淑女岛一样。因此，船抵达目的地以后，女士乘小舟登陆，回到她熟悉的地方，受到大家的欢迎，但是她并没有邀请叙事者陪她下船，甚至也没有郑重告别或相约何时再见，总之，女士依然自由自在，来去自如，并没有一丝受到爱情约束的表现。

在第二个梦境中，叙事者和女士的爱情故事这一条副线几近消失。女士因为离开了淑女岛，所以在大部分情节中没有出现。相反，诗歌中提到了叙事者和骑士一起回家乡，"应骑士的要求，我一同前往／第一个受邀参加盛宴"（第1386—1387行）。尽管如此，读者很容易就注意到，第二个梦境与第一个梦境相比，很明显的一个不同就是叙事者若有若无的存在感。虽然在第一个梦境中，叙事者很多时候也在观望，但他毕竟还是与骑士一起露面并告白，而且还上演了惊心动魄的跳海追求心上人的一幕。而第二个梦境中，叙事者简直可有可无，在骑士捶着胸膛、哭喊着自己不能按时返回淑女岛、名誉即将受损的时候，他简单感叹："他如此悲伤，说实在的，／看到他叫人十分难过。"（第1511—1512行）他"出镜"最长的时候是骑士率领六万名骑士登船的时候：用了大约22行诗，他描述自己看到所有六万名骑士都登上骑士的大船，各种各样的物资也一起装运妥当，但船上仍然十分宽敞，而后他最后一个登上了船（第1549—1570行）。在第二个梦境情节发展的几个关键时刻，叙事者却都消失不见，"默不作声"。在骑士因为无法守约而卧病在床的时候，在骑士回到岛上发现女王已死于是自杀身亡的时候，在骑士随从运送女王、骑士等人的棺木返国祭奠的时候，在寺院长老将女王救活、女王又将骑士和其他女子救活的时候，他都置身事外，冷静讲述，诗歌仿佛已经不再是第一人称叙事，而是全知视角的第三人称叙事。等到这些曲折的事件尘埃落定，骑士和女王决定举办盛大婚礼的时候，叙事者似乎突然醒觉、想起了自己的心上人；但在诗歌中体现出来的并不是叙事者想起了女士，而是骑士和女王在人生中最美好的时刻想起了恩人，希望能寻觅到"我的女士"（"my lady"，第2002行），请她出席婚礼。尽管叙事者称女士为"我的女士"，但女王派人去寻找女士时，他并没有迫切要求一同前去，也没有表示期待女士到来，总之没有只言片语显示叙事者有任何情感起伏。女士到岛上以后，叙事者仔仔细细讲述了女王如何亲自到港口迎接女士，两人别后重逢如何形影不离，聚在一起有说不完的话，等等，就是没有讲叙事者自己的心情，也没有提起女士见到叙事者的反应。读到这些细节，很难相信第一个梦境中叙事者和女士在船上曾经有过任何约定。女士到来以后第二天，女王和骑士以及岛上其他女子和骑士带来的其他骑士如期举行了婚礼，"确定的是，每个男人／都与他们的女人共度良宵"（第2079—2080行）。很明显，叙事者是唯一的失意者。但是叙事者并没有任何表态，这次又是"他人代劳"：女王、骑士和所有人都向"我的女士"央告，请她同情"我"的痛苦，接受"我"为她服务；他们为了帮助叙事者，甚至还暂停比武活动一天，齐齐向女士陈情（第2081—2092行）。女士并没有再推辞，微笑着接受了大家的要求。接下来，王子和女王将叙事者和女士带到一个婚礼帷帐中为她们举行婚礼，女士们、骑士们、扈从们欢天喜地，现场鼓乐喧天，大家用各种娱乐为他们祝福……在一片欢腾中，叙事者梦醒。

可以看到，《淑女之岛》主线是一个充满奇幻色彩的浪漫传奇爱情故事，但加进爱神和爱情议会以及梦幻框架和一个观望的叙事者之后，骑士和女王的爱情故事与利德盖特《玻璃神庙》中那位女子和骑士的故事也有些相似。在《玻璃神庙》梦醒后记中，在梦境中全程观望的叙事者竟然爱上了梦中的女子，让人猜想梦中那位骑士会不会是叙事者本人意念的投射。而在《淑女之岛》

中，诗人设置了叙事者与他的心上人这一条副线，情节推动几乎完全依附于主线情节中的人和事（除却跳海追船一幕），结合在梦醒后记中诗人对象明确、直抒胸臆的表白，可以认定，叙事者和女士在梦境中的种种，其实都是叙事者基于骑士和女王故事的想象。

《淑女之岛》是一首结构复杂、内容丰富、情节曲折的诗歌，诗人不仅熟练运用了梦幻诗的系列程式，还融合了许多浪漫传奇元素。它不仅是一首风雅爱情背景下的爱情梦幻诗，也是一部浪漫传奇。诗人通过梦幻框架与梦境的双重叙事，将叙事者的爱情故事与传奇的骑士、女王爱情故事相互交织，在梦境中投射了叙事者的现实欲望。梦幻框架表达了诗人 / 叙事者关于写作与读者的期待，也传达了爱人 / 叙事者为心上人献上诗歌、渴望得到恩典的诉求。整个梦境则可以看作爱人 / 叙事者对心上人的爱恋和渴望的投射。爱人 / 叙事者穿插在梦境中的主线故事——浪漫而富有传奇色彩的骑士和女王之间的爱情故事——中间，时而观望，时而参与，若即若离，时隐时现，十分契合梦的虚幻离奇；叙事者的心上人不仅行踪不定，言语和行动都非常模糊不清，好像只是一个魅影般影影绰绰的存在；无论是叙事者的求爱还是女士的允诺，都往往附着于骑士和女王的爱情场景，而不是通过二人的互动交流表现。由此，诗人制造了一种非常真实的"梦幻"氛围，而就在这种如梦似幻的意境中，他传达了对心上人的渴慕以及对幸福的向往。从这个意义上来说，《淑女之岛》就像是一封献给心上人的情书，也就是说，在某种程度上，《淑女之岛》的确是"一场关于男性欲望的梦"，叙事者（或者诗人？）通过诗歌表达了自己对心中女子的渴求。但是，需要注意的是，《淑女之岛》诗人对梦幻框架的纯熟运用不仅使这种欲望的表达非常微妙细腻，也让人不自觉地揣摩诗人会不会别有深意。比如，从梦境中骑士与女王、叙事者与心上人的爱情故事中可以看到，在某种程度上，女王和女士都被"外力胁迫"，不得不接受中意她们的人的服务。因此，虽然风雅爱情表面上将女性奉为"女神"，一颦一笑决定着骑士"爱人"的喜怒哀乐，恩典慈悲掌管着骑士"爱人"的生杀予夺，但是最终，就像淑女之岛被爱神征服一样，女性沦为被爱情绑缚之人，终将失去理想中祥和美丽的"淑女岛屿"。

第五章

《花与叶》
——无梦之梦幻诗 [①]

　　《花与叶》大概创作于 15 世纪末（1460—1480 ？），由于没有相关手抄本流传，现存的唯一一个权威版本是汤姆斯·斯佩特编撰的印刷本，收入其于 1598 年整理出版的《乔叟作品选集》中。从 1598 年到 19 世纪末，《花与叶》一直被认为是乔叟的诗作，而且是其最好的作品之一，受到诗人和评论家颇多关注和高度赞誉。约翰·德莱顿（John Dryden）曾经将这首诗译成现代英语，刊于 1700 年出版的德莱顿《寓言》（*Fables, Ancient and Modern*）一书中。蒲伯（Alexander Pope）、华兹华斯（William Wordsworth）、哈兹里特（William Hazlitt）、罗斯金等文人都曾翻译或者高度评价《花与叶》，约翰·济慈（John Keats）还专门写了一首十四行诗《阅读乔叟的〈花与叶〉》（"On Reading 'The Flower and the Leaf' of Chaucer"），书写阅读这个"温馨故事"（"gentle story"）的感受。1868 年，西敏

[①] 本章部分内容被整理成论文发表于《外国文学》2021 年第 3 期。

寺为纪念乔叟而制作安装两扇彩绘玻璃，其中一幅绘制的恰是《花与叶》的场景。但是，1868 年也是《花与叶》命运的转折点。这一年，亨利·布兰德肖通过韵脚测试判定《花与叶》不是乔叟的作品。1870 年，伯恩哈德·特恩·布瑞克（Bernhard ten Brink）基于该诗语言的"晚近"特点，也否定其为乔叟作品。[①]1897 年，斯基特正式将《花与叶》移出乔叟正典，而将其收入《乔叟系及其他诗作》中。在引言中，斯基特认为"《花与叶》主要因为德莱顿版本而闻名"，在他看来，德莱顿的译本好于原作，"毫无疑问，很多评论家是因为此版本才高估了这首诗的价值，否则，实难理解出于何种理由他们会认为这首诗配得上如此伟大的杰弗里·乔叟"。[②]一方面，在被剔除出乔叟正典以后，《花与叶》受到的关注急剧减少；另一方面，《乔叟系及其他诗作》中收录的《花与叶》版本在 20 世纪很长一段时间里都是该诗的唯一版本，因此斯基特对这首诗的贬抑极大地影响了 20 世纪评论家对这首诗的评价。比如刘易斯认为《花与叶》受到喜爱的原因在于借重了乔叟之名，他在《爱情寓意》一书中论及《布谷鸟与夜莺》《花与叶》《淑女集会》时写道："如果这些诗从来不曾与乔叟的名字产生联系，如果它们一直在手抄本中沉睡到上个世纪（19 世纪），然后才因为某个博学学会将之印刷出版而勉强苏醒，历史学家们对它们的态度会不会好于那些确认为利德盖特和霍斯的作品，这颇令人怀疑。"[③]这样的暗示，仿佛认定几百年

---

① Kathleen Forni, "The Swindling of Chaucerians and the Critical Fate of 'The Floure and the Leafe'", *The Chaucer Review*, Vol. 31, No. 4, 1997, pp. 379-400.

② Walter W. Skeat, *Chaucerian and Other Pieces*, The Project Gutenberg Ebook, 11 July, 2013, p.lxviii.

③ C. S. Lewis, *The Allegory of Love*, Oxford: Oxford UP, 1936, p.243. 刘易斯所指的"博学学会"应该是有名的"早期英语文献学会"（Early English Text Society），整理出版了大量古英语、中古英语文献。

来的评论家、文人只是因为乔叟的显赫诗名才欣赏《花与叶》，而一旦发现作者并非乔叟其人，便弃之如敝屣，显得他们都是"趋炎附势"的势利之徒。实际上，德莱顿和蒲伯推崇的是《花与叶》中的道德教义和寓意形式，而 19 世纪的华兹华斯、济慈、哈兹里特、罗斯金等人欣赏的则是诗歌对大自然的描写和其中传达的诗人沉醉于美好大自然的甜美、喜悦状态。可以看到，文人、评论家对诗歌的品评大致符合各自所处时代的诉求。因此，现代主义思潮影响下的 20 世纪上半叶，人们对"中世纪""说教""寓意""程式""传统"这些字眼本就心怀疑窦，不能很好地欣赏《花与叶》也实属正常。①

　　幸运的是，20 世纪后半叶，在中世纪文学研究整体"复苏"的大背景下，《花与叶》也逐渐得到了更多关注。德里克·珀索尔在 1962 年出版了其精心整理编撰的《〈花与叶〉与〈淑女集会〉》一书，引言、注释占了全书 191 页中的近 150 页，引言中详尽介绍了这两首诗的文本由来、语言、作者和创作时期、主题和传统、形式和文风，文本注释细致入微，不仅包括字词解释，还补充了很多相关背景。② 珀索尔对《花与叶》的评价比较中肯，他认为在斯基特之后，这首诗没有得到应有的关注；尽管诗歌中充满对乔叟的回应，"却绝非简单的模仿乔叟之作"："诗歌中的理想世界优雅诱人，寓意中隐含的人生态度理性平和，诗歌写作流畅细腻，自始至终弥漫着亲切的理性"，这些显而易见的品质足以"令这首诗独立存在，

---

① 《花与叶》评论变迁是文学史上非常有趣的案例。可参看 Kathleen Forni, "The Swindling of Chaucerians and the Critical Fate of 'The Floure and the Leafe'", *The Chaucer Review*, Vol. 31, No. 4, 1997, pp. 379-400. 作者较为全面地追溯了《花与叶》接受史，并试图分析其"荣宠起伏"的原因。

② 1990 年西密歇根大学中古学院出版社为中世纪研究教学协会（TEAMS）发行出版了由德里克·珀索尔编撰的《〈花与叶〉〈淑女集会〉和〈淑女之岛〉》。

而不是乔叟的附录"。① 他还进一步指出："《花与叶》在固定的寓意
幻境诗歌传统（fixed tradition of the allegorical vision poem）下进行
创作，显示了如何令一个将死的诗歌传统焕发新生命，如何将已被
数代诗人耗尽活力的程式转化为艺术素材、新鲜样式、美感和'教
义'。《花与叶》为一个行将就木的时代注入了新的辉煌，即使德莱
顿那高超精妙的改写也绝不会掩盖其光芒。"② 珀索尔的基础工作和
评论基调引领了 20 世纪后期的《花与叶》研究。哈灵顿（Harring-
ton）深入阐释了诗歌的寓意；麦克米兰（McMillan）延续斯基特关
于《花与叶》和《淑女集会》出自女诗人的论断，探讨诗歌的女性
主义特质；斯奈德（Snyder）从诗歌中的花派叶派之争出发，利用
中世纪人们熟知的波伊提乌哲学思想对文本进行分析，指出叙事者
支持的叶派也并非完美；库尼（Cooney）从 15 世纪英国诗歌不受
评论界重视的背景出发，分析《花与叶》中爱情与贞洁的融合以及
如何从哲学、美学和社会历史层面体现了本质与存在的和谐。③ 除
了从内容、主题层面对《花与叶》进行分析，很多评论家也注意到
《花与叶》与梦幻诗传统的联系，但是由于这首诗毕竟不是严格意
义上的梦幻诗，所以几乎没有人深入探究其"梦幻特质"。斯皮林

---

① Derek Pearsall, Introduction, *The Floure and the Leafe and The Assembly of Ladies*,
London and Edinburgh: Thomas Nelson and Sons Ltd., 1962, I.

② Derek Pearsall, Introduction, *The Floure and the Leafe and The Assembly of Ladies*,
London and Edinburgh: Thomas Nelson and Sons Ltd., 1962, I.

③ David V. Harrington, "The Funicition of Allegory in 'The Flower and the Leaf'",
Neuphilologische Mitteilungen, Vol. 71, No. 2, 1970, pp. 244-253; Ann McMillan, "'Fayre
Sisters Al': *The Flower and the Leaf* and *The Assembly of Ladies*," *Tulsa Studies in Women's
Literature*, Vol. 1, No. 1, Spring, 1982, pp. 27-42; Cynthia Lockard Snyder, "*The Floure
and hte Leafe*: An Alternative Approach", in David Chamberlain ed., *New Readings of
Late Medieval Love Poems*, Lanham: University Press of America, 1993; Helen Cooney,
"Some New Thing: *The Floure and the Leafe* and the Cultural Shift in the Role of the Poet
in Fifteenth-Century England", in Helen Cooney ed., *Writings on Love in English Middle
Ages*, New York: Palgrave MacMillan, 2006.

在其《中古英语梦幻诗》一书中提到了《花与叶》，指出，这首诗"包含风雅爱情梦幻诗的许多特点——理想的春景、一群风雅的宫廷人士进行一些具有譬喻意义的活动、一位权威人士为叙事者解释这个譬喻意义"，却并不是在梦境中发生。① 正因为如此，斯皮林并没有在书中专门讨论《花与叶》。达维朵芙在《好的开篇——中古英语晚期框架叙事》一书中较为详细地讨论了《花与叶》的叙事框架，认为在全诗 595 行中占据 286 行的 "虚构框架材料"（framing fiction material）为诗歌的 "核心信息"（core-message）做了良好铺垫。② 但是达维朵芙也并没有考虑《花与叶》与梦幻诗之间的关联。事实上，这首诗除了没有明确的入睡和梦醒这两个梦幻诗 "标记"，全诗充满了对梦幻诗的影射和借鉴，而之所以诗人省去这两个 "标志性动作"，一方面自然是不愿意落入窠臼之意，而另一方面也反证了梦幻诗的巨大影响。早在《花与叶》之前，利德盖特已经创作了一首 "无梦之梦幻诗"《黑衣骑士怨歌》，此外，乔叟系风雅爱情诗歌中占据重要位置的《无情淑女》和《爱情朝堂》也属于 "无梦之梦幻诗"。这些诗歌的出现，反映出 15 世纪诗人面对前辈大师乔叟，面对风靡一时的梦幻诗创作风潮，内心感受到的 "影响的焦虑" 和涌动的革新冲动。

一、梦幻诗传统下的无梦叙事框架　　《花与叶》全诗一共 595 行，主要内容概括如下。诗歌第 1—126 行为引言部分：叙事者夜不能寐，于是天未大亮就穿戴齐整出门散心。她来到林间，看到一个树丛掩映的凉亭，从凉亭里面可以清楚看到外面发

① A. C. Spearing, *Medieval Dream-Poetry*, Cambridge: Cambridge UP, 1976, p. 2.

② Judith M. Davidoff, *Beginning Well: Framing Fictions in Late Middle English Poetry*, London and Toronto: Associated University Presses, 1988, pp. 159-165.

生的事情，从外面却完全看不见凉亭内是否有人。树林里花香馥郁，金翅雀和夜莺竞相高唱，美妙的歌声令人如痴如醉。叙事者在凉亭内坐下，陶醉在美景之中。

第127—587行是诗歌主体，又可以细分为两个部分：第127—450行讲述叙事者坐在凉亭内观望外面发生的"事件"；第451—587行叙述叙事者走出凉亭，白衣女子为她解释刚才所见所闻的意义。叙事者先是看到小树林里走出来一大群美丽女子，她们穿着白色衣裙，头戴绿叶编织而成的王冠，在草地上唱歌跳舞；不一会儿，从同一个小树林里跑出一队高贵的骑士，身披白色斗篷，头戴橡树或桂树枝做成的王冠，骑士们在草地上比武竞技，而后又和女子们手拉手唱歌跳舞，无比欢快，然后齐聚在一棵枝叶繁茂的桂树下乘凉休息（第127—322行）。此时，叙事者看到另外一群人从田野里走出来，骑士、淑女成双成对、手牵着手，他们都穿着绿色衣服，头戴花冠，在他们前面走着吟游诗人，吹奏着各种乐器。他们在草地上跳舞，还举行了一个仪式致敬雏菊花，一位女子领唱歌曲，其他人应和，听起来十分美妙。但是，在中午烈日的照耀之下，美丽娇艳的花朵顿时失去了光彩，颜色委顿；女子们被骄阳烤炙，不知所措，骑士们也汗流浃背。突然间，狂风大作，草地上所有的花朵都被吹走了，只有那些在树篱和林木之下的还在。一会儿，更是下起暴雨，所有的淑女、骑士都浑身湿透（第323—372行）。终于风过雨住，刚才在桂树下丝毫没有受到风吹日晒的骑士和淑女对绿衣骑士和淑女表示关切和同情，想尽办法宽慰他们。白衣女子中的王后走过来牵着绿衣王后的手，邀请她们一起到树下歇息。然后白衣女子们牵着绿衣女子们的手，白衣骑士们也各自领着绿衣骑士，他们采集草药治疗晒伤，砍柴生火烤干衣服，邀请绿衣骑士共进餐饭。一切收拾妥当之后，他们一起离开，从凉亭外经过的时候，叙事者看到夜莺飞到白衣女王手上，而金翅雀则飞到绿衣女王手上，它们又都开始引吭高歌。就这样，所有的骑士和淑女心情愉悦地骑马离开了（第372—450行）。叙事者很想知道这事情的究竟，她走出凉亭，恰好碰到了一位美丽的女士独自骑马前行，身上穿着白色衣裙。叙事者向她问好之后，问她刚才那些经过的人是谁。美丽的女士解释道，刚才所有穿白色衣服的属于叶派，她自己也是其中一员；白衣王后正是贞洁女神狄安娜，跟随她的都是贞洁的女子、骁勇善战的骑士以及对爱情忠贞不渝的人。那些骑士包括"九名士"①、圆桌骑士、十二圣骑士、嘉德骑士等。那些头戴花冠、穿绿色衣服的则属于花派，绿衣女王是花神芙洛拉，她们好逸恶劳，只喜欢狩猎、放鹰、嬉戏游玩。叙事者又问女士，为何骑士要用绿叶而不是鲜花作为荣誉的象征？女士回答道：因为绿叶可以永保青绿，不会被风霜雨雪摧残；相反地，鲜花经不起风雨，美丽转瞬即逝。女士解释完以后，问叙事者忠于哪一派？叙事者说忠于叶派。女士祝福她远离谗言毁谤，然后告辞。

第588—595行是诗歌结尾。短短8行诗里，叙事者讲述自己匆匆赶回家，把刚才的所见写下来，并在第591—595行的诗跋中，借着对"小诗"说话表达了谦卑之意。

从上述内容概述可以看出，《花与叶》没有梦幻诗惯常的梦前序曲—梦境—梦醒后记，所以，严格来说，《花与叶》算不上是一首梦幻诗。但事实上，诗人不仅大量借鉴梦幻诗程式，影射

---

① 根据 Derek Pearsall 注解，"九名士"，nine worthy，时常出现在中世纪文学及艺术作品中，代表高贵、光荣；有时也用于常见的"今安在"（ubi sunt）主题，用以证明死亡足以摧毁一切荣耀。通常所说的"九名士"为三位犹太人，即约书亚、大卫王、犹大·马加比，三位异教徒，即赫克托尔、亚历山大、恺撒，以及三位基督徒，即亚瑟、查理大帝、布洛涅的戈弗雷。

其他梦幻诗作，就连她努力想要避开梦幻框架、刻意"反梦幻诗之道而行之"的努力，也都表现出对梦幻诗程式的熟悉。这首诗与梦幻诗传统之间千丝万缕的微妙联系使之成为一首"无梦之梦幻诗"。

诗歌开篇的"春日背景"正是爱情梦幻诗的惯有程式。诗歌起首即弥漫着浓郁的"乔叟风"，读起来很像《坎特伯雷故事》总序的开篇。作者在前三行采用了乔叟常用的"星象计时法"来表明时间。所谓"星象计时法"，是指采用太阳穿过黄道十二宫的运行情况来表示季节和时间。①乔叟在《坎特伯雷故事》和《特洛伊勒斯与克瑞西达》中多有应用。比如，在《坎特伯雷故事总引》中，乔叟写道："青春的太阳已转过半边白羊宫座。"②（第8—9行）因为太阳依次经过黄道十二宫时首先进入白羊座，"转过半边白羊宫座"就表示进入4月。《花与叶》开头说："当福波斯驾驭他那金色座驾 / 盘旋登上高高的星空 / 进入到金牛座。"③（第1—3行）"进入金牛座"意味着时间大概是4月12日。接下来两行提到"甘甜的雨丝轻轻飘落 / 浸润着地面"（第4—5行），则依稀回荡着《总序》起首两行："当四月的甘霖 / 渗透了三月枯竭的根须。"面对这样一幅春风送暖、万物苏醒、草木发芽、鲜花绽放、人们欣欣然雀跃的春日图景，浸淫在爱情梦幻诗传统中的读者自然而然期待读到一首关于爱情的梦幻诗作品。而诗人这时候却打破了读者的期待，她有意识地想要跳出梦幻诗传统，因为她笔下这位叙事者

---

① 胡家峦:《历史的星空:文艺复兴时期英国诗歌与西方传统宇宙论》，北京大学出版社2001年版，第37页。

② [英]乔叟:《坎特伯雷故事》，方重译，上海译文出版社1980年版，第1页。

③ Derek Pearsall, *The Floure and the Leafe, The Assemblie of Ladies, and The Isle of Ladies,* Kalamazoo, Michigan: Medieval Institute Publications, 1990. 本诗引文均出自此版本，后文引用该诗不再加注，随文注明诗行。译文为笔者自译。

不同于其他梦幻诗叙事者：

> 我也因为这甜美的季节心情愉悦，
>
> 有个晚上遇到这样的情形：
>
> 我躺在床上，睡眠却似乎
>
> 离我十分遥远；但是我为什么
>
> 睡意全无，我也不知道，因为
>
> 这世上再没有人比我更无忧无虑
>
> 而且我既没有生病也不感到痛苦。（第 15—21 行）

这里，诗人非常明显地是在回应甚至调侃梦幻诗传统中的叙事者。通常，这些叙事者会因为忧思重重而难以入眠：如《公爵夫人书》中因为"八年来的一场病"无法入睡的叙事者，《布谷鸟与夜莺》《玻璃神庙》《国王之书》中愁肠百结、辗转难眠的叙事者。《花与叶》诗人塑造的叙事者颇有针对性：她不仅"既没有生病也不感到痛苦"，甚至比任何人都更加"无忧无虑"，因此她完全无法理解自己何以无法入睡。而且，她并没有像乔叟和詹姆士一世笔下的叙事者那样拿起一本书，而是挨到天色快亮，"索性起床"，"穿戴整齐"，走到一个赏心悦目的树林里。显然，诗人读到过太多"生病"或者"痛苦"的梦幻诗叙事者，他们或是因为爱情，或是不明原因，但往往都心情欠佳、入睡困难，诗人想要独辟蹊径，因此刻画了一个"没有烦恼"、天真无邪的叙事者，同时也借此暗示叙事者未尝参与风雅爱情游戏，没有遭受"相思之苦"，不仅预示了后文叙事者追随叶派的声明，而且显示了诗人想要写作的是一首"非典型"爱情梦幻诗。

尽管如此，《花与叶》中叙事者晚上失眠、清晨起床走到树林散心的情形很容易让人联想到《丘比特之书》中的叙事者。虽然两位叙事者夜不能寐的原因大不相同，克兰沃的叙事者是因为相思难耐，《花与叶》叙事者无端失眠，但是二人都是起床后来到树林中，而且都看到了非常美丽的林中景致。此外，两位叙事者都想要在树林里寻找夜莺，看能否听到夜莺歌唱。对于《丘比特之书》叙事者来说，他到树林漫步的原因就是想听夜莺歌唱，因为"爱人们之间流传一种说法"："若是听到夜莺啼叫就很美好，若是听到布谷鸟啼叫则要糟糕。"（第47—50行）而且叙事者"今年以来还从未听到夜莺歌唱"（第54行）。[1]《丘比特之书》是一首典型的梦幻诗，叙事者来到树林里以后，在林间花丛中坐下，听百鸟啁啾，流水潺潺，然后进入"半梦半醒"状态，立刻听到了布谷鸟啼叫，而后才听到夜莺清脆的歌声，从而开启了梦中夜莺和布谷鸟的辩论：

> 我坐的地方是个河岸，
> 河水流淌，发出潺潺声响，
> 和鸟儿的欢歌遥相呼应。
> 我觉得这简直是完美的旋律
> 平常很少有机会听到。
>
> 因为心情愉悦，我不知为何——
> 我一下仿佛睡着了——
> 又好像半梦半醒——

---

[1] John Clanvowe, "The Boke of Cupide, God of Love", in Dana M. Symons ed., *Chaucerian Dream Visions and Complaints*, Kalamazoo, Michigan: Medieval Institute Publications, 2004.

就这样我仿佛听到了

那令人伤心的鸟叫，那粗俗的布谷鸟。（第 80—
90 行）

　　而《花与叶》叙事者并没有明确提到找寻夜莺的原因。她来到树林中，看到高大笔直的橡树，树下绿茵满地，听到鸟鸣声悦耳动听，这时才想起自己"整整一年未尝听到夜莺歌唱"，于是"竖起耳朵、专心聆听 / 想要捕捉到夜莺的声音"（第 39—42 行）。她并没有因为眼前的美景和乐音而停留，而是继续找寻夜莺的歌声。之后，她发现了一条人迹罕至、杂草丛生的小路，她想看看这条路通向哪里，于是一路往前，直到看见一座凉亭。凉亭是中世纪花园中一道熟悉的风景线，《〈贞女传奇〉序言》中乔叟傍晚在凉亭内歇息，然后做了一个梦；《国王之书》中詹姆士从监狱望出去，看到花园里四个角落各有一个凉亭；《淑女集会》中在迷宫中走累了的叙事者来到一处凉亭休息，然后进入了梦乡；《黑衣骑士怨歌》中叙事者看到凉亭里悲伤的黑衣骑士发出哀怨。《花与叶》叙事者先仔细描述了凉亭：里面的长凳新铺了厚厚的草皮，颜色青翠，柔软如天鹅绒；周围的树篱生长着茂密的西克莫和野蔷薇，像城堡的围墙一样将凉亭遮挡得严严实实，人想要从外面往凉亭内窥探，"即使前后逡巡一整天 / 他也看不到有没有人 / 在里面；但是里面的人 / 却可以清楚看到外面"（第 68—70 行）。接着她描述了凉亭外面的景象：外面是一片广阔的原野，长满了玉米和青草，看起来十分丰饶富足。叙事者置身凉亭内，空气中野蔷薇的芬芳沁人心脾，"无论心情多么绝望 / 心中有多少烦恼、忧愁 / 只要来到这里 / 都会立刻感受到这甘美气息"（第 81—84 行）。这些都是梦幻爱情诗中人所熟知的美景设置。但是就像《丘比特之书》叙事者没有首先听到夜莺歌唱一样,《花与叶》叙事者先看到的也不是夜莺。她先是注意到在一棵繁花绽放的欧楂果树上,一只金翅雀在枝头欢腾跳跃,不一会儿就开始引吭高歌,随后桂树上一只夜莺也展开歌喉,在林间高歌。不过,叙事者显然并没有因为先听到金翅雀而不是夜莺歌唱而不快,她觉得金翅雀的歌声也非常甜美,"令人愉悦,我无法用语言描述"(第97行);而夜莺等金翅雀一曲唱毕,开始"以欢快的曲调发出呼应",歌声响彻树林。在后文中,叙事者会看到金翅雀飞到花派女王芙洛拉的手上,而夜莺则停驻在叶派女王狄安娜手上。花派、叶派和谐相处,其乐融融。可以看出,这里的细节其实为后文做好了铺垫。金翅雀停留的欧楂果树开满了花,金翅雀在枝头跳跃,啄食"嫩芽和花朵",而夜莺则端坐于桂树上,分别提示了金翅雀与花派、夜莺与叶派的联系。而金翅雀和夜莺和平相处、遥相呼应,也预示了后文花派、叶派相处和谐。

无论如何,《花与叶》诗人描述的这一片"乐土"(locus amoenus)呼应了梦幻诗传统的梦前序曲程式。叙事者听到这美丽的歌声,不禁如痴如醉、忘乎所以,一时竟不知身在何方,恍然觉得自己似乎来到了天堂。她于是坐下来,认真享受这林间美乐。如果是典型的梦幻诗,这时候叙事者会在鸟雀的美妙歌声中入睡,然后接下来看到的景象都是梦境中所见。但叙事者再次打破了读者的阅读期待。和《丘比特之书》一样是听着鸟雀欢歌,同样觉得心情舒畅,《花与叶》叙事者虽然如痴如醉,却并没有入睡:

> 我内心感受到强烈的喜悦,
> 自以为已然灵魂飞升

来到了天堂，那正是

我心之所属，别无它想

恰在那日，在芬芳甘甜的草地上

我轻轻坐下；在我看来，

鸟儿们的欢唱更叫人惬意，

更令人心情舒畅，超过无数倍，

比起喝酒吃肉，或任何其他事情。

加上凉亭清爽怡人，

馥郁提神，令人神清气爽，

以至于一时之间我觉得，

自从世界伊始，还从来没有人

见过如此美好的地域。

我这么坐着，听着鸟雀欢唱，

突然间，我仿佛听到了人声，

如此甜美、如此悦耳

我相信，没有任何人

听到过这样的声音，

和谐优美、美妙动听，

好似天使演奏的乐曲。（第 113—133 行）

　　叙事者在倾听鸟儿歌声的迷醉状态中"仿佛"（me thought）听到人声，而后看到小树林里走出一大群淑女，从而拉开了"花叶"大戏的序幕。虽然叙事者没有做梦，但是她用到了"ravished"（第 114 行）一词，正像利德盖特《玻璃神庙》的开篇，夜晚叙事者久久难以入睡，但突然一阵睡意袭来，感到自己灵魂飞升（ravished），来到一座玻璃神庙前。《花与叶》叙事者如痴如醉、忘乎所以的迷醉状态，很接近宗教冥想中达到的忘我、飞升状态，这似乎在暗示她接下来看到的景象也完全有可能是一个异象（vision）。因此，尽管《花与叶》诗人处处打破读者期待，有意拉开与梦幻诗传统的距离，不仅声明自己无忧无虑，还刻意将诗歌主体事件放到起床而不是入睡以后，最终也的确省去了"入睡环节"。但是无论叙事者是否入梦，可以看到，通过开篇 133 行（第 127—133 行为过渡诗节），《花与叶》诗人构建的仍然是一个熟悉的梦幻诗背景；在这样一个风景如画、鸟语花香的背景下，叙事者开始讲述接下来看到的事件，至于这些事件是否发生在梦境之中，其实并没有太大的区别。重要的是，通过这个框架，诗人一方面就像典型梦幻诗的梦前序曲一样，为正文埋下了伏笔，另一方面也在与梦幻诗传统的呼应和背离中，显示了诗人想要创作一首"不一样的梦幻诗"的心愿。

不过，《花与叶》的"不一样"之处不仅仅是无忧无虑的叙事者或者是省却了梦幻诗的"入梦"和"醒觉"环节，其最为独到之处在于诗人在主体部分成功营造了"戏剧感"，用"舞台剧"替代了"梦境"。在论及《花与叶》结构的时候，珀索尔提到了"游行母题"："在这种模式下，隐藏起来的诗人看见一队队人马经过，并浓墨重彩地描写队列；诗人不知道行进队伍的象征意义，队伍中一位骑士或者女士停下来为他解释刚才所见所闻的含义、阐释譬喻。"[1] 他以高尔《情人告白》第四部中萝丝斐丽见到的女子行进队伍为例，也提到了彼特拉克的《爱情凯旋》和道格拉斯的《荣

---

[1] Derek Pearsall, Introduction, *The Floure and the Leafe and The Assembly of Ladies*, London and Edinburgh: Thomas Nelson and Sons Ltd., 1962, p. 47.

誉殿堂》。①《荣誉殿堂》的行进母题主要体现在第一部：叙事者躲在一个橡树树桩之中，看着"智慧女王"密涅瓦率队经过，落在后面的叛徒西农和亚西多佛对跑出来询问的叙事者解释说他们正赶去荣誉殿堂。接着，叙事者看到贞洁女神狄安娜的队伍，然后又看到维纳斯一行。叙事者忍不住唱歌唾骂维纳斯和丘比特，结果被维纳斯听见，命人将他从藏身之处拖出来欲行处罚。自此，叙事者结束了"观望"状态，"行进母题"也到此为止（在审判之际，又走过来缪斯女神率领的队伍，但此时叙事者已经不再观望）。比较之下，《花与叶》虽然描述了两队人马，但确切地说，他们并不是简单地"行进"，而更像是戏剧中的"出场""表演"和"离场"。也就是说，《花与叶》中的叙事者进入凉亭以后，虽然没有入睡并就此进入梦境中不同于现实的世界，但是凉亭宛如剧院的观众席，或者中世纪王公贵胄观看比武大会或假面剧的大帐篷，而凉亭外的宽敞原野就像是剧院的戏台，花派和叶派的骑士、淑女们在这里上演了一场大戏。凉亭隔开了观众和演员，也隔开了现实世界和戏剧世界。因为知道是在看戏，所以叙事者无须担心烈日、风暴对自己有任何影响。作为观众的叙事者只需要静静观看舞台上人物的演出，并试图参透演出的意义。事实上，叙事者也的确在积极思考舞台上发生的一切的意义。第414行，早在"女士"为她解释譬喻意义之前，叙事者就点明了"叶派女王"和"花派女王"，并补充说道，"从衣着来看，我隐约感到／她们应该就是叶派、花派"（第415—416行）。在骑士、淑女们"散场离开"的时候，她写道：

---

① Derek Pearsall, Introduction, *The Floure and the Leafe and The Assembly of Ladies*, London and Edinburgh: Thomas Nelson and Sons Ltd., 1962, p. 47.

我目睹了这美妙情景，

想着应该试着，用某种方式，

彻底参透这事的真相，

弄清楚这些开心骑行的人究竟是谁。（第 451—

454 行）

所以，顺理成章的是，诗人在"演出"结束之后，安排了一位"权威人士"为叙事者对演出内容进行阐释。

考察其他梦幻诗，可以发现，《花与叶》将叙事者作为戏剧观众的安排非常新颖独特。很多梦幻诗中的叙事者都会或多或少参与到梦境之中。乔叟《公爵夫人书》中的叙事者于梦境中的狩猎过程中偶尔听到黑衣骑士的哀怨，走上前去询问，虽然他主要是提出一些不明就里的问题促使黑衣骑士讲述他的故事，但毕竟他也参与了梦境中的对话；《声誉之宫》中叙事者也基本上是观察者，以收集素材为目的，游走于维纳斯神庙、声誉之宫和谣言之宫，但他与向导鹰以及神秘陌生人之间也颇有互动交流；《〈贞女传奇〉序言》叙事者则更成为爱神谴责的对象，算得上是梦境的一个焦点。《丘比特之书》中叙事者在梦中听到夜莺和布谷鸟的辩论，当夜莺伤心落泪之际，梦中的他情不自禁捡起石头朝布谷鸟扔过去，并与夜莺展开对话。《国王之书》和《爱的接续》两首诗中的叙事者都在梦中为自己的爱情奔走，是积极的参与者。《淑女集会》中叙事者也全程参与到梦中的集会当中。《淑女之岛》中叙事者也在梦境中经历了自己的爱情故事。当然，也有一些叙事者处于完全的"旁观者"状态，比如《百鸟议会》《玻璃神庙》《黑衣骑士怨歌》。斯皮林曾专门论述过这一类叙事者，他的专著《作为偷窥者的中世纪诗人——中世纪爱情叙事诗中的看与听》研究中世纪诗歌中诗人的"观看"，确切地说，是"偷窥"（Voyeurism）。他注意到，虽然爱情是非常私人的经历，但在很多中世纪爱情叙事诗中，诗人叙事者往往以"偷窥者"的立场看到、听到别人的爱情故事，然后记录成诗。他的研究对象包括两类：一类是第三人称作品，包括浪漫传奇和相关叙事诗；另一类是第一人称作品，包括梦幻诗和类似的叙事作品，亦即 dits。其中梦幻诗作他提到了《百鸟议会》，与《百鸟议会》放到同一章节讨论的是利德盖特的《黑衣骑士怨歌》。[①] 在《百鸟议会》中，当叙事者面对爱情花园外面自相矛盾的题字踟蹰不敢进去的时候，[②] 亚弗里坎努斯宽慰他，这些文字是针对爱神信徒的，而他只是找寻写作素材，所以不必害怕。而叙事者进入爱情花园之后，也的确仅仅是在维纳斯神庙里面"参观"了一圈，然后又在花园里观看了自然女神主持的百鸟议会。他被鸟儿振翅飞翔的声音惊醒之后，似乎对梦中见到的素材并不十分满意，仍然继续阅读，他并没有提到自己将梦境写作成诗。其实和《百鸟议会》相似的还有《玻璃神庙》，无论是穿行于等待递交诉状的"爱人们"中间，还是偷听淑女对维纳斯

---

① A. C. Spearing, *The Medieval Poet as Voyeur: Looking and Listening in Medieval Love Narratives*, Cambridge: Cambridge UP, 1993.

② 《百鸟议会》中爱情花园外左右两边的题字分别为：
　从我这里走进，人们来到极乐之地
　抚平心灵的伤痛，治愈致命的创伤；
　从我这里走进，人们来到恩泽之源
　绿意葱茏、万物茂盛的五月永在其间。
　这是通向幸运的大门。
　读者！展开笑颜，抛开愁绪；
　大门为您敞开，进去吧，快快前行！
　从我这里走进，
　人们将受到致命的打击
　轻慢与高傲挥舞着利矛；
　这里的树木从不结果也不长叶。
　溪流引向痛苦的鱼梁
　那儿人们就像被囚的鱼儿遭受苦难。
　唯一的方法就是避而远之。（第 127—140 行）

的哀怨，或者跟踪骑士偷听他的哀怨以及对维纳斯的求告，或者观看维纳斯如何成全骑士、淑女并教导他们，叙事者也都一言不发。但这两首诗中，叙事者都在走动中看到不同的场景。《黑夜骑士怨歌》与《花与叶》最为接近。首先，这也是一首"无梦之梦幻诗"，利德盖特也试图颠覆梦幻诗程式。诗歌没有梦幻诗的梦前序曲—梦境—和梦醒后记的固定程序，反倒故意设计成开篇起床、结尾睡觉。心事重重的叙事者早上在叹息声中起床，来到树林里听鸟儿的歌声。他看到一个园子，便走了进去，园子里自然是景色秀美，就像梦幻诗传统中的花园一样。在一个凉亭里，他看到一个骑士躺在那里长吁短叹，于是赶紧找个树丛躲起来，从头到尾听完骑士哀怨得不到爱情的痛苦，等到骑士离开以后，他赶紧拿起笔，把骑士的怨歌记录下来。当他看到明亮的金星出现在天际，立刻向维纳斯祷告，请她帮助骑士获得爱情。而后，叙事者回家睡觉。其次，两首诗中都有一个很重要的"凉亭"，略有不同的是，《花与叶》叙事者在凉亭内往外看，《黑衣骑士怨歌》叙事者从凉亭外往里面看，尽管如此，这两首诗的叙事者都保持了静止的观看（或者倾听）状态。不过，虽然《黑衣骑士怨歌》和《花与叶》颇为相似，二者却有一个重大区别。《黑衣骑士怨歌》中的叙事者是一个典型的"偷窥者"。斯皮林指出，诗歌"清楚地记叙了叙事者的偷窥和偷听立场"：当他偶然看到凉亭里身着黑白衣服的骑士脸色苍白、焦灼不安，听到他哀怨连连，立即藏在树丛里，以免被发现，而且他一直藏在树丛里偷听，直到骑士离开凉亭走远他才从树丛中出来。① 可以看出，叙事者主观上想要窥探他人的秘密。更有甚者，叙事者偷听以后还特意将骑士的怨歌记

---

① A. C. Spearing, *The Medieval Poet as Voyeur,* Cambridge: Cambridge UP, 1993, p. 223.

录下来，让其他人阅读：

> 黄昏降临，福波斯的光芒
>
> 镀上了红色的晚霞，
>
> 我拿起一支笔，开始飞快
>
> 写下这名男子的悲伤哀怨，
>
> 一字一句照他自己的话：
>
> 完全像我听到的进行记录
>
> 我都写在这里，以取悦你。①

　　这里的"你"（也可能是"你们"）也许是指利德盖特的赞助人读者或者泛指的读者，但无论如何，可以明确的是，叙事者明知自己是偷窥，却并不认为窥探和分享别人内心的秘密有何不妥，反而认为这样会取悦读者。正因如此，斯皮林认为诗中的偷窥叙事者"颇不光彩"，并深入分析了利德盖特"将自己塑造得如此不体面"的原因。②且不论《黑衣骑士怨歌》的"偷窥"体面与否，《花与叶》中躲在凉亭里的叙事者虽然看起来也是处于一个隐秘位置默不作声偷偷观看，但毕竟她先来到凉亭内坐下，就像观众在演出之前就座一样，然后淑女、骑士才陆续"登台亮相"，开始"表演"。因此，《花与叶》叙事者与其说是"偷窥"，毋宁说是在看一场戏。虽然《花与叶》创作的 15 世纪晚期，英国戏剧还远远不发达，但是 15 世纪街头巷尾的宗教化装游行、教堂的

---

① John Lydgate, "A Complaynte of a Lovers Lyfe", in Dana M. Symons ed., *Chaucerian Dream Visions and Complaints*, Kalamazoo, Michigan: Medieval Institute Publications, 2004, ll. 596-602.

② A. C. Spearing, *The Medieval Poet as Voyeur*, Cambridge: Cambridge UP, 1993, pp. 224-230.

布道剧、豪门大户或者教育场所的道德剧等令中世纪人熟知"戏剧"和"表演"这些概念，中世纪王室贵族更是时常举办比武大会和露天演出（pageant）。乔叟在《骑士的故事》中就事无巨细地呈现了一场比武大会，可以看到如何建造比武场，包括观众看台和比武场地，比武大会如何进行以及观众们的欢呼。特里克洛西（Twycross）在其关于中古英语戏剧的文章中提到了面具化装表演（mumming）。起初这是一种民间圣诞活动，简单装扮的人们挨家挨户走访，挑战主人进行掷骰子游戏。但后来伦敦市镇和王室宫廷将其变成节日庆典时馈赠礼物的渠道时，面具化装表演开始有了简单的故事情节（从遥远他乡来的神秘访客前来向本地重要的人致敬），人物装扮变得复杂华丽。同时也出现了一位阐释者，解释人物的来源和代表的意义，以及他们想要表达的赞美之情。[①] 面具化装表演逐渐演化成譬喻假面剧（masque），盛行于都铎尤其是斯图亚特王朝。《花与叶》中的"看台"和"场地"并没有乔叟诗中描写的那么富丽堂皇，但是作者的"剧场感"很可能就是源于类似的宫廷活动。

通过上述分析，可以看到，其他诗人将诗歌主体情节放到梦境之中，《花与叶》作者则将主体情节置于叙事者眼中的"舞台"之上。这无疑是诗人对梦幻诗传统做出的一个重要改变。通过14世纪乔叟和克兰沃之手设定的英语梦幻诗，其固定程式梦前序曲—梦境—梦醒后记、乐土和尘世乐园背景、不同程度介入（或不介入）梦境的叙事者、权威人士等，数十年间一直备受诗人追捧，但无论是利德盖特、詹姆士一世，还是《花与叶》作者，都

① Meg Twycross, "Medieval English Theatre: Codes and Genres", in Peter Brown ed., *A Companion to Medieval English Literature and Culture*, Malden: Blackwell Publishing, 2007, pp. 458-459.

在"影响的焦虑"之下，不同程度地背离了传统和程式，做出了改变。尽管《花与叶》（同理，《黑衣骑士怨歌》）看起来甚是激进，乃至抛弃了梦幻框架，用"观剧"代替了"梦境"，但诗中无处不在的对梦幻诗传统的指涉、影射和借鉴，尤其是那些有针对性的、刻意背离梦幻诗传统的细节，反倒更加凸显了这首诗对梦幻诗传统的依存，使之成为一首"无梦之梦幻诗"。

二、"花派" VS "叶派"与宫廷文化

《花与叶》除了形式上对乔叟梦幻诗进行了修订，在内容上也不再以风雅爱情为写作主题，却着眼于更宽泛的宫廷文化。其主体部分围绕"花派"与"叶派"展开，首先登场的是"叶派"，然后是"花派"，在"花派"遭受暴风骤雨袭击之后，"叶派"上前抚慰、帮助"花派"，两派其乐融融、携手散去。之后，叙事者向落在队伍后面的一位白衣女士询问意义。通过第451—587行叙事者和白衣女士的对话，诗人不仅将"花"和"叶"的道德寓意阐释得十分明晰，而且把叙事者的偏好表达了出来，比如白衣女士谈到"花派"时说：

> 那位头戴王冠的绿衣女王
> 她是芙洛拉，是百花之后。
> 所有那些追随其左右的人，
> 他们只喜欢游手好闲，
> 成日无所事事，
> 只知狩猎、放鹰、四处游玩，
> 以及其他无聊游戏。（第533—546行）

而说到叶派的骑士，则是：

> 骑士必须永不懈怠
> 不断追求光荣与美名，
> 在所有方面力争完美；
> 常青不衰的绿叶
> 正是他们的奖赏
> 那生命活力之绿永不褪色。（第548—562行）

若是两相对比，则：

> 那美丽的绿意永远清新。
> 没有风暴能使之消退，
> 雨雪风霜也无法改变；
> 因为他们如此坚定、优雅。
> 而那鲜花转瞬即逝
> 它们太过娇嫩
> 经不起丝毫风雨，
> 一场暴风雨足以将它们摧残，
> 它们的美丽只有短短一季。（第548—562行）

而且，白衣女士也早早就表明自己的立场，她正是叶派之一员（第469行），而叙事者也声明自己效忠于叶派（第575—576行）。因为《花与叶》最后部分明确了花和叶的象征意义，传递了清晰的道德教义，毫不含糊地宣誓了立场，这让很多评论家对《花与叶》的批评流于简单化。比如，沃罗科（wollock）在提到《花与叶》时，概括道："叶象征着常青不变、具有骑士风范的忠贞，而花代表的是美丽轻浮、转瞬即逝、不务正业。"① 刘易斯在《爱的寓意》中提出，诗歌中狄安娜和芙洛拉率领的"两个队伍都由亡魂组成——追随狄安娜的是处女、忠贞爱人和勇武骑士的亡魂，而芙洛拉的追随者们包括那些'无所事事'、只喜欢'狩猎、放鹰和在草地上嬉戏'的亡魂。"② 珀索尔也指出："花和叶的譬喻意在实现一个道德对比，一方面是游手好闲、无聊轻佻的寻欢作乐，另一方面是贞洁、爱情专一和骑士的勇武气概。"③《花与叶》中诗人通过"权威人士"的阐释使"花"与"叶"各自的寓意明白无误且"显而易见"，说教意味浓厚，因此，刘易斯认为，《花与叶》"代表了以一种十分柔和的方式，使宫廷传统（courtly tradition）和道德说教寓意（homiletic allegory）传统相融合"④。虽然刘易斯没有详细说明他所谓的"宫廷传统"的具体内容，但从后文他将《花与叶》看作"一个披着玫瑰传统（风雅爱情）外衣的道德寓意"⑤ 来看，他似乎将"宫廷传统"与《玫瑰传奇》开启的风雅爱情传统等同起来了。但事实上，《花与叶》开篇"无忧无虑"的叙事者已经有所暗示，表明诗歌并不以风雅爱情为重点关注对象，所以应该将"宫廷传统"理解为广义的宫廷文化。由于英语中"courtly"一词意义宽泛，可以理解为"宫廷的"，也可以理解为

---

① Jennifer G. Wollock, *Rethinking Chivalry and Courtly Love*, Oxford, England: Praeger, 2011, p. 164.

② C. S. Lewis, *The Allegory of Love*, Oxford: Oxford UP, 1936, p. 248.

③ Derek Pearsall, Introduction, *The Floure and the Leafe and The Assembly of Ladies*, London and Edinburgh: Thomas Nelson and Sons Ltd., 1962, p. 38.

④ C. S. Lewis, *The Allegory of Love*, Oxford: Oxford UP, 1936, p. 247.

⑤ C. S. Lewis, *The Allegory of Love*, Oxford: Oxford UP, 1936, p. 248.

"典雅的，风雅的，与宫廷相关的"，如果用"court tradition"（宫廷传统）或者"court culture"（宫廷文化）应该可以更确切地反映《花与叶》的主题：15 世纪后半叶，王室纷争、时局动荡，玫瑰战争的阴影笼罩着英格兰，温文尔雅、勇武善战的骑士，美丽雍容、能歌善舞的优雅淑女，华丽富贵的贵族服饰、隆重铺排的宫廷庆典和娱乐活动令人神往怀念；再加上崛起的市民阶级开始挑战宫廷文化，在这种背景下，与宫廷联系密切的诗人以一首纤巧清丽的诗歌细致入微地再现了宫廷娱乐和教化。在这首诗中，如果读者抛开诗人强加的"权威人士"白衣女士的阐释部分，会看到作者津津乐道的其实是宫廷文化，而"花"与"叶"的对立也显得并不那么明显。

"花派"和"叶派"代表中世纪宫廷贵族的一项传统游戏。沃罗科在《再论骑士制度和风雅爱情》一书中讨论法国爱情辩论诗传统时指出，马肖的作品开启了"花和叶"的宫廷游戏，从 14 世纪中期以后，一系列诗人纷纷撰文以记（commemorated）。在这个风雅传统中，宫廷人士每年宣誓向花（雏菊，daisy，la marguerite）或者叶效忠，并就各自的选择展开辩论。花和叶的意义一直在发生变化。最初雏菊似乎是指塞浦路斯彼得一世王钟情的一位女子，马肖的《雏菊叙事诗》正是以此为题。让·福瓦萨尔也写了一系列雏菊诗，雏菊象征诗人心目中钟情的女子，正好像一个世纪前《玫瑰传奇》中玫瑰象征爱人一样。14 世纪德尚也充分利用了这一主题进行创作。沃罗科提到，英国文学中，乔叟、高尔、奥尔良的查尔勒以及《花与叶》都曾涉及这一传统。[①] 珀索尔在《花与叶》引言中详细介绍了德尚的四首花叶诗，其中有三首站在花

---

① Jennifer G. Wollock, *Rethinking Chivalry and Courtly Love*, Oxford, England: Praeger, 2011, pp. 163-164.

一边，一首站在叶一边。他指出："可以想象，14世纪法国和英国王公贵胄中的一项休闲活动就是人们分成两个队辩论花和叶各自的优缺点，无疑他们的辩论十分精巧细腻。"[1] 乔叟在《〈贞女传奇〉序言》中明确提到了花叶辩论游戏。一方面表达了他对雏菊的礼敬和膜拜，另一方面，当他提到花与叶之争时，却表示自己并不倾向于任何一派：

> 如果我不时抄袭了他们的新作好词，我希望不致惹起他们心中的不悦，因为我一字一句无不为了推崇花与叶的信徒们而作，哪管他们崇拜的是花、还是叶。说真心话，我并未专为叶儿歌唱而反对花儿，也没有一味赞美花儿而反对叶儿，正如在谷草之间我也无所偏颇一样。原来，对我来讲，并无所谓亲疏好恶的分辨。我没有被一方所纠缠；我不知道谁在拜叶，或谁在敬花。这并不是我写作的本意。[2]（第66—78行）

乔叟的"无所偏颇"可能出于两个原因：一方面，乔叟不属于王室贵族，所以他采取了一贯的谨慎态度，拒绝明确站队；另一方面，他清楚知道这其实只是王公贵族们的一种游戏，本就无所谓孰优孰劣，因此无须站队。《花与叶》叙事者倒是明确站在叶派一边，两派却并非截然对立。

先来看看诗人对以"白衣女王"狄安娜为首的"叶派"和以"绿衣女王"芙洛拉为首的"花派"的描写。在百鸟欢歌的背景乐

---

[1] Derek Pearsall, Introduction, *The Floure and the Leafe and The Assembly of Ladies*, London and Edinburgh: Thomas Nelson and Sons Ltd., 1962, p. 24.

[2] ［英］乔叟：《乔叟文集》，方重译，上海译文出版社1979年版，第269—270页。

音中，首先是"叶派"的女子们轻歌曼舞、华丽登场。诗人津津乐道地描写她们珠光宝气的白色衣裙，领口、袖口、衣襟如何镶金嵌玉，不厌其烦地列举珍珠、钻石、红玉等各种宝石；描写她们考究高贵的头饰：她们头上戴着圣洁莓、桂树或者忍冬植物枝叶编制的头冠。诗人细致地记叙她们的娱乐活动：这些女子来到草地上，围成一圈，中央的女王（狄安娜）艳冠群芳，她的装扮富丽堂皇，手持纯洁莓枝条，带领众女子唱歌跳舞。紧接着"叶派"的武士登场：他们在雷鸣般的喇叭声中骑着马一路奔来，一时万马奔腾、大地震动，气势雄壮。诗人用同样的赞叹、惊呼的口吻描述了武士队列：先是喇叭手、九位纹章官，然后才是高贵的骑士，每个骑士身后跟着三位扈从，分别拿着骑士的头盔、长矛和盾牌。喇叭手的白色斗篷、纹章官的白色天鹅绒衣服、骑士的盔甲，绿色叶冠、镶嵌奇珍异宝的王冠乃至马匹、配饰，全都一一描述。诗人特别强调，所有的武士们头上都戴着由橡树或者桂树枝叶制成的头冠，一些武士手上还拿着树枝，包括橡树、桂树、桑树、忍冬等。他们来到草坪上，开始比武；激烈的比武竞技进行了一个多小时。而后武士们纷纷下马，来到女子们聚集的草地上，一起唱歌、舞蹈，最后他们都来到一棵桂树下。桂树枝繁叶茂，为他们挡住烈日、遮风挡雨，桂树的芬芳还可以疗伤止痛、抚慰心灵。这些人满怀敬意地向桂树低头献礼，然后又开始唱歌跳舞。"花派"虽然是作为"叶派"的对立面出现，但实际上，诗人对花派的描述也仍然充满欣赏和赞美。"花派"出场时，他们朝气蓬勃，手牵着手，女子们身穿镶嵌着宝石的绿色外衣，骑士们的绿色斗篷刺绣精美；吹拉弹唱的吟游诗人走在他们前面，他们翩翩起舞来到草地中央，那里鲜花盛开。他们先恭敬地低头向花儿致敬，然后开始歌咏雏菊。

可以看出，无论是向桂树致敬的"叶派"，还是向雏菊致敬的"花派"，他们都盛装华服、极尽奢华。他们参与的活动让人想起五月节歌舞娱乐和骑士比武竞技大会。①"花派"从事的明显是乔叟也曾醉心的雏菊礼拜活动，而"叶派"骑士的比武竞技更是寻常，在 14、15 世纪文学作品中常有体现。14 世纪梦幻诗《聚敛者与挥霍者》中就有相似的场景。②那首诗隐约呈现的是爱德华三世在位时期，其时正是骑士制度发展的一个高峰期。白衣女士在阐释这些武士寓意的时候提到的"九贤王"、"圆桌骑士"、查理曼大帝的十二忠勇之士以及嘉德骑士团，在 14 世纪都被奉为骑士精神的典范。珀索尔提到，英法百年战争和玫瑰战争的残酷和造成的破坏让 15 世纪的人们无比怀念过去的高贵理想，而《花与叶》其实就反映了这种怀旧的向往。③的确，从这些细节描写中可以看出，在朝堂纷争的岁月中，诗人沉醉于宫廷的奢华排场和仪式化的娱乐活动，寄望于一种"无忧无虑"的天真烂漫。说到两派的高下优劣，尽管白衣女士说花派只知狩猎、放鹰，但其实比武大会与狩猎、放鹰一样都是王公贵族喜爱的活动，且比武大会往往场面铺张、耗时费力，所以很难讲比武大会就更优于狩猎、放鹰这一类活动。唯一不同的是，"花派"是骑士和女子们手牵手出场，不知道这是否就是沃罗科和刘易斯所谓的"花派"轻浮。但是，"叶派"骑士们比武之后，也加入了女子们的队伍，唱

---

① 珀索尔提道："五月节庆祝活动通常排场宏大，包括露天化装游行和假面戏剧演出，宫廷'化装舞会'，射箭比赛、饮宴，以及马上竞技。"Derek Pearsall, Introduction, *The Floure and the Leafe and The Assembly of Ladies*, London and Edinburgh: Thomas Nelson and Sons Ltd., 1962, p. 24.

② 参见刘进《"快乐缔造者"的两难处境——〈聚敛者与挥霍者〉吟游诗人叙事者研究》，《外国语言文化》2018 年第 1 期。

③ Derek Pearsall, Introduction, *The Floure and the Leafe and The Assembly of Ladies*, London and Edinburgh: Thomas Nelson and Sons Ltd., 1962, p. 45.

歌跳舞，也是每位女子牵着一位骑士的手，一起走到桂树下。总而言之，如果仅就"叶派"和"花派"各自参与、从事的活动而言，都是王公贵族、骑士淑女们喜爱的一些休闲娱乐活动，实在很难看出诗人有何臧否。而两派之间也并没有表现出分歧和矛盾。虽然"花派"遭到了烈日和风暴袭击，但其譬喻意义也只是出现在白衣女士的阐释中；在作为观众的叙事者眼里，她看到的却是关怀、同情、帮助和谦恭有礼。白衣女王牵着绿衣女王的手安慰她（第 386 行），白衣女子们牵着绿衣女子们的手（第 397—399 行），白衣骑士们牵着绿衣骑士们的手（第 400—401 行），甚是和谐、亲切、友爱。诗人还不遗余力地描述两派骑士携手合作，伐木生火烤干衣服、寻找草药制作药膏、采摘野菜制作沙拉等。这些看似烦冗的细节也反映了诗人希望红白玫瑰停息纷争、和平相处、共享安乐。

在骑士、淑女欢聚原野，载歌载舞、竞技娱乐，展现王室贵族的雅致、勇武和友爱的背景下，作为中世纪宫廷文化重要组成部分的风雅爱情，或者说爱情，只得到有限的关注。根据白衣女士的解释，"叶派"的女王是贞洁女神狄安娜，所以她的手上拿着象征纯洁的圣洁莓，她的追随者中有贞洁的女子，骁勇善战、美名远扬的勇武骑士，以及对爱情忠贞不渝的人们，他们"无论言行、心意，从不曾对爱情有丝毫动摇"；很明显，当刘易斯指出，由于《花与叶》开篇的氛围分明属于风雅爱情譬喻，所以经由无名女士阐释的意义"令人吃惊"，因为"爱情、勇武和贞洁被组合在一起，与闲散、轻佻和多变相抗衡"，[①] 他也注意到这个组合的奇怪之处：狄安娜因为谨守贞洁，一向都是作为爱情（维纳斯）的

---

① C. S. Lewis, *The Allegory of Love,* Oxford: Oxford UP, 1936, p. 247.

对立面出现，比如在《百鸟议会》的维纳斯神庙中，叙事者"看见墙上挂着许多断弓，原来有些女子，为了崇拜贞洁的猎神苔恩娜，虚度了青春，因此把她们的断弓陈列出来，借以嘲笑猎神"（第280—284行）①，而在《骑士的故事》中，艾米莉也向狄安娜求告：

> 你也完全知道，贞洁的女神哪，
>
> 我的愿望是终生做一个处女，
>
> 不要被人爱也不要被人迎娶。
>
> 你知道我属于你的那个队列，
>
> 是一名处女，喜爱的只是打猎，
>
> 只是在莽莽树林里到处游荡。（第1446—1451行）②

可见，狄安娜和爱情本来是不可能并存的。珀索尔也认为花与叶的对照中令人在意的是"将贞洁与爱情专一联系在一起，而且狄安娜率领的队伍中既包括纯洁少女，也包括忠实爱人；此外，头戴纯洁莓头冠的甚至不是坚定不移的处女，而是忠贞的爱人"，并明确指出，《花与叶》中的"狄安娜打破了风雅爱情传统中为人熟知的一组对立，因为真正的风雅爱人往往视狄安娜和她代表的贞洁为敌"。③但实际上，狄安娜代表贞洁以及专一爱情在这一时期的英国文学中并不新鲜，比如在利德盖特的《理性与感性》中，

---

① [英] 乔叟：《乔叟文集》，方重译，上海译文出版社1979年版，第86页。

② [英] 乔叟：《坎特伯雷故事》，黄杲炘译，上海译文出版社2013年版，第101页。

③ Derek Pearsall, Introduction, *The Floure and the Leafe and The Assembly of Ladies*, London and Edinburgh: Thomas Nelson and Sons Ltd., 1962, p. 38; C. S. Lewis, *The Allegory of Love*, Oxford: Oxford UP, 1936, p. 248.

狄安娜代表的就是贞洁与专一爱情，劝诫叙事者抵制代表声色情欲的维纳斯。无论如何，《花与叶》中的爱情与《玫瑰传奇》及其他风雅爱情诗中的爱情已然大相径庭，坚定不移的处女并没有被诟病为"残忍美女"，骑士也并没有因为遭到心上人拒斥而痛苦哀叹，无论是淑女，还是骑士，都各得其所，追求爱情者得到爱情，始终如一，无意追求爱情者也可随心所欲。正如诗人开篇暗示的那样，不仅叙事者"无忧无虑"，《花与叶》整首诗的基调就是祥和美好的。

当然，《花与叶》的诗人不只是表现王室贵族的娱乐，教化也是宫廷文化的重要环节。事实上，中世纪梦幻诗中时常会出现一个向导式的人物，借以传达一些重要的教义，比如《神曲》中的维吉尔和比阿特丽斯，《西比奥之梦》中的亚弗里坎努斯，《珍珠》中的"珍珠"。但在很多作品中，作者虽然设置了向导，其说教角色却慢慢淡化，有时候甚至会打上反讽印记。比如《声誉之宫》中叙事者的向导老鹰，就被乔叟塑造成了一个絮絮叨叨、好为人师的角色，而《百鸟议会》中的亚弗里坎努斯则只是将叙事者领进爱情花园，然后就消失了，所以也就没有了他所谓的"权威"声音。[①]《聚敛者与挥霍者》通过两位寓意人物的激烈辩论，表达了对 14 世纪爱德华国王穷兵黩武、贵族骑士挥霍无度的忧思，但诗人的表达十分曲折，最后"权威人士"国王的裁决也含糊其辞、不了了之，聚敛者与挥霍者的譬喻意义留待读者决定。与后面几位"徒有虚名"的"权威人士"相比，《花与叶》中的白衣女士是"意义阐释者"，一锤定音地赋予叙事者所见的"场景"崇高的意义。"花"和"叶"的象征意义对于 15 世

---

① 关于乔叟梦幻诗中的"向导"，详见刘进《乔叟梦幻诗研究——权威与经验之对话》，社会科学文献出版社 2011 年版，第 72—73 页。

纪的人而言并不陌生。如珀索尔指出的那样，"二者的根本对立点在于花朵美丽却转瞬即逝，绿叶虽然不那么美却恒久弥新"①。放到现实生活中，人们不应该惑于鲜花一时的美丽，追求片时的浮华、欢愉，而应当看到貌不惊人的绿叶往往能遮风挡雨，赢取持久的荣耀。纵观整首诗，婉转曲折的《花与叶》诗人对宫廷生活最直接的批评在于第 533—539 行，怪责她们"游手好闲、好逸恶劳，成天游猎、放鹰、在草地上嬉戏，一起其他无聊游戏"。如前文所述，如若细究起来，其实很难看出"花派"与这些"罪名"的必然联系，毕竟"叶派"看起来也十分享受游乐时光。尤其"叶派女王"狄安娜还是狩猎女神，她和追随者们喜爱在林间狩猎。所以，当白衣女士说"花派"只喜欢打猎这些无聊的事情时，就显得十分矛盾和牵强。可以见得，诗人批评的目标并非"花派"，而是王室贵族"游手好闲"、不务正业，过度沉迷于放鹰、游猎一类娱乐活动。

　　《花与叶》是一首很有创意的"无梦之梦幻诗"。诗人刻意抛弃了惯常的梦幻诗叙事框架"梦前序曲—梦境—梦醒后记"，并颇有针对性地塑造了一个"无忧无虑""没有生病也不痛苦"的叙事者，在主体部分更是用"观剧"代替了"梦境"。诗人对梦幻诗的这番改造代表了 15 世纪诗人对梦幻诗传统的继承与创新，是对利德盖特的"无梦之梦幻诗"《黑衣骑士怨歌》的发扬。虽然这一时期还出现了像《无情淑女》和《爱情朝堂》之类的"无梦爱情梦幻诗"，《花与叶》以其对梦幻诗程式和作品的频繁指涉、影射和演绎，显示了与梦幻诗传统更为密切的联系。从内容上来说，《花与叶》不以风雅爱情为书写对象，而将关注点着落

---

① Derek Pearsall, Introduction, *The Floure and the Leafe and The Assembly of Ladies*, London and Edinburgh: Thomas Nelson and Sons Ltd., 1962, p. 29.

于宫廷文化，特别是王室贵族的娱乐与教化。15世纪后期，时局混乱，王室纷争严重影响和制约了宫廷文化的发展，骑士精神也日趋没落，诗歌中展现的恢宏场面、奢华细节无不透露出诗人的怀旧思绪。

第六章

《淑女集会》
——宫廷风俗图景

　　《淑女集会》现存于三份手抄本中，分别藏于大英图书馆（MS Addit. 34360）、剑桥大学三一学院（MS R.3.19），以及朗利特庄园（MS 258），都源于 15 世纪后半叶。这三份手抄本都主要包括乔叟系爱情梦幻诗和辩论诗。1532 年威廉·锡恩（William Thynne）印刷的《乔叟合集》中收录了这首诗。直到 19 世纪学者们才最终将《淑女集会》从乔叟作品中剔除。① 斯基特于 1897 年编选的《乔叟文集》第三卷《乔叟系及其他作品》中收录了《淑女集会》，这是该诗的第一个现代版本。珀索尔于 1962 年依据大英图书馆馆藏手抄本编辑了《淑女集会》，与《花与叶》一同出版。柏菲于 2003 年在《15 世纪英语梦幻诗》一书中选录了《淑女集会》。其间也有一些关

① Julia Boffey, "The Assembly of Ladies", *Fifteenth-Century English Dream Visions: An Anthology.* Oxford: Oxford UP, 2003, pp. 195-231, p. 196; Derek Pearsall, Introduction, *The Floure and the Leafe and The Assembly of Ladies*, London and Edinburgh: Thomas Nelson and Sons Ltd., 1962, pp. 7-9.

于作者的推测。比如斯基特认为由于《淑女集会》和《花与叶》的叙事者都是女性，因此这两部作品的作者应该是同一位女诗人。珀索尔则反对这种观点，他认为没有足够的证据可以证明作者是女诗人，因为中世纪的男性诗人在写作时将叙事者设定为女性也不无先例，且他认为《淑女集会》和《花与叶》不可能是同一作者所作，因为语言、风格等相差实在太大。[①] 巴拉特（Barratt）则撰文支持女性作者一说。[②] 关于可能作者的猜想很多，继将《花与叶》记到写作《无情淑女》的理查德·鲁斯爵士（Sir Richard Roos）名下以后，西顿再次把《淑女集会》也归于鲁斯。[③] 马西（Marsh）则认为这两首诗是利德盖特之作。[④] 然而，学界并未就这一问题达成共识。

由于《淑女集会》和《花与叶》一样叙事者都是女性，两首诗时常被看作"姊妹篇"而放在一起讨论。在斯基特《乔叟系及其他作品》中，《淑女集会》紧随《花与叶》，珀索尔 1962 年也是同时编撰了这两首诗。研究方面比如上面提到的巴拉特的文章，另外安·麦克米兰（Anne McMillan）和简·嬲丝（Jane Chance）的文章以及费希尔（Fisher）的博士论文也是将两首诗并行讨论。[⑤]

[①] Derek Pearsall, "The Assembly of Ladies and Generydes", *RES* 12: pp. 229-237.

[②] Alexandra A. T. Barratt, "'The Flower and the Leaf' and 'The Assembly of Ladies': Is There a (Sexual) Difference?", *Philological Quarterly* Vol. 66 No. 1, 1987, pp. 1-24.

[③] Ethel Seaton, *Sir Richard Roos: Lancastrian Poet*, London: Rupert Hart-Davis, 1961.

[④] G. L. Marsh, "Authorship of The Floure and the Leafe", *JEGP*, No. 6, 1906-1907, pp. 373-394.

[⑤] Ann McMillan, "'Fayre Sisters Al': The Flower and the Leaf and The Assembly of Ladies", *Tulsa Studies in Women's Literature* No. 1, 1982, pp. 27-42; Jane Chance, "Christine de Pizan as Literary Mother: Women's Authority and Subjectivity in *The Floure and the Leafe* and *the Assembly of Ladies*", in Margarete Zimmermann and Dina de Rentiis, eds., *The City of Scholars: New Approaches to Christine de Pizan*, Berlin: de Gruyter, 1994, pp. 245-259; Ruth M. Fisher, *The Flower and the Leaf* and *The Assembly of Ladies*: A Study of Two Love-Vision Poems of the Fifteenth Century, Ph. D. Dissertation, Columbia University, 1955.

但大多数时候《淑女集会》都被《花与叶》的光芒掩盖，毕竟"《花与叶》和《无情淑女》是乔叟伪作中最为人们熟知、最优秀的两个作品"[①]，且历来颇受文人作家青睐。斯基特认为，虽然《淑女集会》与《花与叶》密不可分（因为出自同一女诗人之手），但《淑女集会》"更长、更闷"，也"不受评论关注"。[②] 珀索尔更是将《淑女集会》看作《花与叶》的陪衬，其"主题更简单、技巧更粗糙"，"在《淑女集会》缺点的映衬下，《花与叶》的优点格外醒目"。[③] 这些评论或多或少影响了《淑女集会》的相关研究，但令人惊讶的是，在一段时间的沉寂之后，从 20 世纪最后 20 年到 21 世纪，《淑女集会》的研究反有盖过《花与叶》之势。诗歌中的女性叙事者和仅限女子参加的集会激发了很多从女性主义视角出发进行的研究，[④] 也有少数关注叙事框架的论述，[⑤] 这其中最引人关注的是西蒙妮·塞琳·玛西尔（Simone Celine Marshall）所著的两本专著:《〈淑女集会〉中的女性声音——15 世纪英格兰的文本与

---

① Robbins, "The Chaucerian Apocrypha", in Albert E. Hartung ed., *A Manual of the Writings in Middle English: 1050-1500*, New Haven: The Connecticut Academy of Arts and Sciences, 1973, pp. 1061-1104, p. 1095.

② Walter W. Skeat, *Chaucerian and Other Pieces,* The Project Gutenberg Ebook, 11 July 2013, lxiii.

③ Derek Pearsall, Introduction, *The Floure and the Leafe and The Assembly of Ladies,* London and Edinburgh: Thomas Nelson and Sons Ltd., 1962, p. 52, p. 2.

④ 除了注释 1 中提到的麦克米兰和嫱丝的文章，关注女性主义和性别空间的文章还有：Colleen Donnelly, "'Withoute Wordes': The Medieval Lady Dreams in The Assembly of Ladies", *Journal of the Rocky Mountain Medieval & Renaissance Association*, No. 15, 1994, pp. 35-55; Ruth Evans and Lesley Johnson, "The Assembly of Ladies: A Maze of Feminist Sign Reading?", in Susan Sellers ed., *Feminist Criticism: Theory and Practice*, Hemel Hempstead: Harvester Wheatsheaf, 1991, pp. 171-196; Simone Celine Marshall, "Interiors and Exteriors: Gendered Space in The Assembly of Ladies", *Philological Quarterly*, Vol. 84, No. 1, 2005, pp. 459-485。

⑤ 比如 Judith M. Davidoff, *Beginning Well: Framing Fictions in Late Middle English Poetry*, London and Toronto: Associated University Presses, 1988，有关《淑女集会》的论述在第 146-159 页；Simone Celine Marshall, "Perspectiva, Perspective, and the Narrative Frames of The Assembly of Ladies", *Gender Forum* No. 11, 2005, pp. 1-12。

背景》（2008）和《佚名文本——〈淑女集会〉500年历史回顾》（2011），① 分别从女性主义和文本接受史角度对《淑女集会》进行了详尽研究，呈现了作者多年研究《淑女集会》的成果，为《淑女集会》研究提供了很有价值的参考。

　　《淑女集会》是一首典型的梦幻诗，评论家们却并没有太关注《淑女集会》的梦幻框架。珀索尔在评论中一笔带过："《淑女集会》的梦幻框架不需要解释：这种手法甚为普遍。"② 斯皮林的《中古英语梦幻诗》专门研究梦幻诗，细致深入地讨论了很多诗歌梦幻框架的特殊意义，他称他的书主要关注那些梦幻框架有着"特别且有趣的功能"的梦幻诗，③ 他却完全没有提及《淑女集会》，这大概表明他并不认为《淑女集会》的梦幻框架有什么特别且有趣的地方。注意到《淑女集会》梦幻框架的特别之处并进行了较为详尽的研究的是达维多芙，她在《好的开篇——中古英语晚期框架叙事》一书中专门讨论了《淑女集会》。达维多芙采用她整理的框架叙事模式，即"虚构框架＋核心范式"，认为《淑女集会》"围绕一系列'虚构框架＋核心片段'构建"，并试图在这些片段中找寻她在所有框架叙事诗中发现的"需求—到—满足"（need-to-fulfillment）运行轨迹。达维多芙的分析基于她对中世纪晚期框架叙事整体的研究，宏观架构与微观分析相结合，她对各层框架之间的对照、呼应，对迷宫意象，对叙事者女性身份对传统的背离等方面都进行了颇有洞见的研究。但在笔者看来，《淑女

① Simone Celine Marshall, *The Female Voice in The Assembly of Ladies: Text and Context in Fifteenth-Century England,* Newcastle: Cambridge Scholars Publishing, 2008; *The Anonymous Text: The 500-Year History of The Assembly of Ladies,* Bern: Peterlang, 2011.

② Derek Pearsall, Introduction, *The Floure and the Leafe and The Assembly of Ladies,* London and Edinburgh: Thomas Nelson and Sons Ltd., 1962, p. 57.

③ A. C. Spearing, *Medieval Dream-Poetry*, Cambridge: Cambridge UP, 1976, p. 4.

集会》与《花与叶》一样，都充分借鉴了梦幻诗传统的程式和意象，但是爱情已经不再是关注重点，诗人最主要的目的在于书写15世纪宫廷生活。只不过，与《花与叶》中的"岁月静好"（哪怕只是诗人的一厢情愿）相比，《淑女集会》展现的宫廷生活恐怕更为现实。一方面，宫廷富丽堂皇、神秘、崇高、令人向往；另一方面，宫廷里忙碌、混乱，夹杂着私下打探、游走通融、推诿塞责，是一个交织着希望和失望的地方。

一、复杂的叙事框架　　《淑女集会》的作者在梦幻框架的设计上颇费心思。和《国王之书》一样，《淑女集会》采用了双层叙事框架：在通常的"梦幻框架"，即"梦前序曲（第29—77行）—梦境（第78—735行）—梦醒后记（第736—742行）"之外，诗人添加了另外一层"讲述"框架（第1—28行，第743—755行）。最为奇特的是诗歌最后一行，既不属于"讲述框架"，也不属于"梦幻框架"，倒像是诗人直接对话读者："请好好读我的梦,现在我已讲完我的故事。"（第756行）① "讲述框架"的时间设置在一个秋日的午后。叙事者与其他几位女伴一起在花园中散步。叙事者特意点明，包括她自己在内共有五位贵族女子，另外还有四位士族女子，她们在园子里，或者两两结伴，或者独自闲逛，大家自得其乐。但她继而又说道，实际上花园里并不只有她们几个，还有不少骑士和扈从。其中一位骑士问她在找谁，为何看起来脸色苍白，她答道因为有个故事。然后在骑士的恳求下，叙事者开始讲述自己此前做的一个梦。

---

① Julia Boffey, "The Assembly of Ladies", *Fifteenth-Century English Dream Visions: An Anthology*. Oxford: Oxford UP, 2003. 本书该诗歌引文均出自此版本，后文不再加注，随文注明诗行。译文为笔者所译。

叙事者做梦的时间是"一个下午"（第29行），但并不知道距她现在对骑士讲述梦境过去了多久，也并不明确是什么季节。梦前序曲部分，她讲到自己和女伴们相约到这个花园迷宫游玩。她很快在走迷宫游戏中占得先机，趁着女伴们还在迷宫中四散奔走之际，她沿着一条小径来到一个绿色凉亭。凉亭内有新鲜铺就的草皮长椅，四周盛开着各种各样的鲜花，如雏菊、勿忘我、三色堇等，这些花都象征着忠贞的爱情。凉亭的地面上铺满了五颜六色的方形石板，光亮洁净；地面下流淌着喷泉水。叙事者欣赏着美景，脑子里浮现出许多过往旧事，不禁发出深深叹息，她坐下来，不久便睡着了，做了一个梦。直到花园里流淌的清泉溅起落到她脸上，她才骤然惊醒，梦境中的一切倏忽消逝不见，她也一时茫然不知身在何方。而后她急忙"写了这本书，/简要记下梦境主要内容/因为这个梦不应该被忘记"（第740—742行）。

这时，诗歌回到讲述框架，骑士夸赞叙事者的梦十分精彩，值得记住，尽管他站在这里听了这么久，但丝毫不觉得冗长，反而获得了极大的乐趣。并问叙事者这本书的题目，因为他"必须拜读"。叙事者告知他书名叫《淑女集会》，并问骑士觉得如何。得到骑士的首肯之后，叙事者告辞，因为同伴们在呼唤她。

很多梦幻诗叙事者都以读书人或者诗人自居，喜欢阅读，且往往在梦境结束以后，都会记录梦境，比如《公爵夫人书》，有时还会写下诗跋，比如《玻璃神庙》和《国王之书》,《国王之书》甚至还呈现了写书的过程。叙事者身份与诗人或多或少有重合之处。此外，这些叙事者大多在入睡前愁绪满怀、心事重重，虽然通常并不清楚满腔惆怅因何而起。无论《淑女集会》的作者是男性还是女性，就像《花与叶》的作者一样，他/她一开始似乎有意塑造一个不同于传统的叙事者。首先，最显而易见的一点是他/她采用了女性视角。其次，他／她并未直接描写叙事者的心情，只是通过她和骑士的对话露出一些端倪。当骑士问她在做什么的时候，她不假思索地回答：“自然是在迷宫里四下走走，／像我这般无忧无虑的女子。”（第17—18行）只是从骑士的追问——她在找谁、为何脸色苍白——中，读者才得知她并非“无忧无虑”，而是也有心事。在爱情梦幻诗中，“脸色苍白”的往往是遭受爱情痛苦的骑士。而且，按照梦幻诗的惯例，应该是叙事者（通常是男性诗人）看到骑士脸色苍白，然后发问，接着骑士讲述爱情经历，最典型的就是乔叟的《公爵夫人书》。最后，叙事者／诗人记录下骑士讲述的故事。《淑女集会》却完全反其道而行之，“脸色苍白”之人变成了女子，讲述故事的是女子，记录故事的还是女子。再次，诗歌开篇并没有任何地方暗示叙事者从事阅读或者写作，叙事者的讲述是由骑士的问话而起：针对骑士的追问，叙事者回答，“说真的，这倒有个故事”（第21行）。然后骑士急切地请她讲来听听，“不要耽搁”。她说，“这不是小事：但既然你这么迫切／想听这个故事／我就给你讲讲这件事情的全部过程”（第26—28行）。这意味着后文主要是“讲述”。

虽然不确定是一名男性诗人假设了一位第一人称女性叙事者，还是的确是一名女性诗人创作了这首诗歌，《淑女集会》的作者却并不能将自己塑造的这位“无忧无虑”的贵族女子同自己的诗人身份完全剥离。一方面，他／她偶尔忘记了叙事者是在“讲述”，比如，在讲述过程中，叙事者告诉骑士忠贞夫人的门房“佳仪”的箴言是“见者有份”时，说了句“我的笔记下的就是这个”（第307行），第一次提到了“笔”和“写”；最后她干脆告诉骑士说，梦醒之后她就“写了这本书”（第740行）；而且叙事者用的是“这本书”，而不是“一本书”，这也让人不无疑惑。似乎从一开始她就并不是在回忆她做的梦，而是在回忆和讲述她写的书。诗歌的最后一行，"现在我的故事讲完了，请好好阅读我的梦"（第756行），更是完全跳出了讲述框架，将"讲梦"和"写梦"混为一谈，回归了作者视角。另一方面，通过骑士的问话，作者塑造了别有心事且因思虑而脸色苍白的叙事者，而叙事者正是为了解释为何看来脸色忧愁才开始讲述梦境，但是等到她讲完自己的梦，又接回"讲述框架"的时候，她其实并没有给出答案，因为梦中的一切并不能说明她为何脸色苍白。而听完梦境的骑士也完全忘记了脸色苍白的问题，只是夸赞这个梦非常精彩，值得记住。此外，在梦前序曲这个层面上，可以看到，叙事者来到一处僻静的地方，在美景中入梦，这属于梦幻诗传统的入梦程式。入睡之前，叙事者面对美景也是心情不好、思绪万千。但实际上，整部诗作中看不到叙事者有什么理由忧思重重。可见，作者尽管有意另辟蹊径，想要塑造一个不一样的梦幻诗叙事者，但是在写作过程中，仍然自觉不自觉地受制于梦幻诗写作程式，受到梦幻诗传统中"忧郁叙事者"的影响。此外，在梦幻框架的设置方面，由于叙事者讲述的内容已经包含了"梦前序曲—梦境—梦醒后记"三个完备的梦幻诗环节，可以说这部分已经可以单独成为一首梦幻诗了；而作者在"这首"梦幻诗之外，再加了一个叙事者与骑士的对话框架，把整首诗当成这场对话的内容，这无疑是个创意之举。只是作者似乎也没有将这两层框架的关系想得太清楚，在最后加了一行，倒像是画蛇添足的败笔了。

　　总的来看，《淑女集会》作者采用梦幻框架并非随意之举，尽管最终效果不尽如人意，但是他／她还是尽力对梦幻诗程式做出了一些改变。

二、敷衍的"爱情朝堂"

诗歌的主体部分为叙事者讲述的梦境，呈现了"淑女集会"："忠贞"夫人召集女性集会，男性一律不能参加，会议主题是每名女子向"忠贞"夫人呈递诉状，控诉爱人的不忠、背叛以及自身（在爱情中）遭遇的各种不幸、痛苦。"爱人"们向爱神呈交诉状痛陈不幸，恳请爱神匡正自己的命运，这属于中世纪英语爱情诗中常见的"爱情朝堂"主题，如《玻璃神庙》和《国王之书》中都有大群爱人聚集维纳斯殿堂求告的情景。但这两部作品中，聚集在爱神宫殿里向爱神求告的爱人既有男性，也有女性，而他们陈诉的内容也形形色色、各有情由。《淑女之岛》中爱神也召集了岛上众女的集会。《爱情朝堂》一诗是"爱情朝堂"主题的集大成者。《淑女集会》也同样具有类似"爱情朝堂"的特征，不一样的是，这首诗只关注女性，接受和处理诉状的是"忠贞"夫人，不是爱神。这样一来，诗歌就聚焦到风雅爱情传统中备受关注的"忠贞"问题，特别是女性"忠贞"问题。乔叟的诗歌《特洛伊勒斯与克瑞西达》中，克瑞西达背叛特洛伊勒斯引发了关于女性不忠的讨论，而乔叟特意写了一部《贞女传奇》，列数有史以来有名的贞烈女子。他在《〈贞女传奇〉序言》中陈述自己在梦中如何遭到爱神的谴责，因为他塑造了克瑞西达这样的不忠女子，破坏了女子的名声，如何为了弥补自己的过错，决心书写贞烈女子的故事。柏菲指出："在这个时期的现实生活中不会有任何家庭或者宫廷像（《淑女集会》）梦境里那样完全排斥男性——即使是女性宗教场所也会包括一些低级别的男性教士和杂务人员，因此'忠贞'夫人的宫廷只可能存在于梦中。"① 作者完全可能是因为从前

---

① Julia Boffey ed., "The Assembly of Ladies", *Fifteenth-Century English Dream Visions: An Anthology*. Oxford: Oxford UP, 2003, p.195.

述乔叟和利德盖特等人的作品中得到了灵感，所以特意设置一个专属于女子的"爱情朝堂"，为女子提供申诉求告的机会。但是可以看到，作者也并非完全出于严肃认真的用心。

这个"爱情朝堂"采用中世纪流行的"寓意"形式呈现。围绕"忠贞"夫人，效力于"悦目宫"的还有一系列寓意人物，前来发布通知的"坚守"是宫廷的宣召官，为叙事者引路的是"勤勉"，"悦目宫"门房叫"礼貌"，负责采买司的是"审慎"，"友好"负责寝居部，事务总管名叫"慷慨"，掌管礼宾司的是"热忱"，内廷总管"回忆"是"忠贞"手下的最高职位，还有负责整理女子们诉状的文书"周全"。这些寓意人物大同小异，无一不"端庄""贤淑""谦恭""礼貌""诚恳""忠心"。寓意的中心"集会"本身也平淡无奇。事实上，作者好像并不热衷于这个女子集会，甚至对集会上的求告也缺乏热情。在关于集会的660行诗（第78—737行）中，诗人用365行（第78—442行）讲述叙事者如何接到"坚守"女士的通知，而后在"勤勉"女士带领下来到"忠贞"夫人居住的"悦目宫"，她得到"礼貌"女士的热情接待，认识或了解了宫里其他管事的寓意人物，她又如何与同伴们相聚，接着九人一行在"礼貌"女士的带领下终于来到了内廷总管"回忆"女士跟前，随即由"回忆"女士带领进入了集会的大殿。这时，叙事者又用48行（第442—490行）描写大殿的装饰，包括地板、笔画以及"忠贞"夫人的宝座。终于等到"忠贞"夫人进入殿堂，叙事者再用49行（第491—539行）描写"忠贞"夫人的外貌和衣着。这样一来，真正叙述"忠贞"夫人聆听、处理诉状的实际只有196行（第540—735行）。在这个部分，"忠贞"夫人就座后，女子们分批下跪，一一呈上自己的诉状，夫人一一浏览过后，吩咐内廷总管将诉状全部交给文书，随后让文书大声读出这些诉状，她听过之后，再一一裁决。于是文书按照淑女们到达的先后顺序开始一一朗读这些诉状。第一位贵族女子抱怨爱人立下誓言要忠诚以待，却毫无缘由地将她背弃；第二位贵族女子抱怨自己付出很多，但所获甚微；第三位抱怨自己的欢乐、舒适都不稳定，缺乏安全感；第四位抱怨她不能随时随地看到自己的爱人，特别是最想见他的时候却见不着。第一位士族女子抱怨长久以来已经习惯了痛苦和不幸，如今所有幸与不幸对她而言都不值一提，但是她仍然忠心不变，只愿情况能有所好转；第二位士族女子感叹人们总是不能正确理解她的话，这让她觉得不可思议；第三位士族女子抱怨自己的爱情是徒劳一场，因为她所爱的人远在他乡；最后一位士族女子其实并没有可抱怨之处，因为她看起来志得意满，心情畅快。最后，"忠贞"夫人询问叙事者她有何抱怨（这里作者也感到有些矛盾，既然其他女子都先上呈了诉状，此时只是由文书当众宣读，那么此时叙事者的诉状也应该在文书手中，"忠贞"夫人只需要听文书宣读即可，不知为何"忠贞"夫人偏要转向叙事者问她有什么诉求）。叙事者很不情愿告诉"忠贞"夫人，一番推却之后，才勉为其难地发表了一番感叹，但是她具体有什么悲伤诉求，仍然不得而知。

珀索尔提出，《淑女集会》"整体上看起来是对中世纪晚期普遍关注的女性主义争议的回应。其目的在于通过呈现一个女子集会，集聚一堂的女子纷纷控诉男人的薄情和不忠，从而证明女性的真情和忠贞"[1]。但实际上，诗歌中并没有体现要为女性证言和控诉男性的强烈愿望。虽然这个由"忠贞"夫人召集的会议禁止

---

[1] Derek Pearsall, Introduction, *The Floure and the Leafe and The Assembly of Ladies,* London and Edinburg: Thomas Nelson and Sons Ltd, 1962, p. 53.

所有男性出席，但诗歌其实并没有突出男性和女性的对立，对于女人忠贞不贰或者男人薄情寡义并没有太多着墨，甚至女子们的诉状也并没有声泪俱下、言辞激烈。反而可以感到诗人好像并不想明确地批判男性、将男人置于女人的对立面。当叙事者得知男人不能参加集会的时候，她非常吃惊："啊，愿天庇佑！／他们做了什么？"并恳请"坚守"女士告诉她原因。如果诗歌真如珀索尔所言是回应"女性主义争端"，诗人大可以在此时借"坚守"女士之口慷慨陈词，大肆讨伐男人背信弃义、薄情寡义以至于被排斥在"忠贞"夫人的殿堂之外；相反，在诗人笔下，"坚守"却支支吾吾，以不便多言搪塞过去（第148—154行）。事实上，从诗歌中一些细节来看，叙事者对参加女子集会表现得并不是十分配合，甚至还隐约有些不耐烦。比如，集会要求所有女子要穿上蓝色衣裙，因为蓝色象征着忠贞不贰、真情永在，并且要在衣服上绣上自己的箴言，叙事者也非常仔细地把其他人的箴言一一呈现，比如"坚守"衣服上绣的是"忠心耿耿"，"勤勉"绣着"尽我所能"，"礼貌"的箴言是"见者有份"，而她的同伴们也各自都有自己的箴言，但是当"礼貌"问及她的箴言的时候，她说："说实在的，我没有箴言。／我的衣裙是蓝色的，这就够了，／之前我接到了通知，／穿上蓝色我就很心满意足。"（第312—315行）后来，"坚守"向她打听她同伴们的箴言，她也说："至于我，我实在没有箴言／之前我也告诉过礼貌：／我的衣着全是蓝色，何需其他？"（第411—413行）此外，当"礼貌"提出要进入殿堂替她们问问接下来如何行止时，叙事者说："如果你不辞辛苦／为我们奔走，那就帮了我们大忙；／此事快些进展，我们也好尽快离开。／迁延耽搁总是劳民伤财／长时间诉求令人疲惫不堪。"（第416—420行）尽管这里作者有可能在暗指当时法律诉讼的拖沓烦琐、耗时伤财，① 但也表明了叙事者想要早早走完过程、结束集会的心情。最明显的"不耐烦"表现在叙事者和同伴们呈交的诉状的内容中。几位同伴的诉状并没有什么实质性内容，基本都是泛泛而谈，没有具体所指，最后一位士族女子甚至完全没有抱怨，而是一副心满意足的样子。珀索尔评说道："其中一名士族女子似乎根本没有理由出现在那里，因为她的诉状（第 673—679 行）说的是她没有不满。"② 很明显，这名士族女子来到这里只是因为"忠贞"夫人要求所有的女子都要出席集会，虽然她并没有什么需要抱怨。这其实正好暗示诗人并不认同这样的"女子集会"：要求所有女子都必须出席集会，而且都要带着诉状，这就难免流于敷衍塞责走过场。从这些细节可以看出，诗人实际在暗讽宫廷中的"爱情朝堂"游戏，女子们其实并没有什么真正的痛苦，男子们也没有什么真正需要大加挞伐的地方，"爱情朝堂"上关于男人不忠造成女人痛苦的讨论和争辩只不过是宫廷人士闲来无事的无聊游戏而已。

诗人对叙事者在"忠贞"夫人面前的表现的描写也出人意表，进一步印证了诗人对这种无聊游戏的厌倦甚至讥讽。绝大多数梦幻爱情诗中的叙事者见到爱神都是战战兢兢、手足无措、毕恭毕敬、唯命是从，而《淑女集会》中，叙事者对"爱情朝堂"的主持者"忠贞"夫人却显得十分叛逆和抗拒。除了前面提到的拒绝提供"箴言"并认为没有必要，在"忠贞"夫人亲自询问她的诉求时，她竟也再三推却，不愿意告诉"忠贞"夫人她有何痛苦。尽管最后在"忠贞"夫人的坚持下，她不得不讲，但其实和没讲

---

① Julia Boffey, ed., "The Assembly of Ladies", *Fifteenth-Century English Dream Visions: An Anthology.* Oxford: Oxford UP, 2003, p. 217, note to line 420.

② Derek Pearsall, *The Floure and the Leafe, The Assembly of Ladies, and The Isle of Ladies*, Kalamazoo, Michigan: Medieval Institute Publications, 1990, p. 1.

也差不多，因为她完全就是含糊其辞、言之无物。可以看看她与"忠贞"夫人的对话以及她的"抱怨"：

> "……
> 现在我们看看你有何委屈。"
> "你过会儿或许就能看到。"
> "我请你现在就讲讲，当着我的面。"
> "真的，你会知道我的意思。
> 但是我实在讲，绝无虚言，
> 这事情的确令人伤怀。
>
> 我肯定你也会和我有同感
> 就像我说的，等你听完我的诉状之后。"
> "现在，好女子，我令你快讲来，以圣詹姆斯的
> 名义。"
> "等一会儿；我还不愿意——
> 但照理说你肯定知道，
> 因为你知道所有已经发生过的事情。"
> 于是我的诉状确切如下：
>
> "唯有待到死亡降临
> 才能最终结束我的哀伤和痛苦。
> 在你看来，我夫复何求？
> 你早已知晓一切，所以我肯定
> 你会赞同我的说法；说实在话，
> 没有她的帮助，那照看众生神

我自觉不会长久。

至于我的忠贞，已经历经证明——

说真的我已做到极致——

长时间以来，独自默默承受痛苦，

耐心、隐忍，不曾怨怪；

求她发发善心，那善良的神，

但愿我能够收获些许感恩

这样方显公道。"（第 681—707 行）

　　看完这样的诗行，唯有感叹作者高超的"太极功夫"，因为实在是不知所云。所以，也只能猜想，叙事者其实根本就没有什么委屈，她来参加集会只不过是应要求前来。而作者也成功暗示，这样的女子集会不过是"为赋新词强说愁"。

　　不单是女子们的诉状平淡无奇、全无实质内容，很明显，"忠贞"夫人和她的手下对女子集会的安排和流程也没有任何计划性，而对于如何处理女子们的诉求，"忠贞"夫人好似也没有任何想法。在"坚守"女士通知叙事者的时候，关于着装的规定，她竟然说"还有一事差点忘记"，然后才告知需要穿着蓝色衣裙出席集会；而且关于男性不能参加集会的问题，也不是由"坚守"女士主动提起，而是在叙事者问她男人能不能参加集会的时候，她才说，"一个也不能跟你们一起来"（第 147 行）。这些都显得"女子集会"非常随意。后来，当叙事者和同伴们在"礼貌"的房间里会合以后，"礼貌"把"坚守"请回来，让她陪同叙事者她们进入大殿。但是"坚守"刚刚出现，就让叙事者她们稍等片刻，因为她要去跟负责安排寝居的"友好"商量安排她们的住宿。这么多人参加的集会，竟然还需要临时一一安排住宿，这不禁令人感叹"主办方"的随意。而"集会"本身的流程也比较混乱。"忠贞"夫人就座以后，女子一组一组上前跪呈诉状，"忠贞"夫人亲自一一接过诉状。然后，夫人叫过内廷总管，吩咐她令众人往后退，靠墙站立，腾出更多空间，并且立即将所有诉状给文书送去。内廷总管照此办理，并将诉状交给了文书。但是夫人很快又有了新想法：

> 然后这位夫人又仔细考虑了一下
> 很快又呼唤内廷总管上前：
>
> "我们这样吧，"她说，"你首先要做的是，
> 让文书把那些诉状带到这儿来；
> 然后让她当着大家的面
> 把这些诉状一一宣读，
> 这样我们可以为这些来参加我们集会的女子
> 提出好的建议。
> 就这么办，不得有误。"（第 561—567 行）

最重要的，"忠贞"夫人号令大家参加这个集会，让大家提出诉求，她会为大家提供帮助。在"坚守"女士通知叙事者的时候说得很清楚：

> 你不要有任何的羞怯
> 无论到时候有多少人云集于那高贵的地方；
> 她（忠贞）会乐意聆听你们的诉求。

> 无论有何痛苦和委屈
>
> 只要你感觉心里不畅快
>
> 她都能迅速帮助你平复心情。（第 120—126 行）

结果等到所有诉状都宣读完以后，"忠贞"夫人认真思考了一番，认为一个一个做出回应对她来说"太多"了，于是她下令让所有人都一起到她面前，她统一做出回复。她亲自宣布，很快将在"悦目宫"召集一次议会，大家此次在集会上提出的痛苦、委屈都将公开得到匡正和补救。具体时间请大家等待"勤勉"通知。叙事者说：

> 我们最为谦恭地感谢夫人，
>
> 我们每个人都异口同声，
>
> 恭顺地表示要向她效忠，
>
> 我们都觉得尽管远道而来
>
> 这一趟实在令人满意。（第 729—733 行）

怎么看这一段都充满了讽刺意味。如果大家是真心想诉请"忠贞"夫人帮助，也认真写下了诉状，最后居然还要下次再来，不知道为何还如此感恩戴德、心满意足。想起在"礼貌"问她有没有带诉状时，叙事者的回答是："带了，带了，不然我岂不落于人后了？"（第 326 行）读者会意识到，这些女子来参加集会并非真有什么委屈怨恨，恐怕就是来凑个热闹，见见宫廷的热闹。正因为女子们并没有什么真正的抱怨，所以也没有真正需要"忠贞"夫人解决的问题。

对于《淑女集会》中的寓意内容，评论家们都颇有微词。比如刘易斯在《爱的寓意》一书中讲到寓意在 15、16 世纪成为英国文学的主流创作形式，这使寓意作为一种文学形式大受其害，一是其固有的那些特别之处"慢慢固化为程式"，开始渗透着一种"僵化的单调"；二是"主流形式容易吸引一些才华可能更适合其他文学形式的作者一试身手"。在为第二种情况举例的时候，刘易斯就提到了《淑女集会》："因此在 15、16 世纪，我们就有了《淑女集会》这样的诗歌，其作者选择寓意形式写作，除了跟随潮流，没有更好的原因了。"① 在专门讨论《淑女集会》时，刘易斯再次强调了该诗的寓意形式"毫无价值"，"这首诗属于那一类只为追逐潮流而选择寓意写作的作品"。② 刘易斯的这些评论对后来的《淑女集会》批评影响颇深，珀索尔在其精心校勘的《淑女集会》引言中说道："《淑女集会》的寓意毫无意趣，诗人以为通过简要呈现九个分开的但总体又很相似的诉状就能使读者保持阅读兴趣，这实在是判断错误。"③ 弗莱切（Fletcher）也在其文章中发表了类似刘易斯的观点："《淑女集会》无论如何算不上好作品。其代表着中世纪晚期的一类由一帮'业余'写手创作的风雅爱情诗歌。"④ 但实际上，叙事者的怠慢、不耐烦、抗拒态度，女子集会的寡然无趣，都在某种程度上暗示了诗人自己对这样一个"淑女集会"的态度。乔叟在《〈贞女传奇〉序言》中宣称自己在梦中遭到爱神斥责，批评他不应该塑造水性杨花的克瑞西达来中伤女子，他为了悔罪、

---

① C. S. Lewis, *The Allegory of Love,* Oxford: Oxford UP, 1936, p. 231.

② C. S. Lewis, *The Allegory of Love,* Oxford: Oxford UP, 1936, p. 249.

③ Derek Pearsall, *The Floure and the Leafe, The Assembly of Ladies, and The Isle of Ladies,* Kalamazoo, Michigan: Medieval Institute Publications, 1990, p. 1.

④ Bradford Y. Fletcher, "The Assembly of Ladies: Text and Context", *The Papers of the Bibliographical Society of America*, Vol. 82, No. 2, 1988, pp. 229-234.

弥补罪愆，写下《贞女传奇》。由此都能隐隐感到乔叟并非百分之百严肃。同样，在《淑女集会》这首诗里，作者也以自己的方式回应当时人们对男女忠贞问题甚至女性主义的讨论，他／她想要表达的是他／她对这些话题并不真正热衷，也不觉得这些讨论有何真正的意义。

三、宫廷风俗图景 刘易斯在《爱的寓意》中研究的主要是寓意作品，所以他强调的是《淑女集会》作为寓意作品差强人意，实际他对诗歌并非只有贬斥之词。他有一段非常精彩的论述：

> 作者真正想要描写的不是以"忠贞"为女主人公展开的内心戏，而是某个实际存在的宫廷的忙碌与喧嚣，窃窃私语地探听消息，穿衣打扮，以及一些重要的往来应酬。她被一种纯然自然主义的冲动牵引着去呈现日常生活的细枝末节；若非受制于与之像是用脐带连接着的寓意形式，诗歌本可能成为一幅绝佳的风俗图景。[①]

的确，如前文所述，《淑女集会》真正用于讲述"集会"的篇幅并不算多，梦境部分的660行中倒有一半多的篇幅在讲集会前接到通知、抵达宫殿、宫廷内歇息、与同伴会合并准备谒见"忠贞"夫人等一系列活动。在这个过程中，叙事者遇到了在宫廷里担任不同职责的寓意人物，而她对就职于宫廷里的人物显示出很大的兴趣，总是饶有兴致地当面询问或者侧面打探她们的情况，

---

① C. S. Lewis, *The Allegory of Love*, Oxford: Oxford UP, 1936, p. 250.

她和寓意人物之间经常有生动有趣的对话，充满生活气息。在梦境的第一个场景"集会通知"中，她看到一位女子出现在面前，身材适中、衣着得体、端庄稳重，全身衣服都是蓝色，衣襟上绣着她的箴言"忠心耿耿"。甚至还没有相互问好，叙事者就"请她无论如何 / 要让（她）记下她的名字，她说她叫'坚守'"（第89—91行）。接下来叙事者又问"坚守"住在哪里，两人的对话如下：

> "长久以来，我的居住地是
> 一位夫人家里。""什么夫人，请你告诉我？"
> "她的地位尊崇，我就这么告诉你吧。"她说。
> "你管她叫啥？""她的名字叫'忠贞'"。
>
> "你的职位是什么，或者什么级别？"
> 我对她说，"这个我很想知道。"
> "我啊，"她说，"尽管我能力有限，
> 但我担任她的宣召主管。
> 这就是我手持的权杖，
> 你也了解的，这份工作的规矩
> 就是这样。……"（第95—105行）

接下来"坚守"才对叙事者说起"忠贞"夫人令她前来通知叙事者和她的同伴们前去参加集会。仔细想想，叙事者此前与"坚守"女士并不相识，她也不知道"坚守"女士来此的意图，两人也并未正式问好，叙事者就开始刨根问底，的确正如诗里讲到的，她非常"bold"（第92行），勇敢而且唐突。实际上，在《淑女集会》

中，叙事者的"唐突"、敢问成为作者介绍信息、推动叙事的重要手段。听到"坚守"的通知以后，得知"忠贞"夫人召集她们集会，并会聆听她们的求告，为她们排忧解难，叙事者只是淡淡地说了句，"我很高兴你通知我此事"（第 126 行），就立即提出了没有人知道路的问题。这才引出了"坚守"提到"勤勉"会前来为她当向导。当"坚守"打算告别时，叙事者直截了当地说："等等，你不可以这么快就走。"（第 140 行）然后问可不可以带男士参加，又问"忠贞"夫人居住的地方是什么样，叫什么，她到了那里以后要找谁。由于她的这些问题，"坚守"才有机会提示她男士不能参加会议，描述"忠贞"夫人巍峨华美的"悦目宫"（Pleasant Regard），并告诉她"悦目宫"的门房（Porter）"礼貌"会接待她。"坚守"女士离开以后，叙事者看到一旁走来另一位女士，她猜测是不是"勤勉"，于是问女士叫什么名字。"勤勉"称自己奉命前来为她效劳，请她尽管吩咐。叙事者表示感谢，并"请她走到近前来／因为我想看看她的衣着"（第 205）。很难想象叙事者竟然可以对初次见面、来自"忠贞"夫人宫殿的向导这样讲话，听起来倒像是非常熟悉的好朋友穿了一件新衣服，走到跟前细细端详。

认识了"坚守"和"勤勉"，作者还通过叙事者的行程和提问，一一向读者展示"宫廷建制"。快进宫门的时候，叙事者"偶遇"了一位年轻女子，"看起来像是（宫廷里）一名官员"。她再劈头问了一连串问题："你叫什么名字，好人?"（第 260—263 行）"你做什么工作?"（第 264 行）问完了这位负责采买司（purveyor）的"审慎"女士的情况，接着又开始打探，"负责寝居部（offical in charge of accommodation）的叫什么名字"，于是知道了"友好"女士的存在。叙事者进入宫廷大门以后，门房"礼貌"陪她在房间里等候同伴的到来，她又不失时机继续探听情况："这里的总管，请告诉我，她叫什么名字?""礼貌"告诉叙事者，总管名叫"慷慨"，还顺带介绍了总管手下负责迎宾的礼宾司（Marshal of the Hall）"热忱"。接下来谈到叙事者应该向内廷总管提交诉状，"礼貌"叮嘱叙事者不用害怕，只需恭敬行事，叙事者说："我会照你说的办；/ 但是我们无论如何应该知道她的名字吧?"（第 333—334 行）"礼貌"告诉她，内廷总管（Chamberlain）名叫"回忆"，同时还提请她不要忘了文书。叙事者一如既往地表示了对名字的关切："请告诉我她的姓名。"（第 342 行）除了这些寓意人物，叙事者在"忠贞"夫人出场的时候还介绍了总理大臣（Chancellor）：

> 她（"忠贞"夫人）身后跟着一群随从——
> 我无法数清到底多少人，这是当然。
> 她们的名字我无意探听
> 除了那些涉及我们递交诉状的人，
> 其中一位女士，她是总理大臣——
> 她的名字叫作"节制"——
> 我们必须跟她打很多交道
> 关于我们的诉求，以及其他很多事情。（第 503—
> 510 行）

至此，作者为读者呈现了自"忠贞"夫人而下的一系列宫廷职务和相关人员："忠贞"，"节制"（总理大臣），"回忆"（内廷总管），"周全"（文书），"慷慨"（总管），"热忱"（礼宾），"友好"（寝居），"礼貌"（门房），"勤勉"（向导、杂务），"坚守"（宣召 usher）。然而，作者似乎并不满足于为读者介绍这些职务建制，有些细节还暗示了宫廷的行事方式。可以看到，充满好奇心、善于通过提问获取信息的叙事者获得了"坚守"女士、"勤勉"女士以及"礼貌"女士的诸多照应。比如"勤勉"带着叙事者来到宫廷门口后也颇费周章才进得去："勤勉"使劲敲门后，"礼貌"在内问话："谁在外面?""勤勉"回答："好姐妹，这儿来了一位。""礼貌"接着问："哪位?"然后"勤勉"笑着回答："我，勤勉，你认得我啊!""礼貌"这才开门，让她们进去。照理说，宫廷里面要召开集会，门房理应得到通知，即使不大开宫门迎接前来参加集会的女子们，也不至于如此盘查，所以这里作者恐怕更多是在暗示王宫大院并不那么容易入内。而且在宫内行事也需要有熟人帮忙指引。比如"坚守"去找寝居部的"友好"，"让她为你们安排住宿"；然后又去找内廷总管，"替你们说说话"（第389—392行）。在所有人等待觐见"忠贞"夫人的时候，也是"坚守"女士一路带着她们，穿过人群，直接先行参见了内廷总管，为她们节省了不少时间和精力。除了这些张罗打点，宫廷里应该也是人多嘴杂，很多秘密、很多闲话。大群女子纷纷来到宫廷，每个人都穿着蓝色衣裙，衣襟上绣着每个人的箴言，照理说这些箴言并不是秘密，"坚守"却神神秘秘地对叙事者说：

> 如今你我也算得上旧相识，
>
> 因此我斗胆求你件事，
>
> 请你悄悄告诉我，
>
> 她们各自符合自己身份的箴言，
>
> 我保证不会传扬出去。（第402—406行）

据此只能推测，"坚守"因为长期居于宫廷，比较习惯这种窃窃私语。而叙事者这样回答：

"我们一行,"我说,"共五位贵族女子,

还有四名士族女子相伴。

当她们上呈诉状的时候,

你自然就会知道她们的箴言。"(第 407—410 行)

可以看到,叙事者并没有领会"坚守"的意图,拒绝参与她的闲话。这或许暗示了作者对这类行为的反感。此外,作者似乎还暗示宫廷里人们会断章取义、歪曲说话者原意,因为"坚守"再度进到内堂跟内廷总管确认之后,才来到叙事者面前带她们去见内廷总管,这时,叙事者说:

我们每个人都已准备妥当,

随时可以跟你去觐见。

坦白说来,我们笨口拙舌,

还请你务必见谅,

千万不要误会我们的真实想法。(第 423—427 行)

凡此种种,无不表明《淑女集会》的作者与宫廷有着密切联系,他/她不仅非常熟悉宫廷内职位的设置,还对宫廷内人们的日常行事、背后闲谈十分了解。当然,不要忘记诗歌开篇以及梦境序曲部分描写的女子们在花园里游玩的场景。王室贵族女子在花园迷宫中度过午后闲暇时光,这是当时一种比较普遍的休闲方式。

如前文所述,《淑女集会》的作者是谁,是男是女,学界见仁见智、颇有争议。在这里,笔者无意参与此争论,但是诗中叙事者与寓意人物和同伴之间的对话颇有意趣,特别是一些关于穿衣打扮的谈话,非常生动地表现了女儿心态。如果作者是男性,那他应该非常了解女性，像乔叟一样，是"女性之友"（盖文·道格拉斯语）。诗中一个场景是叙事者和"勤勉"就要到达"悦目宫"之际。有心的读者会注意到，叙事者在接到通知以后，并没有时间回家准备蓝色衣裙，因为"坚守"刚走，"勤勉"就出现了，随即叙事者就和"勤勉"一道踏上旅途，走向"悦目宫"。经过一天的行程，"悦目宫"已然近在咫尺。就在读者担心叙事者不得不穿着不符合要求的衣裙踏进宫闱之际，作者安排一个与叙事者相熟的士族女子为她带来了全套装束，而且作者似乎预料到读者和叙事者一样会感到吃惊，于是叙事者问女子何以知道她的行踪和需求，女子回答说听到"坚守"跟她的对话，所以知道。接着叙事者请士族女子帮她换上衣裙：

> "现在，亲爱的，"我说，"我要请你，
> 既然你已经不辞辛劳（送来了衣服）
> 能否帮我换上衣裙，
> 因为我想尽快赶路。"
> "这是当然，何须客气，"
> 她回答道，"来吧，抓紧时间，
> 我们很快就可以装扮好。"

> "我有点担心，你可知道，
> 伙伴们都到我们前面去了。"
> "我向你保证，"她说，"她们还没过去，
> 因为她们都会到这里会合。
> 不过，我建议你还是赶紧
> 装扮起来，别再磨蹭；

你先行一步总没有坏处。"

于是我换上衣裙
问她看起来是否漂亮。
"漂亮，"她说，"我很喜欢——
你这么一打扮，去哪儿都不用担心。"
我和她这么闲聊着，
"勤勉"女士走过来，看到我的蓝色衣裙，
"妹妹，"她说，"你的新衣服非常适合你。"（第
239—259 行）

刘易斯曾高度赞扬《淑女集会》开篇四个诗节，做出如此评述："事实上，如果流传下来的仅有开篇四个诗节，现在我们或许就该哀叹我们竟然错失了 15 世纪的简·奥斯汀。"他的理由是这些诗节"读起来就像是诗体小说的开头；从中我们终于能少有地听到那个时代两个教养良好的男女之间的一场普通对话，而不是求爱。对话非常精彩，甚至可能好于乔叟早期的一些作品"。① 其实从前面的例子已经可以看到，这种精彩的对话并不限于开篇四个诗节，而是弥漫在整首诗当中。比如上面这段对话就很好地表现了叙事者年轻女子的心态，一方面她唯恐落于人后，想要赶在其他人之前到达目的地，另一方面她又很爱美，换上衣服以后赶紧问漂亮不漂亮。而另外两位女子也及时地给予了肯定。此外，有一些没有对话的场景也颇具生趣。比如，叙事者和同伴们相聚在"礼貌"的房间里，等待"坚守"女士带她们去觐见内廷总管：

① C. S. Lewis, *The Allegory of Love*, Oxford: Oxford UP, 1936, p. 250.

然后我们就开始整理妆容，

免得其他人说我们仪容不整，

我们还设下赌注

看我们谁打扮得最为漂亮，

谁得到的赞美最多。（第 381—385 行）

看到这些描述，完全可以想象一群青春女子，平时一起玩耍嬉戏，如今又一同打扮起来参加这个重要的"集会"，还相互调笑打趣。诗歌虽然用了传统的梦幻诗形式和寓意形式，但是在整个诗歌里面，除了描写集会大殿里的壁画与"忠贞"夫人的外貌和衣着比较多地借鉴了文学传统，其他各方面的内容，比如对宫廷建制的介绍、宫廷人物往来行事、人物的对话，以及一些微小细节，比如叙事者被溅到脸上的水惊醒，然后又因为一起走迷宫的同伴在呼叫她而向骑士告别，等等，都生动有趣，读来完全不觉得乏味枯燥。

作为一首典型的梦幻诗，《淑女集会》在复杂的"讲述 + 梦幻叙事"框架下关注了风雅爱情传统中的"爱情朝堂"，聚焦于一场女性抱怨和申诉在爱情中如何遭受不公或者背叛的女子集会。虽然女性叙事者为这样一个女性"申冤"主题提供了绝佳视角，诗歌作者却暗示类似的"声讨集会"没有实质意义，显示出 15 世纪诗人对风雅爱情及其"爱情朝堂"游戏渐趋厌倦和不以为意的心态。相反，诗人比较热衷于呈现宫廷人事构成，并暗示宫廷组织的松散和人际关系的复杂性，虽然诗歌呈现的主要是欢快轻松的宫廷生活图景，整体语调轻快明丽，但隐约间似乎朝着斯凯尔顿讽刺宫廷生活的诗歌迈出了一小步。

第七章

苏格兰乔叟系梦幻诗

——威廉·邓巴《刺蓟与玫瑰》和《金色盾牌》

威廉·邓巴和罗伯特·亨利森、盖文·道格拉斯并称苏格兰三大乔叟系诗人。福克斯（Fox）指出，这几位15世纪和16世纪早期的诗人"都曾经用正式的'华丽'文体写作，哪怕只是偶尔，并且都在诗歌中提到过乔叟"[1]。鉴于"正式的华丽文体"的确是乔叟诗作中最受15、16世纪读者欣赏和赞誉的特点，乔叟系诗人自然也不遗余力地加以模仿。尽管这一时期的乔叟追随者对乔叟的认识和发掘有限，但他们的借鉴和模仿并不限于"华丽"的文体和语言。且不论乔叟在诗歌格律方面的影响，仅他从法国文学中引进并发挥到极致的梦幻诗文类就备受苏格兰乔叟系诗人推崇。亨利森的《克瑞西达之遗言》虽然不能算作梦幻诗，但其中也包含了一个梦；此外，亨利森在其寓言故事集《道德寓言》中

---

[1] Denton Fox, "The Scottish Chaucerians", in D. S. Brewer ed., *Chaucer and Chaucerians: Critical Studies in Middle English Literature*, London: Thomas Nelson and Sons Ltd., 1966, p. 166.

的《狮子和老鼠的故事》一篇中采用了梦幻框架叙事。道格拉斯
不仅写作了一首梦幻诗《荣誉殿堂》，还在他的译作《埃涅阿斯
纪》第七、八部的前言中用了梦幻框架。邓巴没有写作大部头
作品，① 留下的诗歌有八十五首左右，② 涉及的文类丰富多样。瑞
思（Reiss）在其《威廉·邓巴》一书引言中指出，"邓巴诗歌范
畴宽泛，善于使用各种不同诗歌形式和风格，令人瞩目"，并尝试
列出邓巴涉猎过的文类：寓意诗、叙事诗或故事、爱情诗、滑稽
幽默诗、颂歌赞辞、谩骂诗、写给国王或王后的祈求请愿诗、讽
刺诗、道德诗、宗教诗或者赞美诗。③ 显然，瑞思并没有将梦幻
诗看作单独的文类。在其编撰的《威廉·邓巴诗集》中，金斯利
（Kingsley）将邓巴的诗歌分成五个类别，即圣诗（Divine Poems）、
关于爱情的诗歌（Poems of Love）、关于宫廷生活的诗歌（Poems
of Courtly Life）、幻境和梦魇（Visions and Nightmares）以及道德
诗（Moralities），其中，幻境和梦魇部分收录九首梦幻诗。但他的
分类无疑有所重合，比如同样也是梦幻诗的《金色盾牌》出现在
"关于爱情的诗歌"部分，而《耶稣受难》则收入"圣诗"部分。
斯皮林在《中古英语梦幻诗》一书中专门研究了邓巴的梦幻诗。

---

① 邓巴最长的一首诗为《两名已婚妇人和一名寡妇》(*The Tua Mariit Wemen and the Wedo*)，共 530 行。

② 较早的邓巴诗集是 Mackenzie 于 1932 年编选的版本。W. Mackay Mackenzie ed., *The Poems of William Dunbar*, London: Faber and Faber Limited, 1932。其中收录邓巴诗歌 84 首以及 9 首署名邓巴的诗歌，分为 9 类：个人、请愿、宫廷生活、市镇生活、关于女人、寓意和对话、道德说教、宗教、署名。后有 James Kingsley, *The Poems of William Dunbar*, Oxford: At the Clarendon Press, 1979，收录邓巴诗歌 83 首。再有 Florence H. Ridley, "Middle Scots Writers: Dunbar", in Albert E. Hartung ed., *A Manual of the Writings in Middle English: 1050-1500*, ed. New Haven: The Connecticut Academy of Arts and Sciences, 1973，收录邓巴诗歌 83 首（pp. 23-105），署名诗 21 首（pp. 106-126）。Ridley 将 "Of Folkis Evill to Pleis" 剔除，放到署名诗中。2004 年约翰·孔理编撰《威廉·邓巴：作品全集》中收录诗歌 84 首。John Conlee ed., William Dunbar: *The Complete Works*, Kalamazoo, Michigan: Medieval Institute Publications, 2004.

③ Edmund Reiss, *William Dunbar*, Boston: Twayne Publishers, 1979, p. 17.

他指出：“梦幻框架是邓巴最青睐的一种手法，将之用于很多不同目的；事实上，仅他个人的作品就可以清楚表明梦幻诗没有单一的正确用法。”① 他列出了邓巴写作的十一首梦幻诗，并详细分析了其中的《刺蓟与玫瑰》。

综合金斯利的分类和斯皮林的介绍，现将邓巴的梦幻诗整理如下：

1.《刺蓟与玫瑰》（*The Thrissil and the Rois*）

2.《一个梦》（*Ane Dreme*）

3.《地狱的大斋节前夜之“七宗罪之舞”》（*Fasternis Evin in Hell. A. The Dance*）

4.《地狱的大斋节前夜之“裁缝和鞋匠之竞技”》（*Fasternis Evin in Hell. B. The Turnament*）

5.《地狱的大斋节前夜之“裁缝和鞋匠之竞技补偿”》（*Fasternis Evin in Hell. C. The Amendis*）

6.《反基督》（*The Antechrist*）

7.《关于桐兰德假修士的歌谣》（*Ane Ballat of the Fentheit Freir of Tungland*）

8.《邓巴被寄望成为修士》（*How Dunbar wes desyrd to be ane Freir*）

9.《弃绝上帝来投靠我吧》（*Renunce thy God and cum to me*）

10.《耶稣受难》（*The Passion of Christ*）

11.《金色盾牌》（*The Goldyn Targe*）

可以看出，邓巴将梦幻框架用于各种题材和目的，既有宗教讽刺寓意（3、4、5），又有请愿（2）、个人反思（8）、讽刺谩骂

---

① A. C. Spearing, *Medieval Dream-Poetry*, Cambridge: Cambridge UP, 1976, p. 191.

（6、7），以及宗教题材（9、10），这其中真正属于乔叟系梦幻诗传统的是《刺蓟与玫瑰》和《金色盾牌》。

一、《刺蓟与玫瑰》——颂扬与劝诫

由于邓巴的梦幻诗大多篇幅较短，所以通常并没有复杂的梦前序曲，但诗歌的梦幻叙事框架依然颇为清晰。《刺蓟与玫瑰》只有189行，包含27个君王体诗节。叙事者做梦的时间不是晚上，而是清晨。第一个诗节设定了梦幻诗惯常的五月背景：美丽的五月催得百花绽放、鸟雀啼鸣；在一个和谐怡人的春日清晨，叙事者仍躺在床上（第8行）。紧接着，邓巴就用一个简单的"我仿佛觉得"（me thocht）开启了他的梦境（第9行）。也就是说，叙事者并没有明确地经历"入睡"环节。不过，"梦醒后记"环节却十分清楚明了。就像《百鸟议会》叙事者听到鸟儿振翅的声音而惊醒一样，《刺蓟与玫瑰》叙事者听到梦中鸟禽放声高唱，于是突然醒来。他像《玻璃神庙》叙事者一样四下张望，发现一切消失不见。但不同的是，他并没有感到特别失落无助，而是起床写作，从而完成了此前承诺的"歌唱玫瑰"任务。

从做梦的地点来说，邓巴倒是又回归到乔叟诗中叙事者/做梦者在卧榻入睡的传统，并没有像《丘比特之书》和《淑女集会》叙事者那样真正置身于秀美春色之中而后入梦。但从时间上来说，《刺蓟与玫瑰》叙事者做梦的时间却是在清晨。与乔叟梦幻诗、《玻璃神庙》和《淑女之岛》中叙事者深夜辗转难眠不同的是，邓巴的叙事者似乎是早上睡醒以后，听到外面鸟儿歌唱，却并不愿意起床，而是懒洋洋躺着。就在这种状态下他重新迷糊入睡，做了一个梦。叙事者并没有描述自己入睡前的心情，也没有用"入睡"或"半梦半醒"之类的字眼，而是以一个"我仿佛觉得"直接引出下文。虽然斯皮林认为邓巴"刻意地使用梦幻框架以分开艺术，艺术（或诗意）的虚构与现实世界"[1]，但我们应该注意到，在《刺蓟与玫瑰》中，他之所以没有用明确的"入睡""做梦"之类的字眼，而代之以主观的个人视角——"我仿佛觉得"，一方面的确实现了从现实到梦境的转换，另一方面也暗示了接下来的梦境与叙事者心理现实之间的密切关联。

《刺蓟与玫瑰》中梦境分为两个部分：一是叙事者梦中躺在床上与五月女王的对话（第9—44行）；二是叙事者梦见自己起床穿好衣服来到花园里的所见所闻（第45—182行）。全诗中邓巴总共用了四次"我仿佛觉得"，分别是：

1.我仿佛觉得奥罗拉那晶莹的双眼／从窗户望进来（第9—10行）[2]

2.我仿佛觉得美丽的五月站在我床前（第15行）

3.然后，我仿佛觉得，穿戴齐整，／身着衬衫、斗篷，跟着她我走进／这个花园，花香四溢（第45—47行）

4.那时候我仿佛觉得所有花儿都喜笑颜开，／齐声歌颂（第158—159行）

瑞思在讨论"写诗者"（makar）的技法时，将"我仿佛觉得"作为一种手法进行了研究。在提到《刺蓟与玫瑰》中开篇这个短语的使用时，他指出，其"作用在于强调事件特别的它世（otherworldly）特征并为某个意象提供跳板"[3]。也就是说，瑞思也

---

① A. C. Spearing, *Medieval Dream-Poetry*, Cambridge: Cambridge UP, 1976, p. 195.

② Priscila Bawcutt, "Quhen Merche wes with variand windis past", ("The Thistle and the Rose"), *William Dunbar: Selected Poems*, London and New York: Longman, 1996, pp. 199-208. 本书该诗引文均出自此版本，随文标注诗行，不再加注。译文为笔者所译。

③ Edmund Reiss, *William Dunbar*, Boston: Twayne Publishers, 1979, p. 138.

注意到了"我仿佛觉得"起到的过渡作用：这个短语使现实世界过渡到梦境世界。当叙事者说"我仿佛觉得"的时候，尤其是上面所列出的前三种情形，都实现了某种从真实到虚幻的过渡，是叙事者在强调接下来将要描述的并非真实，而是他的梦境、幻觉。这三次"我仿佛觉得"也分别引出了奥罗拉、五月女神和花园场景。梦境第一部分的 36 行中，这个短语使用了三次，正因为开篇的这三次反复强调，确认读者不会再误将梦境当现实，所以在梦境第二部分的 138 行中，只出现了一次"我仿佛觉得"。但是，如果这个短语仅仅起到过渡作用，为何邓巴不直截了当，像其他梦幻诗那样写道"我做了一个梦"，或者"我陷于半梦半醒之中"，然后说"我看到……"就开始描述梦境呢？在笔者看来，事实上，梦境的第一部分中，"我仿佛觉得"的使用还显示了邓巴作为一个宫廷诗人为应景而写作的纠结情绪。

目前所知的威廉·邓巴的生平信息很少，"几乎一片空白"①。有限的历史记录显示，从 1500 年到 1513 年，邓巴是苏格兰国王詹姆士四世王廷的一名"公务员"（"servitour"），领取各种名目的费用和一笔"年金"，②而他很多诗歌呈现的世界也正是詹姆士四世的王廷，在某种程度上，他被认为是詹姆士四世的"桂冠诗人"（大致在同一时期，英格兰国王亨利八世的桂冠诗人是约翰·斯凯尔顿）。③作为王室御用诗人，邓巴需要用诗歌呈现王室重要事件并歌功颂德，用鲍卡特的话来说："宫廷诗人的一个首要职责就

---

① W. Mackay Mackenzie ed., Introduction, *The Poems of William Dunbar*, London: Faber and Faber Limited, 1932, p. xviii.

② Priscilla Bawcutt, *Dunbar the Makar*, Oxford: Clarendon Press, 1992, p. 6; 另见 Edmund Reiss, *William Dunbar*, Boston: Twayne Publishers, 1979, pp. 21-22。

③ Edmund Reiss, *William Dunbar*, Boston: Twayne Publishers, 1979, p. 46.

是撰写赞歌——即赞美诗，有时候歌唱地方，但更多的时候是颂扬位高权重之人，尤其是在一些节日庆典或者这些重要人物人生中或者国家历史上的重要时刻。"①《刺蓟与玫瑰》正是这样的一首应景诗。1503 年 8 月，詹姆士四世与英格兰都铎王朝公主玛格丽特缔结婚姻。这次联姻有着非常重要的历史意义，象征着苏格兰、英格兰在多年敌对之后终于化干戈为玉帛，也将直接引向 100 年以后苏格兰国王詹姆士六世继承英格兰伊丽莎白女王的王位，从而实现两个王国的统一。记载显示，邓巴曾于 1501 年 12 月前往英格兰，有研究者推断，他可能跟随外交使团，参与与英格兰方面磋商詹姆士四世与亨利七世缔结姻亲事宜。②漫长的谈判和准备之后，婚礼定于 1503 年 8 月 8 日正式举行。与宫廷联系紧密（靠国王和其他王室成员恩赏）的诗人自然不会错过这个意义重大的皇家婚礼，借献礼之机高唱赞歌，也有可能是詹姆士国王授意邓巴写一首诗在婚礼上诵读，毕竟在当时的庆典中，吟游诗人吹拉弹唱和文人墨客献诗献歌都是颇为流行的风雅之举。无论如何，在诗歌结尾处可以看到，邓巴提及他在"五月的第九个早上"写了这首诗，也就是说，早在婚礼前三个月，他就完成了这首诗，可见他对这件事的重视程度。但是，从诗歌的字里行间，隐约可以窥见邓巴"奉命而作"的"小情绪"。

诗歌开篇，邓巴写道：

当三月在多变的寒风中过去，
当四月携银色雨丝

---

① Priscila Bawcutt, *Dunbar the Makar*, Oxford: Clarendon Press, 1992, p. 81.

② Priscilla Bawcutt, Introduction, *William Dunbar: Selected Poems*, London and New York: Longman, 1996, p. 3.

> 随凛冽东风告别大自然
>
> 美丽的五月，百花之母，
>
> 催动众鸟开始定时祷告，
>
> 在芳香馥郁的五彩花丛
>
> 它们的歌声和美怡人——（第 1—7 行）

　　这里，叙事者历数了三月和四月的寒风冷雨之后才提到五月，似乎暗示了一种历经寒冬、终于盼来了美好时节的心情。但是，叙事者并没有急切地起床享受春景，而似乎在纠结要不要起床的问题，于是才有了梦境第一部分与奥罗拉和五月女神的对话。

　　奥罗拉和五月女神催促叙事者起床，实际也是叙事者觉得自己应该珍惜晨光、起床"踏春"，一则，根据文学传统，爱人们在五月时节总是早早起床，向五月致敬，向心上人表达爱意，追求爱情；二则，爱人／诗人们总要在五月这个爱的季节吟诗作歌。基于这样的想法，所以恍惚中，叙事者"感觉"奥罗拉透过窗户向他问好，她手上站着的云雀急切地招呼他起床："快醒来，爱人们，别再沉睡／快看黎明已经来到！"（第 13—14 行）紧接着，叙事者"感觉"清新的五月女神站在他床前，唤他作"懒虫"，叫他赶紧起床，为她写些东西。五月的呼唤"写点东西"，其实是叙事者作为诗人对职责所在的自觉。尽管深知应该起床、寻访春天、"写点东西"，但叙事者毕竟并没有起床。他借着回复五月女神，表达了自己的想法：

> "为什么，"我说，"我必须一大早起床？
>
> 这个五月我几乎没有听到鸟儿歌唱。
>
> 它们更有理由哭泣、诉说哀怨。
>
> 你的空气并不健康也不清新。

艾俄洛斯大人主宰了你的季节。

他的号角吹得如此响亮，

我不敢走到你的林间。"（第 29—35 行）

邓巴的这段文字颇受关注，很多评论家认为，诗人在这里记录了苏格兰寒冷的五月与文学传统中春光和煦的五月的差别，反映了诗人的自然主义倾向和他对理想和现实差别的描述。[①] 也就是说，虽然法国文学和乔叟诗歌中的五月代表着春暖花开，但是苏格兰地处北方，虽然到了五月，但仍然寒风呼啸，所以并不适合到林间野外郊游踏春，而邓巴的叙事者之所以不愿意起床，也是因为他意识到外面仍旧春寒料峭、乍暖还寒，故而不愿意一味迎合传统，像书中的爱人们那样外出寻春。这种说法不无道理。但还应该注意到，邓巴并没有泛泛地提到"五月"，而是说"这个五月我几乎没有听到鸟儿歌唱"，这就意味着他并不是针对苏格兰的五月而言，而是想说，"今年"这个五月不同于往常。实际上，从五月女神的责怪言语中，也可以看到叙事者似乎跟往常不一样：

云雀宣告了新的一天，

唤醒爱人们起来享受舒适和安逸，

却没有增进你写作的动力，

你的心也曾感到快乐和幸福，

曾在绿树下写作诗篇。（第 24—28 行）

叙事者曾经也快乐和幸福，并在绿叶下写作歌曲，但现在，

---

① A. C. Spearing, *Medieval Dream-Poetry*, Cambridge: Cambridge UP, 1976, p. 198.

云雀报晓，爱人们在舒适和愉悦中醒觉，叙事者却懒躺在床上，找不到写作的动力。但实际上他是有着"写作任务"的：五月女神听到叙事者任性的抱怨之后，并没有生气，而是温和地笑着提醒他："你曾经许诺，在五月芳华季节／要描写最令人赏心悦目的玫瑰。"（第 38—39 行）将这所有线索联系起来，可以推测，叙事者心里记得自己的"任务"或"承诺"，就是要在五月写一首诗，歌颂美丽的玫瑰，为此，他必须进入文学传统中的理想世界，想象着温暖和煦、百花齐放的五月。但实际的情况是，他并没有听到鸟儿歌唱，而且在他看来，如今虽已是五月，却依然寒冷，狂风怒号，"空气既不健康也不清新"，鸟儿们更有理由哭泣、哀怨，因此他也不愿意起床写作。放到邓巴的个人现实中来看，他领受了为国王婚礼献上颂歌的任务，因为"玫瑰"很明显是都铎王朝玛格丽特的象征，"描写玫瑰"自然是指歌唱新娘、歌颂国王与公主的结合；梦境中女神的提醒其实也是因为现实中邓巴自己惦记着有任务要完成。但邓巴对这项任务明显缺乏热情，甚至表现得有些勉为其难，究其原因，可能在于两个方面。一方面，"这个五月"叙事者几乎没有听到鸟儿歌唱，有可能暗示邓巴清楚地知道这是一桩政治婚姻，并没有爱情可言。"玫瑰"象征着爱情，在没有感受到爱情的情况下"描写爱情"，邓巴深感为难。此外，如同伊万斯指出的那样，夫妻双方年龄差异过大，颇有乔叟笔下"冬月"和"春月"的意味：1503 年 8 月，玛格丽特公主成婚时仍未达到当时女子成年的标准，即 13 岁 10 个月，而詹姆士四世已经30 岁，且拥有众多情人和私生子。[①]另一方面，身为王室御用诗人，邓巴深知在这样的场合自己的职责在于歌功颂德，但是邓巴

---

① Deanna Delmar Evans, "Ambivalent Arfifice in Dunbar's *The Thrissill and the Rois*", *Studies in Scottish Literature,* Vol. 22, 1987, pp. 97-98.

也不愿意溜须拍马、阿谀奉承。如何拿捏分寸，实在令人踌躇。

虽然《刺蓟与玫瑰》并没有繁复的梦前序曲，但是邓巴通过"我仿佛觉得"这么一个简单的手法，将现实与梦境无缝衔接，在梦境的第一个部分中表达了诗人面对写作任务，面对违心地歌功颂德、"在写作中美化现实"[①]时的踟蹰和犹疑。不管如何"任性抗拒"，"不敢走到你（五月）的林间"，叙事者终究还是必须信守承诺，"书写玫瑰"。他需要做的就是跟随五月女神进入"美丽花园"，来到理想世界，写完这首诗。但是，邓巴并没有将诗歌写成赤裸裸的奉承作品，他一方面绮丽铺陈，用优美华丽的语言呈现了皇家盛典的恢宏气势，一方面也婉转地表达了对国王的期许和嘱咐。

从诗歌第45行开始，叙事者在五月女神的召唤下，说服梦中的自己穿戴整齐，走进了自然花园。这个花园就是所有梦幻诗中的理想花园，完美到极致。邓巴的描写较之乔叟和其他梦幻诗作者来说，更多了一分艺术色彩。他会用"照亮"（illuminate）和"釉彩"（enamel）等艺术创作词汇来描写空中的光亮。他的花园色彩浓艳、华丽、甘甜、馥郁、明亮、澄澈、明净，花草树木争奇斗艳，绿叶映照着露珠，鸟儿欢唱，五月女神、芙洛拉、奥罗拉、自然女神和维纳斯齐聚一堂。但是，就像《百鸟议会》中的爱情花园最终由自然女神主导一样，《刺蓟与玫瑰》中的花园也由自然女神主宰。她俨然执掌天地万物，不仅号令波塞冬和艾俄洛斯不要搅乱流水和空气，勿叫雨水或寒风惊扰了繁花或禽鸟，还请天空女神朱诺维系天空明净干燥。她召唤鸟兽花草前来谒见，转瞬间万物汇聚一堂。这个流光溢彩、祥和明媚、生灵汇集的园子

---

① Deanna Delmar Evans, "Ambivalent Artifice in Dunbar's *The Thrissill and the Rois*", *Studies in Scottish Literature*, Vol. 22, 1987, p. 97.

就像是一幅画，邓巴在其中摆放了三个纹章图案，用以象征詹姆士四世的统治、荣耀和光辉：狮子、老鹰和刺蓟。芮德利指出邓巴此处借用了两种自古以来一直和神权或者王权密切联系的动物意象，以彰显、突出詹姆士四世的崇高地位：戴着王冠的鹰和狮子。①诚然，狮子是传统的权力象征，在神话、寓言和民间故事中通常都是"百兽之王"，更重要的是，狮子也正好是苏格兰盾形纹章上的图案。邓巴对狮子的描述结合了对苏格兰盾徽的描述：

> 这猛兽令人心生敬畏，
> 目光锐利、表情严肃，
> 躯体强壮，雄健无匹，
> 形体健硕，举止轻盈，
> 通身闪耀着红宝石的光芒。
> 雄狮站在金色盾面上气势傲人，
> 周遭围着美丽的鸢尾花。（第92—98行）

芮德利指出："这几行中诗人竭力奉承詹姆士（四世），不仅将他与狮子的传统神权和力量联系起来，更令它成为苏格兰皇家盾徽的现实复制版。对苏格兰皇家盾徽的官方描述为：'底色为金，红色直立狮子，蓝爪蓝舌，饰有正反形鸢尾花的双边带'——即，在金色底子上，周围绕着鸢尾花。邓巴诗中的狮子所缺的只有蓝爪蓝舌。"②自然女神为狮子戴上冠冕，任命它为"百兽之王"；所

---

① Florence H. Ridley, "The Treatment of Animals in the Poetry of Henryson and Dunbar", *The Chaucer Review,* Vol. 24, No. 4, 1990, p. 356.

② Florence H. Ridley, "The Treatment of Animals in the Poetry of Henryson and Dunbar", *The Chaucer Review,* Vol. 24, No. 4, 1990, p. 357.

有走兽都拜伏在地，向狮王行礼。

雄鹰则是传统中的"百鸟之王"（第120行），由于鹰与苏格兰皇家徽章并没有直接关联，因此邓巴对鹰的描述也相对较少，仅有一个诗节，但这已足以将詹姆士四世誉为飞禽之统领，统揽天地。第三个意象刺蓟是苏格兰皇家纹章底座饰物，如今已成为被广泛认可的苏格兰象征。博卡特指出：

> 正因为刺蓟现在成了一切与苏格兰相关事物的象征，为人们熟知，所以我们很容易忘记邓巴使用刺蓟意象是多么新颖。有一种传说称，丹麦人试图入侵苏格兰时，不小心踩到了刺蓟，痛苦的尖叫声暴露了他们的踪迹，所以刺蓟在中世纪早期被作为国徽，但这个传说于19世纪才出现。刺蓟第一次作为苏格兰国徽是在詹姆士三世统治时期，出现在一些银币上，仅在詹姆士四世在位期间才普及。詹姆士四世的大玉玺上印有直立狮子，周围饰有刺蓟边带。今天留存的一些与詹姆士（四世）婚姻有关的文件上也有装饰性的刺蓟图案。但是看起来邓巴是第一个将这个视觉象征物用于文学作品的苏格兰人。[1]

邓巴在描述刺蓟的时候，主要凸显了它的尖刺令人心生敬畏（"awefull"，awe-inspiring），适于防御；自然女神为它加冕，让它到战场去，保护子民，这也暗合了苏格兰皇家纹章上面的文字"守卫"（拉丁文"In Defens"），意即，"我护人人，上帝护我"

---

[1] Priscilla Bawcutt, *Dunbar the Makar*, Oxford: Clarendon Press, 1992, p. 95.

("In my defens God me defend")。邓巴通过狮子、雄鹰和刺蓟三个象征王权的皇室意象，将詹姆士四世的权力和威严弘扬到了极致，而自然女神为他加冕，则让他俨然成了神明在天地间的代理。

歌颂了詹姆士四世以后，邓巴开始赞美玛格丽特。自然女神为刺蓟加冕之后，转向玫瑰，称她为"最明艳可人的女儿"（第149行），说她"传承高贵，甚至超过鸢尾花"（第150行）。这明显是夸赞玛格丽特出身王室，身份贵重，而英格兰与苏格兰缔结姻亲，地位自然也就超越了法国（鸢尾花）。邓巴用了五个诗节描述"玫瑰"的加冕仪式。自然女神说，"来吧，快乐之花，让我用宝石为你加冕/你艳冠群芳、名闻遐迩"（第153—154行），然后将"闪耀着宝石光芒、价值不菲"的王冠戴在她头上。就像走兽齐齐跪伏在地向狮子敬礼一样，百花笑逐颜开，齐声称颂：

> 祝福美丽的玫瑰，
>
> 祝福你，植物之后，祝福你，百花之王！
>
> 愿您永享光荣和赞誉。（第159—161行）

但是，似乎"玫瑰"的魅力还超过了雄狮，因为此时，百鸟也加入了歌唱"玫瑰"的行列：

> 其时，所有鸟禽齐声高歌，
>
> 它们快乐的歌声令人惊叹。
>
> 画眉鸟唱着："祝福您，最富丽的玫瑰花
>
> 福波斯光芒照耀下繁茂开放。
>
> 祝福，青春之花，祝福，王侯爱女，
>
> 祝福，皇室血统绽放出的花朵

你的高洁至高无上。"

鸫哥唱道:"祝福,快乐玫瑰,

祝福,百花之后,无比崇高!"

云雀唱道:"祝福,红白玫瑰,两种颜色交织的绝美

之花!"

夜莺唱道:"祝福,自然女神的代表,

无论美貌、教养还是其他所有的品性都高贵,

无论衣饰、名声还是性情都完美。"

小鸟们也纵情高歌,

它们唱道:"噢,歌唱这幸福时刻

您成为我们的领袖。

欢迎成为我们的荣耀公主,

我们的明珠、欢乐和宠儿,

我们的和平、享乐和至福。

愿耶稣护佑,保您远离苦难。"(第 162—182 行)

　　走兽在狮子加冕的时候跪伏敬礼,百花在玫瑰加冕的时候齐声颂扬,那么理论上,飞禽也应该在雄鹰加冕的时候向"禽鸟之王"行礼致敬,但是在描写雄鹰加冕的一个诗节里,邓巴并没有描述其他鸟禽的反应。这是因为,在这首诗里,就像在大多数梦幻诗作里一样,百鸟并不简单地从属于雄鹰,而是代表着五月和自然,它们就像大自然的乐队、教会的唱诗班。诗歌开篇,五月的到来催动众鸟开始日间祈祷,鸟儿的欢歌令人愉悦。叙事者跟随五月女神进入花园以后,听到鸟儿们发出天使般的歌声,驱散

黑夜，带来光明的慰藉，它们歌唱着欢迎五月女神、芙洛拉、奥罗拉、自然女神和维纳斯。在"玫瑰"——王后的加冕仪式上，在国王、王后的婚礼上，鸟儿们就像是宫廷的乐班，唱着由诗人谱写的歌曲，颂扬国王的威严和王后的高贵，为他们的幸福祝祷。邓巴不仅描述了百鸟合唱，还分别记叙了画眉鸟、鸫哥、云雀和夜莺的祝福。通过它们的歌唱，邓巴极力赞美"玫瑰"玛格丽特，尤其强调她高贵的王室血统，突显了她身为都铎王朝公主的身份——她无论哪方面都完美无缺，她就是"自然女神（在尘世）的代表"（第 173 行）。

邓巴笔下自然女神召开的集会比《百鸟议会》中自然女神召集的百鸟集会显得更加隆重、盛大、庄严、华丽，像是色泽艳丽、极力铺陈渲染的画卷，将尚未举行的詹姆士四世和玛格丽特的婚礼想象、描绘得富丽堂皇，可以说邓巴十分成功地彰显了苏格兰王室的奢华铺张，并弘扬了詹姆士国王的威仪。但是，正如前文所说，身为宫廷诗人，写诗撰文来歌功颂德乃是本分，但是邓巴并不情愿一味高唱赞歌、阿谀逢迎。他深刻了解苏格兰并非理想中的完美国度，也深知詹姆士四世并非理想中的完美君王或者爱人。苏格兰和英格兰长期谈判之后终于实现联姻，两个王国窥见和平曙光，面对这个辉煌的历史时刻，邓巴很可能发自内心地感到高兴，但他也抓住时机，婉转谏言，向詹姆士四世表达了自己的期望。当然，作为一个地位不高的宫廷附庸，想要向君王谏言而不开罪于君王，不仅需要勇气，更需要技巧。邓巴十分巧妙地通过自然女神达成了曲折谏言的目的。

《刺蓟与玫瑰》中花园里百鸟欢迎的女神一共有五位，黎明女神奥罗拉、五月女神、花神芙洛拉、自然女神和爱神维纳斯，但最终主导万物集会、行使加冕仪式的只有自然女神。奥罗拉、五月女神和花神都直接与诗歌设定的春日季节相关，她们的出现主要是为了宣告春天和黎明的到来。爱神维纳斯也没有过多着墨，只是在鸟雀的歌唱中一闪而过："欢迎，维纳斯，爱情女王！"在爱情梦幻诗传统中，维纳斯一向与五月和春天密不可分，而且这首诗本来就是为了庆祝盛大的皇室婚礼而作，理论上维纳斯应该占据更多的空间。事实上，需要注意到，这首诗并没有给"爱情"太多关注。虽然诗歌三次提到了"爱人"（第 13、25、60行），但叙事者明显并不是一位"爱人"，而自然女神为"刺蓟"和"玫瑰"加冕之际，也并没有提到与爱情相关的字眼，如忠贞如一、怜悯、恩典等，甚至完全没有强调二者的结合。博卡特在论述中提到，《刺蓟与玫瑰》这个标题并非出自邓巴本人（实际上，邓巴大多数诗歌并没有标题），而出自首次印刷此诗的阿兰·拉姆齐，他于 1724 年印刷了诗集《常青》（ *Ever Green* ）。她指出："虽然很难找到更恰当的标题，但这个标题过于凸显了刺蓟和玫瑰两个王室的结合，这可能超过了邓巴本人的意愿。"[1] 从诗歌中也可以看到，邓巴的确没有强调"爱情"或者"婚礼"。所以，他并没有让维纳斯主持庆典，将此次集会变成"爱情朝堂"。就像乔叟的《百鸟议会》一样，维纳斯女神偏居一隅，而自然女神成了主宰尘世的主要力量。虽然邓巴没有像乔叟一样将自然女神赞为"万能上帝的代理"，但她不仅号令天地万物，任命、加冕君主王后，还担负了教化君主的职责，就像博卡特所说的，"在这首诗中，自然女神最重要的角色是'教育者'"[2]。她任命狮子为百兽之王，"森林和树丛的守护者"，并教导它要"保护

---

[1] Priscilla Bawcutt, *Dunbar the Makar*, Oxford: Clarendon Press, 1992, p. 92.

[2] Priscilla Bawcutt, Dunbar the Makar, Oxford: Clarendon Press, 1992, p. 97.

臣民、维护律法"，而且：

> 秉公执法、加以宽仁和良知，
> 勿要让弱小动物受到
> 身强力壮的大动物伤害欺凌。
> 执法公正，无论猿猴还是独角兽，
> 勿要让野牛用它们强有力的角
> 欺负温顺的耕牛，尽管它们十分骄矜，
> 而要让它们套上犁轭和平相处。（第106—112行）

自然女神尊重阶级，狮子"级别最高"，所以她赋予它统领百兽的权力，但是作为君王，它有责任保护子民、保障法律公正。就传统而言，国王就是"公正"的源泉，百姓期盼君主可以保护弱小。根据博卡特的注解，猿猴和独角兽分别代表好色之徒、声色享乐和贞洁、德行，如何"公正"对待这两者颇令人费解。"野牛"和"耕牛"分别指高地苏格兰人和低地苏格兰人，邓巴应该是寄望詹姆士四世可以让他们和平共处。在百兽拜倒在地向狮子敬礼的时候，狮王回礼，神色间显出"宽仁大度"。这也是邓巴强调的君王品质：公正而不失仁慈。同样，自然女神授命雄鹰为百鸟之王的时候，强调的仍然是"公平"：

> 指示他公平对待杓鹬和猫头鹰
> 以及孔雀、鹦鹉和仙鹤，
> 无论强悍大鸟还是弱小如鹪鹩都一视同仁，
> 勿要让食肉鸟类惊扰欺凌，
> 切勿吞噬同类。（第122—126行）

自然女神在为刺蓟加冕并寄语时，对刺蓟的要求却有些不同。她首先强调了刺蓟主要的象征意义"防卫"，这与君王保卫家园和子民的职责相符，接下来，她的立场却发生了变化，她放弃了"公正"，转而要求刺蓟根据花草价值区别对待：

> 你既为王，就需行事审慎。
> 没有药效的草价值比不上
> 有药效和芳香的草，
> 勿要让低贱邪恶的荨麻
> 与善良高贵的鲜花为伍，
> 勿要让粗鄙笨拙的稗草
> 与高洁美丽的鸢尾花比肩。（第 134—140 行）

博卡特的解释是，"刺蓟"在这里被看作"园丁"，因为在王室子弟的教育传统中，会把王国比作花园，管理王国的君主就好比护理花园的园丁，而园丁需要区分"有价值"的花草和"没有价值"的杂草。[1] 但是，如果真的只是想要告诫国王像园丁一样甄别花草价值的话，邓巴大可以言尽于此，实际的情形是他又用了整整一个诗节，强调玫瑰的与众不同，以及刺蓟为什么必须看重、珍惜玫瑰：

> 勿要让其他花朵同享尊荣，
> 与这红白相间、清新动人的玫瑰媲美。
> 你若不能区别对待，则将名誉受损，

---

[1] Priscilla Bawcutt, *Dunbar the Makar*, Oxford: Clarendon Press, 1992, p. 101.

> 想想还有什么花如此完美，
>
> 如此纯洁、娇艳、动人，
>
> 如此美丽、喜悦、天使般美好，
>
> 出生高贵、荣耀、尊崇。（第141—147行）

詹姆士四世被比作狮子和雄鹰时，就像狮子统领走兽、雄鹰统领飞禽一样，他面对的是如何统领子民百姓，所以他需要公平、仁慈；但是当詹姆士国王被比作刺蓟时，他面对的是他的王后"玫瑰"：她不仅青春、美丽、纯洁、娇艳，更重要的是出身高贵。邓巴其实是在向国王进言，希望他弃绝从前的那些不堪的、如同杂草般的情人，珍惜眼前这位美丽高贵的王后；从政治上来说，实际也是珍惜与英格兰之间难得的和平。邓巴特意提到了"名誉"，指出，如果刺蓟不能区别对待玫瑰与其他杂草，国王不能专一对待王后，则有可能"名誉受损"。

《刺蓟与玫瑰》是宫廷诗人邓巴写作的应景诗，即使不是"奉命"写作，邓巴与苏格兰王室密不可分的关联也注定他一定要写诗以记载詹姆士四世与玛格丽特·都铎的大婚。邓巴选择了乔叟的"华丽文风"和梦幻诗形式来完成"歌功颂德"的任务，但他抛却了明显的入睡环节，只是用一个短语"我仿佛觉得"悄然进入梦境，巧妙地暗示了梦境，尤其是梦境第一个部分，与其现实内心活动的紧密联系，让读者可以窥见他作为王室御用文人，面对"命题写作"时的彷徨与纠结。最终，邓巴在华丽的理想花园中，通过自然女神的集会，在不露声色中将赞美与教导完美结合。邓巴的梦境华丽浓艳、高贵庄严，巧妙地在梦境中完成了颂扬与劝诫的写作目的。

二、《金色盾牌》 《金色盾牌》是邓巴最重要的作品之一，
——"影响的愉悦" 是他"生前六首付印的诗歌之一"①。斯科特
称，这首诗是"邓巴华丽风格的极致表现：不仅属于风雅爱情传
统，还关乎该传统与理性的不可兼容；这首诗类属封建统治阶级
的老一派诗歌，而那些属于讽刺和市井传统的诗作则引向了彭斯
及其后的诗歌；而且这是邓巴最受称颂（most celebrated）的诗
歌"②。今天的评论家对斯科特所言"最受称颂"可能会有异议，毕
竟"华丽风格"所意味的风雅爱情、拉丁辞藻、浓艳语汇不仅不
再讨喜，反倒引人诟病，而邓巴的作品中，与乔叟的《巴斯妇人
故事前言》密切相关的诗歌《两个已婚妇人和一个寡妇的对话》，
因其女性主题、讽刺手法和朴实（市井）语言等更受到新时期批
评家关注和青睐。当然，《金色盾牌》毕竟是邓巴的重要代表作之
一，无论"称颂"与否，仍受到评论界颇多关注。刘易斯在《金
色盾牌》中看到了"真正的寓意的衰败"（decay of true allegory），
但是肯定了其无与伦比的华美语言："为了纯粹的修饰目的，寓意
形式被整改。"③福克斯的文章《邓巴的〈金色盾牌〉》可以说是与
刘易斯的"对话"，他对诗歌语言、意象、主题的解读条分缕析、
细致入微，并最终认为这首诗体现了邓巴的诗学和美学观。④其他

---

① Denton Fox, "Dunbar's 'The Golden Targe,"', *ELH*, Vol. 26, No. 3, 1959, pp. 311-334,
p. 312.

② Tom Scott, *Dunbar: A Critical Exposition of the Poems,* Edinburgh: Oliver & Boyd,
1966.

③ C. S. Lewis, *The Allegory of Love*, Oxford: Oxford UP, 1936, p. 253, p. 252.

④ Denton Fox, "Dunbar's 'The Golden Targe", *ELH*, Vol. 26, No. 3, 1959, pp. 311-334.

文章或关注诗歌的意义、道德譬喻、诗歌主题，[①] 或揭示诗歌与王室文化和詹姆士宫廷生活的关系，[②] 整体而言，从梦幻诗传统角度出发的研究和评论相对较少，斯皮林的《中古英语梦幻诗》重点研究的是《刺蓟与玫瑰》，对于《金色盾牌》只是匆匆带过。德福睿斯的文章《影响的愉悦——邓巴〈金色盾牌〉与梦幻诗》标题令人期待，但内容差强人意。文章虽然强调《金色盾牌》是一首"梦幻诗"，并试图将之与梦幻诗传统，特别是詹姆士一世《国王之书》和奥尔良的查尔的梦幻诗联系起来，但在详细分析了奥尔良的查尔如何在梦幻诗中对梦幻诗形式进行改变之后，他并没有揭示《金色盾牌》如何运用了梦幻诗传统，反倒是又回到了其他评论家也关注的《金色盾牌》与诗歌创作之间的关系的主题。[③] 笔者认为，对这首诗的解读应该立足于梦幻诗传统，立足于梦幻诗的叙事框架和主题，真正揭示邓巴所感受到的"影响的愉悦"。

与《刺蓟与玫瑰》相比，《金色盾牌》是更典型的爱情梦幻诗。诗歌有着非常明显的梦幻框架，即梦前序曲（第1—45行）—梦境（第46—243行）—梦醒后记（梦醒，第244—252行 + 诗跋，第253—279行）。诗歌一共279行，包含31个九行诗节。

"梦前序曲"包含五个诗节。天刚亮叙事者就起床来到"玫

---

① E Allen Tilley, "The Meaning of Dunbar's 'The Golden Targe'", *SSL*, No. 10, 1973, pp. 220-231; R. J. Lyall, "Moral Allegory in Dunbar's 'Golden Targe'", *SSL*, No. 11, 1973, pp. 47-65; Lois A. Ebin, "The Theme of Poetry in Dunbar's 'Goldyn Targe'", *The Chaucer Review*, Vol. 7, No. 2, Fall, 1972, pp. 147-159.

② Pamela M. King, "Dunbar's Golden Targe: A Chaucerian Masque", *SSL*, No. 19, 1984, pp. 116-331; Frank Shuffelton, "An Imperial Flower: Dunbar's 'The Goldyn Targe' and the Court Life of James IV of Scotland", *Studies in Philology*, Vol. 72, No. 2, 1975, pp. 193-207.

③ David N. DeVries, "The Pleasure of Influence: Dunbar's *Golden Targe* and Dream-Poetry", *SSL*, No. 27, 1992, pp. 113-127. 德福睿思对《金色盾牌》的相关研究进行了较好的概括。

瑰花丛"歇息：诗人描写了梦幻诗中常见的五月清晨美景。分别用"白昼之星""金色蜡烛"和"福波斯"称呼的太阳开始照耀大地，邓巴笔下的世界光辉、明亮、多彩、明媚、灿烂，绿树、鲜花、露珠无不润泽晶莹，紫色的天空、银色的白云、被阳光镶上金边的树木；鸟雀在林间跳跃欢腾、尽情歌唱，河流也是充满生机、动感十足而波光粼粼。看看邓巴用语言描绘的亮丽多彩的春天花园，可以体会到刘易斯对他的"华丽辞藻"的赞叹诚非虚言：

> 澄澈的空气，湛蓝的天空，
>
> 东边天际的红色云霞，
>
> 投射出晶莹光芒，照耀着翠绿的丛林。
>
> 玫瑰花园，色泽鲜艳，芳香馥郁，
>
> 紫色、蓝色、金色，明丽动人
>
> 芙洛拉夫人为她们穿上华服，
>
> 如此华丽高贵，令人心情愉悦
>
> 山崖映衬着光芒四射的河水，
>
> 好像火焰照亮了美丽的树叶。（第 37—45 行）[1]

　　在传统的春日美景描述中，邓巴除了突出"光亮"以外，还暗示了宫廷生活和风雅爱情主题。首先，叙事者来到"玫瑰花丛"（第 3 行），云雀是"天空的吟游诗人"（第 8 行），鸟雀就像"维纳斯的唱诗班"（第 21 行），露珠被阳光照射而蒸发的过程，也被邓巴加进了一缕深情：露珠成了舍不得与阿波罗分开的奥罗拉的眼

---

[1] Priscila Bawcutt, "Ryght as the stern of day begouth to schyne" or "The Goldyn Targe", *William Dunbar: Selected Poems*, London and New York: Longman, 1996, pp. 231-245. 本书该诗引文均出自此版本，随文标注诗行，后文不再加注。译文为笔者所译。

泪，而"蒸发"就像是福波斯"出于爱意"，将露珠一饮而尽（第16—18行）。就像《刺蓟与玫瑰》一样，邓巴没有提及叙事者/做梦人的心情，但是，正如斯科特所言，"诗人在五月清晨漫步在玫瑰园，听着鸟儿歌唱，感受着五月近乎声色的魔力"（almost sexual glamour of May）。就像乔叟《坎特伯雷故事总序》开篇、《百鸟议会》和克兰沃笔下的春日美景那样，邓巴的五月也暗示着万物复苏、春情萌动，诗人在玫瑰丛中感受到的自然是爱情。虽然邓巴避而不提叙事者入睡前的心情或"思虑"，但是，对于熟悉风雅爱情梦幻诗传统的读者而言，这个梦前序曲已经为梦境中的爱情朝堂做了足够的铺垫。

诗歌的梦境部分包含 22 个诗节，可以细分为四个部分。

邓巴首先描述了维纳斯一干人（第 46—108 行）。叙事者声称，"快乐的小鸟如此和谐/身畔流淌的河水潺潺"（第 46—47行），躺在芙洛拉斗篷上的他睡着了。梦里，他看到一艘大船从天边疾速驶来：

> 在我梦中的幻觉中
> 我看到，驶近东方的天空
> 一艘船只，白色的风帆像盛开的花朵，
> 金色的桅堡闪亮如白昼之星，
> 船只疾速向陆地靠近，
> 就像猎鹰快速扑向猎物。（第 49—54 行）

叙事者看到，从船上走下来一百名淑女，身着绿色华服，美丽清新。在第 8 诗节，邓巴采用了"否定叙述法"（"occupatio"或者"paralipsis"）极言梦中所见之美，他声称自己没有能力描述出原野和天空的美丽和辉煌，甚至连荷马和西塞罗的绚丽文采也无从再现这无与伦比的美：

> 我将会描述，但是谁能够写好
>
> 这些点缀着白色娇花的原野
>
> 被点染得如此靓丽、映照着天空的光芒？
>
> 甚至连你也无法，荷马，虽然你长于写作，
>
> 你那绚丽的文风如此完美。
>
> 你也做不到，西塞罗，尽管你
>
> 舌灿莲花，修辞甜美，充满比喻。
>
> 但你华丽的文体仍不足以描写这完美天堂。（第

64—71 行）

接下来，邓巴用四个诗节描写了这些人物：自然女神和维纳斯、奥罗拉和芙洛拉、朱诺、阿波罗和普罗瑟皮纳、狄安娜、克利俄、特提斯、帕拉斯和密涅瓦、命运女神、露西娜和路西法，还有"四月"、"五月"和"六月"姐妹们。颇令人不解的是，邓巴把阿波罗列入女神一班，帕拉斯和密涅瓦被分成两个女神，路西法和狄安娜都是月神的称谓，却也被当作两个不同的女神。斯科特的解释是："邓巴要不就是古代神话知识欠缺，要不就是在开玩笑。"① 不管怎样，邓巴似乎满足于列出一长串神明，并没有深入描述。但是他重点着墨的少数几个女神都紧扣"春天"和"爱情"的主题，比如他指出自然女神赏赐给"五月"一件长袍，"汇集了天底下全部色彩，/ 刺绣、着色都比例均匀"（第 89—90 行）；花

---

① Tom Scott, *Dunbar: A Critical Exposition of the Poems*, Edinburgh: Oliver & Boyd, 1966, p. 42.

园里的鸟雀都低头弯腰向自然女神敬礼，向芙洛拉致谢，并吟唱爱情歌谣，表达心中情愫。

第 108—126 行（第 13—14 诗节）描述了丘比特一行人。丘比特拿着弯弓和箭羽，他的朝堂聚集了马尔斯、萨太恩、墨丘利、普利阿莫斯、福纳斯、亚努斯、尼普顿、艾俄洛斯、巴克斯、普鲁托等。

就像大多数爱情梦幻诗一样，《金色盾牌》的梦境中也出现了维纳斯和丘比特的"爱情朝堂"。邓巴笔下的爱情朝堂却又不同于大多数梦幻诗作中的爱情朝堂。《百鸟议会》中爱情花园的一隅坐落着维纳斯的神庙，利德盖特入睡后即灵魂飞升来到了维纳斯的"玻璃神庙"。《国王之书》中詹姆士一世飞越天际到达维纳斯神庙。在《金色盾牌》中，维纳斯则是率领众人乘坐大船出现在叙事者的玫瑰花园里。爱情朝堂通常会聚集着很多向爱神投递诉状、倾吐哀怨并祈求救助的人。比如利德盖特和詹姆士一世都看到无数"爱人"手持诉状，准备向维纳斯求告。《金色盾牌》里并没有"爱人"聚集，齐聚一堂的却是各路神明，内尔森认为："把所有神祇聚集在爱情朝堂草地上的想法前所未有。"[1] 此外，通常"爱情朝堂"会由爱神丘比特和维纳斯主持（如《爱情朝堂》），或者像《〈贞女传奇〉序言》中的爱神和王后，或者像《玻璃神庙》和《国王之书》中的维纳斯。而且，爱神或者维纳斯会和叙事者或某位"爱人"进行对话交流。《金色盾牌》中维纳斯和丘比特虽然都出现了，但是他们分属于两个队伍，没有任何交集。诗中也完全没有对话，只有叙述。不过，邓巴诗中最有创意的一点可能还是神祇们乘坐的船只。福克斯评论说："《金色盾牌》中两个爱情朝堂乘坐的船舶或许是邓巴的

---

[1] William Allan Neilson, *The Origins and Sources of The Court of Love,* Boston: Ginn & Company, 1899, p. 164.

创意。"① 斯皮林指出这个船只像是假面剧中的道具。② 帕米拉·金也提出:"邓巴并非想要塑造一艘真船的到来,而是在描写一个制作精美的舞台装置。"③ 夏福顿不仅注意到这里的船只,还注意到神明们乘船离开时枪炮齐鸣的场景。他提出,邓巴的重要赞助人詹姆士一世出于个人兴趣和国家利益,对建立一支苏格兰海军特别感兴趣,有一段时间还沉迷于枪炮。④ 诚然,作为宫廷诗人,邓巴肯定非常熟悉王室贵族的娱乐方式和国王的兴趣爱好,也完全有可能投其所好,在写作诗歌时暗中影射。但是,梦幻诗传统中其实也曾出现过船舶,甚至并不能排除邓巴也在文学传统中找到了灵感。

福克斯其实也注意到了马肖的《雄狮叙事诗》和《淑女之岛》,认为这两部作品中虽然出现了岛屿和航行,但是与《金色盾牌》大相径庭。他也提到霍斯的《道德典范》和《快乐消遣》中均出现了船只,但由于无法确认这两首诗先于《金色盾牌》,所以也就无从找到这些诗歌之间的必然联系。⑤ 实际上,虽然没有证据显示邓巴读过《淑女之岛》,但《金色盾牌》与《淑女之岛》颇有些相似之处。《淑女之岛》中有个情节是,淑女岛女王对骑士的态度由最初的冷漠转为同情,并步步接近风雅爱情中女子对骑士的"恩顾"和"怜悯",就在她有可能打开心扉、接受骑士求爱的时

---

① Denton Fox, "Dunbar's The Golden Targe", *ELH*, Vol. 26, No. 3, 1959, pp. 311-334, p. 315.

② A. C. Spearing, *The Medieval Poet as Voyeur*, Cambridge: Cambridge UP, 1993, p. 241.

③ Pamela M. King, "Dunbar's The Golden Targe: A Chaucerian Masque", *SSL*, No. 19, 1984, pp. 116-331, p. 118.

④ Frank Shuffelton, "An Imperial Flower: 'The Golyn Targe' and the Court Life of James IV of Scotland", *Studies in Philology*, Vol. 72, No. 2, Apr., 1975, pp. 193-207, p. 200.

⑤ Denton Fox, "Dunbar's The Golden Targe", *ELH*, Vol. 26, No. 3, 1959, pp. 311-334, p. 316.

候，爱神丘比特率领船队浩浩荡荡地来到淑女岛屿，最终"攻陷了"女王芳心。詹金斯指出，在这些"譬喻模式"的背后隐藏着对我们今天称为"人类心理"的深刻理解。它们聚焦于"女子陷入爱情的那个瞬间"。[1] 也就是说，爱神之所以终于出现在淑女岛，其实是因为女王主观上已经表现出爱情征兆。这一点就比很多风雅爱情诗歌中丘比特武断地一箭重伤"爱人"，令其陷入爱河（比如《玻璃神庙》中的骑士）要符合心理特征。同样，《金色盾牌》是一个"关于爱情进攻诗人芳心、理性用金色盾牌实施保卫的譬喻"[2]，而譬喻背后隐藏的是诗人（所有人）对爱情的欲求、他所受的各种诱惑、他对这种欲望的抗拒以及抗拒失败后最终陷入爱情磨难的经历。可以看到，叙事者入睡前在"玫瑰花园"的盎然春意中已经隐约感受到爱情萌动，因此他在"芙洛拉的斗篷"，即鲜花丛中入睡，而且会在梦中见到爱神维纳斯和丘比特。他梦境中见到的女子们不仅"清新美丽如五月间绽放的花朵"（第59行），且"酥胸洁白、腰肢纤细如柳"（第63行）。梦中的叙事者先是躲躲藏藏、畏缩不前，而后看到众神唱歌跳舞、尽情娱乐，曼妙的歌舞诱惑着他，使他想要靠近，结果被维纳斯发现，遭到"美丽"的攻击。事实上，这些都暗示着叙事者内心对爱情的向往和情欲的逐渐释放。也就是说，他先在主观上流露出"接近爱情"的愿望，维纳斯才可能发动进攻，才可能有爱情与理性之间的冲突。邓巴接下来用描述中世纪比武竞技的笔触呈现了叙事者在情欲和理性之间的挣扎。

---

[1] Anthongy Jenkins ed., *The Isle of Ladies, or The Ile of Pleasaunce*, New York & London: Garland Publishing, Inc., 1980, p. 39.

[2] William Allan Neilson, *The Origins and Sources of The Court of Love*, Boston: Ginn & Company, 1899, p. 163.

梦境的第三部分（第 127—225 行），叙事者看到丘比特王廷的人们演奏音乐、唱着歌谣，而淑女们也开始跳舞唱歌、庆祝五月庆典。他情不自禁地离开藏身之处，试图靠得更近一些观看，但是，"就为了看一眼，我付出了高昂代价"（第 135 行）。维纳斯看见了叙事者，派出弓箭手向他发起攻击。弓箭手中为首的是"美丽"，带领着她的同伴们："优雅""容颜""愉悦"和"灵动"。这时，"理性"出现了，他手拿"金色盾牌"，保护着叙事者。紧接着"青春""纯情""天真""羞涩""惶恐"和"服从"也参与了对叙事者的攻击，但是她们胆小、不愿诉诸武力。"甜美女人味"却毫无顾忌，不惜用炮弹攻击叙事者，跟着她发起攻击的还有"教养""谦卑""节制""隐忍""令名""坚定""审慎""高尚""周到"，外加"合法伙伴""诚实业务""亲切外表""温柔神情""严肃冷静"，但是他们都被"理性"击退。后来，"显赫门第""地位""崇高""比较""荣誉""华服""欲望""任性""盛名""自由""富裕""慷慨""高贵"也向叙事者发射箭羽。在"理性"的护佑下，叙事者没有成为"俘虏"。维纳斯看到进攻不利，于是派"伪装"全力对付"金色盾牌"，"伪装"率领"在场""巧言""珍爱""亲密""美丽"再次发起攻击。尽管"理性"小心防护，抵挡住进攻，撑过了战斗，但是"在场"突然将粉尘扔进"理性"的眼睛，使"理性"迷失了方向，被发放到树丛中。叙事者没有了"理性"的庇护，很快就遍体鳞伤、几欲毙命，只能向"美丽"小姐投降，成了"伤心的囚徒"（第 209 行）。当"理性"迷了眼之后，叙事者也发生了变化：

> 我感觉她（美丽）看起来比从前更明艳
>
> （在理性失去明亮的眼睛之后）

而且容颜也更可爱。

你为什么瞎了眼，理性，为什么呀？

让地狱在我眼中成了天堂，

在找不到恩典的地方寻找怜悯。（第 211—216 行）

叙事者陷入爱情，"佯装""巧言""珍爱""新欢"装模作样、花言巧语、敷衍逢迎，但很快就离他而去，"拒斥"充满敌意地斜眼看他，最后"离别"准备辞行，把叙事者交给"郁闷"。

《金色盾牌》中维纳斯身边的这些譬喻人物反映了典型的风雅爱情传统，当然邓巴自己增加或删减了一些人物。不过，如前面所说，《金色盾牌》强调的是叙事者面对情欲时的困惑、纠结和挣扎，是"成为爱人"过程中的内心冲突，而《玫瑰传奇》和大多数风雅爱情诗歌强调的是"爱人"求爱过程遭到的挫折、冷遇等各种痛苦。在《玫瑰传奇》中，叙事者在快乐花园（Garden of Mirth）遇到爱神一行，爱神一路尾随他来到玫瑰花丛，当他对其中一朵"玫瑰"表现出特别的兴趣时，丘比特用箭射中了他：

拉弓力道强劲、瞄准精确，

他向我射过来的箭击穿

我的心脏，虽然是先穿过我的眼眸。

……

跌倒在地

我仰面朝天；遭此一击，我心脏停止跳动；

它不再工作，我昏死过去。①

---

① Guillaume de Lorris and Jean de Meun, *The Romance of the Rose,* trans. Harry W. Robbins, New York: E. P. Dutton & Co., Inc, 1962, p. 35.

《金色盾牌》中，当叙事者说"就为了看一眼，我付出了高昂代价"（第 135 行）时他不知道，他从藏身之处爬出，想要靠近这些美丽仙子，靠近维纳斯时，其实已经暴露出内心深处的欲望，虽然他并没有像《玫瑰传奇》中"爱人"那样聚焦于一个明确的目标"玫瑰"，但维纳斯已经捕捉到他的爱欲，并立即发起攻击。只不过，邓巴侧重于叙事者的内心冲突：在某种程度上，《金色盾牌》就是一首"灵魂之战"诗歌 [得名于五世纪罗马诗人普罗登修斯的《灵魂之战》（Psychomachia）]，体现了人灵魂深处的痛苦挣扎，特别是理性和情欲的冲突。理性和爱情的冲突在《玫瑰传奇》中已经得到体现，特别是在让·德·莫恩续写的部分，"理性"明确嘲笑"爱人"的愚痴。但是邓巴的直接影响很可能来自利德盖特。利德盖特根据法国诗人吉约姆·德·德耶维尔（Guillaume de Deguilleville）作品《人生朝圣录》翻译而成的《理性与感性》中凸显了"理性之路"和"声色之路"的对立：在诗人半梦半醒之际出现在他面前的自然女神告诉他，世上有两条路：

> 这是理性之路
> 可以叫人，毫无疑问，
> 走上正确道路
> 起点在东方
> 但是西边的那一条，
> 仔细观察就可以看到，
> 是感性之路，
> 全部的目的在于
> 凡尘俗世之物，
> 转瞬即逝、过眼云烟，

浮华虚荣。（第 672—682 行）①

　　邓巴在梦中看到维纳斯的船只疾速驶来，"就像猎鹰快速扑向猎物"（第 54 行），已经预示着如果受到情欲牵制，则会成为可怜的猎物。但是叙事者懵懂无知，内心的欲念驱使他走近爱神，即使在维纳斯的弓箭手变换妆容、拿出武器、进入战斗状态的时候，他还"十分惊叹"（第 142 行）。邓巴的寓意人物包含了风雅爱情文学传统中"完美淑女"的特征，比如《公爵夫人书》中黑衣骑士口中的布兰茜夫人内外兼修的那些美好品质现在都成为"弓箭手"的品质，冲击着叙事者的心灵。②叙事者在百般抵抗（万般纠结）之后，最终选择了抛弃"理性"，向爱情投降。但邓巴想说的是，其实这才是叙事者真正痛苦的开始，失去了"理性"的指引，叙事者已经无法客观评判外界事物，他被爱情迷惑，错将地狱（爱情）当成天堂，竟然想要在爱情中得到"恩典"和"怜悯"。这其实是针对风雅爱情中的"爱人"而言的，一旦沦为"伤心的囚徒"，他们唯一的出路就是求取心上人的"恩典"和"怜悯"，否则就将命丧黄泉。显然，邓巴并不相信"风雅爱情"："佯装""巧言""珍爱""新相识"虚与委蛇、假意调笑，最终他对爱情的追求只能无疾而终，落得与"郁闷"终生相伴。

　　梦境第四部分（第 226—243 行），就在叙事者被"离别"交由"郁闷"，不知所措之际，风神艾俄洛斯吹响号角，狂风骤起，倏忽间，叙事者眼前"只剩下荒野一片，/ 除了鸟雀、河岸、流

---

① Ernst Sieper ed., *Lydgate's Reson and Sensuallyte*, Early English Text Society, 2 Vols., London, 1901, Vol. 1, p. 19.

② Ian Simpson Ross 对《金色盾牌》中寓意人物对叙事者的攻击进行了颇有见地的分析。参见 Ross, *William Dunbar*, Leiden: E. J. Brill, 1981, pp. 264-265。

水，一无所有"（第 233—234 行）。这意味着叙事者对爱情的追求转头成空。这些神明上船离去，她们远去之际还不忘鸣枪放炮。巨大的声响令叙事者惊醒。

《金色盾牌》的梦醒后记非常简短，只有一个诗节。叙事者从失意伤怀的梦魇中惊醒，重新回到入睡之前春意盎然的美丽景致中：

> 我从梦中惊醒，
>
> 愉快的鸟儿欢歌
>
> 因为福波斯柔和的光芒照耀。
>
> 清晨柔美、云蒸霞蔚，
>
> 河谷点缀着健康馥郁的花朵，
>
> 空气清新、柔美、心旷神怡。
>
> 原野上满是红色、白色的花，
>
> 经由自然女神那高贵手法进行修饰
>
> 在这美好的五月，月份之王。（第 244—252 行）

叙事者从梦中的失落、惊惶中醒来，邓巴并没有直接描写他的心情，但当叙事者意识到刚才的一切是一场梦时，肯定十分宽慰。叙事者再次沉浸在五月美好的清晨中，但是在入睡之前，叙事者听到小鸟像是"维纳斯的唱诗班"，突出的是"玫瑰花园"馥郁浓烈的香味，为花园装扮上繁花朵朵的是"芙洛拉夫人"，而此时，叙事者眼里没有了玫瑰，他看到的是"河谷点缀着健康怡人的花朵"（第 248 行），原野上的花是"高贵的自然女神"所点染的。在乔叟《百鸟议会》的爱情花园中，维纳斯代表的是声色情欲，而自然女神则是"万能上帝的代表"，主宰万物。在利德盖特的《理性与感性》中，自然女神告诫叙事者要追随"理性之路"。在《花派与叶派》中，芙洛拉是花派女王。因此，虽然表面上看来叙事者入睡前和梦醒后都是同样的景致，但是梦醒之后的叙事者似乎从梦中得到了启示，他不再有关于维纳斯，即情欲的联想，而开始认可自然女神，即理性。

诗歌最后三个诗节是"诗跋"。邓巴用了两个诗节致敬前辈诗人乔叟、高尔和利德盖特，一个诗节致"小书"，表达谦辞。这都是中世纪诗歌中的常见主题。詹姆士一世在《国王之书》的诗跋中曾致意乔叟和高尔，但同时向中世纪英国文坛"三巨头"致意，这还是第一次。邓巴给予乔叟高度赞誉，甚至暗示他超过了荷马和西塞罗：此前，在描述船上下来的神明之前，诗人曾说即使荷马和西塞罗也无法传达她们的光辉明媚，但说起乔叟时，他却道："您清新多彩的绝妙辞章，／定然可以令这题目焕发光彩。"（第257—258行）

《金色盾牌》是一首典型的梦幻诗，邓巴继承了《玫瑰传奇》以来的深厚的梦幻文学传统，用譬喻形式生动再现了叙事者（所有人）为情欲所惑，尽管"理性"百般劝阻，仍然陷入爱情，最终无功而返的痛苦经历，告诫人们应当遵从理性指引，不可沉迷声色爱欲。他的道德教义并不新颖，梦幻框架也是寻常手段，但是他艳丽华美的词章和诗句与光明妩媚的五月清晨相得益彰，梦前醒后熠熠生辉、优美和谐的美景与梦境中激烈的攻防转换、黯淡的境遇变迁形成鲜明对照，梦境中出场时清新可人的贤淑女子与令人眼花缭乱、杀伐果决计谋多端的"女弓箭手"也显示了爱情的变化与不可靠。邓巴在诗跋中极度推崇乔叟、高尔和利德盖特的华丽风格，而他写作的这首诗就代表了他学习这种风格的最高成就。

第八章

斯凯尔顿的梦幻诗

——《朝廷恩宠》和《月桂冠冕》

约翰·斯凯尔顿（1460？—1529）是中世纪末期的一位乔叟系诗人。他曾先后在剑桥大学和牛津大学学习，在文法和修辞学领域颇有造诣，曾被牛津、鲁汶和剑桥大学授予"桂冠诗人"（*poeta laureatus*, poet laureate）头衔。[①]他与都铎王室关系密切，曾效力于英王亨利七世，担任亚瑟·都铎（于1502年去世）和亨利·都铎（亨利八世）的老师，后离开伦敦去诺福克的迪斯当了几年教区牧师（1503—1512）；斯凯尔顿于1512年返回威斯敏斯特，亨利八世赐予他"王室发言人"（*orator regius*, royal

---

① 斯凯尔顿所获"桂冠诗人"主要是一个学术称谓或学位，和后世的桂冠诗人概念不一样。如戈登所言："（1490年）斯凯尔顿被牛津大学封为'桂冠诗人'，因而获得了一个表彰他长年致力于文法和修辞研究的称号，但是，尽管称为'诗人'，却与诗歌写作能力没有联系。"见 Ian A. Gordon, *John Skelton: Poet Laureate*, Melbourne: Melbourne UP, 1943, p. 15. 另，根据罗伊德所著斯凯尔顿传记，"对于斯凯尔顿而言得授桂冠也许是人生最重要的事件，在他后来的岁月里，此桂冠头衔像盾牌一样为他抵挡嫉恨和仇怨。桂冠的授予是为了嘉奖他用拉丁语写诗的能力，为了褒奖他谙熟文法规则、修辞和整套复杂的韵律艺术；尽管这是一个纯粹的学术荣誉，与现代意义上的官方、民族诗人全无关联，却是学术圈能够颁发的最高荣誉"。见 L. J. Lloyd, *John Skelton: A Sketch of his Life and Writings*, Oxford: Basil Blackwell, 1939, p. 7。

orator）称号。① 在四十多年的写作生涯中，他用英语、拉丁语和法语创作了大量诗歌、散文和戏剧作品。斯卡特古德指出："斯凯尔顿的作品，尤其是他的诗歌，最大的特点在于'多样性'——主题、观点和政治立场、文类、形式和诗节样式、从最绮丽到最粗鄙的语言风格——因此要对他进行概括总结，或者定义他在文学史或正典中的'地位'，真是难乎其难。"② 斯凯尔顿的很多诗歌都与宫廷、朝政和文学（诗歌）相关，比如他的戏剧《辉煌》（*Magniyfycence*）是关于亨利八世和他的都铎王室的，或者说是关于"如何恰当管理王室家族，尤其在财政方面"③；系列讽刺诗《说吧，鹦鹉》（*Speke Parrot*）、《科林·克鲁特》（*Collyn Clout*）和《你为何不来上朝》（*Why Come Ye Nat to Courte?*）主要针对他的"敌人"沃尔希，一位出身屠户之家却在亨利八世朝堂之上平步青云、呼风唤雨的人物；《朝廷恩宠》（*The Bowge of Courte*）揭露了朝堂诡谲、廷臣倾轧；晚期诗歌《月桂冠冕》（*The Garlande of Laurell*）则关注创作、诗名以及诗人与赞助人的关系，表达了斯凯尔顿作为诗人的自觉意识。④ 在这些诗歌中，《朝廷恩宠》

---

① "Royal orator" 一职的翻译颇令人困扰，因为其在英文中的所指也不甚明确。William Nelson 有所论及，参见 William Nelson, *John Skelton Laureate*, New York: Columbia UP, 1939, pp. 122-124。他说，"'王室发言人'具体所指不甚清楚，并指出，由于"演说家"（orator）一词与"诗人"（poet）几乎可以理解为同义词，这可能意味着斯凯尔顿被任命为"御用诗人"。但是"orator"一词还有"使臣"或"文书"的意思，因此，也有可能斯凯尔顿受聘为亨利八世的文书。笔者采用"发言人"一词，希望可以传达"御用诗人"和"外交"两方面的意思。

② John Scattergood, *John Skelton: The Career of an Early Tudor Poet*, Dublin: Four Courts Press, 2014, p. 17.

③ John Scattergood, *John Skelton: The Career of an Early Tudor Poet*, Dublin: Four Courts Press, 2014, p. 233.

④ 斯凯尔顿其他的重要作品包括《麻雀菲利普》（*Phyllyp Sparowe*）、《当心猎鹰》（*Ware the Hauke*）、《强悍的奥尔巴尼公爵》（*The Douty Duke of Albany*）、《答复某几位最近放弃信仰的年轻学者》（*A Replycacion Agaynst Certayne Yong Scolers Abjured of Late*）等。John Scattergood, ed., *John Skelton: The Complete English Poems*, New Haven and London: Yale UP, 1983，收诗歌 26 首。

（1498）和《月桂冠冕》（1523）采用了中世纪普遍流行的梦幻诗形式，是中世纪末期重要的梦幻诗代表作。

一、《朝廷恩宠》　　《朝廷恩宠》（*The Bowge of Court*e）是斯凯
——讽刺梦幻诗　尔顿流传下来的作品中较早的一部，大致创作于1498年，由文津·德·沃尔德（Wyndyn de Worde）于1499年印刷。"Bowge"一词源于古法语单词"bouge"，意为"厨房"，因此"Bowge of Court"就是指官方定量分配给国王宫廷工作人员（servitors）的肉食、饮品。① 珀莱特特别提到亨利七世朝廷的"实物俸禄制度"："亨利七世统治之初，不计其数的人员随侍国王左右，他们所从事的工作定义不清，报酬以实物计，按照某种'实物体系'进行操作。传统上这些人所获得的补贴叫作'供养'或者'朝廷供养'，包括面包、酒类、食用油和柴火，数量丰厚，足以令领取者养家糊口。"② 在这首诗里，斯凯尔顿的意思更接近"恩宠、宠幸"。这首诗共539行，全诗用君王诗节写成。诗歌是典型的梦幻诗，有着清晰的梦幻框架，即梦前序曲—梦境—梦醒后记三个部分。

梦前序曲

诗歌第1—28行是梦前序曲。像大多数梦幻诗一样，诗歌开篇用"星象计时法"描写了叙事者做梦的时间，但是和传统梦幻诗的"春日美景"不一样的是，斯凯尔顿的梦境发生在"秋天"：

---

① William Nelson, *John Skelton Laureate*, New York: Columbia UP, 1939, p. 78.

② Maurice Pollet, *John Skelton: Poet of Tudor England*, trans. John Warrington, London: J. M. Dent & Sons Ltd, 1971, p. 213.

> 秋日，当太阳从处女座
>
> 散发的热浪催熟了玉米，
>
> 当变动不居的月神露娜，
>
> 像女皇一样戴上了
>
> 北极皇冠，含笑嘲弄
>
> 人间的愚痴和不忠；
>
> 当马尔斯披上战袍；（第 1—7 行）①

斯凯尔顿对做梦时间的改变并不新颖。乔叟《声誉之宫》和利德盖特《玻璃神庙》中叙事者做梦的时间都换到了十二月。《淑女集会》中叙事者提到她们于秋日下午在迷宫游玩，当然，由于她是回忆以前做的一个梦，所以她做梦的时间并没有明确。但是，"秋天"在梦境理论中确有其特定内涵。海瑟曼引用约翰·德·萨利斯堡的观点说，"落叶飘零的时节最容易做没有意义的梦魇型梦或者噩梦"。而且，他还提到，文森特·德·伊万说过，发生在秋天的梦往往"特别令人困扰、混乱，且不真实"。②因此，对于熟悉梦幻诗传统和梦境理论的读者而言，斯凯尔顿选择的这个季节暗示了梦境中的困扰和混乱。除了季节，在描述日期时，诗人强调了月神的"变动不居"，这很容易让人联想到变化多端的命运女神。而且，此刻的月亮正好是一轮弯月，看起来像是戴着皇冠，又像是在微笑，而在诗人眼中，月神的微笑是在"嘲弄人间的愚痴和不忠"。毫无疑问，如斯卡特古德所言，斯凯尔顿"想要在读

---

① John Skelton, "The Bouge of Court", in Julia Boffey ed., *Fifteenth-Century English Dream Visions: An Anthology*, Oxford UP, 2003, pp. 232-265. 本书该诗引文均出自此版本，后文不再加注，随文标注诗行。译文为笔者所译。

② A. R. Haiserman, *Skelton and Satire*, Chicago: The University of Chicago Press, 1961, p. 32, p. 33.

者心中制造一种不安情绪"①，但他似乎觉得"秋天"和"月神"还不足以令人不安，还加上了一行"当马尔斯整装待战的时候"。无论这里对应的天体运动状况如何，②"整装待战"传达了一种不和谐的"纷争"意味。

确定了梦境发生的时间，暗示了梦境可能涉及"困惑""混乱""变数""愚痴""不忠"以及"纷争"，诗人开始呈现做梦人/叙事者入梦前的心绪状态。很明显，诗人并没有刻画爱情梦幻诗中常见的"辗转难眠的爱人"，他表现的就是一位诗人，一位资质平庸却想要像"古代诗人"那样流芳百世的写作者：

> 我心中浮现出旧时诗人的
> 伟大作品，他们技艺娴熟，
> 用尽可能隐晦的辞令，
> 阐述一个真理，却遮盖上
> 意义隽永的新颖辞章——
> 他们风格各异，一些人揭露丑恶，
> 一些人书写高尚品德，
>
> 我知道他们的美名
> 永远不会消逝，而将流传百世——

---

① John Scattergood, *John Skelton: The Career of an Early Tudor Poet*, Dublin: Four Courts Press, 2014, p. 107.

② 有学者试图通过第一诗节中的星象和天体运行判断这首诗的创作时间，比如 F. W. Brownlow 认为诗歌创作时间是 1482 年 8 月 19 日晚上 8 点，因为"第 7 行'整装待战'的意思是马尔斯准备作战，而这只能意味着他正结束一个回归期。这一行的描述表明火星正处于回归运动的最后一周左右"。F. W. Brownlow, "The Date of The Bowge of Courte and Skelton's Authorship of 'A Lamentable of Kyng Edward the III'", *English Language Notes*, 22, 1984, 12-40, 转引自 John Scattergood, *John Skelton: The Career of an Early Tudor Poet*, Dublin: Four Courts Press, 2014, p. 106。

我深受鼓舞、跃跃欲试。

但是"无知"很快将我暴露无遗

证明在这方面我无法自信：

她说，我过于笨拙，表达不清，

建议我扔掉笔头

放弃写作，因为如果一个人好高骛远，

希冀不切实际的成就——

他或许头颅坚硬，但是脑力衰弱——

其实我此前已经知晓。

人若是想要登高到无立锥之所

势必从高处跌落；

那时，有谁能拯救他？（第8—28行）

就像爱情梦幻诗中的"爱人"会在夜晚思念心上人一样，斯凯尔顿的"做梦人/诗人叙事者"思考的是"诗名"。虽然斯凯尔顿直到1523年才写作（完成）《月桂冠冕》，认真探讨"诗名"这一主题，尤其是他自己作为诗人的荣誉，但可以看出，他在早年就已经在探寻这一问题，当然，相比二十多年以后接受"月桂冠冕"的自信，此时的他尚处于踌躇满志与自我怀疑的纠结状态。他首先想到，"旧时诗人的伟大作品用尽可能隐晦的辞令"来阐述真理，且"风格各异"，"一些揭露丑恶，一些书写高尚品行"：诗人显然从这些前辈诗人的写作中学到了他们的"寓意"方法，即，将真理巧妙掩盖，"披上简洁精炼的新颖辞章"；读者将会看到，《朝廷恩宠》就是一篇讽刺寓意诗，用"隐晦的辞令"揭露了朝堂的丑恶。诗人进而想到，这些前辈诗人的伟大作品成就了他们的美名，且他们的名气将永远流传。这令他深受鼓舞，"跃跃欲试"
（第17行）：他也想要通过写作赢取名声、流芳百世。但是，年轻
的诗人并不自信。他深感自己"无知"，而且"过于笨拙，不善阐
述"。诗人的忐忑和焦虑通过寓意人物"无知"表达。他想象着这
个叫"无知"的女子建议他"扔掉笔头，放弃写作"，不要好高骛
远，妄想能够达到超出自己能力的高度。虽然斯凯尔顿没有书写
爱情，但是诗人这里的游移不定与爱情梦幻诗诗中"爱人"的踟
蹰不决颇为相似。"爱人"渴望得到心上人的"恩典"和"怜悯"，
但又深感自己才疏学浅，配不上完美的心上人，担心遭到鄙弃和
嘲笑，因而往往在"希望"与"惶恐"间彷徨，不敢向心上人告
白。利德盖特在《玻璃神庙》中将"爱人"这种纠结的情绪描写
得细致入微：

> 我现在已苦闷不堪，
>
> 不知道应该何去何从，
>
> 只知道独自黯然神伤，
>
> 在希望与惶恐之间徘徊无定，
>
> 找不到安慰、救助和建议。
>
> 希望叫我努力追求，大胆尝试，
>
> 惶恐却偏偏又说"不可"；
>
> 于是我在希望中升腾，
>
> 但惶恐和嘲讽，它们铁石心肠，
>
> 无情践踏并浇灭我的信心。①

---

① J. Schick ed., *Lydgate's Temple of Glas*, London: Kegan Paul, Trench, Trubner, 1891, ll. 638-647.

　　诗人渴望诗名，却又担心能力不足，所以甚为惶恐，思忖着是不是应该停止写作。无论是"爱人"的纠结（利德盖特明确用到了"惶恐"这个寓意人物），还是诗人的踟蹰，都和梦境中的做梦人，寓意人物"惶恐"暗相契合：内心充满欲望，却瞻前顾后、畏首畏尾，不敢大胆追求。爱情、诗名、朝廷恩宠，都叫人志在必得、欲罢不能。但是，斯凯尔顿在梦前序曲中还进一步暗示，找到适合自己的位置非常重要，一心求取自己能力所不及或者能力所不能掌控的东西，即使可以短暂拥有，也必将万劫不复。如果"爱人"没有堪与心上人匹配的品质，那么他不可能得到"恩典"和"怜悯"；如果诗人没有足够的才情，如何指望跻身荣誉殿堂，与前辈诗人相提并论；如果廷臣不能长袖善舞，游走穿梭于朝廷上各色人等之中，如何能在朝堂安身立命、久承恩泽？如斯卡特古德所言，"这是一首关于地位不稳和生存焦虑（insecurity and uncertainty）的诗歌"①。表面上看，斯凯尔顿的梦前序曲似乎与梦境中的"朝堂恩宠"没有联系，但"这首诗记叙了一个野心勃勃、'超越了能力范围'的廷臣（'惶恐'）的命运遭际，因此这些程式起到的作用是预示他的命运"②。而且，梦境中的"惶恐"并不是普通的廷臣，而是一个博学多才、擅长写作的廷臣，极可能像斯凯尔顿一样是一位宫廷诗人，他获得的恩宠源于写作能力，但是就像斯凯尔顿对自己的诗才缺乏自信、不确定写作能否为自己赢得传世声名一样，"惶恐"也并不觉得自己通过学识和写作在朝堂上获得的恩宠可靠。像很多设计精妙的梦幻框架一样，斯凯尔

---

① John Scattergood, *John Skelton: The Career of an Early Tudor Poet*, Dublin: Four Courts Press, 2014, p. 109.

② A. R. Haiserman, *Skelton and Satire*, Chicago: The University of Chicago Press, 1961, p. 21. 海瑟曼所谓的程式包括梦前序曲中对古代诗人的指涉和谦逊套路等。

顿通过梦前序曲预示了梦境的氛围和主题。

梦境

斯凯尔顿的梦境叙述包含两个部分："前言"（第36—126行）讲述叙事者挤上"朝廷供养"之船，成功赢得恩宠；"朝廷供养简编"（第127—531行）讲述叙事者"惶恐"与船上七位可疑人物之间的互动交流。

叙事者思虑重重，左右为难，难以抉择，直到精疲力竭，不得不睡觉休息。读者很容易注意到，诗人没有尝试描述任何理想景致，既然是秋日，自然不会有梦幻诗传统常见的绿树葱茏、鸟语花香、流水淙淙的春日美景，但是他也没有描述黍麦收获的秋收场景，而是给出了两个非常具体的地点：哈伟奇港口（Harwyche Porte）和力匙居（Powers Keye）。这是斯凯尔顿朋友的住所，他曾短暂寄居在此：

> 所以我思前想后
> 不知如何抉择才是正途，
> 到后来，我疲惫不堪，
> 不得不睡觉休息，
> 于是我躺下（一准备停当）
> 地点在哈伟奇港口；我就在那里沉睡，
> 在我主人的房子里，那里叫力匙居。（第29—35行）

诗人之所以避开梦幻诗传统中程式化的描写，代之以现实存在的地名，应该是出于"引导读者"的目的。斯卡特古德在论及《朝廷恩宠》开篇时指出，斯凯尔顿想要表明他的诗歌写作立场，试图引导读者正确解读这首诗。^①斯卡特古德主要是针对斯凯尔顿提及的前辈诗人"隐晦的辞令"而言，这表明斯凯尔顿也会用到"寓意"写作形式，希望读者要剥开"新颖辞章"的外衣，发掘掩盖的真理。而在这里，斯凯尔顿将做梦的地点确定在一个真实地点，一个坐落在港口旁的屋宇，而叙事者入睡以后立刻"仿佛觉得"（"me thoughte"）看到了一艘船，这就将梦境和现实无缝连接，从而引领着读者将接下来梦境中发生的事件与现实生活联系起来。

叙事者看到驶进港口的是一艘高大气派的船只，"很明显是布兰特'愚人船'的姊妹"^②。船只靠岸以后，并没有像邓巴《金色盾牌》那样，从船上下来很多神祇，相反，这是一艘商船，"商人们上船去看装载的货物"（第 40 行），看到了"皇家商品"（royall marchaundyse），"琳琅满目，应有尽有，令人愉悦"（第 41—42 行）。叙事者不甘落于人后，"于是随众人挤上前去"。在熙熙攘攘的人群中，他找不到一个熟人，只听一个声音喝令大家安静，然后为所有人介绍情况。叙事者得知这艘船叫"朝廷恩宠"，主人是一位名叫"无双"的高贵夫人（Dame Saunce-Pere）。

> 这里的商品富贵吉利，
>
> 如需购买，代价昂贵。
>
> 这里运输的皇家商品

---

① John Scattergood, *John Skelton: The Career of an Early Tudor Poet*, Dublin: Four Courts Press, 2014, p. 108.

② A. R. Haiserman, *Skelton and Satire*, Chicago: The University of Chicago Press, 1961, p. 22. 德国人文主义讽刺作家塞巴斯蒂安·布兰特于 1494 年出版的讽刺诗作《愚人船》在欧洲影响巨大。1509 年英国诗人亚历山大·巴克莱在布兰特作品的基础上创作了英语版《愚人船》。

名叫"主人欢心恩宠"。（第52—55行）

这时，读者已经清楚，这艘船其实就是王室宫廷，朝廷的恩宠意味着名与利以及各种享乐愉悦，但这份恩宠就像"商品"，需要付出高昂"价格"才能购买。但令人略感奇怪的是，船主人"无双"夫人虽然高高坐在宝座之上，派头正像"爱情朝堂"中的维纳斯或者《淑女集会》中的"忠贞"夫人，但是她并不能决定谁可以得到恩宠，相反，她倒像是寓指"恩宠"。斯凯尔顿对"无双"夫人的描写结合了宝座上的女神和"爱人"心中的完美女子：

> 接着你可以看到那儿一大群人
>
> 推推搡搡想要一睹夫人容颜，
>
> 夫人坐在轻薄金丝帘幕后面
>
> 那面料华丽细密，镶金嵌银，
>
> 她的宝座金光闪耀
>
> 比天庭的福波斯还要明亮，
>
> 她的美丽、荣耀，娴雅举止，
>
> 我才疏学浅、难以尽述。（第56—63行）

挤上船的商人们都渴望一睹夫人容颜，她坐在纱帘后面的宝座上，就像《淑女集会》中的"忠贞"夫人一样，而拥挤的人群也与"忠贞"夫人的朝堂异曲同工。但是，"无双"夫人的两名女使，"拒斥"（Daunger）和"欲望"（Desire），甚至连叙事者本人"惶恐"，却分明是《玫瑰传奇》和其他爱情诗中"玫瑰"或"淑女"身边的人物，就连"欲望"对"惶恐"所说的话，"打起精神来……/ 大胆开口，不要胆怯：/ 不发言的人，也将一无所获"（第

86 行，第 90—91 行），都回荡着《玻璃神庙》中维纳斯对骑士的鼓励："赶紧去吧，打起精神，/ 哑口无言于事无补。"（第 904—905 行）① 所以，对应"爱情寓意"传统，"无双"夫人的角色应该是"玫瑰"或"淑女"，也就是朝堂上人们竞相追逐的"恩宠"。无论如何，斯凯尔顿显然借用了"爱情寓意"传统，"拒斥"延续了风雅爱情中的冷嘲热讽姿态，责怪"惶恐"不应该"分明身份地位低还要往上攀爬"（第 71 行），对他一脸鄙视。"欲望"则鼓励"惶恐"不要羞羞怯怯，要大胆求告，但是，用斯皮林的话说，斯凯尔顿把爱情寓意变成了贸易寓意。② "惶恐"的目的不再是打动"心上人"，而是"买一些货品"（第 79 行）。而这里的"货品"指的是朝廷恩宠，具体而言，是掌握着绝对王权的都铎王朝的朝廷赐予廷臣的恩宠。斯凯尔顿服务于亨利七世的宫廷，担任亨利王子的老师，对廷臣之间的阴谋纷争、倾轧排挤，他并不陌生。珀莱特（Pollet）在《约翰·斯凯尔顿——英格兰都铎王朝的诗人》一书中写道：

> 斯凯尔顿有机会和很多花里胡哨、令人不快、一心谋求国王恩宠的廷臣打交道。而且他最终不得不接受一个事实，受到命运垂青的人儿并不总来自优秀人群。即使处于最保险的职位上，他还是感受到了来自这班野心勃勃、攀附权贵的人的威胁。还有什么比意识到自己正被才华和修养都远逊于己的厚颜无耻、不择手段之徒步

---

① J. Schick ed., *Lydgate's Temple of Glas*, London: Kegan Paul, Trench, Trubner, 1891, ll. 904-905.

② A. C. Spearing, *Medieval Dream-Poetry*, Cambridge: Cambridge UP, 1976, p. 198.

步排挤更令人感到耻辱呢？[1]

珀莱特指出，1498 年前后，斯凯尔顿已经在谋求教会神职，获得神职授任，并参与了一系列布道、礼拜仪式，这意味着他在精神上、物质上逐步独立于朝堂。"作为一名教士的道德高度令他自觉地位崇高，一种想要充分发挥自己讽刺天赋攻讦这伙人的强烈愿望在他心中激荡。"[2] 于是，在这个月神嘲笑世间愚痴、马尔斯准备作战的时节，斯凯尔顿写下这个讽刺作品，向这些愚蠢行径开战。[3] 当然，无论何时，指摘朝廷总是充满风险，所以，斯凯尔顿采用了委婉曲折的"寓意"形式，而且他在开战对象的选择上也十分谨慎：理论上，如果船对应着朝廷，装载的"货品"是"恩宠"，那么船主人"无双"夫人就对应着国王，决定着"恩宠"的分配。但是这样一来，对朝廷和国王的攻讦太过明显，势必会触怒亨利七世，对斯凯尔顿不利。因此，他将诗歌中唯一的"赞美"言辞献给了高踞宝座、荣耀无匹的"无双"夫人，并故意混淆了船主人"无双"夫人与"恩宠"之间的界限，似乎"无双"夫人本身就是"恩宠"。此外，最重要的是，他淡化了"无双"夫人的角色，而把主宰"恩宠"贸易的任务分派给舵手"命运"。"命运"是一个传统的哲学概念，主宰万物的运势，且变化多端、任性妄为。斯凯尔顿对"命运"的描述也符合传统中的"命运"

---

[1] Maurice Pollet, *John Skelton: Poet of Tudor England,* trans. John Warrington, London: J. M. Dent & Sons Ltd, 1971, p. 31.

[2] Maurice Pollet, *John Skelton: Poet of Tudor England,* trans. John Warrington, London: J. M. Dent & Sons Ltd, 1971, p. 31.

[3] Maurice Pollet, *John Skelton: Poet of Tudor England,* trans. John Warrington, London: J. M. Dent & Sons Ltd, 1971, p. 32.

形象，这就避免了朝廷人士（国王）对号入座的风险。①

　　"命运"首先出现在"无双"夫人宝座上的烫金文字中："警惕命运，她时好时坏"；然后出现在"欲望"对叙事者"惶恐"的忠告中，她提醒"惶恐"一定要和船上掌舵的"命运"交朋友：

> "说实在的，"她说，"无论风如何吹，
> 命运引导、统领着我们这艘船。
> 她憎恨之人将被扔到海里。
>
> 她若爱谁，则此人就有享不尽的欢乐
> 尽情欢笑、尽情玩乐。
> 她若恨谁，则将他抛在深沟，
> 只要她不开心她就要大发雷霆。
> 她会珍视他，她亦能抛弃他。"
> "哎呀，"我说，"我怎样才能保有她的欢心？"
> "说真的，"她说，"你得靠幸运宝石。"（第110—

119行）

　　"欲望"的警示很好地展现了"命运"随心所欲、恣意妄为的品性。实际上，由此可以窥见斯凯尔顿的两层意思：首先，无论名字叫"命运"还是"无双"夫人，无论是船的主人还是船的"舵手"，这位分派"恩宠"的人可以寓指亨利七世。亨利七世虽然在博斯沃思战役中击败约克王朝的理查三世，结束了玫瑰战争，

---

① 斯卡特古德更多地从文学传统角度分析了斯凯尔顿将"命运"作为舵手的必然性，他举例说明"命运"不仅在文学传统中时常"被塑造成女舵手形象，而且在视觉艺术中也常被呈现为呼风唤雨的舵手形象"。参见 John Scattergood, *John Skelton: The Career of an Early Tudor Poet*, Dublin: Four Courts Press, 2014, pp. 115-116。

建立了都铎王朝，迎娶约克家族的伊丽莎白以加固王权并联合红白玫瑰，但他的王室血统和继承王位的合法性常遭到质疑，因此他高度敏感、性情乖张、变化莫测，"欲望"所描写的"命运"生杀予夺随心所欲的情形也完全适用于亨利七世。此外，如果站在更高层面来看，"命运"不仅决定着廷臣的升迁富贵，还掌控着英格兰这艘船的风向走势，她可能爱这个国家，也可能恨这个国家，所以作为"船主"，国王也需要警惕时好时坏的命运。

　　斯凯尔顿在前言中清楚地呈现了船舶与朝廷的寓意对等，揭示了船主"无双"夫人—国王、"货品"—恩宠、"命运"—舵手的寓意关联，同时也暗示了在这个朝廷获得恩宠并非凭借真才实学，而需要关系（门路）、钱财、胆大（厚颜）以及运气："惶恐"一上船，就看有没有熟人朋友（他没有），并对"欲望"说，"我没有熟人/可以替我引荐美言、牵线搭桥；/除此之外，我家产微薄"（第92—94行）；"欲望"建议他"大胆开口、不要胆怯"，因为"不发言的人，也将一无所获"（第90—91行）；[1]"欲望"赠予他"好运宝石"，"任何凡人/只要能拥有好运宝石，/任何青睐、友情都不会将他抛弃/好运宝石会让你心愿得偿，/得到眷顾垂青、尊享恩荣"（第99—106行）。可以看到，斯凯尔顿不仅在抨击朝堂上的这些不良风气，也通过"命运"的乖张和"好运宝石"警示，朝廷恩宠并不可靠：当"惶恐"问起如何才能保有"命运"的欢心时，"欲望"回答说，"你得靠幸运宝石"（第119行）。也就是说，得到恩宠凭运气，保有恩宠也凭运气。所以，当"惶恐"和挤上船的商人们一道簇拥着"命运"，拼命恳求，终于赢得了

---

[1] 海瑟曼对此处的解读侧重于"言语"，他说：这里"呈现了宫廷讽刺诗所鞭挞的宫廷生活的一个方面：廷臣的阴谋、愚痴、痛苦、突如其来的升迁和贬谪，这些都基于虚无缥缈的辞藻"。A. R. Haiserman, *Skelton and Satire*, Chicago: The University of Chicago Press, 1961, p. 22.

"恩宠"之际，斯凯尔顿早已暗示了"惶恐"的命运。

前言部分完结之后，斯凯尔顿的关注点从朝堂的整体运行转移到独立个体，即"七个狡黠多端的人物"："逢迎"（Favell, the Flatterer）、"疑惧"（Suspicion）、"骗子"（Harvey Hafter）、"蔑视"（Disdain）、"放纵"（Ryote）、"伪善"（Dissimulation）和"欺诈"（Deceit）。这些都是寓意人物，意味着他们代表某种品质，是斯凯尔顿从他对宫廷生活的观察体验中发现的品质。数字"七"很容易让人联想到七宗罪，虽然斯凯尔顿列出的这些品质与基督教的七宗罪关联并不明显，但诗人一一描述某种品质与"惶恐"的对话的写作方式，也不排除诗人的确在暗示这些品质就是廷臣的"七宗罪"。为了更好地传达朝堂上这些"邪恶品质"给廷臣带来的不安和惶恐，斯凯尔顿让第一人称叙事者"惶恐"成为"窥探者"。一方面，这些人物粉墨登场，在这位新近得宠、炙手可热的廷臣面前尽情表演（独白），"惶恐"可以从他们的谈话中窥探出他们的性情和心思；另一方面，出于"惶恐"小心翼翼的天性，他无处不在，密切注视这些"同僚"的举动，唯恐他们伤害自己，因此，他不惜"偷听"他们的谈话："于是我靠前偷听他们的对话。"（第 182 和 296 行）斯凯尔顿通过七个"廷臣"与"惶恐"之间的互动交流，加上"惶恐"偷听到的"廷臣"之间的对话，不仅将七种品质生动呈现，更重要的是，他表现了朝堂上廷臣鬼鬼祟祟、勾结密谋、排除异己的可怕行径。

斯凯尔顿塑造的"我"在梦境序言中就显示出"惶恐"的性格特征，一方面他不愿落于人后，看到别的商人纷纷挤上船只看货，他也随人群挤上前去，另一方面他想要寻求熟人的帮助，当然，尽管他"找不到熟人"，但还是挤在"推推搡搡想要一睹夫人容颜"（第 57 行）的商人中间，争先恐后观看"无双"夫人那华

丽的金丝帘幕、金光闪耀的宝座，以及她的美貌和举止；一方面
他意识到自己身份低微、家产微薄、无人提携，另一方面他想要
赢得恩宠的欲望如此强烈，鼓舞着他勇往直前。在前言中，"惶
恐"凭借"幸运宝石"庇护获得了恩宠，但是从梦境正文中可以
看到，"身份低微、家产微薄、无人提携"的"惶恐"之所以赢得
恩宠，在"船上"（朝堂）立足，是因为他的学识才华，比如"逢
迎"极力赞美他的学识、德行：

> 这世间最令我惊叹的莫过于
>
> 你的丰富学识，如此卓越优秀；
>
> 真是幸运啊，我们能有你做伴，
>
> 你每日谨守德行；
>
> 命运赠予你恩宠礼物：
>
> 诺，一个人能拥有学识实在太好！
>
> 所有世间宝物都不值一晒。
>
> 你十分能干，才华出众，
>
> 与我们同住，共同为夫人效力。
>
> 对她而言，你的价值超过一千镑。（第148—157行）

　　尽管"逢迎"说"好话"部分是出于其奉承本性，但"骗子"
和"伪善"也都各怀心事地夸奖"惶恐"，"骗子"称赞他"才华
满腹、举止文雅"（第261行），并明确提到他"写诗"（第243
行），"伪善"则赞美他"有德又博学"（第449行），是一个"有
学问的学者"（第454行）。"惶恐"因为出众的才华，很快赢得
"无双"夫人的宠爱，就像"骗子"所言：

我敢说这里每个人

都非常乐意与你共事。

我相信还从来没有人这么快就赢得

主上这么多的赏识青睐；

我向上帝祈愿主子对你的喜爱永不停息。

你能得到如此恩宠实是万幸：

这真是十分美妙，就像我渴望得到救赎。（第267—

273行）

　　"惶恐"刚上船就赢得"无双"夫人恩宠，他一开始也是踌躇满志、意得志满：

扬帆起航，命运掌舵，

我们不缺幸运好风，一帆风顺；

我们的恩宠像榆木一样坚不可摧，

定将永远停驻不离。（第127—130行）

　　"惶恐"在朝堂上平步青云、恩宠有加，这也是斯凯尔顿个人荣光的真实写照。根据罗伊德的传记，1498年前后，斯凯尔顿一度风光无限："他是王室教师，教士、诗人、享有盛名的学者、才子和音乐家。国王（亨利七世）曾赏赐他一件黄金刺绣丝袍；三所大学授予他桂冠；威廉·卡科顿在翻译《埃涅阿斯纪》时曾就教于他，而且荷兰学者伊拉斯谟由于仰慕他的才华，曾称他为英国的荷马。"[1]虽然斯凯尔顿受聘为亨利王子老师的具体年份未有

---

[1] L. J. Lloyd, *John Skelton: A Sketch of His Life and Writings*, Oxford: Basil Blackwell, 1939, p. 2.

定论，但可以肯定的是，"是在他学术声誉达到顶峰的时候被任命为亨利王子的老师"①。戈登也指出，到 1490 年，斯凯尔顿就已是学术界和朝堂的重要人物。几年以后，斯凯尔顿这位"三所大学的毕业生、未来国王的老师，与主教同游，与大学官员用餐，俨然成为伦敦圈和大学城颇有分量的人物"②。但是，正如戈登提到的那样，"朝堂生活毕竟是朝堂生活。斯凯尔顿并非没有敌人和诋毁者。这是王室加恩的惩罚"③。斯凯尔顿显然很清楚自己声名鹊起、备受恩宠会招致其他廷臣的不满和嫉恨。尽管他一生忠于亨利八世，但他与其他廷臣颇多龃龉，他"自我辩白和攻讦他人的需求在讽刺诗作中得到了发泄，而讽刺也成为他一生创作的重要特点"④。无疑，《朝廷恩宠》的梦境中隐藏了如日中天的斯凯尔顿认清朝堂复杂之后所感到的深深不安和惶恐。诗歌中的"惶恐"正是他内心缺乏安全感的反映：他期望永享恩宠，但即使是才华换来的盛宠，在"小人当道"的朝堂，他也只能惶惶不可终日，敏感地看到了"蜜糖之下往往藏匿苦胆"（第 131 行）。他注意到七位狡黠多端的人物，并且像"疑惧"一样，小心翼翼地关注他们的一言一行，偷听他们的对话。比如，他听到"逢迎"背地里骂他："惶恐真是恶棍!"（第 187 行）又偷听到"蔑视"和"骗子"暗中议论他，称他为"那昨天才来的傻子"（第 301 行），说他：

　　如今风头正盛，

---

① L. J. Lloyd, *John Skelton: A Sketch of His Life and Writings,* Oxford: Basil Blackwell, 1939, p. 10.

② Ian A. Gordon, *John Skelton: Poet Laureate*, Melbourne: Melbourne UP, 1943, p. 17.

③ Ian A. Gordon, *John Skelton: Poet Laureate*, Melbourne: Melbourne UP, 1943, p. 17.

④ Ian A. Gordon, *John Skelton: Poet Laureate*, Melbourne: Melbourne UP, 1943, p. 18.

> 那白痴博士——惶恐吧，我想他叫这个名字。
>
> 凭上帝之骸骨，除非我们想点法子，
>
> 不然他怕是要抢了我们的饭碗！（第 302—305 行）

不仅如此，"蔑视"甚至当面辱骂挑衅：

> 你难道以为，你这个苦力、骗人的恶棍，
>
> 以为我会眼睁睁看着你平步青云？
>
> 凭上帝的伤口起誓，我的宝剑会剃了你的胡子！
>
> 那时你肯定满心喜悦，毫无疑问：
>
> 不不不，你满口胡言，你不可能高高在上；
>
> 我们才是你的上司，你也必须敬着我们，
>
> 否则我们让你衣不蔽体！（第 337—343 行）

可以看出，尽管"惶恐"凭借真才实学、勤奋努力赢得了恩宠，却因为出身寒微、初来乍到，导致其他廷臣难以接受他骤然的飞黄腾达，或拉拢讨好，或不服、嫉妒，或感到地位受到威胁而想方设法欲除之而后快，或假装友好、暗地使坏。在充满窃窃私语和阴谋诡计的朝堂上，"惶恐"感到危机四伏，惶惶不安，他唯一的出路就是逃离。从斯凯尔顿本人的传记来看，1498 年以后，他逐渐远离宫廷，积极参与教会工作，慢慢地淡出了人们的视线，最后于 1503 年离开伦敦，去诺福克的迪斯做了主教。至于他因何离开亨利七世的宫廷，是主动逃离，还是遭到排挤失去了亨利七世的恩宠，因缺乏相关历史记录，不得而知。但是从《朝廷恩宠》一诗来看，朝堂之上的是是非非的确让斯凯尔顿感到不安，与其

生活在惶恐之中，倒不如及早抽身。①

　　令"惶恐"心生恐惧的七位譬喻人物虽说代表的是"想要在朝堂平步青云需要的一些邪恶品质，是中世纪和文艺复兴时期'自我表现'和'自我保存'的重要品质"②，但斯凯尔顿将他们塑造得栩栩如生、活灵活现。罗伊德对他的人物刻画给予高度赞誉："斯凯尔顿在塑造这些浑人的时候的确几乎完全打破了寓意的束缚，因为尽管他为他们起的名字——'放纵''蔑视''疑惧'等——都是传统的角色类型，人物自身却各具特色，简直就是活色生香。"③他主要采用了"独白"来呈现他们的性格特征。虽然每个人物出现的场景中，"惶恐"也会出现，而这些人物往往都是在同"惶恐"谈话，他们却并没有"对话"："惶恐"对相应话语的反映都是通过叙述方式表示，而不是谈话方式，所以细究起来，每个譬喻人物的发言都像是一个"戏剧独白"，言语间暴露了其最根本的性格特征和动机。

　　最"擅长溜须拍马"的"逢迎"见到"惶恐"，便说了一大堆赞美之词，当然也不忘提到其他人如何不存好意，但是他愿意成为"惶恐"的忠实好友，帮助他永享恩宠。最后还叮嘱"惶恐"不要把他的话外传。"逢迎"的恭维话虽然动听，但他提到有好些人意图中伤"惶恐"，虽然表示要站在"惶恐"一边抵挡那些不怀好意的攻击，却又神神秘秘，不敢声张，这已经足够在"惶恐"

---

① 内尔森对斯凯尔顿离开亨利七世宫廷的推论是："没有证据显示诗人因为得罪了亨利七世而被解雇。也许，像'惶恐'一样，他是主动离开，因为再不能承受作为廷臣需要承受的卑躬屈膝和尔虞我诈。"William Nelson, *John Skelton Laureate*, New York: Columbia UP, 1939, p. 81.

② Julia Boffey, ed., *Fifteenth-Century English Dream Visions: An Anthology*, Oxford UP, 2003, p. 233.

③ L. J. Lloyd, *John Skelton: A Sketch of His Life and Writings,* Oxford: Basil Blackwell, 1939, p. 40.

心中制造一种令人不安的"敌意环伺"的印象。而"惶恐"也注意到，"逢迎"的斗篷里面镶嵌着"可疑的首鼠两端"（第77—78行）。所以，当"逢迎"迎面碰到"疑惧"并开始聊天的时候，"惶恐"便凑近偷听。果然，他听到"逢迎"对"疑惧"谎称"惶恐"说不想和"疑惧"打交道，还替"疑惧"不平，骂"惶恐"是个恶棍。足见"逢迎"正是一个两面三刀、首鼠两端的小人。

"疑惧"自然是疑神疑鬼，总怀疑别人在背地里议论他：他看到"逢迎"和"惶恐"聊天，于是见到"逢迎"的时候问"惶恐"有没有提起他，见到"惶恐"的时候则问"逢迎"有没有提起他。明明刚和"逢迎"说了一通"惶恐"的坏话，对"逢迎"说要找"惶恐"质问，一转身碰到"惶恐"时，又劝告他不要经常与"逢迎"一同出入，不仅"好意"叮嘱他要谨言慎行，为了表示他的信任，还同"惶恐"分享了一些秘密：

> 一个人首先要牢记
>
> 谨言慎行、多看多听；
>
> 要不是因为我信任你，愿上帝拯救我，
>
> 我绝不可能跟你如此坦诚。
>
> 我想，只有在你面前，我才敢敞开心扉；
>
> 现在我已经完全放开戒备
>
> 准备告诉你一些本不应该宣扬的事情。（第210—217行）

这里可以看出斯凯尔顿塑造了一个自相矛盾的"疑惧"形象。他虽然建议"惶恐"谨言慎行、多看多听，自己却很快放开戒备，要给"惶恐"讲一些不该宣扬的事情（第216—217行）。斯凯尔顿接下来的叙述似乎暴露了"惶恐"的深沉心机：

于是我向他保证我的忠诚，

绝不会泄露他的秘密

如果他愿意信任我的话。

否则，我非常热切地请求他，

他尽可以保守秘密；如此一来，

他就可以确保没有人背叛他，

因为秘密被安全地锁在他的脑子里。（第218—

224行）

也就是说，并非像斯凯里古德所说的，"惶恐"让"疑惧"尽可以保守秘密是因为出于他"想要逃避、不想卷入是非的意愿"，他宁愿不知道这些秘密，[①] 而是"惶恐"欲擒故纵，明明想让"疑惧"告诉他秘密，却假装不在意，反倒激得"疑惧"必须把秘密告诉"惶恐"，不然倒显得他不是真的信任"惶恐"。"疑惧"果然向"惶恐"道出了自己的全部心思之后，很可能觉着自己没有"谨言慎行"，自觉没趣，所以只是简单地说了句"以后再聊"，就自行离开了。最重要的是，"惶恐"还接着补了一句"他打算去往何处／我不敢言说；我许诺要保持沉默"（第228—229行），故意显示自己信守承诺。虽然在梦境中，"惶恐"几乎总是以"聆听""观望"和"窥探"的姿态出现，而且总显得诚惶诚恐，但在这里，斯凯尔顿却不经意间流露出自己智力和道德上都高于其他廷臣的自满。

"骗子"出场的时候，"蹦蹦跳跳走过来，像树叶一样轻盈"（第231行），他喜欢取人钱财：

---

① John Scattergood, *John Skelton: The Career of an Early Tudor Poet*, Dublin: Four Courts Press, 2014, p. 124.

> 他胸前戴着一个骰子盒：
>
> 他的嗓音清脆，歌喉动听。
>
> 我觉着他的外套镶着狐狸毛边；
>
> 他一直唱着，"既然我全不实诚"。
>
> 要让他不小偷小摸实在太难。
>
> 他盯着我看，脸上一抹山羊胡须；
>
> 我看见他，钱袋子顿觉惊惶。（第232—238行）

　　"骗子"的形象与动物联系密切：他的衣服上镶着狐狸毛边，传统上狐狸就是骗子的象征；他长着山羊胡须，山羊则暗示着好色淫邪。此外，他才疏学浅、智力低微，喜欢哼唱小曲，可是"一个音符也不认识"；他在朝堂上并不顺遂，虽然"已在此处效力多年，却仍旧阮囊羞涩、生活艰难"；尽管他忍不住在"惶恐"面前抱怨多年效力未获酬劳，却不敢让别人知道他心中的怨气，叮嘱他"千万不要对外人提起我说过此话"。为了换取他的信任，还保证说："如果我听到任何闲言碎语／于你不利，我定会告知于你。"（第277—278行）身为"骗子"，成天哼哼哈哈、唱着小曲儿，心里却隐藏着不敢言说的怨怪，因为他也深知朝堂凶险，充满"闲言碎语"，平时并不敢暴露真实想法。当他对"惶恐"说"我向上帝祈愿主子对你的喜爱永不消减"的时候，心中一定五味杂陈：既想起了曾经自己或许也曾受到恩宠，又深知"主子的喜爱永不消减"绝无可能，谁知道现在饱受赏识青睐的"惶恐"哪天又像自己一样"生活艰难"。实际斯凯尔顿也在借"骗子"之口表达靠着朝廷恩赏过日子并不可靠。

　　"骗子"离开"惶恐"，迎面碰到"蔑视"。斯凯尔顿对"蔑视"的刻画十分生动：

……他看起来好生奇怪：

他趾高气扬，任何人不放在眼里；

他身着黄色衣袍，上面绣满奚落；

兜帽上镶着愤愤不平；

他总是皱着眉头，好似在诅咒发誓。

他紧咬嘴唇，看起来扭捏非常；

他的脸扭曲好似被蜜蜂蜇过——

他从来不会调笑嬉戏。

嫉妒侵蚀了他的五脏六腑；

仇恨占据了他的心灵

在我眼里他苍白如死灰。

我想，这行尸走肉叫作蔑视。（第281—294行）

　　斯卡特古德指出斯凯尔顿塑造的"蔑视"似乎借鉴了中世纪传统中对七宗罪之一"嫉妒"的描写。"嫉妒"往往苍白、消瘦、疾病缠身、愤愤不平，喜欢紧咬嘴唇，"蔑视"也具备这些特征。[①]朝堂之上的"蔑视"自视甚高、瞧不上任何人，所以"惶恐"的平步青云令他嫉妒、恼怒。作为朝堂上的"老人儿"，"重要人物"，他不需要像"逢迎"和"骗子"那样在"惶恐"面前虚情假意、奉承逢迎，他毫不掩饰内心的不满和仇恨，直截了当找"惶恐"发泄怒火：

　　他朝我走过来挥舞拳头，

---

① John Scattergood ed., "The Bowge of Courte", *John Skelton: The Complete English Poems*, New Haven and London: Yale UP, 1983, p. 397.

满脸的嘲弄变成怒气冲冲。

他竭尽全力寻衅找茬：

他皱眉、瞪眼、跺脚。

我看着他，以为他发疯了。

他傲慢无礼地两手叉腰，

就这样开始斥责于我。（第 316—322 行）

　　"蔑视"对"惶恐"最大的不满在于，作为一个新人，"惶恐"竟然抢了"（他们）这些老人儿"的风头，这让"蔑视"感到受了奇耻大辱，威胁"惶恐"说：

只要有机会，我定会对付你，

不管后果如何（第 335—336 行）。

我们才是你的上司，你必须敬着我们，

否则我们让你衣不蔽体！（第 342—343 行）

　　"蔑视"代表着朝堂上根深蒂固的"古老"势力，他们习惯了高高在上，习惯了独享国王恩宠，突然间新人飞黄腾达、备受青睐，他们必然感到不平、愤怒，因为地位受到威胁而挑衅滋事。

　　接下来，斯凯尔顿描写了"放纵"，一个典型的浪荡子。他衣衫褴褛、身无分文、嗜好赌博，时常熬夜玩乐，沉醉于烟花柳巷；他恬不知耻地邀请"惶恐"跟他一起"找乐子"，对他说："你不要望着月亮沉吟思考。/ 人生在世莫过于吃喝睡觉，/ 所以啊，跟我们一起混吧。"（第 383—385 行）他跃跃欲试地请"惶恐"跟他赌一把，结果翻遍了口袋也没有找到赌资。斯凯尔顿设计的形象和语言都十分符合"放纵"这个人物的特征。尽管"放纵"没有对"惶恐"表达任何不满情绪，但斯凯尔顿通过塑造"放纵"，抨击了朝堂上一些游手好闲、沉迷享乐、下流无耻、污秽不堪的角色。

放浪形骸的"放纵"一溜烟飞跑离去，"惶恐"环顾四周，看到"蔑视"和"伪善"站在一起鬼鬼祟祟地交头接耳，这让他感到不安和痛苦，因为他"越想越觉得他们没安好心"（第 426 行）。这次他没有走上前去偷听他们谈话，因为"伪善"很快来到他跟前。"伪善"有着两副面孔，两只衣袖里分别藏着不同的道具：

> 那时，我看到两张脸：
> 一张消瘦憔悴像鬼魂，
> 另一张狰狞就像要把我杀死。
> 他开始朝我走过来，
> 快要走到我面前的时候，
> 我看到他一只衣袖藏了一把刀，
> 上面写着一个词：捣乱。
>
> 另一只袖子里，我好像看到
> 一个金勺子，装满了蜂蜜，
> 可以喂给傻瓜并抢劫他们。
> 这只衣袖上面写着文字：
> 错误的抽象源于错误的具体。（第 428—439 行）

这个鬼魂一般面目狰狞的"伪善"一手刀、一手蜜，欲言又止地暗示有人恶意中伤"惶恐"，假装正义地批评那些中伤"惶恐"的人，一会儿怒不可遏地要替"惶恐"讨回公道，一会儿又虚情假意地希望"惶恐"能和"他们"达成和解。他这一番义正词严的说辞给满腹狐疑的"惶恐"带来无限惊恐，因为"惶恐"本来就疑神疑鬼，只要看到有人窃窃私语，就担心他们在盘算着对付自己，"伪善"这么一说，正好证实了他的猜疑。而"伪善"前脚刚走，"衣着华丽"的"欺诈"马上跑来，他在"惶恐"身后大喝一声，令"惶恐"大吃一惊。"欺诈"擅长小偷小摸，"惶恐"感叹："如果我没有及时躲避，/ 恐怕他会掏空我口袋里的钱币"（第503—504行），"他经常小偷小摸，不需要另开工资"（第509行）。但是，斯凯尔顿笔下的"欺诈"并未行窃，他声称看到很多人欺骗"惶恐"，他为此感到无比愤慨，很想替"惶恐"出头，他成了压垮"惶恐"的最后一根稻草：

> 他在我耳朵里窃窃私语
>
> 讲一些莫须有的阴谋诡计，
>
> 此时，我仿佛看见到处都是坏人
>
> 想要谋我性命。
>
> 他们靠近我的时候，我紧紧抓住船舷，
>
> 想要跳进大海……（第526—530行）

这就是"惶恐"在"朝廷恩宠"船上的结局。当初他被恢宏华丽的"大船"吸引，跟随众"商人"上船观看"货物"；在"欲望"和"命运"的帮助下他获得了"恩宠"，"一帆风顺"、春风得意。但是，七个心思诡诈的人物让他逐渐认清了"船上"隐藏的险恶：两面三刀的"逢迎"，疑神疑鬼的"疑惧"，不学无术、吊儿郎当的"骗子"，趾高气扬、嫉贤妒能的"蔑视"，耽于享乐、下流轻狂的"放纵"，搬弄是非、造谣生事的"伪善"和"欺诈"。

他们的"独白"显示"船上"充斥着诸多不堪小人，他们聚在一起阴谋算计的情形暴露了"船上"众人相互倾轧、狼狈为奸的丑恶。在"欺诈"对"惶恐"讲述各种阴谋诡计的时候，也许并没有真正的"坏人"靠近"惶恐"要取他性命，但是一幕幕场景蕴含的恐怖和不安已经足以令"惶恐"产生幻觉，或者说令他意识到最终的结局可能就是遭人陷害。而他在梦中选择的逃离方式就是跳海。这显然并不是想要自杀，而是逃离那艘已然"去魅"的"大船"。

梦醒后记

斯凯尔顿的梦境后记相对简短，只有九行。随着做梦者／叙事者跳海的举动，他从梦中惊醒。他旋即拿起笔墨，写下了"这本小书"：

> 他们靠近我的时候，我紧紧抓住船舷，
> 想要跳进大海；就在那时我醒了过来，
> 拿起笔墨，写下这本小书。
>
> 我希望不会令人不满；
> 恳请看到或阅读此书的人，
> 不偏不倚公正评判，
> 因为所有一切都发生在梦里。
> 我不能说这是真实事件，
> 但是梦也常常包含真实。
> 现在请您自行解说。（第 530—539 行）

表面上看，最后这个诗节就是一个传统的"免责声明"，此前的诗人也喜欢在诗歌结束时加上一些恳请读者原谅自己才疏学浅、言语粗陋之类的客套话，然而斯凯尔顿这几行诗却绝非敷衍塞责走过场。很明显，他选择的"反宫廷"题材十分敏感，很容易触怒相关人士，所以必须请求他们"不偏不倚公正评判"。除此之外，斯凯尔顿还再度祭出了"梦"作为幌子：毕竟诗歌中的一切都只是一场梦，真真假假，难以分明，唯有读者自己评说。回顾诗歌开篇，斯凯尔顿倾慕前辈诗人"用尽可能隐晦的辞令，/阐述真理"（第10—11行），而他现在也用同样的方式，试图在虚虚实实之间婉转传达对现实的讽刺。

《朝廷恩宠》是斯凯尔顿早年的重要诗篇，是他对朝廷生活的反思和讽刺。他采用梦幻诗形式，将"惶恐"在"船上"（朝堂）的经历置于梦境之中，一个直接的作用在于表达了"朝堂生活犹如梦魇"，就像斯皮林所指出的那样，"诗歌声明朝堂上的现实生活就是一场噩梦，一场不可能醒来的噩梦"①。所幸，"惶恐"是一位博学多识的诗人，他梦醒之后，还可以从事写作，可以继续追随前辈诗人的脚步，努力成就诗名，流芳百世。斯凯尔顿本人于1503年离开亨利七世的宫廷，前往迪斯担任主教；他与英格兰王室之间从未断绝联系，在亨利八世登基之后又重返伦敦，对朝臣也从不曾停止口诛笔伐，但是他心心念念的还是"美名永不消逝"，所以，在20多年以后，他又一次在梦幻诗中书写了《朝廷恩宠》开篇有关"诗名"的思考，写成了《月桂冠冕》一诗。

---

① A. C. Spearing, *Medieval Dream-Poetry*, Cambridge: Cambridge UP, 1976, p. 202.

二、《月桂冠冕》
——留名诗史　　《月桂冠冕》创作于 1523 年，是斯凯尔顿生前唯一一部付印的诗作。虽然斯凯尔顿算不得"文艺复兴"诗人，但是时隔 20 多年再次选择梦幻诗这种典型的中世纪体裁，背后的原因令人好奇。戈登指出，从《朝廷恩宠》到《月桂冠冕》间的 20 多年里，斯凯尔顿的诗歌深受文艺复兴影响，摆脱了早期权威，因此在写作《月桂冠冕》时重新选择这个中世纪模式定有用意。在他看来，这与斯凯尔顿创作诗歌时的居住地有关。1523 年初，斯凯尔顿客居于谢里夫赫顿城堡（Sheriff Hutton Castle），是萨里伯爵汤姆斯·霍华德家的客人。《月桂冠冕》献给萨里伯爵夫人伊丽莎白，"部分关乎个人荣耀，部分是以君王诗节颂扬伯爵夫人和她的一干女使"，因此，选择梦幻诗形式是为了迎合伯爵一家的贵族古典品味。① 但在笔者看来，斯凯尔顿之所以选择梦幻诗形式，主要原因有以下两点。

其一，《月桂冠冕》的主题是诗歌与声誉之间的关系，是诗名。斯皮林曾指出，这就将诗歌与乔叟的梦幻诗《声誉之宫》密切联系起来，因此，采用梦幻诗形式作为"讨论诗人的角色和地位"的方式再正常不过。②

其二，采用梦幻诗这种中世纪颇为盛行的体裁可以更好地实现斯凯尔顿的目的：他要将《月桂冠冕》与诗歌传统，特别是乔叟开启的诗歌传统联系起来，要将自己与乔叟、高尔和利德盖特等前辈诗人联系起来，想要突出自己是延续这个传统的重要一员。

《月桂冠冕》是一首典型的梦幻诗，有着和《朝廷恩宠》相似

---

① Ian A. Gordon, *John Skelton: Poet Laureate*, Melbourne: Melbourne UP, 1943, pp. 56-57.

② A. C. Spearing, *Medieval Dream-Poetry*, Cambridge: Cambridge UP, 1976, p. 213.

的梦幻框架，但是梦境内容更加丰富复杂，诗歌篇幅也更长，正文就有 1518 行，随后还有 100 多行拉丁文、法文和英文写成的诗跋。[①] 在梦前序曲（第 1—35 行）中，诗人仍然用一个诗节的"星象计时法"描述了做梦的时间，虽然有学者进行了非常缜密的天文推演，试图推断斯凯尔顿梦境发生的时间并由此确定诗歌的写作时间，[②] 但这个诗节中真正令人在意的有两点：一是诗人并没有像《朝廷恩宠》中那样明确给出季节，似乎他并没有打算做出任何关于梦境意义的暗示；二是这里的马尔斯"收起宝剑，因为他不能发起战争"（第 5 行），明显呼应了《朝廷恩宠》中的"马尔斯披上战袍、准备战斗"（第 7 行）。在《朝廷恩宠》中，斯凯尔顿揭露、讽刺了朝堂的不良风气，而在《月桂冠冕》中，他收起了咄咄逼人的战斗姿态，回归乔叟《声誉之宫》传统，尽管也不乏争议喧哗和对敌人的暗讽，但整体而言诗歌充满了鲜花、歌唱、荣光和颂扬。用罗伊德的话说，"从（斯凯尔顿的）讽刺诗作来到《月桂冠冕》，就像从一个吵闹粗暴、充斥着仇恨和刻薄的政治会议进入一个岁月久远、高贵恬淡的静谧花园"[③]。珀莱特也注意到从《朝廷恩宠》到《月桂冠冕》斯凯尔顿态度上的变化，他指出：

---

① 本文参照版本为 John Scattergood, "Garlande or Chapelet of Laurell", *John Skelton: The Complete English Poems*, New Haven and London: Yale UP, 1983, pp. 312-358。Brownlow 版本将所有内容统一编排，全诗共计 1640 行。见 F. W. Brownlow, *The Book of the Laurel*, Newark: University of Delaware Press, 1990。

②《月桂冠冕》于 1523 年 10 月印刷出版，且诗歌中列举了很多斯凯尔顿 16 世纪 20 年代创作的诗歌，所以学界普遍认定诗歌写作时间为 1523 年。但也有学者提出异议，比如 Brownlow 认为斯凯尔顿早在 1495 年就完成了该诗的主体部分，只是在 1523 年印刷之前进行了修订，增补了部分内容。参见 Brownlow, Introduction, *The Book of the Laurel*, Newark: University of Delaware Press, 1990, pp. 30-36。另外可参阅 Owen Gingerich and Melvin J. Tucker, "The Astronomical Dating of Skelton's 'Garland of Laurel", *Huntington Library Quarterly*, Vol. 32, No. 3, 1969, pp. 207-220。

③ L. J. Lloyd, *John Skelton: A Sketch of His Life and Writings*, Oxford: Basil Blackwell, 1939, p. 123.

《朝廷恩宠》是战争宣言；而《月桂冠冕》是停战宣言。"①

当然，这份恬淡静谧只是相对而言。《月桂冠冕》的梦前序曲弥漫着沉重和不祥。开篇呼应了《朝廷恩宠》开篇令人不安的"变动不居"主题——诗人思考着世间万物变迁：

> 那时我独自沉吟思索
>
> 万物就像夏花匆匆凋零，
>
> 我苦思冥想，不得其解，
>
> 何以命运瞬息万变，
>
> 一刻天朗气清，一刻狂风骤雨；
>
> 万物变迁，没有永恒，
>
> 一刻丰衣足食，一刻命转运乖。②

诗人因思虑过度而感到疲惫，他倚靠着一个橡树树桩，这正是一个"万物变迁"的绝佳例子：

> 我深深陷入沉思，
>
> 愁肠百结，思绪萦怀，
>
> 为缓解困顿，我倚靠着一个树桩
>
> 这橡树曾经挺拔笔直，
>
> 枝繁叶茂，高大威风，

① Maurice Pollet, *John Skelton: Poet of Tudor England,* trans. John Warrington, London: J. M. Dent & Sons Ltd, 1971, p. 139. 另外需要注意的是，虽然斯凯尔顿不久前才连续写了几部作品抨击主教大人沃尔希，但在《月桂冠冕》中却突然态度大转变，在诗歌结尾的致辞中将诗歌献给沃尔希。

② John Scattergood, "Garlande or Chapelet of Laurell", in Scattergood ed., *John Skelton: The Complete English Poems*, New Haven and London: Yale UP, 1983, ll. 8-14. 本书该诗引文均出自此版本，后文不再加注，随文注明诗行。译文均为笔者所译。

> 却遭疾风残酷摧毁，
>
> 落叶飘零，树汁干涸。（第 15—21 行）

　　这棵橡树曾经高大挺拔，却突遭变故，枝叶毁损，成了没有生命的树桩。布朗洛指出，"（这棵橡树）并非寿终正寝，而死于不幸的风暴，象征着在人生巅峰突然终止的事业。它不仅象征着生命的短暂、不确定和暴虐，也象征着引发诗人愁绪的那些事件"[①]。不仅如此，橡树所处的森林也回荡着绝望和哀伤：

> 就这样我站在盖尔特瑞斯的茂密森林里，
>
> 地上满是乌黑肮脏的泥泞和苔藓，
>
> 雄鹿哀鸣，拼死逃命，
>
> 在原野上长途奔逃，我想
>
> 恐怕再没人知道雌鹿踪迹；
>
> 除非猎人运气好有个好猎犬！
>
> 但还是言归正传，回到现场。（第 22—28 行）

　　阴暗的树林、泥泞的沼泽、绝望逃命的雄鹿、不知所踪的雌鹿，这一切都让诗人的梦前序曲笼罩在诡谲的无助和痛苦之中。

> 我这样沉浸在冥想中，
>
> 睡意袭来、陷入半睡眠状态；
>
> 不知道是幻想，
>
> 还是体液过多，要知道

---

① F. W. Brownlow, Introduction, *The Book of the Laurel,* Newark: University of Delaware Press, 1990, p. 50.

如果饮酒太多，体液就会流进大脑，

还是源于什么运道机缘，

我说不清到底是何种情形；

但是突然间，我仿佛看到，

就像处于昏睡或迷狂状态，

我看见……（第29—38行）

　　诗人在这样的环境中带着满腹愁思进入了梦乡。在第31—35行，他故意指涉了相关梦境理论，声称不知道自己的梦属于何种情况，这一方面显示自己了解梦境理论，另一方面则像《朝廷恩宠》结尾处的"免责声明"一样，将对梦境的阐释交给了读者。令人感到奇怪的是，在一首关于诗人和诗名的梦幻诗中，斯凯尔顿却完全不曾像在《朝廷恩宠》的梦前序曲中那样表明自己的诗人身份，也没有提到任何关于诗人留名青史的思考。他强调的是万物变迁，繁花易逝，树木如橡树般强壮挺拔亦难抵挡狂风肆虐；世事艰险，世界亦如黑暗森林般可怖，绝望奔逃的雄鹿也可能是世人的命运。也许斯凯尔顿想要表达的是，正因为如此这般，对于诗人而言，或许唯有努力写作，在声誉女神殿堂博得一席之地方为永恒。在梦境中，他也随处呼应序曲中体现的思虑：他借声誉女神之口自嘲，责备"斯凯尔顿颇为懈怠"，不像那些传世大家一般努力写作；借帕拉斯女神之口批评声誉女神授予"名声"太过随意难测。

　　诗人进入梦乡以后，看到帕拉斯女神正在亭帐里和声誉女神谈话。声誉女神向帕拉斯抱怨说，她听从帕拉斯的吩咐，把斯凯尔顿的名字记入了声誉之宫的月桂凯旋榜上，因为"他勤勤恳恳、花时间为您（帕拉斯）效力"，但他颇为懈怠，没有尽心竭力写作以讨取贵人欢心。帕拉斯指出，斯凯尔顿确实难以自处，因为"只要写作就总能被找到错处"（第112行）：

> 因为如果他辞藻绚丽，
>
> 其他人会说他阿谀奉承；
>
> 如果写得真挚朴实，
>
> 就像有时候他必须谴责邪恶，
>
> 则有人会说他没有头脑，
>
> 他的语言没有道理。（第83—88行）

　　声誉女神则坚持说，如果斯凯尔顿继续懒懒散散、一无所成，那她必须将他从声誉之宫除名，毕竟先贤哲人都兢兢业业写下了他们的作品。帕拉斯提醒声誉女神她的朝堂鱼龙混杂，很多人也是浪得虚名。声誉女神避而不答帕拉斯的质疑，提议让斯凯尔顿呈上自己的作品，证明自己应当跻身声誉之宫。帕拉斯于是建议召集所有的诗人前来集会，看看他们是否支持斯凯尔顿。

　　于是艾俄洛斯吹响了号角，一时之间成千上万人涌进森林，喧哗热闹，像极了乔叟的谣言之宫。诗人跳到帕拉斯亭帐前，看到一千名诗人聚在那里。首先福波斯和达芙妮出现，演绎了月桂冠冕的源起，福波斯哀伤地唱道："为了纪念达芙妮的变形，/ 所有追随我的著名诗人 / 都将佩戴一个月桂冠冕。"（第320—323行）接着出现了历史上不同国家的著名文人作家：从326行到385行，斯凯尔顿列举了从古罗马、古希腊到近代的一系列作者，最后，他看见了高尔、乔叟和利德盖特：

就这样我站在人群中严肃观望，

我看见了高尔，他率先打磨我们粗鄙的英语，

还有大师乔叟，他进行了试验

证明英语可以典雅高贵；

紧跟他们身后的是伯里的修士，

约翰·利德盖特。这三位英语诗人，

我想象着，他们朝我走来，

紧紧挽着我的胳膊，像兄弟一样；

他们的衣着华丽，我无法用语言描述；

他们的衣服上装饰着钻石和红宝石，

即使在土耳其也买不到如此华贵的宝石；

他们应有尽有，独缺月桂加冕；

他们慷慨大度，为我鼓劲加油

以何种方式你马上可以听到。（第 386—399 行）

到 15 世纪末 16 世纪初，乔叟、高尔和利德盖特已经是既定的开创英国文学的"三巨头"，他们与古典和现代时期的名人一同出现在声誉女神的殿堂之上，这显示斯凯尔顿将英国诗歌传统置于历史视野之中，把英语诗歌看成"世界"文学传统的一个重要组成部分。而"诗人斯凯尔顿"能否在这个传统中获取一席之地正是《月桂冠冕》探讨的主要问题。写作《朝廷恩宠》时，斯凯尔顿仰慕先贤、渴望诗名，对于自己是否有足够的能力赢取"美名"却显然信心不足：

我心中浮现出旧时诗人的

伟大作品，他们技艺娴熟，

用尽可能隐晦的辞令，

阐述一个真理，却遮盖上

意义隽永的新颖辞章——

他们风格各异，一些人揭露丑恶，

一些人书写高尚品德，

我知道他们的美名

永远不会消逝，而将流传百世——

我深受鼓舞、跃跃欲试。

但是"无知"很快将我暴露无遗

证明在这方面我无法自信：

她说，我过于笨拙，表达不清，

建议我扔掉笔头

放弃写作，因为如果一个人好高骛远，

希冀不切实际的成就——

他或许头颅坚硬，但是脑力衰弱——

其实我此前已经知晓。

人若是想要登高到无立锥之所

势必从高处跌落；

那时，有谁能拯救他？（第8—28行）

时隔20多年，斯凯尔顿再度回首职业生涯，他是重要的学者（"桂冠学者"）、人文主义者、诗人、"王室发言人"，受国王赏赐、嘉奖，受同行褒扬，诗作等身，他自然有理由与乔叟、高尔和利德盖特比肩。诗中，高尔、乔叟和利德盖特分别告诉"诗人斯凯尔顿"，他应当在声誉之宫享有一席之地，尽管斯凯尔顿婉言谢绝，但三人还是坚持把他带到了帕拉斯亭帐之前。帕拉斯吩咐所有人前往声誉之宫。斯凯尔顿笔下的声誉之宫塔楼林立、厅堂明净、珠光宝气、金碧辉煌，同时也依稀浮现出乔叟《声誉之宫》中声誉之堂和谣言之堂的影子：来自各国的消息在这里传播，熙熙攘攘、嘈杂错乱。"诗人斯凯尔顿"走来走去、四处观望，直到三位诗人前来道别，把他交给了声誉女神的"注册官""职业"。

"职业"热情地欢迎"诗人斯凯尔顿"，并鼓励他继续笔耕不辍，她一定会努力传扬他的名声。然后，"职业"带领"诗人"在声誉之宫四下游览。他们来到一处广阔原野，四周围着城墙。"职业"让"诗人"上城墙散步，"诗人"看到一千个或新或旧的城门，这些城门代表着不同的国家，其中有一个叫"英吉利"。在每个门前簇拥着数不清的人，三教九流、五行八作，"都挤到这里求取声名，/但都被打发回家、羞愧难当"（第621—622行）。突然间几声炮响，企图拥入城门的人群被驱散，很多人受了伤，十分狼狈。这时，乌云遮蔽了月光，云雾弥漫，"诗人"身处黑暗之中，心生恐惧。直到最后，云开雾散，"诗人"发现自己置身于美丽的花园之中。这个花园恰是梦幻诗传统中常见的天堂美景。鸟雀啁啾、玫瑰芬芳、藤蔓青绿、阳光和煦。黄金管道中流出晶莹清泉，鱼儿嬉戏水中；在花园里"诗人"看到一棵枝叶繁茂的月桂树，枝头栖息着一只凤凰。斯皮林指出："常青月桂树已经是既定的诗名的象征,凤凰则加上了永生。"[1]清风吹拂,

---

[1] A. C. Spearing, *Medieval Dream-Poetry*, Cambridge: Cambridge UP, 1976, p. 215.

森林女仙、九位缪斯女神、花神芙洛拉在花园里舞蹈，在月桂树下游戏，编织月桂冠冕。阿波罗和艾奥帕斯奏起乐曲、吟唱诗篇。艾奥帕斯歌唱的内容不仅包括万物起源和自然运转，如日落星沉、风云雨雪、斗转星移、四季轮回、天地万物，还包括是非善恶（第 704 行）。

　　"职业"引领着"诗人"继续前行，这次他们来到了萨里伯爵夫人的房间。伯爵夫人是斯凯尔顿客居的谢里夫赫顿城堡的女主人，当时造访伯爵夫人的还有其他一些贵族女子。斯皮林评说道："这是一个有趣的时刻，有点像后来假面剧中现实生活与虚拟世界的互动。在他的梦里，斯凯尔顿由一个寓意人物带领着进入一个现实的房间，房间里的人物不是寓意人物，而是真实人物。"[①] 不能不说，斯凯尔顿充分领悟并利用了梦幻诗的包容性，使现实与虚构无缝对接。"诗人"看到伯爵夫人坐在椅子上，房间里还有其他淑女和女使。伯爵夫人令她们为"斯凯尔顿，我的学者"编织月桂冠冕，因为他一向辛勤写作，在声誉女神的朝堂传扬女子们的美名。"职业"提醒"诗人"，既然这些女子如此辛劳地为他劳作，他也应该为她们谱写歌谣。"诗人"接受提议，分别为伯爵夫人、伊丽莎白·霍华德夫人、穆丽尔·霍华德夫人、南部安妮·达克尔夫人、玛格丽特·温特沃斯、玛格丽特·提尔尼、简·布伦内尔－海塞特、伊萨贝尔·彭内尔、玛格丽特·胡赛、格特鲁德·斯坦森和伊莎贝尔·奈特献上诗篇，颂扬她们的美德。

　　"职业"提醒"诗人"时间不早了，让他戴上夫人们做的冠冕，赶往声誉女神处。这时，高尔、乔叟和利德盖特再次出现，

---

① A. C. Spearing, *Medieval Dream-Poetry*, Cambridge: Cambridge UP, 1976, p. 216.

带领"诗人"来到声誉女神的殿堂。斯凯尔顿不失时机地夸赞了
一番自己的冠冕：

> 当他们（所有诗人）看到我华丽的冠冕，
> 他们顿觉其他冠冕都是赝品

> 和我所佩戴的完全无法相比。
> 有人赞美珠玉、有人称颂钻石。
> 好些人盯着我的冠冕目不转睛。
> 这冠冕令人赏心悦目，
> 那丝绸、黄金、花式美不胜收，
> 他们说我这冠冕最是精美华贵
> 此前从未见过如此精妙绝伦之物。（第 1105—1113 行）

　　虽然声誉女神也注意到了这华贵冠冕，但她依然不为所动，
依然坚持要"诗人"向在场的诗人证明自己当得起声誉之宫的一
席之地。"诗人"回答说，"职业"已经将自己所有的著述编辑整
理成一本书，这就可以呈给大家看。女神令"职业"把书念给大
家听。斯凯尔顿写道："'职业'朗读并阐述了一部分斯凯尔顿的著
述、谣曲，他著述太多，要全部念完的话耗时太久。"确实，斯凯
尔顿用了 300 多行（第 1170—1502 行）列举自己历年的作品。这
其中有些已经散佚。终于，"职业"念完了长长的书单，在场所有
的诗人情绪高昂，为"诗人"欢呼：

> 所有演说家和诗人，和其他众人，
> 成千上万，我相信，朝着我，

"凯旋、凯旋！"他们高声呼叫。

喇叭声、号角声传到了罗马；

我仿佛觉得繁星密布的天际也在震颤；

地面摇晃呻吟，这声音实在太大。

声誉女神命把书合上，

就在此时，突然间，我从梦中醒来。

我的头脑还因为巨大声响而发懵。

我揉揉眼睛想要看得清晰。

然后，我抬眼看着天空，

看见亚努斯，他的两幅面孔，

正在绘制新的年历；

他转动涡轮，轮轴转得飞快，

新年新气象，旧的一年过去了。（第 1504—1518 行）

斯凯尔顿在《月桂冠冕》梦中实现了他在《朝廷恩宠》梦前序曲中"跃跃欲试"的希冀："我知道他们的美名 / 永远不会消逝，而将流传百世——/ 深受鼓舞、跃跃欲试。"（第 15—17 行）不仅如此，他的荣耀似乎超过了前辈诗人，他提起乔叟、高尔和利德盖特的时候，写道："他们应有尽有，独缺月桂加冕。"（第 397 行）似乎暗指这三人并不像自己这样出身于高贵学术殿堂、得授桂冠；他描写自己的桂冠精美绝伦，相比之下其他桂冠都好似赝品；他用了几百行罗列、品评自己的诗作；他让声誉之宫里的前辈诗人为自己喝彩叫好。凡此种种，使得最早编辑整理斯凯尔顿作品的亚历山大·戴斯认为这首诗显示了"空前绝后的自负"："在一个方面《月桂冠冕》前无古人后无来者：文学史上再没有第二个诗人像他一样费尽心机写了 1600 行诗赞美自己。"[①] 后世评论家中多有为斯凯尔顿鸣不平者，如布朗洛就认为戴斯的评论"有趣但错误""误导后人"。[②] 笔者认为，虽然称斯凯尔顿"自负"并且认为全诗 1600 行都在自我歌颂有些言过其实，但不可否认的是斯凯尔顿在这首诗中体现了巨大且罕见的自信。在致"小书"的诗跋中，他不再惶恐：

去吧，小书
从容淡定，
无须惶恐，
尽管我写作时
像这样
用的英语文字。

如此一来
你会在普罗大众中
更受欢迎：
因为拉丁语
仅适合学者

……

---

① Alexander Dyce, ed., *Skelton: Poetical Works,* 2 vols, London: Thomas Rodd, 1843, Vol. 1, p. xl, p. xlix. 转引自 F. W. Brownlow, *The Book of the Laurel*, Newark: University of Delaware Press, 1990, p. 48-49。

② F. W. Brownlow, *The Book of the Laurel*, Newark: University of Delaware Press, 1990, p. 48.

不过，从这里也可以看出，斯凯尔顿的自信或者自负并非由于认为自己的作品多么优秀，更多的是基于对于英语语言和英语文学传统的信心。不能说他不在意自己的诗名，但是他更在意英语文学传统的延续，他希望有人能够继承"三巨头"的辉煌和荣光，继续在声誉之宫抒写英格兰的文学光辉，他希望英格兰诗人可以与古希腊、古罗马、意大利诗人并肩立足于声誉之堂，他希望用英语创作的诗歌能够得到广泛接受和认可。当然，斯凯尔顿将所有这些理想都置于梦境之中，在梦境中他顺利实现了自己的期许和愿望。

《月桂冠冕》是一首内容丰富的长诗。尽管其主题是诗人本身对诗名的渴望和在梦境中的"心愿得偿"（wish-fulfillment），但在"自我弘扬"之外，诗人也掺杂了自我嘲弄、自我辩白；同时，斯凯尔顿呼应乔叟的梦幻诗传统，借用其《声誉之宫》中的声誉主题，在此基础上刻画了声誉之宫中喧闹拥挤的城门，呈现了世人蝇营狗苟追逐名声的场景，也表明了声誉的变幻莫测。在两个主题的相互映衬之下，读者似乎也能感到，斯凯尔顿最终的梦醒仿佛在提醒自己，对诗名的渴望只不过是一场梦，所谓的跻身声誉之宫、月桂冠冕加身，也不过南柯一梦。

结　语

　　14 世纪后半叶，在英格兰的伦敦和中西部地区，分别出现了
梦幻诗的发展高潮。乔叟在伦敦的王廷撰写了深受法国和意大利
诗歌影响的《公爵夫人书》《声誉之堂》《百鸟议会》和《〈贞女传
奇〉序言》四部梦幻诗，中西部内陆地区则出现了头韵体梦幻诗
《聚敛者与挥霍者》《珍珠》《三代议会》以及威廉·朗格兰的《农
夫皮尔斯》。15 世纪的英国战乱频仍，时局动荡，整个世纪不曾出
现像乔叟和朗格兰那样伟大的诗人，也没有留下如《特洛伊勒斯
与克瑞西达》《坎特伯雷故事》《珍珠》《高文爵士和绿骑士》以及
《农夫皮尔斯》这样经典的诗作，15 世纪也因此被认为是乔叟时代
与文艺复兴之间的英国文学低谷。但是，15 世纪乔叟的追随者们，
如约翰·利德盖特、苏格兰国王詹姆士一世、汤姆·霍克利夫、
罗伯特·亨利森、威廉·邓巴、约翰·斯凯尔顿以及一些佚名诗
人仍然努力耕耘，创作出一批具有时代特色的诗歌作品，其中也

不乏佳作。在梦幻诗创作方面，虽然 15 世纪初期还有《死与生》《沉默与谏言》等头韵体梦幻诗涌现，世纪末邓巴也写作了少量头韵体梦幻诗，但大多数 15 世纪梦幻诗都属于"乔叟系"传统。在乔叟的四首梦幻诗中，他借鉴并发扬了法国宫廷文学传统和梦幻诗程式，书写了风雅爱情、声誉、自然、命运和诗歌等主题，这些既定的传统程式、母题和主题在 15 世纪的梦幻诗中得到了进一步传承和发扬。

但乔叟最早的追随者是他的同龄人约翰·克兰沃，他的《丘比特之书》正式开启了乔叟系诗歌传统。《丘比特之书》虽然篇幅不长，但深得乔叟梦幻诗精髓。在短短 290 行的诗歌中，克兰沃一方面巩固了梦幻诗的梦前序曲—梦境—梦醒后记的固定结构，一方面回应了乔叟在《公爵夫人书》中首先涉及，而后在《百鸟议会》中深入讨论的风雅爱情问题。布谷鸟和夜莺关于爱情的辩论显示了克兰沃对风雅爱情这一当时的流行话题和宫廷游戏的复杂态度。

约翰·利德盖特是英国 15 世纪最重要的诗人和最忠实的追随者。他著述颇丰，涉及题材和体裁都十分丰富，他的梦幻诗《玻璃神庙》将近 1500 行，洋洋洒洒，揭示了修士／诗人利德盖特对爱情的道德考量。《玻璃神庙》采用了典型的梦前序曲—梦境—梦醒后记的叙事框架，记叙了做梦者在梦境中于玻璃神庙，即维纳斯神庙的所见所闻。通过描绘维纳斯神庙的壁画，利德盖特记录了历史和传说中有名的爱情故事；通过描写神庙中集聚一堂、试图向维纳斯递交诉状的林林总总的失意恋人，利德盖特呈现了一幅恋人群像，表达了他对女性群体情感的关注。诗歌的核心部分是骑士和女士之间的爱情故事。利德盖特在这部分的叙述，尤其是对女士身份和婚姻状态的描述，显得扑朔迷离，这种模棱两可增加了故事的复杂性，而利德盖特赋予爱神维纳斯的道德说教显示了修士/诗人矛盾的爱情观。利德盖特在《玻璃神庙》中广泛借鉴乔叟的《公爵夫人书》《声誉之宫》和《百鸟议会》等诗作，这种矛盾的爱情观更是体现了著名的"乔叟式含混"。

苏格兰国王詹姆士一世所写的《国王之书》可以说是15世纪最优秀的一部乔叟系梦幻诗。在典型的梦幻框架下，詹姆士一世非常纯熟地融合了多个传统，如波伊提乌关于命运的哲学思考，乔叟在《骑士的故事》《公爵夫人书》和《百鸟议会》中写到的风雅爱情传统，非个人的寓意传统与个人传记。他在乔叟梦幻诗中常见的"阅读书籍（梦前序曲）—梦境—梦醒后记"基础上，设计了一个从阅读到写作的模式，完整讲述了诗人创作一首梦幻诗的过程：叙事者由阅读波伊提乌的著作，联想到自己的坎坷命运，并在神秘钟声的提示下书写自己的人生经历，他写下的这首诗就是一首典型的梦幻诗。诗中讲述了叙事者年轻时的人生经历：如何遭遇牢狱之灾，如何在狱中看到花园中心仪的女子并陷入爱情，如何意识到身处牢狱的自己无法得到女子的爱情而绝望，如何在绝望中进入梦乡，在梦中造访了维纳斯、密涅瓦和命运女神，如何在梦醒之后得到女子垂青和襄助、人生渐渐步入坦途。《国王之书》中有关于国王本人经历的记述，也有来自书籍的"天外之旅"，有情感真挚的爱情，也有基于"权威"的程式化描写，更有詹姆士关于爱情、智慧、个人与家国命运的思考，内容丰富。更重要的是，詹姆士有意识地对诗歌创作进行了思考，整首诗其实是一位15世纪诗人从内容和形式两方面关于诗歌创作进行的深刻探索。

《花与叶》《淑女集会》《淑女之岛》都是佚名诗作。这三首诗都曾经被认为是乔叟的作品，在18、19世纪先后被剔除出乔叟正典，但是这三部作品都在20世纪女性主义批评背景下获得了大量评论家的关注。《花与叶》和《淑女集会》都是女性叙事者，而且《淑女集会》是关乎一场由"忠贞"夫人召集的、只有女子能参加的爱情集会，而《淑女之岛》故事主要发生在全是女人居住的岛上。其实，即使抛开女性视角，这三首诗歌依然是一组饶有意趣的诗歌。《花与叶》中并没有出现叙事者入梦和梦醒的情节，所以算不得典型的梦幻诗。可以看到，诗人之所以不用"入梦"和"梦醒"这样的梦幻诗环节，是出于"影响的焦虑"，刻意想要游离于梦幻诗传统之外，代表了15世纪诗人想要创新的愿望。但是，整首诗大量借鉴梦幻诗程式，并频繁指涉其他梦幻诗作，所以是一首"无梦之梦幻诗"。诗歌主题并不是风雅爱情，而是选取了中世纪英国和法国王公贵族中兼备娱乐和教化双重目的的一项风雅游戏，即"花派"与"叶派"之争，这似乎反映了15世纪诗人对道德说教的重视。《淑女集会》中，在设计精巧的双重叙事框架下，佚名诗人从一名女性叙事者的视角再现了一场"爱情朝会"，来自各地的女性集聚一堂，痛诉她们在爱情中遭受的背叛和痛苦。虽然风雅爱情、"爱情朝会"是乔叟系梦幻诗的常见主题，但诗歌暗示此类"控诉集会"并没有实质意义，显示出15世纪诗人对风雅爱情及"爱情朝会"游戏渐趋厌倦和不以为意的心态。相反，诗人热衷于呈现宫廷建制与行政运作，其对宫廷的松散组织和复杂人际关系的描述与暗讽，俨然形成了一首宫廷风情诗歌——预示了都铎王朝御用诗人约翰·斯凯尔顿讽刺宫廷争斗的寓意梦幻诗《朝廷恩宠》。虽然不知道《淑女之岛》的作者为何人，但从这首长达2235行的诗歌来看，作者应该颇有一番雄心壮志。从诗歌的形式来看，诗歌难得地采用了《农夫皮尔斯》那样的系列梦境：诗歌由两个入梦—梦境—梦醒的框架组成，而最令人称奇的是，这两个梦境的内容竟然就像连续剧剧集一样无缝连接。从诗歌内容来看，作者非常巧妙地设置了两条故事线，试图结合中世纪最流行的两种文类：故事主线属于罗曼司传统，骑士和淑女之岛女王浪漫的爱情故事富有传奇色彩；故事副线属于爱情梦幻诗传统，叙事者对心上人的追求被镶嵌在奇幻的主线故事之中。

在 15 世纪和 16 世纪之交，约翰·斯凯尔顿和威廉·邓巴分别是英格兰王廷和苏格兰王廷的"御用诗人"。两人也正处于英国诗歌从中世纪向文艺复兴过渡的时期，他们的创作形式多样、题材丰富，但都有一定的梦幻诗产出。有趣的是，斯凯尔顿和邓巴的梦幻诗都中规中矩，从形式上谨守传统，严格遵照梦幻诗梦前序曲—梦境—梦醒后记的框架进行写作，梦境内容也多采用寓意形式，反而看不到早期乔叟系诗人努力创新的冲动和愿望，较之"影响的焦虑"，他们更享受的似乎是"影响的愉悦"，安于诗歌传统和程式为写作带来的便利。这其实也符合两位诗人生活的特殊时期：乔叟去世已近百年，他在梦幻诗中书写的宫廷文化、风雅爱情、骑士精神虽然仍在宫廷传播，但更多的已流于形式，而寓意梦幻诗形式也已渐渐不再流行，只是一种"古旧"的写作形式。此时的斯凯尔顿和邓巴有更多的写作体裁可以选择，如果想要创新，他们可以选择采用其他"时髦"文类。之所以选择梦幻诗这种形式，原本就是出于写作内容的要求，因此并无刻意创新的必要。在邓巴创作的 11 首梦幻诗中，《金色盾牌》和《刺蓟与玫瑰》属于典型的乔叟系梦幻诗。《刺蓟与玫瑰》是邓巴为庆祝苏格兰国王詹姆士四世与英格兰都铎王朝公主玛格丽特的婚礼而创作的应景诗歌。考虑到邓巴与王室之间的密切关系以及其作为宫廷御用诗人的特殊地位，这类诗歌往往容易流于阿谀奉承——歌功颂德、满篇的赞美与祝福。但是邓巴深知詹姆士四世与玛格丽特的婚事其实是政治联姻，也了解詹姆士四世并不检点的私生活，因此也努力尽到宫廷诗人的劝诫职责。邓巴采用寓意梦幻诗形式，委婉地表达了颂扬和进谏双重目的。《金色盾牌》探讨的是理性与爱情这个重要主题。邓巴采用《玫瑰传奇》和乔叟梦幻诗中的寓意梦幻诗形式，描述了叙事者不顾"理性"、陷于情欲的痛苦经历，巧妙地传达了遵从理性指引的重要性。邓巴的梦幻诗纯熟运用传统程式，语言风格绮丽华美，这是他向乔叟、高尔和利德盖特学习并致敬的结果，尽显"影响的愉悦"。

斯凯尔顿的两首梦幻诗《朝廷恩宠》和《月桂冠冕》都是典型的寓意梦幻诗，形式上并没有太多新意。这两首诗与乔叟梦幻诗中关注的"宫廷"与"声誉"密切相关，但很明显，临近文艺复兴时期的斯凯尔顿对朝廷和声誉的态度都与乔叟大不相同。与乔叟梦幻诗中温情脉脉的宫廷相比，《朝廷恩宠》中展现的朝堂生活充满了危机与倾轧，斯凯尔顿通过含蓄隐晦的寓意，将叙事者"惶恐"在朝堂上的经历置于"船"上，并在梦境中再现，揭示和讽刺了犹如梦魇的朝堂生活。叙事者"惶恐"的经历是斯凯尔顿本人在都铎王廷的起伏的写照，也反映了他与其他朝臣如主教沃尔西之间的争斗和口诛笔伐。《月桂冠冕》是斯凯尔顿完成《朝廷恩宠》20多年以后再次写作的梦幻诗，这次探讨的是乔叟《声誉之宫》的主题声誉，尤其是诗名。早在写作《朝廷恩宠》时，斯凯尔顿就在开篇表达了对前辈诗人的仰慕和对诗名的渴望，这种渴望在《月桂冠冕》的诗行和梦境中得以实现。在这首长达1600行的诗歌中，斯凯尔顿用了很多篇幅自我赞美，这种比肩乔叟、高尔和利德盖特的自信无疑引领了文艺复兴时期对个体的弘扬。

乔叟系梦幻诗是15世纪英国文学的重要成就。无论是出于"影响的焦虑"，还是出于"影响的愉悦"，这一时期的英国诗人继承了乔叟在四首梦幻诗中奠定的主题和程式，在一系列诗歌中不断探索新的写作素材和形式，将梦幻诗这一形式发展到一个新的高度。当然，也可以说，一度的极致流行和繁荣，也很快消耗了梦幻诗的创作动能，在文艺复兴来临之际，英国诗人需要用新的形式书写新的时代。

参考文献

英文文献：

Primary sources

Arn, Mary-Jo, ed. *Fortunes Stabines: Charles of Orleans's English Book of Love: A Critical Edition*. Binghamton, New York: Medieval & Renaissance Texts & Studies, 1994.

"Assembly of Ladies, The." *Fifteenth-Century English Dream Visions: An Anthology*. Ed. Julia Boffey. Oxford: Oxford UP, 2003,pp.195-231.

Atkins, J. W. H., ed. *The Owl and the Nightingale*. Cambridge: At the University Press, 1922.

Bawcutt, Pricilla, ed. *The Shorter Poems of Gavin Douglas*. Edinburgh and London: William Blackwood & Sons LTD, 1967.

——, ed. *William Dunbar: Selected Poems*. London and New York:

Longman, 1996.

——, ed. *The Poems of William Dunbar*. In Two Volumes. Glasgow: The Association for Scottish Literary Studies, 1998.

"Belle Dame sans Mercy, The." *Chaucerian Dream Visions and Complaints*. Ed. Dana M. Symons. Kalamazoo, Michigan: Medieval Institute Publications, 2004, pp. 201-274.

Charles of Orleans. "Love's Renewal." *Fifteenth-Century English Dream Visions: An Anthology*. Ed. Julia Boffey. Oxford: Oxford UP, 2003, pp. 159-194.

Clanvowe, John. "The Boke of Cupide, God of Love." *Chaucerian Dream Visions and Complaints*. Ed. Dana M. Symons. Kalamazoo, Michigan: Medieval Institute Publications, 2004, pp. 19-70.

Conlee, John, ed. *The Complete Poems of William Dunbar*. Kalamazoo, Michigan: Medieval Institute Publications, 2004.

Daly, Vincent, ed. *A Critical Edition of THE ISLE OF LADIES*. New York & London: Garland Publishing, Inc., 1987.

Dean, James M., ed. *Richard the Redeless and Mum and the Sothsegger*. Kalamazoo, Michigan: Western Michigan University, 2000.

Douglas, Gavin. *The Palis of Honoure*. Ed. David J. Parkinson. Kalamazoo, Michigan: Medieval Institute Publications, 1992.

Forni, Kathleen, ed. "The Court of Love." *The Chaucerian Apocrypha: A Selection*. Kalamazoo, Michigan: Medieval Institute Publications, 2005, pp. 7-57.

Ginsberg, Warren, ed. *Wynnere and Wastoure and The Parlement of the Thre Ages*. Kalamazoo, Michigan: Medieval Institute Publications, 1992.

Gray, Douglas. *The Oxford Book of Medieval Verse and Prose*. Oxford: Clarendon Press, 1985.

Hammon, E. P., ed. *English Verse Between Chaucer and Surrey: Being Examples of Conventional Secular Poetry, exclusive of Romance, Ballad, Lyric, and Drama, in the Period from Henry the Fourth to Henry the Eighth*. Durham, North Carolina: Duke UP, 1927.

Harvey, E. Ruth, ed. *The Court of Sapience*. Toronto: University of Toronto Press, 1984.

James I of Scotland. "The Kingis Quair." *Fifteenth-Century English Dream Visions: An Anthology*. Ed. Julia Boffey. Oxford: Oxford UP, 2003, pp. 90-157.

Jenkins, Anthony, ed. *The Isle of Ladies or The Ile of Pleasaunce*. New York & London: Garland Publishing, Inc., 1980.

Kinsley, James, ed. *The Poems of William Dunbar*. Oxford: At the Clarendon Press, 1979.

Lawson, Alexander, ed. *The Kingis Quair and The Quare of Jelusy*. London: Adam and Charles Black, 1910.

Loomis, Roger Sherman and Rudolph Willard, eds. *Medieval English Verse and Prose in Modernized Versions*. New York: Appleton-Century-Crofts, Inc., 1948.

Lydgate, John. "The Temple of Glass."*Fifteenth-Century English Dream Visions: An Anthology*. Ed. Julia Boffey. Oxford: Oxford UP, 2003, pp. 15-89.

Lydgate, John. *The Temple of Glass*. Ed. Allan Mitchell. Kalamazoo, Michigan: Medieval Institute Publications, 2007.

Lynch, Kathryn L, ed. *Geoffrey Chaucer: Dream Visions and Other*

Poems. New York: W・W・Norton & Company, 2007.

Mackenzie, W. Mackay, ed. *The Poems of William Dunbar.* London: Faber and Faber Limited, 1932.

——, ed. *The Kingis Quair.* London: Faber and Faber Limited, 1949.

MacCracken, H. N., ed. *Minor Poems of Lydgate.* London: Kegan Paul, Trench, Trubner & Co., Ltd., 1911.

McDiarmid, Matthew P., ed. *The Kingis Quair of James Stewart.* London: Heinemann, 1973.

Mooney, Linne R., and Mary-Jo Arn, eds. *The Kingis Quair and Other Prison Poems.* Kalamazoo, Michigan: Medieval Institute Publications, 2005.

Norton-Smith, John. *John Lydgate: Poems, with an Introduction, Notes, and Glossary by John Norton-Smith.* Oxford: At the Clarendon Press, 1966.

——, *James I of Scotland: The Kingis Quair.* Oxford: At the Clarendon Press, 1971.

Pearsall, Derek, ed. *The Floure and the Leafe and The Assembly of Ladies.* London and Edinburgh: Thomas Nelson and Sons Ltd., 1962.

——, ed. *The Floure and the Leafe, The Assembly of Ladies, and The Isle of Ladies.* Kalamazoo, Michigan: Medieval Institute Publications, 1990.

Phillips, Helen and Nick Havely, eds. *Chaucer's Dream Poetry.* London: Longman, 1997.

Renoir, Alain. *The Poetry of John Lydgate.* London: Routledge & Kegan Paul, 1967.

Robertson, Elizabeth and Stephen H. A. Shepherd, eds. *William Lang-land: Piers Plowman*. New York: W · W · Norton & Company, 2006.

Scattergood, V. J. *The Works of Sir John Clanvowe*. Cambridge: D. S. Brewer, 1975.

Scattergood, John. *The Complete English Poems of John Skelton*. Rev. Ed. Liverpool: Liverpool UP, 2015.

Schick, J., ed. *Lydgate's Temple of Glas*. London: Kegan Paul, Trench, Trubner & CO., 1891.

Sherzer, Jane, ed. *The Ile of Ladies*. Berlin: Mayer & Muller, 1903.

Skelton, John. *The Book of the Laurel*. Ed. F. W. Brownlow. Newark: University of Delaware Press, 1990.

Sieper, Ernst, ed. *Lydgate's Reson and Sensuallyte*. 2 Vols. Early English Text Society. London: Kegan Paul, Trench, Trubner & Co., Limited, 1901.

Stanbury, Sarah, ed. *Pearl*. Kalamazoo, Michigan: Medieval Institute Publications, 2001.

Wordsworth, William, trans. "The Cuckoo and the Nightingale." By Thomas Clanvowe. *Medieval English Verse and Prose in Modern-ized Versions*. Eds. Roger Sherman Loomis and Rudolph Willard. New York: Appleton-Century-Crofts, Inc., 1948. 334-343.

Secondary Sources

Aers, David, ed. *Culture and History 1350-1600: Essays on English Communities, Identities and Writing*. New York: Harvester Wheat-sheaf, 1992.

Arn, Mary-Jo, ed. *Fortunes Stabilnes: Charles of Orlean's English Book of Love, A Critical Edition.* Binghamton, New York: Medieval & Renaissance Texts & Studies, 1994.

Barratt, Alexandra A. T. "'The Flower and the Leaf' and 'The Assembly of Ladies': Is There a (Sexual) Difference?" *Philological Quarterly,* Vol. 66, No.1, 1987, pp.1-24.

Barron, W. R. J. "Luf-Daungere." *Medieval Miscellany: Presented to Eugene Vinaver by Pupils, Colleagues and Friends.* Eds. F. Whitehead, A. H. Diverres, and F. E. Sutcliffe. New York: Mancester UP, 1965, pp.1-18.

Bawcutt, Priscilla. *Gavin Douglas: A Critical Study.* Edinburgh University Press, 1976.

——, *Dunbar the Makar.* Oxford: Clarendon Press, 1992.

Bawcutt, Priscilla and Janet Hadley Williams, eds. *A Companion to Medieval Scottish Poetry.* Cambridge: D. S. Brewer, 2006.

Baxter, J. W. *William Dunbar: A Biographical Study.* London: Oliver and Boyd, 1952.

Bennett, H. S. *Chaucer and the Fifteenth Century.* Oxford: At the Clarendon Press, 1947.

Bestul, Thomas H. *Satire and Allegory in Wynnere and Wastoure.* Lincoln: University of Nebraska Press, 1974.

Boffey, Julia. "Chaucerian Prisoners: The Context of The Kingis Quair." *Chaucer and the Fifteenth-Century Poetry.* Eds. Julia Boffey and Janet Cowen. King's College London, 1991.

——, "'Forto compleyne she had gret desire': the grievances expressed in two fifteenth-century dream-visions. *Nation, Court and Culture:*

New Essays on Fifteenth-century English Poetry. Ed. Helen Cooney. Dublin: Four Courts Press, 2001.

——, *Fifteenth-century English Dream Visions: An Anthology.* Oxford UP, 2003.

Boffey, Julia and A. S. G. Edwards, eds. *A Companion to Fifteenth-Century English Poetry.* Cambridge: D. S. Brewer, 2013.

Boffey, Julia and Janet Cowen, eds. *Chaucer and Fifteenth-Century Poetry.* King's College London, Centre for Late and Antique and Medieval Studies, 1991.

Boitani, Piero and Anna Torti, eds. *Intellectuals and Writers in Fourteenth-Century Europe.* Cambridge: D. S. Brewer, 1986.

——, eds. *Genres, Themes, and Images in English Literature: From the 14th to the 15th century.* The J.A.W. Bennett Memorial Lectures. Perugia, 1986. Tubingen: Narr, 1988.

Bolton, W. F., ed. *The Middle Ages.* London: Sphere Books Ltd, 1970. Sphere History of Literature.

Bonner, Francis W. "The Genesis of the Chaucer Apocrypha." *Studies in Philology,* Vol. 48, No. 3, Studies in Mediaeval Culture (Jul., 1951), pp. 461-481.

Brewer, D. S., ed. *Chaucer and Chaucerians: Critical Studies in Middle English Literature.* London: Thomas Nelson and Sons LTD, 1966.

Brewer, Derek, ed. *Chaucer: The Critical Heritage.* Vol. 1, London: Routledge & Kegan Paul, 1978, pp. 1385-1837.

Brown, Ian. "The Mental Traveller, a Study of The Kingis Quair." *Studies in Scottish Literature,* No. 5, 1968, pp. 246-252.

Brown, Peter, ed. *Reading Dreams: The Interpretation of Dreams from*

Chaucer to Shakespeare. Oxford: Oxford UP, 1999.

——, ed. *A Companion to Medieval English Literature and Culture.* Malden: Blackwell Publishing, 2007.

Brusendorff, Aage. *The Chaucer Tradition.* Oxford: At the Clarendon Press, 1925.

Carretta, Vincent. "The Kingis Quair and the Consolation of Philosophy." *Studies in Scottish Literature,* Vol. 16, No. 1,1981, pp. 14-28.

Chamberlain, David, ed. *New Readings of Late Medieval Love Poems.* Lanham: University Press of America, 1993.

Chance, Jane. "Christian de Pizan as Literary Mother: Women's Authority and Subjectivity in The Floure and the Leafe and The Assembly of Ladies." *The City of Scholars: New Approaches to Christine de Pizan.* Eds. Margaret Zimmermann and Dina de Rentiis. Berlin: Walter de Gruyter, 1994, pp. 245-259.

Cherniss, Michael D. *Boethian Apocalypse: Studies in Middle English Vision Poetry,.*Norman, Oklahoma: Pilgrim Books, 1987.

Conroy, Anne Rosemarie. *The Isle of Ladies: A Fifteenth Century English Chaucerian Poem.* Diss. Yale University, 1976.

Cooney, Helen, ed. *Nation, Court, and Culture: New Essays on Fifteenth-Century English Poetry.* Dublin: Four Courts Press, 2001.

——, "Some New Thing: *The Floure and the Leafe* and the Cultural Shift in the Role of the Poet in Fifteenth-Century England." *Writings on Love in English Middle Ages.* Ed. Cooney. New York: Palgrave MacMillan, 2006.

——, ed. *Writings on Love in English Middle Ages.* New York: Palgrave MacMillan, 2006.

Cooper, Helen, and Sally Mapstone, eds. *Long Fifteenth Century: Essays for Douglas Gray.* Oxford: Clarendon Press, 1997.

Crow, Martin M. and Clair C. Olson, eds. *Chaucer Life-Records.* Oxford: Clarendon Press.

Daiches, David. *A Critical History of English Literature.* London: Secker & Warburg, 1961.

Davidoff, Judith M. "The Audience Illuminated, or New Light Shed on the Dream Frame of Lydgate's *Temple of Glas.*" *Studies in the Age of Chaucer,* Vol. 5, 1983, pp. 103-125.

——, *Beginning Well: Framing Fictions in Late Middle English Poetry.* London and Toronto: Associated University Presses, 1988.

De Lorris, Guillaume, and Jean de Meun. *The Romance of the Rose.* Trans. Harry W. Robbins. New York: E. P. Dutton, 1962.

DeVreis, David Neil. "The Pleasure of Influence: Dunbar's Golden Targe and Dream-Poetry." *Studies in Scottish Literature,* Vol. 27, 1992, pp. 113-127.

——, *The Dream Vision in Fifteenth-century English Poetry.* Doctoral Dissertation, New York University, 1991.

Dinshaw, Carolyn and David Wallace, eds. *The Cambridge Companion to Medieval Women's Writing.* Cambridge: Cambridge UP, 2003.

Dinzelbacher, Peter. *Vision and Visionsliteratur im Mittelalter.* Stuttgart, 1981.

Dodd, William George. *Courtly Love in Chaucer and Gower.* Boston and London: Ginn and Company, Publishers, 1913.

Doob, Penelope Reed. *The Idea of the Labyrinth: From Classical Antiquity through the Middle Ages.* Ithaca and London: Cornell UP,

1990.

Ebin, Lois A. "The Theme of Poetry in Dunbar's 'Goldyn Targe.'" *Chaucer Review*, Vol. 7, 1972, pp. 147-159.

——, *Illuminator, Makar, Vates: Visions of Poetry in the Fifteenth Century.* Lincoln and London: University of Nebraska Press, 1988.

Edwards, Anthony S. G. *Skelton: The Critical Heritage.* London: Routledge & Kegan Paul, 1981.

Edwards, H. L. R. *Skelton: The Life and Times of an Early Tudor Poet.* London: Jonathan Cape, 1949.

Erickson, Carolly. *The Medieval Vision: Essays in History and Perception.* New York: Oxford UP, 1976.

Evans, Deanna Delmar. "Ambivalent Arfifice in Dunbar's 'The Thrissill and the Rois'." *Studies in Scottish Literature*, Vol. 22, 1987, pp. 95-105.

Evans, Ruth and Lesley Johnson. "The Assembly of Ladies: A Maze of Feminist Sign Reading?" *Feminist Criticism: Theory and Practice.* Ed. Susan Sellers. Hemel Hempstead: Harvester Wheatsheaf, 1991, pp. 171-196.

Everett, Dorothy. *Essays on Middle English Literature.* Ed. Patricia Kean. Oxford: At the Clarendon Press, 1955.

Farber, Annika. "Usurping 'Chaucer's dreame': Book of the Duchess and the Apocryphal Isle of Ladies." *Studies in Philology,* 2008, Vol. 105 (2), pp. 207-225.

Fish, Stanley Eugene. *John Skelton's Poetry.* New Haven: Yale UP, 1965.

Fisher, Ruth M. *The Flower and the Leaf and The Assembly of Ladies:*

A Study of Two Love-Vision Poems of the Fifteenth Century. Dissertation, Columbia University, 1955.

Fletcher, Bradford Y. "The Assembly of Ladies: Text and Context," *The Papers of the Bibliographical Society of America*, Vol. 82, No. 2 (June 1988), pp. 229-234.

Forni, Kathleen. *The Chaucerian Apocrypha: A Counterfeit Canon.* University Press of Florida, 2001.

——, "The Swindling of Chaucerians and the Critical Fate of 'The Floure and the Leafe.'" *The Chaucer Review*, Vol. 31, No. 4, 1997, pp. 379-400.

——, "'Chaucer's Dreame': A Bibliographer's Nightmare." *The Huntington Library Quarterly,* 2001; 64, 1/2; ProQuest: 139-150.

Fox, Denton. "Dunbar's *The Golden Targe.*" *ELH* 26 (1959): 211-234.

Fuog, Karin E. C. "Placing Earth at the Centre of the Cosmos: *The Kingis Quair* as Boethian Revision." *Studies in Scottish Literature*, Vol. 32, No. 1, 2001, pp. 140-149.

Gingerich, Owen and Melvin J. Tucker. "The Astronomical Dating of Skelton's 'Garland of Laurel'." *Huntington Library Quarterly*, Vol. 32, No. 3, 1969, pp. 207-220.

Gordon, Ian A. *John Skelton: Poet Laureate.* Melboure: Melboure UP, 1943.

Gray, Douglas. "Later Poetry: The Courtly Tradition." *The Middle Ages.* Ed. W. F. Bolton. London: Sphere Books Ltd, 1970. Sphere History of Literature.

——, *Later Medieval English Literature.* Oxford UP, 2008.

——, *The Phoenix and the Parrot: Skelton and the Language of Satire.*

Dunedin: University of Otago, 2012.

Green, Peter. *John Skelton.* London: Longmans, Green & Co. Ltd, 1960.

Green, Richard Firth. *Poets and Princepleasers: Literature and the English Court in the Late Middle Ages.* Toronto: University of Toronto Press, 1980.

Griffiths, Jane. *John Skelton and Poetic Authority: Defining the Liberty to Speak.* Oxford: Clarendon Press, 2006.

Hallisy, Margaret. *Clean Maids, True Wives, Steadfast Widows: Chaucer's Women and Medieval Codes of Conduct.* London: Greenwood Press, 1993.

Harrington, David V. "The Function of Allegory in 'The Flower and the Leaf'." *Neuphilologische Mitteilungen*, Vol. 71, No. 2, 1970, pp. 244-253.

Harris, William O. *Skelton's* Magnificence *and the Cardinal Virtue Tradition.* Chapel Hill: The University of North Carolina Press, 1965.

Hartung, Albert E., ed. *A Manual of the Writings in Middle English: 1050-1500.* New Haven, Connecticut: The Connecticut Academy of Arts and Sciences, 1973.

Hasler, Antony J. *Court Poetry in Late Medieval England and Scotland: Allegories of Authority.* Cambridge: Cambridge UP, 2011.

Heiserman, A. R. *Skelton and Satire.* Chicago: The University of Chicago Press, 1961.

Hendy, A. Von. "The Free Thrall: A Study of *The Kingis Quair*." *Studies in Scottish Literature*, No. 2, 1965, pp. 141-51.

Hodapp, William F. "The Real and Unreal in Medieval Dream Vision: The Case of King James I's *Kingis Quair*." *The Journal of the Midwest Modern Language Association*, Vol. 42, No. 1, Spring, 2009, pp. 55-76.

Holloway, John. Chatterton Lecture on an English Poet, British Academy 1958: Skelton. Read 26 February 1958. The Proceedings of the British Academy, Vol. XLIV. London: Oxford UP Amen House.

Hope, A. D. *A Midsummer Eve's Dream: Variations on a Theme by William Dunbar*. Edinburgh: Oliver & Boyd, 1971.

Huizinga, J. *The Waning of the Middle Ages: A Study of the Forms of Life, Thought, and Art in France and the Netherlands in the Fourteenth and Fifteenth Centuries*. Trans. F. Hopman. New York: Penguin Books, 1924. Rp. 1982.

Jack, Ronald D. S. "Dunbar and Lydgate." *SSL* No. 8, 1971, pp. 215-227.

John, Michael St. *Chaucer's Dream Visions: Courtliness and Individual Identity*. Vol. 7, Studies in European Cultural Transition. Aldershot: Ashgate, 2000.

Kelly, Henry Ansgar. *Love and Marriage in the Age of Chaucer*. Ithaca and London: Cornell UP, 1975.

King, Pamela M. "Dunbar's *Golden Targe*: A Chaucerian Masque." *SSL* No. 19, 1984, pp. 116-331.

Kingsley, James, ed. *Scottish Poetry: A Critical Survey*. London: Cassell and Company Ltd., 1955.

Laird, Edgar. "Chaucer, Clanvowe, and Cupid." *The Chaucer Review* Vol. 44, No. 3, 2010, pp. 344-350.

Lampe, David E. "Tradition and Meaning in 'The Cuckoo and the

Nightingale'." *Papers on Language and Literature* No. 3, 1967, pp. 49-62.

Langston, Douglas C., ed. *The Consolation of Philosophy.* By Boethius. New York: W. W. Norton & Company, 2010.

Leonard, Frances McNeely. *Laughters in the Courts of Love: Comedy in Allegory from Chaucer to Spenser.* Norman, Oklahoma: Pilgrim Books, Inc., 1981.

Lewis, C. S. *The Allegory of Love: A Study in Medieval Tradition.* Oxford: Oxford UP, 1936.

——, *English Literature in the Sixteenth Century: Excluding Drama.* Oxford: Oxford UP, 1954.

——, *The Discarded Image: An Introduction to Medieval and Renaissance Literature.* Cambridge: Cambridge UP, 1964.

Lloyd, L. J. *John Skelton: A Sketch of His Life and Writings.* Oxford: Basil Blackwell, 1938.

Lyall, Roderick J. "Moral Allegory in Dunbar's 'Golden Targe'." *Studies in Scottish Literature* No. 11, 1973, pp. 47-65.

Lynch, Kathryn L. *The High Medieval Dream Vision: Poetry, Philosophy, and Literary Form.* CA:Stanford UP, 1988.

——, *Chaucer's Philosophical Visions.* Cambridge: D. S. Brewer, 2000.

MacQueen, John. "Tradition and the Interpretation of the *Kingis Quair.*" *The Review of English Studies,* Vol. 12, No. 46, 1961, pp. 117-131.

McMillan, Ann. "'Fayre Sisters Al': *The Flower and the Leaf* and *The Assembly of Ladies.*" *Tulsa Studies in Women's Literature,* Vol. 1,

No. 1, Spring, 1982, pp. 27-42.

Markland, Murray F. "The Structure of *The Kingis Quair.*" *Research Studies of the State College of Washington* No. 25, 1957, p. 274.

Markus, Manfred. "*The Isle of Ladies* (1475) as Satire." Studies in Philology, Vol. 95, Summer 1998, pp. 221-236.

Marsh, George L. "Sources and Analogues of 'The Flower and the Leaf' Part I." *Modern Philology,* Vol. 4, No. 1, 1906, pp. 121-167.

——, "Sources and Analogues of 'The Flower and the Leaf.' Part II." *Modern Philology,* Vol. 4, No. 2, 1906, pp. 281-327.

——, "Authorship of *The Floure and the Leafe.*" *JEGP* 6, 1906, pp. 373-394.

Marshall, Simone Celine. *The Female Voice in* The Assembly of Ladies: *Text and Context in Fifteenth-Century England.* Newcastle: Cambridge Scholars Publishing, 2008.

——, *The Anonymous Text: The 500-Year History of* The Assembly of Ladies. Bern: Peterlang, 2011.

McFarlane, K. B. *Lancastrian Kings and Lollard Knights.* Oxford: At the Clarendon Press, 1972.

Meale, Carol M., ed. *Women and Literature in Britain, 1150-1500.* Cambridge: Cambridge UP, 1993.

Morse, Ruth and Barry Windeatt, eds. *Chaucer Tradition.* Cambridge: Cambridge UP, 1990.

Muscatine, Charles. *Chaucer and the French Tradition: A Study of Style and Meaning.* Berkeley and Los Angeles: University of California Press, 1966.

Neilson, William Allan. *The Origins and Sources of* The Court of

Love. Published under the Direction of the Modern Language Departments of Harvard University by Ginn & Company, Tremont Place, Boston, 1899. Studies and Notes in Philology and Literature, Vol. VI.

Nelson, William. *John Skelton Laureate*. New York: Columbia UP, 1939.

Norton-Smith, John. "Lydgate's Changes in the *Temple of Glas.*" *Medium Aevum*, Vol. 27, 1958, pp. 166-172.

Owen, D. D. R. *The Vision of Hell: Infernal Journeys in Medieval French Literature*. Edinburgh & London: Scottish Academic Press, 1970.

Palmer, R. Barton. "The Narrator in *The Owl and the Nightingale*: A Reader in the Text." *Medieval English Poetry*. Ed. Stephanie Trigg. London and New York: Longman, 1993, pp. 156-171.

Patch, Howard Rollin. *The Tradition of Boethius: A Study of His Importance in Medieval Culture*. New York: Russell & Russell, 1935.

——, *The Other World: According to Descriptions in Medieval Literature*. 1950. Rpt. New York: Octagon Books, 1970.

——, *The Goddess Fortuna in Medieval Literature*. London: Frank Cass and Co. Ltd, 1967.

Pearsall, Derek. "The English Chaucerians." *Chaucer and Chaucerians: Critical Studies in Middle English Literature*. Ed. D. S. Brewer. London: Thomas Nelson and Sons LTD, 1966.

——, *John Lydgate*. London: Routledge and Kegan Paul Ltd, 1970.

——, *Old English and Middle English Poetry*. The Routledge History of English Poetry. Vol. 1. London: Routledge & Kegan Paul, 1977.

——, *John Lydgate (1371-1449): A Bio-bibliography.* Victoria, Canada: University of Victoria, 1997. English Literary Studies.

Petrina, Alessandra. *The Kingis Quair of James I of Scotland.* Padova: Unipress, 1997.

Phillips, Helen. "Frames and Narrators in Chaucerian Poetry." *The Long Fifteenth Century: Essays for Douglas Gray.* Ed. Helen Cooper and Sally Mapstone. Oxford: Clarendon Press, 1997, pp. 71-97.

——, "Dream Poems." *A Companion to Medieval English Literature and Culture: C. 1350-C. 1500,* ed. Peter Brown. Malden: Blackwell Publishing, 2007, pp. 374-386.

Phillips, Helen Elizabeth. "This Mystique Show: Dryden and the *Flower and the Leaf.*" *Reading Medieval Studies XXVII*, pp. 29-50.

Piehler, Paul. *The Visionary Landscape: A Study in Medieval Allegory.* London: Edward Arnold, 1971.

Pollet, Maurice. *John Skelton: Poet of Tudor England.* Trans. John Warrington. London: J. M. Dent & Sons Ltd, 1962.

Preston, John. "'Fortune Exiltree': A Study of the *Kingis Quair.*" *The Review of English Studies*, Vol. 7, No. 28, 1956, pp. 339-347.

Quinn, William A., ed. *Chaucer's Dream Visions and Shorter Poems.* New York: Garland, 1999.

Reed, Thomas L. *Medieval Debate Poetry and the Aesthetics of Irresolution.* Columbia: University of Missouri Press, 1990.

Reiss, Edmund. *William Dunbar.* Boston: Twayne Publishers, 1979.

Relihan, Joel C., trans. *Consolation of Philosophy.* By Boethius.

Indianapolis: Hackett Publishing Company, Inc., 2001.

Ridley, Florence H. "Middle Scots Writers." *A Manual of the Writings in Middle English, 1050-1500,* Vol. 4 Ed. Albert E. Hartung. New Haven: Connecticut Academy of Arts and Sciences, 1973.

——, "The Treatment of Animals in the Poetry of Henryson and Dunbar." *The Chaucer Review,* Vol. 24, No. 4, 1990, pp. 356-366.

Robbins, Rossell Hope. "The Chaucerian Apocrypha." *A Manual of the Writings in Middle English: 1050-1500.* Vol. 4 Ed. Albert E. Hartung. New Haven: Connecticut: The Connecticut Academy of Arts and Sciences, 1973.

Robinson, F. N., ed. *The Works of Geoffrey Chaucer.* Boston: Houghton Mifflin Company, 1957.

Robinson, Ian. *Chaucer and the English Tradition.* Cambridge at the University Press, 1972.

Ross, Ian Simpson. *William Dunbar.* Leiden, The Netherlands: E. J. Brill, 1981.

Ruggiers, Paul G., ed. *Editing Chaucer: The Great Tradition.* Norman, OK: Pilgrim Books, 1984.

Russell, J. Stephen. *The English Dream Visions: Anatomy of a Form.* Columbus: Ohio State UP, 1988.

Rutherford, Charles S. *"The Boke of Cupide* Reopened." *Neuphilologische Mitteilungen,* Vol. 78, No. 4, 1977, pp. 350-358.

Scanlon, Larry. "Lydgate's Poetics: Laureation and Domesticity in the *Temple of Glass." John Lydgate: Poetry, Culture, and Lancastrian England.* Eds. Scanlon and James Simpson. Notre Dame, Indiana: University of Notre Dame Press, 2006.

Scanlon, Larry, and James Simpson, eds. *John Lydgate: Poetry, Culture, and Lancastrian England.* Notre Dame, Indiana: University of Notre Dame Press, 2006.

Scattergood, V. J. "The Authorship of 'The Boke of Cupide'." *Anglia* No. 82, 1964, pp. 137-149.

Scattergood, V. J. and J. W. Sherborne, eds. *English Court Culture in the Later Middle Ages.* New York: St. Martin's Press, 1983.

Scattergood, John. *The Lost Tradition: Essays on Middle English Alliterative Poetry.* Dublin: Four Courts Press, 2000.

——, *John Skelton: The Career of an Early Tudor Poet.* Dublin: Four Courts Press, 2014.

Scheps, Walter. "Chaucerian Synthesis: The Art of *The Kingis Quair*." *Studies in Scottish Literature*, No. 8, 1971, pp. 143-165.

Schirmer, Walter F. *John Lydgate: A Study in the Culture of the XVth Century.* London: Methuen and Company Ltd, 1952.

Scott, Tom. *Dunbar: A Critical Exposition of the Poems.* London: Oliver and Boyd, 1962.

Seaton, Ethel. *Sir Richard Roos (c. 1410-1482): Lancastrian Poet.* London: Soho Square, 1961.

Shuffelton, Frank. "An Imperial Flower: Dunbar's *The Golden Targe* and the Court Life of James IV of Scotland." *Studies in Philology,* No. 72, 1975, pp. 193-207.

Skeat, Walter. W. *The Chaucer Canon.* Oxford: Clarendon Press, 1900.

——, "The Authoress of 'The Flower and the Leaf'." *The Modern Language Quarterly (1900-1904)*, Vol. 3, No. 2, 1900, pp. 111-112.

——, ed. *Chaucerian and Other Pieces.* The Project Gutenberg EBook.

Web. 11 July, 2013.

Snyder, Cynthia Lockard. *"The Floure and the Leafe*: An Alternative Approach." *New Readings of Late Medieval Love Poems*. Ed. David Chamberlain. Lanham: University Press of America, 1993, pp. 145-172.

Spearing, A. C. *Medieval Dream-Poetry*. Cambridge: Cambridge UP, 1976.

——, *Medieval to Renaissance in English Poetry*. Cambridge: Cambridge UP, 1985.

——, *The Medieval Poet as Voyeur*. Cambridge University Press, 1993.

——, "Dreams in *The Kingis Quair* and the *Duke's Book*." *Charles D'Orleans in England: 1415-1440*. Ed. Mary-Jo Arn. Cambridge: D. S. Brewer, 2000, pp. 123-144.

Stephens, John. "The Questioning of Love in *The Assembly of Ladies*." *The Review of English Studies*, New Series, Vol. 24, No. 94, 1973, pp. 129-140.

Stevens, John. *Music and Poetry in the Early Tudor Court*. Cambridge: Cambridge UP, 1961.

Strohm, Paul. *Social Chaucer*. Cambridge, Massachusetts: Harvard UP, 1989.

Symons, Dana M. Introduction. *Chaucerian Dream Visions and Complaints*. Kalamazoo, Michigan: Medieval Institute Publications, 2004.

Theresa, Tinkle. *Medieval Venues and Cupids: Sexuality, Hermeneutics and English Poetry*. Stanford University Press, 1996.

Tilley, E. Allen. "The Meaning of Dunbar's 'The Golden Targe."

Studies in Scottish Literature, No. 10, 1973, pp. 220-231.

Torti, Anna. *The Glass of Form: Mirroring Structures from Chaucer to Skelton.* Cambridge: D. S. Brewer, 1991.

Trigg, Stephanie, ed. *Medieval English Poetry.* London and New York: Longman, 1993.

Twycross, Meg. "Medieval English Theatre: Codes and Genres." *A Companion to Medieval English Literature and Culture: C. 1350-C. 1500,* ed. Peter Brown. Malden: Blackwell Publishing, 2007, pp. 454-472.

Vasta, Edward and Zacharias P. Thundy, eds. *Chaucerian Problems and Perspectives: Essays Presented to Paul. E. Beichner.* Notre Dame: University of Notre Dame Press, 1979.

Walker, Greg. *John Skelton and the Politics of the 1520s.* Cambridge: Cambridge UP, 1988.

Wallace, David, ed. *The Cambridge History of Medieval English Literature.* Cambridge: Cambridge UP, 1999.

——, *Chaucerian Polity: Absolutist Lineage and Associational Forms in England and Italy.* Stanford, CA: Stanford UP, 1997.

Ward, C. E. "The Authorship of the *Cuckoo and the Nightingale.*" *Modern Language Notes,* Vol. 44, No. 4, 1929, pp. 217-226.

Webber, Reginald. "Late Medieval Benedictine Anxieties and the Politics of John Lydgate." Dissertation, University of Ottawa, 2008.

Yeager, Robert F., ed. *Fifteenth-Century Studies: Recent Essays.* Hamden, Connecticut: Archon Book, 1984.

中文文献：

[英]乔叟:《乔叟文集》(上、下卷),方重译,上海译文出版社1979年版。

[英]乔叟:《坎特伯雷故事》,方重译,上海译文出版社1980年版。

[英]乔叟:《坎特伯雷故事》,黄杲炘译,上海译文出版社2013年版。

胡家峦:《历史的星空——文艺复兴时期英国诗歌与西方传统宇宙论》,北京大学出版社2001年版。

刘进:《乔叟梦幻诗研究——权威与经验之对话》,社会科学文献出版社2011年版。

刘进:《"快乐缔造者"的两难处境——〈聚敛者与挥霍者〉吟游诗人叙事者研究》,《外国语言文化》2018年第1期。

沈弘译注:《英国中世纪诗歌选集》,台北:书林出版社2009年版。